kandi steiner

BLIND SIDE

îndrăgostiți fără voie

Traducere din limba engleză de
DANA POPESCU

EpicLove

Editura Epica, București, 2024

Editor: Anca Eftime

Redactor: Cristina Stan
DTP: Simona Rădulescu

ISBN: 978-606-9713-81-5

București, 2024

Descrierea CIP a Bibliotecii Naționale a României
STEINER, KANDI
Blind Side : îndrăgostiți fără voie / Kandi Steiner ; trad. din lb. engleză de Dana Popescu. - București : Epica, 2024
ISBN 978-606-9713-81-5

I. Popescu, Dana (trad.)

821.111

Tuturor fetelor conștiente de etichetele pe care le pune societatea
și care apoi luptă neîncetat să le rupă în bucățele —
cartea asta e pentru voi.

Capitolul unu

Giana

Criza de nervi a lui Clay Johnson, care tocmai se despărțise de iubita lui, m-a surprins în cea mai frumoasă zi din an.

Soarele strălucea puternic în înaltul cerului. Îi simțeam razele încălzindu-mă în timp ce traversam terenul de fotbal al North Boston University, cu iPad-ul în brațe și verificam încă o dată lista de jucători pe care trebuia să-i trimit la interviuri, în prima zi de antrenamente. Adierea răcoroasă, precum și mireasma merelor și a gazonului proaspăt prevesteau venirea toamnei și sezonul nou și incitant de fotbal pentru North Boston University Rebels.

Anul trecut pe vremea asta plutisem într-un amestec de confuzie și angoasă — nu că acum n-aș fi tremurat ca o frunză ori de câte ori încercam să mă fac înțeleasă în fața jucătorilor de un metru nouăzeci. Dar măcar căpătasem o brumă de încredere, după ce trecusem de perioada de probă și mă angajaseră cu jumătate de normă, pe post de agent PR.

Era vorba despre echipa *mea*, era vremea mea să strălucesc. Vremea să ies la lumină.

Mi-am făcut grăbită intrarea pe teren, cu buclele de culoarea caramelului în bătaia vântului. Le-am atras atenția jucătorilor de care aveam nevoie, cu o bătaie ușoară pe umăr și le-am arătat unde trebuiau să meargă. Nu m-am înroșit la față decât de trei ori și am izbutit chiar să vorbesc cu o voce aproape sigură, privindu-i în ochi pe fiecare dintre ei.

Un progres real, din punctul meu de vedere.

Îmi câștigasem locul aici, așa cum toți jucătorii urmau să lupte pentru a intra în echipă sezonul ăsta. Speram să-mi găsesc, cu timpul, și încrederea în mine.

Am zâmbit când am văzut pe listă o solicitare de interviu pentru Clay Johnson, fiindcă era unul din jucătorii cei mai ușor de îndrumat în privința relațiilor cu publicul. Își păstra mereu un aer firesc, era deopotrivă haios și carismatic, și totuși elocvent și cultivat în răspunsurile oferite. Se adresa camerelor de filmat ca și cum ar fi fost un sportiv profesionist, de treizeci și doi de ani, nu un student de nouăsprezece, și era mereu *amabil*, respectuos și atent cu mine. De fapt, le dădea colegilor săi câte un ghiont, ca să se poarte cum trebuie, atunci când rugămințile mele prea blânde dădeau greș.

În afară de asta, era *absolut superb*. Indiferent ce orientare sexuală ai fi avut, era imposibil să-i reziști lui Clay.

L-am remarcat cu ușurință în marea de jucători, nu numai datorită înălțimii, dar și fiindcă deja își dăduse jos tricoul și toți mușchii îi luceau scăldați în razele soarelui. Am încercat să nu salivez observându-i curbele line ale abdomenului și picăturile de transpirație care-i alunecau peste pectoralii bine definiți. Avea umerii bronzați și fermi, aproape ireali, de parcă era un luptător de arte marțiale, nu un simplu student.

Nu cred că mi-am permis să-i admir mai mult de douăzeci de secunde conturul perfect al maxilarului, nasul drept și părul ciufulit, de culoarea cafelei, prin care-și trecea absent mâna. În timp ce se mișca, și-a încordat involuntar bicepsul, iar eu am fost brusc asaltată de imaginea coperții romanului de *mob romance* pe care-l citeam.

Mi-l imaginam ușor pe Clay Johnson sugrumând un tip cu mâinile goale, ținându-l ridicat deasupra pământului, cu bicepșii umflați și cu o privire severă, amenințătoare, așteptând ca ticălosul să-i spună ce voia să afle.

Am clipit și am revenit cu picioarele pe pământ. Mi-am recăpătat aerul profesional pe măsură ce m-am apropiat de el.

— Clay! l-am salutat eu, cu o voce prea firavă ca să mă audă, mai ales că băieții din jurul lui au pufnit în râs, din cine știe ce motiv.

Am zâmbit, mi-am ascuns o buclă rebelă după ureche și am vorbit mai tare:

— Clay, am nevoie să vorbești cu reporterii.

M-a străfulgerat cu ochii săi verzi, tăindu-mi respirația. De obicei avea o privire caldă, cu un contur auriu în jurul irisurilor, și un zâmbet larg, molipsitor. Azi însă ochii lui păreau... lipsiți de viață.

Seci.

Reci.

Aproape... răutăcioși.

Până să-mi răspundă, m-am trezit că sunt luată pe sus din spate, în două brațe transpirate.

— Giana! Fata mea, ce faci? Adică nu pe *mine* mă cauți, de fapt?

Leo Hernandez m-a răsucit spre el. Știam că cel mai bine ar fi să nu mă opun. Am așteptat pur și simplu să ating iar pământul cu picioarele, după care mi-am potrivit ochelarii pe nas.

— O să-ți vină și ție rândul în fața reflectoarelor, Leo. Nu-ți face griji!

— Nu-mi fac niciodată, mi-a răspuns el și mi-a făcut cu ochiul.

Leo Hernandez era un jucător mult prea sexy pentru binele lui. Juca în ofensivă, pe poziția de *running-back*. În afară de asta, îmi dădea mari bătăi de cap. Și nu fiindcă nu ar fi dat bine în fața camerelor de filmat. Era vorba de toate activitățile lui extracurriculare, care mă țineau ocupată în permanență. Băiatul ăsta pur și simplu era incapabil să refuze o blondă superbă și o ieșire în oraș, chiar dacă astfel punea în pericol un contract cu Liga Națională de Fotbal și o primă de 5 milioane de dolari.

M-am întors spre Clay exact când trecea pe lângă mine, îndreptându-se spre vestiar. M-am grăbit un pic, ca să-l ajung din urmă.

— Hm, de fapt, știi, reporterii sunt în *cealaltă* parte, i-am spus și i-am indicat latura opusă a terenului.

— Nu mă interesează.

M-am oprit la auzul vorbelor sale reci. M-am înfiorat când i-am văzut spatele crispat, după care am scuturat din cap și am alergat din nou după el.

— Nu durează mult, e un interviu de cinci minute, atâta tot.

— Nu.

Am chicotit și am zis:

— Uite, înțeleg. Prima zi de antrenament e dură. E arșiță pe teren, îl ai pe cap pe antrenor...

— Nu, nu înțelegi nimic, mi-a răspuns și s-a întors brusc, iar eu m-am izbit de pieptul lui transpirat.

N-a făcut nici cel mai mic gest să mă prindă când m-am dezechilibrat. Mi-am revenit și mi-am potrivit ochelarii, ca să-l privesc în ochi. A continuat:

— Nu ești jucător de fotbal, așa că habar n-ai. Nu faci parte din echipă. Tu te ocupi de relațiile cu publicul. Și nu vreau nici de-al naibii să vorbesc nici nu tine, nici cu ei, cu nimeni, în clipa asta.

Vorbele lui m-au rănit, dar n-am simțit durerea decât pentru o clipă. Am tras adânc aer în piept.

Mă descurc eu.

L-am ajuns din urmă și mi-am dres glasul:

— Uite ce-i, îmi pare rău că n-ai o zi bună, dar, din păcate, și asta face parte din rolul tău de sportiv la North Boston University. Așa că alege: poți să dai interviul ăsta scurt de tot sau să-i explici tu antrenorului de ce nu te-ai sinchisit.

Replica mea l-a făcut să se oprească. I-am observat pumnii strânși pe lângă corp. S-a întors cu fața la mine și am văzut că venele de pe gât i se umflaseră. Și-a răsucit gâtul cu un trosnet și a trecut valvârtej pe lângă mine, spre șirul de jurnaliști.

Am zâmbit victorioasă.

Bucuria mea a ținut până când l-am urmat la reporterița drăguță de la canalul sportiv ESPN[1] și l-am urmărit oripilată cum se făcea de râs și pe el, și echipa. Mai rău de atât, mă punea și pe mine într-o situație jenantă.

— Clay, după ultimul meci din sezonul trecut, care ne-a ținut pe toți cu sufletul la gură, avem așteptări mari de la fotbaliștii North Boston University anul acesta. Ce părere ai de sezonul care urmează să înceapă?

Sarah Blackwell i-a adresat un rânjet, dezvelindu-și dinții albi. Apoi și-a îndreptat microfonul spre gura lui frumos conturată, care în momentul acela stătea strânsă într-o linie dreaptă.

— Cred că am putea să ne concentrăm mai mult la fotbal dacă n-am pierde timpul vorbind cu reporteri ca tine.

---

[1] Canal de televiziune din SUA, specializat în transmiterea programelor sportive.

Am făcut ochii mari și-am simțit cum îmi stă inima în loc. Sarah s-a încruntat, a clipit de câteva ori și m-a privit scurt, după care ochii ei s-au îndreptat iar către camera de filmat. A coborât din nou microfonul.

— Știm că sunteți cu toții entuziasmați de noul sezon, așa că-ți înțeleg dorința de-a vă păstra concentrarea, a continuat ea, cu un zâmbet forțat, profesionist, în ciuda chipului inexpresiv al lui Clay. Vestea-bombă a sezonului trecut a fost că Riley Novo joacă pe post de *kicker* la North Boston University. Sezonul acesta, Riley revine în echipă și, de data asta, este iubita unui coechipier de-al tău — Zeke Collins. Spune-ne, crezi că relația lor va distrage atenția echipei?

Clay a început să-i răspundă înainte ca ea să-i ridice microfonul spre gură:

— Cred că relațiile noastre amoroase n-ar trebui să conteze pentru nimeni, însă cei care duc o existență tristă și jalnică sunt disperați să afle ce fac alții, pentru a-și ignora dezastrul din propria viață, fir-ar să fie!

Sarah a încercat să îndepărteze microfonul înainte de înjurătură, dar am știut că era deja prea târziu. S-a forțat să facă o glumă, i-a zâmbit, apoi a încheiat interviul. Imediat ce s-a oprit camera, s-a întors spre Clay și i-a zis, cu o căutătură urâtă:

— Foarte profesionist, n-am ce spune!

Clay nu i-a aruncat nicio privire, s-a uitat doar la mine.

— Am terminat aici? m-a întrebat el.

Am simțit cum îmi zvâcnește ochiul. I-am zâmbit, cu toate că aveam un gol imens în stomac. Mă chinuiam să găsesc o scuză pentru perdaful pe care urma să-l primesc de la șefa mea, care sigur scotea deja flăcări pe nas.

— A venit un student din redacția de știri a facultății, i-am spus, conducându-l spre gardul în spatele căruia alți reporteri îi intervievau colegii. E un băiat simpatic. Și *tânăr*, am continuat eu, apoi l-am oprit pe Clay în dreptul unui tip care ne aștepta.

Mi-am coborât vocea:

— Uite, nu știu ce se petrece, dar dacă nu crezi că te poți descurca...

Clay m-a dat laoparte înainte să termin propoziția. A schițat un gest din cap spre puștiul cu microfonul și spre tipul mai mare din spatele său, cu camera, în semn de salut.

Nu a fost *la fel de rău* ca interviul de adineauri, dar nu a fost nici pe departe felul în care se adresase Clay Johnson publicului, în sezonul trecut.

Abia răspundea la întrebări. Făcea remarci tăioase, fără nicio legătură cu contextul, și atunci când bietul puști a încercat să-și verifice notițele pentru următoarea întrebare, Clay l-a luat din scurt:

— Am terminat?

Apoi s-a întors pe călcâie și a plecat, înainte să apuce să-i zică ceva.

După ce mi-am cerut mii de scuze, i-am rugat pe Riley și Zeke să-mi facă o favoare: să discute cu ambii reporteri despre vara pe care o petrecuseră împreună și despre cum anul acesta aveau să fie nu doar colegi de echipă, ci și iubiți. Vestea despre relația celor doi era un subiect foarte discutat în lumea fotbalului din clipa în care luase foc Twitter-ul, după victoria la finalul căreia se sărutaseră pe teren.

Din fericire pentru mine, cei doi erau într-o dispoziție bună și s-au prezentat excelent în fața camerelor de filmat.

Le-am zâmbit și le-am făcut semn că totul e în regulă, din spatele cameramanului, săgetându-l din priviri pe Clay, care se îndrepta deja cu pași apăsați spre vestiar.

Imediat ce s-au încheiat interviurile, Riley le-a mulțumit jurnaliștilor și pe urmă m-a tras deoparte. Pletele ei lungi, castanii aveau reflexii aurii, de la soare. Și-a strâns părul într-o coadă, în creștetul capului. După ce Zeke a pupat-o pe obraz, ea a așteptat să plece lumea de lângă noi ca să-mi poată vorbi.

— Am un sfat pentru tine, mi-a zis, coborându-și vocea și privind de jur împrejur, ca să se asigure că nu putea să ne audă nimeni. Ar fi bine s-o lași mai moale cu Johnson o perioadă. Tocmai s-a despărțit de Maliyah.

Am pălit.

— Cum?

Nu am izbutit să îmi ascund șocul de pe chip. Nu-l cunoșteam așa de bine pe Clay, dar știam că iubita lui din liceu însemna totul pentru el. Anul trecut, o luase peste tot cu el, de fiecare dată când vizitase campusul, și-mi aminteam *perfect* cu câtă greutate reușisem, după a doua victorie acasă, să-l dezlipesc de ea. Posta încontinuu despre Maliyah pe Instagram și descrierile lui nu lăsau nicio urmă de îndoială privind sentimentele lui față de ea.

Urma să o ia de soție.

Și acum, nu mai era nimic între ei.

Riley s-a încruntat.

— Știu. Sărmanul de el i-a spus lui Zeke, semestrul trecut, că Maliyah e *aleasa* lui, a continuat ea, oftând, în timp ce priveam amândouă cum Clay mergea pe culoarul care ducea spre vestiare. E distrus.

M-am dezumflat.

— Bănuiam eu că s-a petrecut ceva. Sezonul trecut a fost așa de fericit... Așa de plin de viață.

— Mda, nu mi-l mai pot imagina așa prea curând, a continuat Riley, înghițind în sec, cu privirea îndreptată spre locul unde Clay tocmai se făcuse nevăzut. Se iubeau încă din liceu.

Am oftat. Aș fi vrut să simt mai multă empatie față de el. Numai că *eu* nu avusesem niciodată o relație. Nu se punea problema să fi fost îndrăgostită vreodată, așa că singurul lucru care mi-a pâlpâit în piept a fost o milă nedeslușită.

Și un dram de frustrare că eram nevoită să suport consecințele despărțirii lui.

— Trebuie să stabilesc un training mass-media cu el, i-am zis. N-are cum să nu să nu vorbească cu reporterii. O să ne mănânce de vii antrenorul și pe mine, și pe el, dacă Clay mai face figuri.

Riley mi-a aruncat o privire compătimitoare și m-a strâns de umăr. I-am strigat, înainte să plece de lângă mine:

— Ai cumva vreun sfat?

A ridicat din umeri, cu o umbră de zâmbet trist pe chip.

— Asigură-te că ai bere la îndemână!

Capitolul doi

Giana

În amiaza următoare, așezată în spatele biroului, cu ochii lipiți de ecranul calculatorului pe care rula înregistrarea cu Clay, Charlotte Banks era întruchiparea indiferenței totale. Monitorul era îndreptat și spre mine, astfel încât să pot urmări interviul de unde stăteam, vizavi de ea. De parcă nu l-aș fi revăzut până atunci de o sută de ori!

Dacă m-aș fi așteptat la o izbucnire de nervi din partea șefei mele, ar fi însemnat că nu o cunosc. Doamna Banks părea aproape plictisită. Se uita la ecran și, din când în când, la propriile unghii date cu ojă, smulgând câte o pieliță. În cele din urmă, și-a încrucișat brațele la piept. Părul ei scurt, arămiu, fără nicio șuviță rebelă îi încadra perfect bărbia ascuțită. Buzele de un roșu-pal și ochii mari, aurii îi dădeau aerul unei pisici care privește leneș chinul unui șoricel cu care se joacă.

Am înghițit în sec imediat ce s-a oprit înregistrarea. În imaginea încremenită, chipul lui Clay — cuprins de o încruntare cu totul nefirească pentru el — se lățea pe tot ecranul.

— Îmi cer scuze! am început eu, dar ea a ridicat o mână și m-a întrerupt.

Vocea ei era caldă și blândă, ca și cum ar fi turnat un aluat de tort în tavă:

— Nu asta vreau să aud. Mai încearcă o dată!

Am închis gura și m-am gândit mai bine, înainte să o deschid din nou:

— Clay s-a despărțit de iubita lui, iar eu am aflat asta abia după interviu. E clar că nu avea dispoziția necesară să apară în fața camerelor. Îmi asum întreaga responsabilitate pentru faptul că nu mi-am dat seama decât atunci când a fost prea târziu.

Charlotte a ridicat o sprânceană. Și-a desfăcut brațele și a întors monitorul spre ea, apoi a început să noteze ceva într-un carnețel.

— E bine de știut, a comentat, fără să mă privească. Dar tot nu-i ceea ce voiam să aud.

M-am străduit să nu mă cocoșez, folosindu-mi fiecare mușchi ca să-mi păstrez spatele drept, bărbia ridicată și ochii lipiți de ea.

M-a privit și a oftat:

— Te descurci să ieși din situația asta sau nu?

M-am zburlit la auzul acuzației. Chiar era nevoie să mă *întrebe* așa ceva? Dar, la urma urmei, nu o învinuiam, după câtă bătaie de cap îi dădusem din clipa în care intrasem pe ușa biroului ei. Mă străduisem din răsputeri, în fiecare zi, să-i privesc în ochi pe tipii ăștia și să le vorbesc îndeajuns de răspicat încât să-i direcționez acolo unde trebuiau să meargă.

Parcursesem un drum lung, da... Dar cu siguranță mai aveam multe de învățat.

— Desigur! i-am răspuns, sperând că par suficient de încrezătoare.

— Perfect! Atunci, nu mai avem ce discuta în privința asta.

A băut o gură din apa care avea temperatura camerei — știam că așa era fiindcă anul trecut temperatura apei ei fusese una dintre responsabilitățile mele de stagiar.

— Mă bazez pe tine să rezolvi genul acesta de treburi, ca să nu-mi mai irosesc eu timpul și energia cu ele. Apelează la stagiară, dacă e nevoie.

Stagiară.

Charlotte nici nu se străduia să-i rețină numele.

Așa se purtase și cu mine până când îmi dovedisem valoarea, toamna trecută. Dar fusesem luată în vizor înainte de începerea sezonului, așa că nu prea mai conta ce se petrecuse cu *un an în urmă*. Probabil că Charlotte vedea totuși ceva în mine — potențial, hotărâre, tenacitate —, altminteri nu m-aș fi aflat lângă ea.

M-am agățat de ideea asta, iar ea a continuat:

— Antrenorul Sanders m-a informat că și-ar dori ca echipa să fie mai implicată în acțiuni prin care să ajute comunitatea din care face parte.

Știam că schimbarea subiectului însemna că se aștepta să mă ocup, indiferent prin ce mijloace, de situația creată de Clay.

— Mi-a oferit o explicație lacrimogenă pentru motivul din spatele poveștii ăsteia, dar sunt absolut sigură că așa o să dea bine toată echipa, și, implicit, el, a zis ea.

Charlotte a apăsat de câteva ori pe mouse, până când mi-a vibrat telefonul, atenționându-mă că am o notificare în calendar, apoi a continuat:

— Notează-ți că pe data asta echipa va organiza o licitație.

— Sigur. Ce o să licităm? am întrebat, adăugând evenimentul cu o singură mișcare a degetului.

— Pe jucători.

Am pufnit în râs, dar m-am prefăcut că tușesc și-mi dreg glasul când mi-am dat seama că Charlotte chiar vorbea serios.

— Va fi o licitație de întâlniri cu jucătorii. Activitățile la care vor participa vor fi donate de orice doritor din comunitatea noastră, iar fondurile strânse vor fi oferite unei fundații caritabile.

— Cărei fundații?

A fluturat din mână.

— N-am nici cea mai vagă idee. Alege tu una care-ți place!

Am zâmbit, adăugând și asta pe lista sarcinilor mele.

— Poți să pleci, a continuat Charlotte și și-a proptit cotul grațios pe birou, cu arătătorul îndreptat spre mine. Ține-l pe Johnson sub papuc! O s-o invit pe Sarah Blackwell din nou și o să aibă ocazia de a-i lua un interviu în exclusivitate lui Clay, cu ocazia zilei selecției. Vreau ca tipul să fie în culmea fericirii că o să discute cu ea.

Am aprobat din cap și m-am retras din încăpere fără nicio vorbă. Știam că nu mai e nevoie să zic ceva. Am așteptat până ce am închis ușa în urma mea, apoi am tras adânc aer curat în piept. Scăpasem de flăcările aruncate de șefa-dragon.

Cu următoarea gură de aer, mi-am recăpătat puterile și m-am îndreptat hotărâtă spre sala de forță.

Toată viața simțisem că trebuie să gândesc altfel, să mă port altfel, să ies din zona mea de confort. Dar pe măsură ce am crescut, am rămas în penumbră. Eram copilul mijlociu al unei familii cu cinci copii enervant de talentați. Aveam două surori mai mari și doi frați mai mici, așa că deseori mă pierdeam în fundal.

Eram pur și simplu a treia fiică, o persoană absolut obișnuită, condamnată să port hainele în care surorile mele nu mai încăpeau și să nu am niciodată o identitate proprie. Dacă mai puneam la socoteală și faptul că aveam doi frați născuți imediat după mine, pe care ai mei și-i doriseră din tot sufletul, atunci puteai spune cu certitudine că eram la fel de invizibilă ca praful depus pe paletele unui ventilator de tavan. Nu mă făceam remarcată decât atunci când stăteam în calea cuiva, când îi enervam pe alții cu prezența mea sau când le stârneam alergiile.

Și totuși, experiența asta nu mă înăcrise. Nu mă interesase niciodată să mă compar cu ceilalți. Ba chiar mi se părea extraordinar că soră-mea cea mare, Meghan, era atât de talentată la baseball feminin, încât primise o bursă integrală la facultate. Iar Laura, cea de-a doua soră mai mare, mă lăsase cu gura căscată când fusese admisă la MIT. Nu aveam niciun dubiu că o să schimbe lumea cu pasiunea ei pentru inginerie. Iar pentru Travis și Patrick, frații mei mai mici, nu simțeam decât iubire. Erau mici inventatori și sigur urmau să apară la Shark Tank[1], după ce le venea marea idee de milioane de dolari.

Sinceră să fiu, îmi plăcea să trăiesc nebăgată în seamă, printre fetele și băieții din familia mea. Toată lumea mă lăsa în pace în weekend, când mă încuiam la mine în cameră și citeam sau mă uitam la documentare. Cum toată atenția părinților mei se revărsa asupra surorilor și fraților mei, eram liberă să explorez lumea din jur și s-o descopăr de una singură, ceea ce-mi plăcea la nebunie — pe lângă lectura romanelor de dragoste tabu, supererotice.

Mama își ieșise din minți fiindcă plecasem la facultate fără să am nici cea mai mică idee despre ce mi-ar fi plăcut să fac în viață. Nu-i plăcuse nici faptul că mă îndepărtasem de Biserică, în timpul liceului, pentru că fusesem autodidactă în chestiunile religioase și *nici* ea, *nici* pastorul nu îmi lămuriseră anumite întrebări. Pe deasupra, mama găsise un roman de dragoste cu un club de motocicliști ascuns sub perna mea. Citise o scenă care o

[1] Serial american de tip *reality show*, despre afaceri.

scandalizase, după care declarase că nu am „voie să mai citesc așa ceva în viața mea!". Așa că, mda, nu eram chiar apropiate.

Dar, spre lauda ei, nu se străduise prea mult să mă îndrume spre o anumită meserie sau înapoi către Biserică. Oftase și își îndreptase atenția către un alt copil de-al ei, mai cu frica lui Dumnezeu și cu capul pe umeri.

Ceea ce nu înțelegea ea, ce nu înțelegea *nimeni* era că habar nu aveam ce voiam să fac cu viața mea, fiindcă nu știam multe lucruri despre *viață*.

Nu călătorisem niciodată în afara coastei de nord-est a Americii. Nu avusesem niciun iubit și nu trecusem mai departe de faza sărutului, darămite să am relații intime cu un băiat.

Mai erau o puzderie de lucruri pe care voiam să le asimilez și să le studiez înainte să îmi aleg o direcție. Tocmai de aceea mă forțasem să ies din zona mea de confort când ajunsesem la facultate și alesesem o specialitate care mi se potrivea cel mai puțin.

Relații Publice.

Faptul că cineva o desemnase pe virgina tocilară să se ocupe de percepția publică a echipei universității părea un dezastru în desfășurare. Însă tocmai din acest motiv îmi plăcea. De aceea era o chestie importantă pentru mine.

Era ceva cu totul neașteptat, diferit și provocator.

Și nu aveam de gând să mă opresc până nu deveneam cea mai bună.

Capitolul trei

Clay

Aveam o mulțime de așteptări în anul doi de studiu la North Boston University.

După ce câștigaserăm un *bowl game* cu un an în urmă, și, în plus, cu un număr record de victorii, sigur că mă așteptam să fim echipa favorită din federația sportivă Big North. Avusesem cel mai bun sezon din viața mea, așa că era de așteptat să fiu selectat în echipă și anul acesta și să dobor toate recordurile pe care le înregistrasem anul trecut. Mă așteptam să câștigăm nu doar un *bowl game*, ci pe cel mai important, meciul care urma să ne propulseze în semifinale și să ne ducă direct în Campionatul Național.

Însă *nu* prevăzusem nicidecum că tipa cu care aveam o relație de cinci ani o să-mi dea papucii.

De fiecare dată când mă gândeam la asta, simțeam că mi se cască un gol în piept. Mi se părea imposibil ca fata pe care o iubeam, fata cu care credeam că mă voi căsători, să plece de lângă mine cu atâta ușurință. Mă simțeam ca și cum într-un minut m-aș fi aflat în siguranță, la bordul unui vapor, stând la soare, și-n următorul m-aș fi trezit aruncat peste bord — fără niciun colac, fără nimeni în jur care să-mi audă strigătele de ajutor, în vreme ce vaporul își continua drumul și mă lăsa în urmă, în valurile neînduplecate.

Mai rău decât atât, nu fusese o simplă despărțire, cum pățiseră alți prieteni de-ai mei. Pentru că Maliyah Vail nu-mi era doar iubită, ci făcea cu adevărat parte din familia mea. Crescuserăm împreună. Familiile noastre erau apropiate și avuseseră dintotdeauna legături solide. Tatăl ei și al meu fuseseră cei mai buni prieteni încă din studenție. Chiar și după despărțirea alor mei, mama ei îi purtase de grijă maică-mii, ca să se asigure că este bine. Ceea ce nu fusese, de multe ori.

Mi se păruse că aveam o copilărie de vis, dar aceasta fusese distrusă cu o singură decizie luată de tata. Peste noapte, ne transformaserăm dintr-o familie fericită de trei persoane într-una alcătuită din mine și mama, iar uneori, și tata. Asta când nu era ocupat cu *noua* lui familie — mai exact, oamenii care ne înlocuiseră cât ai bate din palme.

Maliyah îmi fusese alături în tot acest timp. Fusese martoră la episoadele de rebeliune ale maică-mii, care nu știuse cum să facă față unui mariaj distrus și încercase să-și găsească alinarea în brațele unor bărbați complet nepotriviți. Înțelesese ce simțeam, că tata mă abandonase, și atunci tatăl ei intervenise și mă învățase toate lucrurile pe care ar trebui să ți le spună un tată. Îmi fusese alături mai ales în toate urcușurile și coborâșurile pe care le avusesem ca fotbalist, reamintindu-mi mereu că o să reușesc și că o să devin într-o bună zi un sportiv profesionist.

Așa că nu simțeam că îmi pierdusem iubita.

Ci că rămăsesem fără mâna dreaptă.

Nu-mi venea nici acum să cred că reușiserăm să avem o relație la distanță timp de un an — ea în California, unde copilăriserăm împreună, iar eu, aici, în Massachusetts —, că ea intrase, la fel ca mine, la North Boston University și se mutase în cealaltă parte a țării ca să-mi fie alături, pentru ca apoi, brusc, să decidă să ne despărțim.

Nimic din toate astea nu avea niciun sens. Despicasem firul în patru de nenumărate ori și nu înțelesesem niciun cuvânt pe care mi-l spusese la despărțire, oricât aș fi încercat să găsesc vreo logică.

— *Clay, noi doi am avut parte de prima noastră iubire și a fost minunat, dar numai asta a fost, de fapt: prima iubire.*

Maliyah s-a schimonosit la față, dar nu părea îndurerată. Mă privea, mai degrabă, cu milă. Mi se adresa ca unui copil căruia îi spunea că nu poate să se dea în trenulețul pentru băieții mari, din parcul de distracții.

— *Dar ne-am făcut o promisiune unul altuia, am zis și am atins inelul de pe degetul meu.*

La 16 ani ne dăruiserăm inele și ne promiseserăm că vom fi împreună pentru totdeauna; cam ca atunci când îți pui pe deget verigheta, doar că neoficial.

M-am întins după al ei, dar inelul de aur dispăruse de pe degetul ei. Am înghițit în sec când am văzut cum își trage mâna, cu o grimasă pe chip.

— *Eram mici, mi-a răspuns, de parcă asta mi-ar fi adus alinare, ca și cum la vârsta aia n-aș fi putut să am acele sentimente pentru ea.*

Pe care credeam că le are și ea pentru mine.

— *Dar ai ajuns în cele din urmă aici, studiezi la școala mea.*

S-a încruntat și a zis:

— Acum e și școala mea, nu doar a ta. Am intrat în echipa de majorete. Și am și eu anumite... visuri. Lucruri pe care vreau să le duc la bun sfârșit.

Și-a ferit privirea când mi-a spus asta. Am fremătat din nări, străduindu-mă să-mi controlez emoțiile. Îi cunoșteam privirea aia. Mi-o aruncase și atunci când îi cumpărasem o rochie care nu-i plăcea, dar nu vrusese să-mi spună, ca să nu mă supăr. Era privirea moștenită de la tatăl ei, Cory Vail, cel mai puternic avocat din Silicon Valley, obișnuit să obțină tot ce își dorește.

Și care se aștepta ca fiica lui să facă exact la fel ca el.

Am pus numaidecât cap la cap piesele de puzzle și m-am trezit la realitate.

— Nu sunt îndeajuns de bun pentru tine.

Maliyah și-a fixat privirea în pământ, incapabilă să nege.

Într-o clipită, am fost abandonat de fata pe care credeam că o voi lua de soție pentru a ne clădi o viață împreună. Așa cum mă abandonase și taică-miu, deși amândoi îmi promiseseră că îmi vor fi alături mereu.

Ce aveau în comun cele două situații? Pe mine. Nimic din ceea ce făcusem până atunci nu fusese îndeajuns de bun pentru niciunul dintre ei.

— O să fim amândoi mai fericiți așa, a continuat ea pe un ton condescendent și m-a mângâiat pe braț. Crede-mă!

Amintirea mi s-a șters brusc din minte când am simțit plesnitura unui prosop ud peste coapsă.

— Ah! am exclamat din cauza usturimii, în timp ce Kyle Robbins se strica de râs.

Hohotea, aplecat de burtă, iar prosopul cu care mă plesnise căzuse deja la podea.

— Omule, erai *complet* dus pe altă lume! mi-a spus, printre hohote de râs. Nici măcar nu m-ai observat.

După care s-a îndreptat de spate și a căutat din priviri un alt coechipier.

— Ai prins faza? l-a întrebat.

Dar înainte să-i răspundă cine naiba filmase farsa, l-am apucat de guler și l-am smucit spre mine, ținându-l nemișcat când a încercat să bată în retragere.

— Să ștergi aia imediat, sau să mă ajute Dumnezeu, Robbins, dacă nu-ți trag peste cap chiloții murdari de rahat și te atârn de bară!

Era pe punctul să izbucnească din nou în râs, dar când a văzut că-l strâng și mai tare, l-a cuprins spaima și m-a lovit peste braț ca să-i dau drumul. Știam amândoi că aș fi putut să-l țin în strânsoarea mea și mai mult, dacă aș fi vrut.

— Ce naiba! Cineva s-a trezit cu fața la cearșaf, a bombănit el.

Când un coechipier i-a înapoiat telefonul, i l-am smuls din mână înainte să plece, am șters înregistrarea, apoi i l-am aruncat înapoi.

— Pe vremuri știai să te distrezi, a comentat Kyle.

— Pe vremuri îți rădeai literele numelui Novo într-o parte, pe părul de la tâmplă, i-am răspuns, iar replica mea i-a făcut pe tipii din jur să râdă pe înfundate.

Kyle s-a făcut stacojiu la față și m-a privit printre gene, amintindu-și de un moment din sezonul trecut, când ratase pasa decisivă și fusese nevoit să facă ce decisese echipa, drept pedeapsă.

Mi-a răspuns cu un plescăit și a dat din mână a lehamite, după care s-a îndreptat spre banca de antrenament pentru piept. Era ca și cum o muscă tocmai ar fi plecat de la coșul meu cu mâncare și s-ar fi dus să bâzâie pe altcineva.

Kyle Robbins era un idiot. De vreme ce făcea oricând profit de pe urma reputației, imaginii și popularității sale, știa să atragă oricând atenția presei asupra circului zilnic la care eram supuși, la orice oră din zi sau din noapte. Nu-l înghițeam deloc. Îl suportam numai fiindcă era un *tight end* bun, în aceeași echipă cu mine.

Mi-am întors gâtul cu un trosnet după ce a plecat de lângă mine. Am surprins privirea întrebătoare a coordonatorului de joc Holden Moore, căpitanul nostru, când mă așezam iar la aparatul de genuflexiuni.

— Ești bine? m-a întrebat în timp ce aranja greutățile la locul lor, ca și cum nu îl interesa atât de tare răspunsul meu.

Doar că eu îl cunoșteam îndeaproape. Holden era un lider înnăscut, unul dintre puținii jucători pe care chiar îi admiram. Voia să știe ce fac, nu pentru că era băgăcios, ci fiindcă lui chiar îi păsa.

— Sunt bine, i-am zis și mi-am reluat poziția la aparat, întinzându-mi picioarele.

Am deblocat greutățile, apoi mi-am adus genunchii la piept. Am tras adânc aer în piept și am gemut când mi-am întins picioarele și am împins greutățile.

După o altă serie de zece repetări, am fixat din nou greutățile, m-am ridicat și mi-am șters fruntea cu un prosop.

Exact atunci am băgat de seamă o pereche micuță de pantofi bej, fără toc, care se opriseră fix între perechea mea de adidași Nike.

Aș fi putut să acopăr pantofii aceia cu totul, picioarele mele erau aproape de două ori mai mari, și ca lungime, și ca lățime. Mi-am arcuit o sprânceană și am continuat să-mi plimb privirea de-a lungul picioarelor străine. Acestea erau îmbrăcate cu ciorapi negri din plasă, transparenți, dar nu complet, fiindcă în anumite locuri materialul era mai gros și părea să formeze un imprimeu cu buline. Am zâmbit în colțul gurii când am observat că ciorapii se terminau la tivul unei fuste negre pe care fusese cusut un nas de pisică, cu mustăți.

Mi-am dat seama că era Giana Jones.

Se îmbrăca mereu ca o bibliotecară zăpăcită, un amestec ciudat de călugăriță și școlăriță obraznică. Dintr-un motiv necunoscut, mi se păruse întotdeauna adorabil aspectul ei, felul în care amesteca aerul modest cu un sex-appeal ascuns. Nici nu știam dacă își dădea seama că este în stare să atragă mai multe priviri purtând un pulover pe gât, decât ar fi făcut-o nenumărate alte fete în bikini.

Stătea cu brațele încrucișate la piept. Mi-am plimbat privirea în sus, peste puloverul roz și cămașa albă cu guler, de dedesubt. Când ni s-au întâlnit în sfârșit privirile, și-a împins ochelarii pe nas cu degetul. Zâmbetul meu s-a lărgit și mai mult când un cârlionț rebel i-a scăpat din cocul din vârful capului.

— G! am salutat-o cu un aer gânditor și m-am lăsat pe spate ca să mă bucur mai bine de priveliște. Cărui fapt îi datorez plăcerea?

— Giana, m-a corectat, pe un ton atât de încet, că aproape n-am auzit-o.

Ochii mi-au fugit spre mustățile pisicii, care se întindeau pe șoldurile ei.

— Drăguță fustă!

Ea și-a dat ochii peste cap.

— Mă bucur că azi ești în toane mai bune.

— Nu te lăsa păcălită, s-a băgat Holden, de la aparatul lui. Cu două minute înainte să apari, l-a strâns pe Robbins de gât.

Giana i-a aruncat o privire întrebătoare lui Holden, după care și-a concentrat din nou atenția asupra mea.

— Trebuie să vorbim, a zis ea.

— Sunt numai ochi și urechi, Kitten!

Obrajii i s-au făcut la fel de rozalii ca puloverul. Mi-a aruncat o privire aspră. Ca și cum porecla pe care tocmai i-o dădusem scotea la iveală o cu totul altă persoană. Am urmărit cum s-a lepădat de aerul timid, s-a îndreptat de spate și și-a scos bărbia în afară.

— După tămbălăul tău de ieri, am băgat-o pe mânecă, așa că trebuie să discutăm despre protocolul media și bunele maniere în fața camerelor de filmat.

Venise rândul meu să-mi dau ochii peste cap, așa că m-am reașezat la aparat, pregătit pentru încă o serie de genuflexiuni.

— Mi-am făcut datoria pe timpul verii, i-am răspuns, apoi am început să împing greutățile.

Am făcut rapid o serie de zece repetări, cu ea lângă mine. După aceea am fixat la loc greutățile, m-am ridicat și am surprins-o urmărindu-mă cu un zâmbet superior.

— Păi, se pare că n-ai înțeles mare lucru, a replicat ea.

— Ba nu, am înțeles totul perfect.

— Te-aș contrazice, dat fiind ce s-a întâmplat ieri.

Am ridicat din umeri.

— Așa, și? Nu dau bine în fața camerelor. Nu mă mai trimite să dau interviuri. Simplu ca bună ziua!

— Nu-i deloc simplu. Ești apărătorul vedetă al echipei, așa că ești foarte căutat de reporteri. În afară de asta, dai foarte bine în fața camerelor. Sezonul trecut te-ai simțit ca peștele în apă.

— S-au dus vremurile alea, Kitten!

A scrâșnit din dinți și a ripostat:

— Nu-mi mai spune așa!

De undeva de prin spatele sălii, un coleg a scos un „miau!" care a produs un hohot general de râs. M-am străduit să mi-l înăbuș pe al meu.

Giana a răsuflat adânc, după care și-a îndreptat arătătorul spre pieptul meu și a zis:

— Ai o ședință obligatorie cu mine diseară, după ce termini ședințele cu echipa. La cafeneaua de lângă sindicatul studenților.

Opt fix. Și dacă întârzii, o să-l rog pe antrenorul Sanders să te contacteze personal, ne-am înțeles?

Am apreciat imediat felul în care m-a pus la punct, cu vocea ridicată și cum mă privea cu bărbia ridicată, așteptându-mi răspunsul.

— Da, doamnă! i-am replicat mieros, incapabil să mă stăpânesc.

Am mai tras o dată cu ochiul spre fusta ei.

M-a ignorat ca și cum nu ar fi observat nimic. S-a întors pe călcâie și s-a îndepărtat câțiva pași până când aproape că s-a lovit de Hernandez, care își făcea exercițiile de triceps. I-a evitat pumnii în ultima clipă. Apoi a fost cât pe ce să se izbească de piciorul unui aparat, dar s-a răsucit și l-a ocolit la timp.

Am urmărit cum se ferea de toate aparatele din sală și nu mi-am dat seama cât de mult mă distra, până când nu s-a făcut nevăzută.

Și nu mi-a mai rămas nimic altceva la care să mă gândesc, decât la Maliyah.

Capitolul patru

Clay

— O să-ți placă la nebunie de el, Clay! mi-a spus maică-mea la telefon, vorbind cât să acopere zgomotul de vase din fundal, în timp ce pregătea cina.

Traversam campusul, după o zi dură de antrenament, pentru a ajunge la întâlnirea cu Giana. Chiar nu aveam niciun chef să aud despre ultimul iubit al maică-mii.

Dar nu aveam de ales.

— E un gentleman adevărat, să știi. Și cât se poate de serios în afaceri, a spus ea și a făcut o pauză. Și cu mine, ceea ce mă liniștește pe deplin.

Deși nu mă putea vedea, m-am silit să zâmbesc, numai cât să i se pară că o cred.

— Pare un tip super, mamă.

— O să-l cunoști și tu. Când vii acasă, de Crăciun.

S-a oprit o clipă, apoi a continuat:

— Dar știi ce? Mai spune-mi despre tine! Cum merge cu fotbalul?

Am oftat ușurat înainte să-i răspund la întrebare. Chiar eram recunoscător că schimbase subiectul. Știam că-i merge bine, fiindcă îmi pusese întrebarea asta, fără să se plângă de problemele ei. Nu că m-ar fi supărat atunci când o făcea. Îi eram alături, indiferent de situație.

Totuși, după atâtea povești care se repetau la nesfârșit, îmi era greu să cred că tipul ăsta avea să fie diferit de cei de dinainte. Biata maică-mea se învârtea într-un cerc vicios de relații care-i rupeau sufletul, de când aveam eu opt ani și se despărțise de taică-miu.

Cercul vicios arăta cam așa:

Mama cunoștea un tip nou, de obicei la *Le Basier*, restaurantul incredibil de scump din Los Angeles, unde servea la mese. Maică-mea arăta și acum bine — de la ea moștenisem ochii verzi pătrunzători și tenul măsliniu — și aducea acasă pe oricine îl vrăjea la serviciu. Pe deasupra, era o tipă absolut încântătoare, iar bărbații îi picau imediat în plasă și se lăsau mistuiți de energia ei.

Problema era că, după ce relația începea să devină serioasă, ei își dădeau seama că maică-mea e o tipă destul de complicată, așa că o părăseau. Și o lăsau cu și mai multe cicatrici pe suflet decât avusese înainte.

Mama suferise cumplit când o părăsise taică-miu. Amândoi suferiserăm, mai ales că el se mutase imediat cu altă femeie, cu care se grăbise să facă doi copii, începând o viață nouă, care nu ne inclusese și pe noi doi. Dacă luam în calcul și traumele ei sentimentale de *dinainte* de tata, era clar că exista o explicație pentru comportamentul ciudat al maică-mii.

Cei mai mulți bărbați nu-i făceau față. Nu-i erau alături în perioadele mai grele, nu o ajutau să scape de atacurile de panică și nici nu-i spuneau cuvinte de apreciere, deși avea mare nevoie de ele. Când maică-mea devenea extrem de geloasă și de paranoică, ei nu zăboveau alături de ea, pentru a înfrunta furtuna împreună. Dimpotrivă, găseau cât mai repede o cale de scăpare și o lăsau să se descurce singură.

Iar atunci când își luau rămas-bun de la ea, aveau grijă s-o facă să se simtă ca ultima nebună, o isterică geloasă care suferă de psihoză, care nu poate fi luată în seamă. Nu conta că ei înșiși îi dăduseră motive de a se comporta așa.

La final, nu rămâneam decât eu să o adun și să o pun la loc.

Și atunci vedeam *cealaltă* față a maică-mii.

Când era fericită și îi mergea bine, mama era cea mai luminoasă rază de soare. Era o tipă haioasă și glumeață, motivată și hotărâtă, plină de pasiune în tot ceea ce făcea. Era interesată de mine și de viața mea, ținea casa curată și în ordine și, mai ales, se implica în relația cu tipul cu care umbla.

Însă după ce își lua el tălpășița?

Era un dezastru total.

Maică-mea bea de când o știam. Numai că, în copilărie, când era împreună cu tata, băutul însemna o sticlă de vin împărțită de amândoi — ceea ce ducea invariabil la hohote de râs și la dansuri în bucătărie.

Felul în care se apucase mama de băut DT (după tata) era o cu totul altă poveste.

Vorbim de baxuri întregi de doze de bere, băute de una singură. De plânsete, urlete și vărsat deasupra toaletei, în timp ce îi țineam părul sau o cârpă rece pe ceafă.

Un alt cerc vicios de-al ei: băutul de bucurie când avea pe cineva, urmat de băutul din disperare, atunci când respectivul o părăsea. Iar când durerea despărțirii era cea mai apăsătoare, maică-mea se droga. Uneori, se lăsa cu totul doborâtă de depresie. Alteori, era cât pe ce să fie dată afară de la serviciu, încât mă întrebam cum de-și păstrase totuși postul ăla atâta amar de vreme. Își cheltuia toți banii puși deoparte și intra în niște încurcături oribile, din moment ce-și ruga propriul fiu să-i împrumute bani, după care mă făcea să mă simt vinovat, dacă nu-i dădeam.

Și-i dădeam. De fiecare dată.

Nu conta că eram nevoit să recurg la ultimele economii, să muncesc toată vara sau să-mi vând Play Station-ul.

N-aș fi putut niciodată să-i întorc spatele maică-mii. Asta mi-era clar. Îmi dădusem seama atunci când ea nu-mi întorsese spatele, spre deosebire de taică-miu. Sigur că nu era perfectă, dar fusese mereu alături de mine, iar pentru asta eram dispus să-i dau și cămașa de pe mine.

Nu însemna că nu suferеam sau că nu înțelegeam, pe măsură ce creșteam, cât de tare mă marcaseră cercurile ei vicioase.

— Mai e puțin până la ziua selecției, am încheiat eu noutățile despre antrenamentele mele. Deci rămâne de văzut.

— O să intri în echipă, scumpule! mi-a zis ea fără să șovăie. Și o să joci fotbal, iar până o să te dezmeticești, o să semnezi un contract de milioane de dolari în Liga Națională de Fotbal și o să-i cumperi maică-tii o vilă pe malul oceanului.

Am zâmbit când am auzit ce vis avea pentru mine. Îl auzisem de nenumărate ori, de când eram mic. De când înțeleseserăm amândoi că am un oarecare talent la fotbal american. Îmi aminteam și acum. Aveam vreo doisprezece ani. Maică-mea mă așezase să vorbim, deși încă purtam echipamentul și eram murdar și nespălat. Mă întorsese cu fața spre oglindă, apoi venise în spatele meu, își pusese mâinile pe umerii mei și îmi spusese, privindu-mă direct în ochi: „*Clay, n-o să ai niciodată parte de greutățile pe care le-am avut eu. Într-o bună zi, o să fii bogat*”.

— Apropo de fotbal, ți-am spus oare că și Brandon a jucat fotbal american? m-a întrebat ea, întrerupându-mi șirul amintirilor. A jucat în defensivă, în echipa liceului.

Am zâmbit fără haz, apoi am dat cu ochii de firma luminoasă a cafenelei. În curtea universității, studenții se lăfăiau pe pături, fumau țigări electronice, râdeau și se bucurau de seara de toamnă.

M-am întrebat preț de o clipă oare cum ar fi fost să mă bucur și eu de studenție ca orice om normal, fără ca sportul să-mi ocupe tot timpul.

— O să vorbim mai multe la Crăciun, i-am zis. Mamă, trebuie să închid, am treabă. Am programată o altă ședință.

— La ora asta? Te țin în priză tot timpul, nu? a zis și a chicotit. Bine, dragul mamei! Sună-mă săptămâna asta să-mi povestești ce ai mai făcut, a continuat și s-a oprit. Și... ai mai văzut-o pe Maliyah?

Mi-a înghețat sângele în vine la auzul numelui ei.

— Nu, i-am răspuns.

Suferința familiilor noastre, pe lângă suferința proprie, îmi pusese sare pe rană. Fuseserăm împreună atâta vreme și trecuserăm prin atâtea peripeții, încât mama o vedea pe Maliyah ca pe fata ei.

Uneori, ele două fuseseră chiar mai apropiate decât noi doi. Aveau o relație cum eu n-aș fi putut niciodată să am cu mama, tocmai pentru că nu eram femeie, ca ele.

— Bine atunci, a început mama, după care a rămas pe gânduri și a făcut o pauză mai lungă. Concentrează-te pe fotbal! Restul o să se rezolve de la sine.

— Te iubesc, mamă! am îngăimat.

—. Și eu te iubesc! Și...

Dar înainte să apuce să mă mai întrebe altceva, am închis. M-am oprit pentru o clipă în fața ușii cafenelei, ca să mă bucur de liniște. Adia un vânt cald și plăcut, iar vara încă se făcea simțită printre crengile verzi ale copacilor.

Am inspirat profund. Abia mai suportam durerea din piept, pe care mi-o provocase Maliyah. După ce se depărtase de mine, înțelesesem că aceasta era noua mea realitate.

Fusese o zi lungă. Ultimul lucru pe care mi-l doream acum era să fiu dojenit din cauză că nu mai dădeam bine în fața camerelor de filmat.

Dar această întâlnire era ordinul antrenorului. Nu aveam de ales, altfel mi-aș fi pus în pericol poziția în echipă. Așa că am dat încă o dată aerul afară și am împins ușa de sticlă, clopoțelul de deasupra anunțându-mi intrarea cu un clinchet.

Rum & Roasters era unul din puținele baruri din campus, probabil pentru că atmosfera dinăuntrul localului era pașnică, față de barurile din afara campusului. Nu vedeai niciodată studenți minori beți, agitându-și buletinele false în fața intrării, ci mai degrabă studenți în ani terminali, îndeajuns de mari să bea alcool și care preferau o conversație în tihnă sau să asculte niște muzică live, nu să se zbânțuie pe ringul de dans. Pierderea lor.

Și totuși, mă simțeam în largul meu în timp ce înaintam în semiîntuneric, învăluit de mirosul de hârtie, de lumânări și cafea, care acoperea orice iz de alcool servit. Era chiar mult mai plăcut decât duhoarea din barurile în care obișnuiam să merg. Trebuia să recunosc că localul chiar avea oarece personalitate.

Pe o scenă mică, într-un colț, un tip cu o chitară acustică cânta îndeajuns de încet cât să poți purta o conversație la orice separeu sau masă cu lumânări unde te-ai fi așezat.

M-am oprit în dreptul barului și am scrutat mesele, în căutarea Gianei. Am simțit o strângere de inimă la vederea unui cuplu care se săruta într-un colț, dar am continuat să cercetez încăperea, până am dat de ea.

Umbra și lumina lumânărilor se împleteau pe chipul liniștit al Gianei. Avea ochii mari, blânzi și buzele arcuite într-un surâs. Ținea o cană comic de mare între mâinile ei mici, în care era un fel de cafea cu multă spumă deasupra. Sorbea din când în când din cană, în timp ce asculta muzica.

Și asculta pe *bune*.

Era îmbrăcată cu aceiași ciorapi sexy de mai devreme. Stătea picior peste picior și își legăna din când în când pantoful, în ritmul muzicii. N-am recunoscut melodia, în schimb ea murmura fiecare vers, fără să-l piardă din ochi pe cântăreț.

Când tipul și-a ridicat privirea și s-a uitat la ea, Giana s-a îmbujorat atât de tare, încât i-am remarcat culoarea în ciuda luminii slabe din local. Și-a lăsat imediat privirea în jos și și-a înăbușit un zâmbet. Când l-a privit din nou, cântărețul deja le făcea cu ochiul unor fete de lângă scenă.

Curiozitatea mi-a pus un zâmbet pe față, așa că m-am îndreptat spre masă. M-am oprit fix între ea și tipul cu chitara.

A clipit de câteva ori, surprinsă. Uitase complet că mă invitase. Că îmi *ordonase* să vin. A tresărit, mai să-și verse cafeaua, după care a așezat cana pe masă, și-a potrivit ochelarii și s-a ridicat în picioare.

— Ai venit!

Am ridicat din sprâncene.

— Nu trebuia?

— Păi, ba da, dar..., a bălmăjit ea și și-a mascat uimirea cu un zâmbet, indicându-mi cu mâna scaunul de vizavi de ea. Vrei o bere, sau poate altceva?

I-am aruncat o privire în chip de aprobare. A ridicat un deget și a chemat-o pe chelnerița care se strecura printre clienți. Aceasta m-a legitimat numaidecât. Din fericire, aveam un buletin fals excelent, mulțumită lui Kyle Robbins. Doar la asta se pricepea

Kyle, pe lângă fotbal, așa că nu-l uram decât ca pe un enervant frate mai mic.

După ce s-a asigurat că am o bere în mână, Giana și-a sprijinit coatele de masă, și-a unit vârfurile degetelor și m-a privit direct în ochi.

— Îți mulțumesc că ai venit, a zis ea.

Am încuviințat.

— Uite, nu vreau să te bat la cap. Nici eu nu vreau să fiu aici, să muncesc ore suplimentare.

S-a oprit să-și dea de pe față o buclă și atunci mi-am dat seama că își desfăcuse cocul pe care îl purtase toată ziua. Șuvițe rebele, aurii și castanii îi încadrau chipul. Obrajii ei erau presărați cu pistrui. A strâns din buzele pline și a continuat:

— Dacă ești de acord, aș vrea să terminăm repede, să găsim o soluție la problema noastră și pe urmă să avem și noi parte de un somn binemeritat, ce zici?

— Ce problemă avem, mai exact?

— Hm, păi în afară de faptul că ai repezit-o pe reporterița de la ESPN?

A ridicat din umeri, și-a scos laptopul din geantă și l-a pus pe masă, între noi doi, după care a continuat:

— Nu mare lucru.

— A fost deplasată. Toți sunt.

— Și totuși, nu mi s-a părut că ți-a păsat de asta sezonul trecut, când jurnaliștii te ridicau în slăvi și spuneau că ești următorul Ronnie Lott[1].

— Mda, păi, s-au schimbat multe de anul trecut până acum.

— De exemplu, relația ta?

---

[1] Fost jucător de fotbal profesionist în Liga Națională de Fotbal, timp de 14 sezoane.

I-am simțit vorbele ca pe o palmă. Chiar mi-am smucit capul, surprins de o replică atât de acidă din partea fetei pe care o crezusem mereu timidă și retrasă.

— Nu vreau să fiu nepoliticoasă, a continuat ea imediat.

Blândețea i-a revenit în glas. Vorbea din nou încet, șovăitor:

— Știu... De fapt, pot să-mi *imaginez* cât de grea e o despărțire, mai ales că erați împreună încă din liceu.

— Cum de știi atâtea despre subiectul ăsta?

M-a pus la punct cu o privire:

— E treaba mea să știu atât de multe. Și să mă asigur că ești bine.

— Și asta ar trebui să mă înveselească, Kitten?

S-a dezumflat și s-a lăsat pe spătarul scaunului.

— Repede și fără probleme, mai știi ce am vorbit? Cooperează și tu puțin și o să terminăm până dai gata berea aia.

Am mormăit și am fluturat din mână spre laptop, după care am băut o gură zdravănă de bere și am așteptat să găsească ce căuta.

— Doamna Banks a invitat-o la ziua selecției pe jurnalista cu care ai refuzat să vorbești. Vrea să-i acorzi un interviu în exclusivitate, a adăugat și mi-a aruncat iute o privire. Până atunci, promit să te las în pace, dacă îți revii și îi dai un interviu *ca lumea*, data viitoare.

— Să mă lași în pace înseamnă...

— Să te scutesc de orice obligații de a te întâlni cu reprezentanți media. Fără interviuri, fără podcast-uri, nici măcar o ședință foto, nimic până la ziua selecției.

A tastat ceva la laptop și a continuat:

— Și *știu* din experiență că n-ai nevoie să ți se spună cum anume să te comporți în fața camerelor de filmat. Ești unul dintre jucătorii pe care mă pot baza când vine vorba de subiectul ăsta.

S-a oprit cu degetele deasupra tastelor și m-a privit cu chipul luminat de ecranul laptopului.

— Dar îmi dau seama că nu ești bine. Și nu vreau să-ți mai pun și eu altceva în cârcă. Așa că... spune-mi, cum ți se pare, e un aranjament bun?

Ceva în felul în care mi-a spus că nu sunt bine m-a făcut să simt că rămân fără aer.

Am izbutit să încuviințez.

— Bine, a conchis ea.

Giana a zăbovit cu degetele deasupra tastelor și s-a uitat peste umărul meu, la tipul care tocmai reîncepuse să cânte. Și, ca la un semnal, s-a înroșit din nou la față.

Mi-am îngustat privirea și am observat cum și-a desprins cu greu ochii de la el și i-a îndreptat iar spre laptop. Mi-am petrecut un braț peste spătarul scaunului și m-am răsucit să-l văd și eu mai bine pe tip.

— Următorul cântec este compus special pentru o fată frumoasă, a spus el în șoaptă la microfon, zâmbind din nou spre o altă masă de fete, din fața lui.

Domnișoarele s-au înveselit toate când l-au auzit. El a început să zdrăngăne la chitară și să bată ritmul cu ghetele maro închis, pe bara scaunului înalt pe care stătea.

Era un tip brunet, cu un păr ciufulit, nebărbierit, sau mai degrabă neîngrijit și avea cearcăne vizibile. Arăta mahmur, dar asta se adăuga probabil la farmecul imaginii de artist îndurerat. Avea pe el o cămașă mai mică decât cea purtată de Giana, puteam să pun pariu, și niște blugi negri, mulați și rupți de tot în genunchi.

Pe semnul din spatele borcanului pentru donații scria Shawn Stetson, alături de numele cu care putea fi găsit pe Instagram și pe Venmo, pentru bacșiș oferit online.

M-am silit să nu pufnesc și m-am întors spre Giana, încrucișându-mi brațele la piept. M-am rezemat de spătarul scaunului și am întrebat-o:

— Care-i treaba cu tine și cu tipul ăsta?

Întrebarea mea a surprins-o cu cana în mână, care i-a tremurat atât de tare, că a vărsat un pic de cafea peste laptop. A tras o înjurătură și a așezat cana la loc, pe masă. Apoi a șters repede spuma de pe taste și a clătinat din cap, nemulțumită. Era stacojie la față.

— Poftim? Nu știu despre ce vorbești. Nu-i nimic între mine și Shawn Stetson.

A izbucnit într-un râs nervos, scoțând zgomote ciudate. Am ridicat din sprâncene.

Se referise la tipul ăsta cu nume și prenume complet?

— Ești foarte convingătoare, ce să spun? am murmurat.

A strâns din buze, apoi s-a îndreptat în scaun.

— Nu știu ce vrei să spui, dar hai să revenim la...

— Îți place de el.

A rămas cu gura căscată.

— Eu sigur nu...

— Îți place așa de tare de el, că nu ești în stare să te uiți în ochii lui, într-un bar plin de oameni.

Nu-mi aminteam s-o fi văzut vreodată pe Giana atât de afectată. A închis brusc laptopul și l-a băgat în geantă.

— Habar n-ai despre ce vorbești.

I-am zâmbit și m-am aplecat peste masă, cu coatele pe lemnul rece. După săptămâni bune, simțeam în piept o emoție cu totul nouă. Era entuziasm pur, chiar dacă în surdină, dar am simțit cum acea parte din mine care dorea să-i ajute pe ceilalți tocmai se dezghețase, ca un copac care se scutura de ultimii țurțuri.

Dezghețul dădea la iveală speranța, sau sosirea primăverii, odată cu ideea care tocmai îmi înmugurise ca o floare. Sau ca o buruiană, nu eram sigur.

— Aș putea să te ajut.

— Să mă *ajuți* tu pe mine?

Un cârlionț i-a căzut peste ochiul stâng și l-a dat laoparte. M-am tras și mai aproape de ea. Giana mi-a privit pieptul, după care și-a așezat mâinile cuminți, în poală, de parcă s-ar fi temut să nu mă atingă, dacă le-ar fi ținut pe masă.

— Ieși cu mine la o întâlnire!

A făcut ochii mari, apoi a izbucnit iar într-un râs nervos.

— Sau, măcar, *prefă-te* că ieși cu mine.

A început să râdă în hohote. Dar când a văzut că eu nu glumesc, a pălit la față, s-a sprijinit de masă cu o mână și pe cealaltă și-a dus-o la frunte.

— Cred că o să leșin.

— Nu, te rog! O să ne fie și mai greu să-l facem pe *Shawn Stetson* să-ți fie iubit.

Sau *mie* s-o aduc pe Maliyah înapoi.

Capitolul cinci

Giana

— Ești nebun!

— Sunt genial, a continuat Clay, rezemându-și coatele de masă și aplecându-se și mai mult spre mine.

Era aproape haios cât de masive îi erau brațele în comparație cu măsuța dintre noi, care se clătina amenințător pe picioarele subțiri, amenințată de greutatea corpului lui.

— Eu... E pur și simplu... e *absurd* ce spui tu acolo.

Mi-am împins ochelarii pe nas și mi-am trecut degetele reci peste obrajii fierbinți, după care m-am așezat din nou picior peste picior. Apoi mi-am încrucișat brațele la piept, dându-i de înțeles că această conversație mă stânjenea, ca și propunerea pe care mi-o făcuse, de altfel.

Venisem aici în seara asta ca să-l îndrum pe Clay Johnson, să-l ajut să se descurce mai bine în fața jurnaliștilor, după despărțirea de iubita sa, care îl afectase nu doar pe el, ci întreaga echipă de fotbal.

Nu mă aflam acolo ca să-și bată joc de sentimentele mele pentru Shawn Stetson și nici ca să mă convingă să mă prefac că avem o relație, doar ca să-i atrag atenția acestuia.

Era deja destul de umilitor faptul că se *prinsese* că-l plăceam pe tip. Și eu, care crezusem că mă pricep să-mi ascund sentimentele — pentru Shawn, cel puțin, păream complet invizibilă. Începusem să-l urmăresc din semestrul trecut, de când îl auzisem prima oară cântând, iar de atunci fusesem nelipsită de la fiecare concert din campus.

Dădeam vina pe una din cărțile mele preferate, *Thoughtless*, pentru fascinația mea față de el.

S.C. Stephens[1] mă făcuse să mă îndrăgostesc de Kellan Kyle. Când am terminat romanul, m-am simțit complet pierdută, nu-mi venea să mai citesc nicio altă carte, nu mai eram normală... În starea aceea, am intrat în bar, la *Rum & Roasters*.

Și am dat de el, de Shawn Stetson, un brunet chipeș, cu aer gânditor și misterios.

— Uite, G! a început Clay.

— Giana, l-am corectat.

— Vrei să-ți spun iar Kitten?

Am mijit ochii. Clay rânjea, i se părea că făcuse o glumă bună.

— Uite, sunt bărbat, așa că știu ce vor tipii. Sau, mă rog, cei mai mulți, cărora le plac fetele. Ascultă-mă pe mine! Tipul ăsta? a zis și l-a arătat cu degetul pe Shawn, care cânta mai departe pe scenă, în lumina unui reflector. Vrea o femeie misterioasă, una care să-i fie muză, care să-i pice mai greu în plasă. O femeie care nu-i chiar de nasul lui.

---

[1] Autoarea romanului de succes *Thoughtless*, care are la bază un triunghi amoros.

Aproape că mi-au ieșit ochii din cap. I-am acoperit degetul gigantic cu ambele mâini, apoi am furișat o privire spre Shawn, să văd dacă am trecut neobservați.

— Pot să-l fac să-ți mănânce din palmă înainte de Ziua Recunoștinței.

Obrajii mei erau atât de înfierbântați, că mă temeam să nu-mi pârlească părul care-mi cădea pe față.

— Ce te face să crezi că aș vrea așa ceva? l-am întrebat.

Clay a ridicat dintr-o sprânceană.

Bine, am înțeles, m-a citit ca pe un panou publicitar. Mi-am mușcat buzele, apoi mi-am întors privirea spre Clay și am rostit în șoaptă:

— Nici măcar nu știe că exist.

— Încă un lucru cu care te-aș putea ajuta, a spus el, trecându-și o mână mare peste față. Crezi că ar putea cineva din campus s-o ignore pe fata care i-a atras atenția lui Clay Johnson?

Am dat ochii peste cap după insinuarea lui arogantă, dar nu puteam să-l contrazic.

Avea dreptate.

Din clipa în care pășise în curtea North Boston University, cu pachetul său de mușchi și ochii săi verzi pătrunzători, Clay fusese inaccesibil, spre disperarea tuturor fetelor. Și deși se purtase ca un nesimțit cu toată lumea, după despărțirea de Maliyah, fanele roiau în jurul lui, cerșindu-i măcar o fărâmă de atenție.

Și totuși...

— E muzician, am subliniat eu, cu brațele în continuare încrucișate la piept. Probabil că nu dă doi bani pe fotbal.

Și cum universului îi plăcea să-și bată joc de mine, fix în clipa aceea Shawn și-a terminat melodia. După alte câteva acorduri la chitară, s-a apropiat de microfon și a zis:

— Doamnelor și domnilor, în seara asta, avem alături de noi o celebritate. Pe Clay Johnson, cel mai bun jucător de la North Boston University, aflat deja cu un picior în Liga Națională de Fotbal. Luați autografe, până nu e prea târziu.

Clay a fluturat din mână, modest, iar toate privirile din bar s-au ațintit asupra noastră. Am încercat să-mi ascund fața, în timp ce Clay se bucura de atenție, zâmbind seducător și făcându-le cu ochiul fetelor de la o masă. Acestea au șușotit între ele și l-au cântărit din priviri, apoi și-au dat coate una alteia, ca și cum ar fi tras la sorți care din ele să-i vorbească prima. Mi-am dat ochii peste cap când o fată a început să-l filmeze fără să se ascundă.

— Ia spune, frate, ai vrea să cânt o anumită melodie? l-a întrebat Shawn.

Simplul fapt că vorbea cu Clay, iar acesta era cu mine la masă mă aducea deja în același univers cu iubirea mea secretă, adică mai aproape de Shawn ca niciodată.

Clay m-a privit cu același zâmbet obraznic.

— Ce zici de „Just Say Yes", de la Snow Patrol? a propus el.

Am dat iar ochii peste cap. Shawn a început să cânte, iar Clay s-a aplecat și mai în față și m-a întrebat:

— Ți-ai epuizat argumentele?

Am oftat.

— Stai să văd dacă am înțeles bine. O să avem o relație de ochii lumii, în care tu, ipotetic, o să mă ajuți să-l cuceresc pe Shawn, iar eu...

Am clipit de câteva ori, rămasă fără cuvinte.

— Ce ar trebui să fac eu, mai exact? am continuat. Adică... Tu cu ce te alegi din toată chestia asta?

Pe chip i s-a așternut o umbră, după care s-a lăsat din nou pe spate, a ridicat din umeri și a băut jumătate de bere dintr-o răsuflare.

— Cu Maliyah.

M-am încruntat.

— Nu pricep.

— Îmi cunosc foarte bine iubita, a continuat el, cu o privire mai hotărâtă ca niciodată, ceea ce spunea multe, fiindcă îl văzusem de nenumărate ori în situații aproape imposibile, de interceptare a mingii, pe terenul de fotbal. Știu că încă mă iubește, că încă mă vrea, dar crede că există cineva mai potrivit decât mine pentru ea. N-a vrut niciodată decât ce-i mai bun, a zis și a făcut o pauză. Așa a fost crescută, cu dorința de a avea ce-i mai bun pe lume. E una din calitățile ei.

Mi-am reținut un rânjet, ca să nu-i arăt ce credeam eu despre o așa-zisă calitate a tipei ăsteia.

— Iar atunci când o să mă vadă cu altcineva, când o să creadă că am trecut mai departe, o s-o roadă gelozia. O să mă implore să mă întorc la ea, a spus el, dând din cap, cu un zâmbet diabolic pe chip.

Am strâmbat din nas.

— Nu știu ce să zic, Clay... Nu vreau să intru în asemenea jocuri.

— Crede-mă, toată lumea le joacă. Și dacă nu le joci — nu, dacă nu *câștigi*? a zis și a ridicat din umeri. Atunci, pierzi.

Stomacul mi s-a strâns ghem la auzul cuvintelor lui. Privirea mi-a fugit spre scenă, unde Shawn cânta la chitară. Inima mi-a luat-o la galop când m-a privit în treacăt, așa cum pățeam de fiecare dată. Dar totul s-a petrecut așa de repede, încât abia i-am observat ochii aurii.

Eram invizibilă pentru el. Întotdeauna fusesem.

Nu aveam să recunosc niciodată cu glas tare de câte ori avusesem fantezii despre el, mai ales după ce recitisem *Thoughtless*. Ori de câte ori cântase în barul ăsta și îmi aruncase priviri furișe, mă întrebasem dacă nu cumva în seara aia o să vină la masa mea, stăruind să mă cunoască și să mă conducă acasă. Oare când avea s-o observe pe fata timidă care-i urmărea fiecare spectacol și știa pe de rost versurile compuse de el, fata care stătea retrasă într-un colț, în timp ce toate celelalte tipe i se aruncau la picioare?

Fantezia mea devenea apoi un pic mai incitantă.

Și totuși, chiar și atunci când mă privea direct, prima mea reacție era să-mi feresc privirea, să mă ascund, să mă pierd în mulțime, pentru a deveni din nou invizibilă. Tipul acesta de atenție mă stânjenea. Mă făcea mai degrabă să mă întreb dacă nu cumva observă vreun defect de-al meu, dacă am ceva între dinți, nu dacă mă place. Nu eram genul de fată în stare să-i susțină privirea, care să-i zâmbească, să-și lingă buzele sau să-și treacă seducător degetele peste marginea ceștii de cafea.

Nu aveam farmecul tipic *unei eroine*.

Eram, mai degrabă, întruchiparea prietenei simpatice și ciudate, plină de sfaturi înțelepte.

Am oftat. Tânjeam după ceva aparent imposibil. Când Shawn mi-a aruncat iar o privire, mi-am ascuns, ca de obicei, fața îmbujorată. Apoi m-am uitat la Clay, care mă privea cu un aer arogant, de parcă m-ar fi prins cu minciuna.

Sau, cu fața roșie de minciună.

Toată viața îmi fusese prea frică să lupt atunci când îmi doream ceva. Eram exact opusul lui Clay sau al lui Maliyah, opusul tuturor celor din echipa cu care lucram. Nu semănam cu frații și surorile mele, meniți să fie măreți, care îi atrăgeau pe toți cei din jur ca un magnet. Nu eram nici ca șefa mea, care era în centrul atenției imediat ce intra într-o cameră.

Eu eram persoana din umbră, și fusesem întotdeauna mulțumită să mă pierd în fundal.

Doar că acum, pentru prima dată, îmi doream să mă aflu și eu în lumina reflectoarelor.

Și pentru ce naiba? Pentru un amărât de *iubit*!

M-am aplecat în față și mi-am încrucișat mâinile pe masă.

— Avem nevoie de termeni și condiții. De reguli, am spus eu.

Clay mi-a răspuns arcuindu-și aproape imperceptibil buzele. M-am întrebat în ce încurcătură mă băgam.

Am ridicat un deget și am adăugat:

— Prima regulă este că, indiferent ce faci ca să mă ajuți cu Shawn, promiți să faci tot ce îți cer în relația ta cu mass-media. O să te las în pace în următoarele săptămâni, așa cum ți-am promis, dar în ziua selecției o să joci rolul sportivului perfect și o să mă faci să dau bine.

— Acum mi se pare cam inechitabilă înțelegerea noastră.

— Oare, dacă asta înseamnă că o s-o recucerești pe Maliyah?

Clay și-a plecat capul într-o parte, s-a lăsat pe spate, apoi și-a așezat glezna peste piciorul opus. A fost nevoit să se depărteze de masă pentru a face ultima mișcare. Mi-a răspuns:

— *Touché!* Altceva?

M-am lăsat pe spătar și mi-am atins gânditoare bărbia, cu un deget, încercând să-mi amintesc toate ideile despre relații false, din cărțile pe care le citisem. Adevărul era că citeam la repezeală, așa că toate poveștile se amestecaseră în mintea mea. Dar eram absolut sigură că, în cazul unei relații false, avem *neapărat* nevoie de reguli, altminteri lucrurile ies prost.

— Fără manifestări de iubire în public, am zis într-un târziu.

Clay a țâțâit nemulțumit. Câțiva studenți de la mesele din jur ne-au privit peste umăr.

— Imposibil! Nimeni nu evită să se manifeste în public, atunci când este într-o relație.

— Bine, am acceptat cu o grimasă. Atunci, avem nevoie de o parolă, de un cuvânt de siguranță pe care să-l folosim dacă nu ne convine ceva.

— Un cuvânt de *siguranță*? m-a întrebat Clay chicotind. Crezi că am de gând să te leg cu sfori, Kitten?

Ochii i-au sclipit cu viclenie, de parcă tocmai îi trecuse prin cap ce presupunea legarea. Și-a aplecat trupul masiv deasupra mesei.

— La o adică, dacă vrei, aranjăm și asta, a adăugat el, rânjind.

Buzele mi s-au întredeschis când i-am auzit invitația. Pentru o secundă, mi-a stat inima în loc, dar apoi aceasta și-a întețit bătăile. Reacția mea *nu* era una potrivită. Din fericire, mi-am ascuns-o dându-mi ochii peste cap. Sau, cel puțin, așa speram.

— Vreau să spun că, dacă o să faci vreodată ceva cu care să nu mă simt confortabil, am nevoie de o modalitate prin care să te anunț.

— Mai bine hai să vedem ce-ar fi confortabil, a sugerat el.

Mi-am plecat capul într-o parte, m-am gândit o clipă, după care am încuviințat.

— Să ne ținem de mână?

— Normal că da, am răspuns.

— Sărut pe frunte, pe obraz etc?

Obrajii mi se încălzeau treptat.

— Da.

Clay și-a arcuit o sprânceană.

— Sărut pe gură?

Inima mea își iuțea iar bătăile. Mi-am dat o șuviță de păr pe după ureche și am ridicat cana, ca să iau o gură din spuma de mult răcită.

— Cred că ar fi ciudat dacă n-am face asta, i-am zis și am pocnit imediat din degete pentru a-i atrage atenția, după care l-am pironit cu privirea. Dar fără săruturi cu limba.

— Fără? a întrebat el, plescăind nemulțumit. Cine o să fie gelos din cauza unui pupic pe buze? Cu siguranță, nu băiatul tău, de acolo. Asta îți garantez.

Am gemut. Când mi-am dat seama cât de idioată era toată situația, parcă mi-a vărsat cineva o găleată de apă rece în cap. Nu trăiam în paginile unei cărți, ci în viața reală, adică acolo unde *nimic* din toate astea nu aveau, pur și simplu, să funcționeze în favoarea mea.

— E complet absurd, i-am spus. N-o să meargă niciodată. E o idee ciudată, care ți-a venit din disperare și cred că ar trebui s-o dăm uitării chiar acum.

Am început să-mi strâng lucrurile, dar Clay s-a întins și m-a strâns de încheietură cu blândețe, în ciuda mâinii uriașe, pline de bătături. M-am oprit și mi-am plimbat privirea de-a lungul brațului său puternic, până când i-am întâlnit ochii. Mă priveau cu o sinceritate nedisimulată. M-a tulburat cât de profundă și totuși *înspăimântătoare* era privirea lui. Oare asta simțeau adversarii lui pe teren, o teamă care le ridica părul de pe ceafă?

— Miau! a făcut el.

M-a umflat râsul.

— Miau?

— Dacă întrec măsura, dacă te simți incomod și vrei să mă opresc, spui „Miau!".

— Doamne sfinte!

— Dar n-o să fie nevoie, a adăugat el repede. Indiferent ce ai aflat despre mine, eu sunt un tip cu bun-simț.

S-a tras deoparte și și-a îndepărtat mâna. Până atunci nu-mi dădusem seama că nu mai respiram normal, așa că am inspirat profund.

— Și vreau ca Maliyah să mă vrea înapoi, nu să te îndrăgostești tu de mine.

Am pufnit și i-am zis:

— Crede-mă, n-ai de ce să-ți faci griji în privința asta.

— Bine, deci, a spus Clay și a început să numere pe degete. Mă comport cum trebuie în fața camerelor de filmat, îți arăt toți pașii pe care trebuie să-i faci ca să-l cucerești pe Domnul Emo cu chitara, iar tu îmi cânți în strună ca s-o facem pe Maliyah geloasă.

— Și dacă miaun...

Clay a zâmbit.

— Acum parcă aș vrea să te fac să te simți un pic aiurea, numai ca să te aud.

— Mai bine nu! l-am avertizat.

— Bine. Dacă miauni, bat în retragere.

L-am aprobat din cap și mi-am enumerat încă o dată în minte toate condițiile.

— Mai e ceva, am adăugat și mi-am dres vocea, trăgând de bucățile de hârtie prinse între spiralele caietului. Dacă ne pomenim într-o... încurcătură?

— Adică?

Mi-am scărpinat ceafa și am ridicat din umeri.

— Am văzut destule filme și am citit destule cărți ca să știu că uneori genul acesta de relație se... complică, i-am răspuns, privindu-l direct în ochi. Dacă unul din noi nu mai vrea să continue să se prefacă?

— Nu poți să renunți, a răspuns el încruntat. Asta ar însemna să rupem înțelegerea.

— Dar dacă...

Nu eram în stare s-o rostesc. Inima îmi bubuia în timpane.

Clay s-a hlizit și a spus:

— Deci *chiar* îți faci griji că ai putea să te îndrăgostești de mine.

Mi-a picat fața.

— Bleah! Mersi că mi-ai amintit că e imposibil.

A pufnit în râs și și-a întins o mână peste masă.

— Dacă vrei la un moment dat să renunți, spune-mi! Nu te țin cu forța, a zis el și și-a retras mâna când am vrut să i-o dau pe a mea. Dar nu renunța la mine doar fiindcă așa-ți vine. Sunt complet dedicat cauzei noastre. Tu ești?

— Crede-mă, dacă ajutându-te s-o recucerești pe Maliyah înseamnă că nu o să mă mai confrunt niciodată cu un dezastru mediatic precum cel de ieri, o să fac orice e nevoie.

Pe buze i s-a așternut un surâs satisfăcut.

— Atunci, batem palma, Kitten!

Mi-am strecurat palma în mâna lui și i-am strâns-o, fiind de acord cu cel mai ridicol plan din lume.

Pe scenă, Shawn Stetson ne privea cu o expresie de curiozitate întipărită pe chipul superb.

***

O săptămână și jumătate mai târziu, l-am furișat pe Clay în birou meu, după ce m-am asigurat că nu era nimeni pe coridor, vreun jucător sau cineva din administrație. Nu că ar fi contat, aș fi putut să mă prefac oricând că avem un training de media, dar adevăratul motiv pentru care îl chemasem nu-mi permitea să mint într-un mod credibil.

Am închis ușa cât mai încet, apoi m-am întors spre el și am răsuflat ușurată că nu ne văzuse nimeni.

— De ce te porți de parcă ne pregătim să jefuim o bancă? m-a întrebat Clay.

— Sincer? Sună mai puțin înspăimântător decât motivul pentru care ne aflăm *de fapt* aici, am recunoscut.

Clay mi-a zâmbit cu un aer încrezut, și-a încrucișat brațele la piept și a făcut un pas spre mine. Era îmbrăcat în tricoul de antrenament și în pantaloni cu jambiere. Hainele lui erau murdare și umede și i se lipeau de corp. Cu cât se apropia mai mult, cu atât îi simțeam mai bine mirosul. Aș fi *vrut* să mă dezguste izul amestecat de transpirație, praf, iarbă și ceva ce aducea cu lemn de tec, dar cocktailul ăsta crea un parfum de feromoni numai al lui. Mă străduiam din răsputeri să-i privesc fața, în loc să-i admir toți mușchii ăia delicioși.

— E doar o mică repetiție a sărutului.

— Tu *auzi* cât de ridicol sună asta?

A chicotit și a spus:

— Nu prea am avut timp să vorbim de când am bătut palma. Cred că trebuie să recapitulăm planul.

Am înghițit în sec.

— Bine, am consimțit eu. Și... care era planul?

— O să ne facem apariția împreună de ziua selecției. O să ne facem intrarea în stadion, ținându-ne de mână înainte de antrenament, doar ca să stârnim rumoare. Toată echipa o să fie surescitată, fiindcă o să afle fiecare dacă a intrat în echipă și pe ce poziție.

— Și pe urmă, după antrenament, în cantină, o să facem o scenă.

— Facem o scenă.

— Pentru că eu o să fug spre tine și o să te... o să te sărut.

Avea un rânjet pervers, așa că i-am tras una peste braț ca să și-l șteargă de pe față.

— Ce mă bucur că te amuză toate astea! am zis furioasă.

— Mi se pare super haios că abia poți să pronunți cuvântul „sărut".

Mi-am ridicat capul și mi-am îndreptat umerii, refuzând să recunosc că nu fusesem sărutată decât de câteva ori în toată viața mea. Că niciodată nu simțisem pământul fugindu-mi de sub picioare și că nu voiam decât să mă ascund într-o peșteră.

Stai așa, puteam să fac asta. Aveam de ales. Puteam să pun capăt înțelegerii chiar în clipa aia și m-aş fi scutit de senzația de jenă.

Numai că mi se întâmplase ceva ciudat după ce plecasem de la întâlnirea cu Clay.

Îmi dădusem seama de un lucru pe care nu-mi plăcea deloc să-l recunosc.

Voiam toate astea.

Era un aranjament scandalos, care probabil că avea să dea greș. Dar dacă era totuși *posibil* ca Shawn nu doar să mă observe, ci chiar să devină interesat de mine, ei bine, atunci asta chiar era o fantezie greu de refuzat.

Așadar, dacă rolul meu era să fac o scenă, astfel încât Maliyah să bage de seamă că Clay o dăduse uitării, aveam să-l joc cum trebuia.

Deși numai gândul că aş fi fost în stare să-i stârnesc gelozia unei tipe ca *ea* era de-a dreptul ridicol.

— Bine, hai să facem asta! am spus, ignorând incertitudinea care nu-mi dădea pace.

Aveam timp să mă ocup de ea mai târziu.

— Bun, deci, tu te duci acolo și te prefaci că stai la coadă, am spus și i-am indicat biroul.

Clay și-a luat poziția și m-a privit curios.

— Bun, am continuat eu în timp ce îmi frângeam mâinile. Gata, vin!

— Bine.

El a așteptat, dar eu am rămas nemișcată, mușcându-mi buzele și încercând să-mi urnesc picioarele.

— Gata, acum vin!

A râs ușor.

— Bine.

După încă un moment lung de ezitare, a deschis gura ca să mă întrebe ceva, dar mi-am luat avânt.

Din cinci pași rapizi m-am aruncat în brațele lui. Am strâns din ochi la gândul că m-ar fi putut scăpa sau l-aș fi putut răsturna, din cauza mișcării mele stângace. Clay m-a prins însă extrem de ușor și mi-a cuprins talia cu brațele, iar eu mi-am petrecut picioarele în jurul lui. Aproape că mi-am pierdut răsuflarea. Părul mi-a intrat în ochi și ochelarii mi-au alunecat pe nas.

I-am împins la loc, respirând anevoie și am inventariat toate locurile în care îi atingeam corpul: aveam brațele petrecute pe după gâtul lui, pieptul lipit de al său, iar coapsele mele îi strângeau șoldurile.

Și undeva între picioare aveam o senzație străină, în locul unde îi atingeam abdomenul.

Brusc m-a cuprins panica și m-am dat imediat jos.

— Bun, m-am prins ce trebuie să facem.

— Nu vrei să încercăm sărutul acum?

Am îngustat ochii.

— Nu fi obraznic!

— Poftim? a exclamat el, cu un aer aparent nevinovat, azvârlindu-și mâinile în aer. Cred că te-ai simți mult mai confortabil dacă ai încerca acum, când nu-i nimeni prin preajmă.

— O să-ți dau un pupic lung și pe urmă o să strig „Bravo, ai reușit!", ca să vadă toată lumea că sunt iubita ta.

Clay a scuturat din deget, cu un gest de dezaprobare și a replicat:

— Nu un pupic. N-o să păcălești pe nimeni cu așa ceva. O să creadă că suntem frate și soră, nu iubiți.

— Bine, am mormăit eu. Ne atingem un pic limbile. Dar scurt, *capisce*?

El a ridicat dintr-o sprânceană.

— Acum cine ești, vreun mafiot italian?

Am fluturat din mână, ca să-l trimit la plimbare.

— Gata! Trebuie să mă apuc din nou de treabă. Și tu trebuie să te întorci la antrenament. Ne-am înțeles cum o să facem.

Clay a zâmbit, a încuviințat și s-a îndreptat spre ușă, dar s-a oprit în prag. Am văzut cum umerii i s-au lăsat în jos când s-a întors spre mine.

— Mulțumesc! mi-a zis, cu o voce răgușită. Pentru că faci asta.

Atâta bunăvoință din partea lui Clay m-a luat complet pe nepregătite, dar i-am zâmbit și am ridicat din umeri.

— Hei, *eu* o să-ți mulțumesc atunci când o să-mi faci rost de primul meu iubit adevărat.

Imediat ce cuvintele mi-au ieșit pe gură, m-am blocat. Aveam aceeași expresie de șoc întipărită pe chip ca și Clay.

— Primul tău iubit? a repetat el.

N-am apucat să-i răspund, fiindcă Charlotte a dat buzna în biroul ei, care era lipit de al meu și a început să turuie despre nșpe mii de lucruri pentru care avea nevoie de mine.

L-am dat pe Clay afară din biroul meu, lăsând întrebarea în aer. De îndată ce am închis ușa, a intrat Charlotte.

— Mă asculți?

M-am îndreptat imediat de spate și mi-am luat carnetul de pe birou.

— Bineînțeles! Trebuie să te pun la curent cu situația licitației.

M-a cântărit suspicioasă din ochi. Cu o sprânceană ridicată, s-a uitat la ușa de care tocmai mă îndepărtasem. A ridicat din umeri, ca și cum nu avea timp să-mi pună alte întrebări. S-a întors cu spatele la mine și a intrat iar în biroul ei, iar eu am urmat-o, în timp ce ea a continuat să îmi spună ce aveam de făcut.

Și cumva, am reușit să fiu atentă, deși inima îmi bătea mai să-mi sară din piept.

Capitolul șase

Clay

— Ești gata?

Giana își frângea degetele de zor și privea de jur împrejur la lumea de pe stadion, cu ochi mari, îngrijorată să nu ne audă cineva. În lumina dimineții, ochii ei aveau tot felul de nuanțe, pe care nu le observasem până atunci — un amestec neobișnuit de turcoaz, auriu și verde.

Teama de a fi văzută era complet nejustificată. Aproape toți erau deja înăuntru, la încălzire, încercând să elimine stresul acumulat înaintea unei zile așa de importante.

Marea zi a selecției.

— Putem să renunțăm, i-am spus.

— Ba nu! a venit răspunsul imediat.

Giana și-a îndreptat umerii.

— Sunt bine, doar că..., a continuat ea și și-a mușcat buza. Uite, te cred pe cuvânt când spui că o să *mă* ajuți. Are sens. Nu știu cum să flirtez cu cineva, darămite cum să mă comport la întâlniri. Și chiar habar n-am cum să atrag atenția unui tip care nici nu știe că exist.

Era extrem de agitată. Mâinile îi tremurau în timp ce își privea unghiile cu ojă sărită.

— Dar eu, să te ajut pe *tine*? a urmat ea, scuturând din cap, neîncrezătoare. S-o fac eu geloasă pe o tipă ca *Maliyah*?

Nu mi-a oferit un răspuns. Doar și-a mușcat falca și s-a uitat în sus la mine ca și cum totul era evident. Ca și cum o fată ca ea n-ar putea niciodată să stârnească gelozia nimănui.

Nu m-am obosit să-mi ascund zâmbetul larg de pe față în timp ce mi-am plimbat privirea asupra ei. Își lăsase părul liber pe spate, iar cârlionții ei încă erau umezi de la dușul de dimineață. Se machiase atât de natural, încât fondul de ten nu-i ascundea pistruii de pe obraji. Purta ochelari cu rame roșii, care se asortau cu fusta plisată și cu ciorapii lungi până la genunchi. Habar nu avea ce picioare sexy avea, îmbrăcată în fusta aia scurtă, care era în contrast cu cămașa încheiată până în gât. Orice bărbat din lume ar fi tânjit s-o dezbrace și orice femeie și-ar fi dorit să poată fi așa de ispititoare, fără să-și dea măcar silința.

— Crede-mă, i-am răspuns și am măsurat-o din creștet până în tălpi, apoi am privit-o drept în ochi. Maliyah o să-și iasă din minți când o să ne vadă.

Giana a clătinat din cap, circumspectă, și-a împreunat iar mâinile și s-a întors spre mine.

— Nu vrei să mai repetăm o dată? m-a întrebat.

— Ți-am spus că trebuie să exersăm mai mult.

A fluturat din mână spre mine, cu o expresie prin care admitea că am dreptate, așteptându-mi semnalul.

— O să intrăm împreună, ținându-ne de mână, foarte aproape unul de altul. Cât să facem lumea să șoptească în stânga și în dreapta, i-am reamintit. Și după antrenament, o să mă aștepți în cantină.

— Și-o să fac ditamai scena, o să vin la tine în fugă și-o să te felicit că ai intrat în echipă.

S-a oprit o clipă, după care a adăugat:

— Ești *sigur* că o să fii selectat?

I-am aruncat o privire inexpresivă.

— Of, bine! Și după... ne sărutăm.

Brusc s-a înroșit în obraji.

Am rânjit.

— După care ne sărutăm, am zis, apoi am făcut o pauză, arcuindu-mi o sprânceană. Ești sigură că nu vrei să repetăm partea asta?

Și-a dat ochii peste cap.

— Ai vrea tu!

— Zic și eu... Poate îți mai trec emoțiile.

Giana m-a ignorat, a răsuflat adânc și și-a umezit buzele, apoi și-a descleștat mâinile și s-a îndreptat de spate.

— Bine, a spus ea. Hai să facem asta înainte să leșin, să vărs, să mă răzgândesc, sau să se întâmple toate deodată.

M-a luat de mână. I-am adresat un surâs și mi-am întrepătruns degetele cu ale ei. Am simțit numaidecât că i se taie răsuflarea, de parcă până și să țină pe cineva de mână ar fi fost o chestie nouă pentru ea.

M-am aplecat spre ea și i-am șoptit la ureche:

— Prefă-te până îți iese, Kitten!

Ea s-a îmbujorat și și-a plecat privirea în pământ, iar eu am tras-o după mine, pe ușa stadionului. Am simțit o fluturare în piept când mi-am scanat legitimația de acces, după care ne-am intrat amândoi în rol.

În ultimele două săptămâni, fusesem atât de ocupați, încât abia dacă apucaserăm să dormim, darămite să născocim un plan pentru aranjamentul nostru. Antrenamentele de toamnă erau dure, un amestec constant de joc de echipă, exerciții cu greutăți, ședințe și vizionări de înregistrări.

Giana fusese și ea prinsă cu programul aglomerat al începutului de sezon, cu reporterii și cu gestionarea circului media de zi cu zi, așa că n-am apucat să discutăm decât noaptea târziu, înainte să picăm lați.

I-am spus că ziua selecției era perfectă ca să ne facem debutul drept cuplu, iar ea a fost de acord, dar cam asta a fost tot.

În afară de faptul că se ținuse de cuvânt și nu mă obligase să interacționez cu presa, iar eu îmi respectasem promisiunea că o să-mi revin, pentru a mă prezenta onorabil la interviul de la sfârșitul zilei, nu prea vorbiserăm unul cu altul. Normal că dăduserăm câteva indicii, adică timpul petrecut împreună în vestiar, după antrenament, plimbările împreună în campus, dar azi...

Azi avea să afle toată lumea despre noi și jocul avea să înceapă.

Am pășit amândoi pe ușă. Am simțit cum îi tremura mâna, deși coridorul care ducea spre vestiar era pustiu și cufundat în tăcere. Din capătul holului răzbăteau voci înfundate și zgomotul de crampoane. Știam deja că fiecare jucător era în lumea lui.

La finalul antrenamentului, urma să aflăm cine intră în echipa de anul acesta, cine intră în prima linie, cine e rezervă și cine dispare.

Era o zi de o importanță capitală. Fiecare televiziune de sport avea să urmărească evenimentul în timp real și oricine era interesat de fotbalul universitar avea să vizioneze și să evalueze cu atenție totul. Îmi amintesc că, atunci când fusesem în liceu, până și eu puneam pariuri cu colegii și așteptam să vedem cine intrase în echipă și dacă avuseserăm dreptate.

Pe deasupra, visam ca, într-o bună zi, să fim noi în prim-plan.

După cincisprezece pași făcuți împreună, Leo Hernandez a ieșit valvârtej din cantină, cu o brioșă pe jumătate mâncată în mână și cu gura plină, grăbit să ajungă la vestiar. Când ne-a văzut, s-a împleticit, surprins. Mai că s-a înfipt în zid în timp ce ne privea peste umăr, holbându-se mai întâi la mâinile noastre împreunate, și pe urmă la mine.

A rânjit, a mușcat iar din brioșă și a pornit în fugă spre vestiar, fără să scoată o vorbă.

— Respiră, am sfătuit-o pe Giana, apoi am strâns-o de mână când ne-am apropiat de ușa cantinei.

Planificasem totul cu atenție, fiind sigur că acum nu aveam timp să fiu luat la întrebări de colegi, pentru că trebuia să mergem pe teren. Nu era decât o ațâțare, cât să-i facem să vorbească, să împrăștie zvonul până la Maliyah, care urma să fie și ea pe teren cu echipa de majorete, pentru prima oară în acest sezon.

N-o mai văzusem de când ne despărțiserăm.

Mi s-a strâns stomacul când mi-am dat seama că aveam s-o văd. Eram nevoit să fac asta și să-mi păstrez cumpătul într-una din cele mai stresante zile din sezon. Nu aveam dubii că urma să fac parte din echipa de anul acesta, însă tot aveam emoții — mai ales că știam că fosta mea iubită o să fie prezentă la afișarea noii componențe a echipei.

Când am ajuns în dreptul ușii deschise de la vestiar, i-am ridicat mâna Gianei și i-am sărutat podul palmei.

— Ne vedem după antrenament! am murmurat.

Nu știam dacă se preface, dar zâmbetul seducător pe care mi l-a aruncat a fost absolut fermecător. Și-a lăsat bărbia în piept, m-a strâns de mână, după care s-a desprins de mine și a plecat în grabă spre birourile administrative.

Am urmărit-o cu privirea, zâmbind, apoi am intrat în vestiar, unde cel puțin douăsprezece perechi de ochi se zgâiau la mine.

Unii au avut bunul-simț să se uite în altă parte când și-au dat seama că se holbau. S-au prefăcut că își legau șireturile, că își făceau încălzirea sau că se concentrau la ce făceau înainte să apar eu. Dar alții nu s-au deranjat, ca Zeke Collins și Riley Novo, care mă priveau îngrijorați. La fel și Holden. Doar Kyle Robbins zâmbea cu gura până la urechi.

— Ia te uită! a zis el, petrecându-și un braț pe după umerii mei. Ce avem noi aici, Big C? Gata, te-ai împrietenit cu fustița?

L-am scuturat de pe mine ca și cum m-ar fi iritat, apoi am afișat un zâmbet viclean, ceea ce l-a făcut și mai dornic să mă tragă de limbă. Din fericire, mi-am ales momentul perfect, fiindcă exact atunci și-a făcut apariția antrenorul secund. Cu un fluierat scurt, acesta ne-a anunțat că era timpul să intrăm pe teren.

I-am lăsat pe toți să iasă înaintea mea, în timp ce mi-am tras tricoul peste cap și m-am legat la șireturi. Apoi am ieșit alergând, cu casca în mână.

Și din clipa aceea nu m-am mai gândit nici la Giana, nici la Maliyah.

N-am aruncat nici măcar o privire spre majoretele prezente deja la marginea terenului. Echipa s-a adunat în centrul terenului, unde ne aștepta antrenorul Sanders, ca să ne țină discursul de dinaintea antrenamentului. Am intrat treptat într-o atmosferă familiară și confortabilă, pe care nu o regăseam decât pe terenul de fotbal. Mirosul gazonului mi-a invadat simțurile. Mă simțeam ca acasă pășind pe iarba terenului, iar când am îngenuncheat în spatele unui coechipier din apărare, am atins o stare de completă concentrare.

De obicei, antrenorul era nevoit să fluiere ca să ne liniștim înainte de antrenament, dar azi nu flecărea nimeni. Am îngenuncheat cu toții în jurul lui, cu o mână pe genunchi și cu cealaltă pe cască, și am așteptat.

Aveam unul din cei mai buni antrenori din țară. Făcuse valuri în puținul timp de când venise la North Boston University. Schimbase o echipă care pierdea constant și care nu mai jucase un *bowl game* de decenii într-una care se lupta pentru primele locuri, și asta pentru prima oară din anii '90. Faptul că avea vreo treizeci și ceva de ani nu făcea decât să-i sporească performanța. Drept să spun, nu-mi păsa că de cele mai multe ori se purta oribil, că era sever și că nu complimenta aproape niciodată pe nimeni.

Îl respectam. L-aș fi urmat până și într-o clădire în flăcări, dacă mi-ar fi cerut-o.

Antrenorul și-a pus mâinile în șolduri, apoi ne-a cuprins pe toți cu privirea, încruntat.

— Cei mai mulți știți ce aveți de făcut azi, a început el, apoi și-a tras nasul. Prefer să aștept încheierea antrenamentului ca să discutăm, dar știu că vă este greu să ignorați ce vă așteaptă la finalul zilei.

A făcut o pauză, s-a uitat la lista prinsă în mapa pe care o ținea în mână și a lovit-o cu pumnul.

— Mi-a fost foarte greu să fac selecția. Și vreau ca fiecare dintre voi să țineți minte un lucru. Nimic nu este permanent pe lume. S-ar putea să aveți acum un loc în echipă și să-l pierdeți până săptămâna viitoare, când începe sezonul. E posibil să fiți a treia opțiune acum, dar, până la urmă, să jucați. Așa că, indiferent unde sunteți acum, nu vă lăsați, continuați să trageți la fel de tare și nu pierdeți din vedere scopul principal. Ne-am înțeles?

— Da, domnule! i-am răspuns în cor.

A încuviințat din cap.

— O să afișez lista jucătorilor selectați la avizierul biroului meu, după antrenament, pentru ca voi s-o vedeți primii. La cinci după-amiază, lista va deveni publică, s-o vadă și restul națiunii. Mă aștept să fiți cu toții pregătiți pentru interviuri cu presa diseară, după vizionările înregistrărilor de meciuri.

Reacțiile coechipierilor mei au fost diferite. Unii s-au agitat, evident nemulțumiți, în timp ce alții au afișat un zâmbet încrezător, ca și cum n-ar fi avut nicio grijă. Antrenorul ne-a mai privit o dată, după care s-a uitat fix în ochii mei și, cu o mișcare subtilă din bărbie, mi-a dat de înțeles că venise momentul să începem.

Am sărit în picioare, mi-am tras casca și am urlat:

— Cine suntem noi?

Unul câte unul, toți colegii m-au urmat și mi-au răspuns în cor:

— NBU!

— Și ce vrem?

— Ce vor toți campionii!

— Cum câștigăm?

— Cu clasă luptăm!

— Și dacă nu reușim?

— Îi facem PRAF!

Am întins pumnul și am trăit cu intensitate momentul când toți colegii și-au pus pumnii deasupra.

— Rebels, la trei. Unu, doi...

— Rebels!

Am bătut palma cu frații mei, ne-am ciocnit căștile, le-am tras câte o palmă la fund și i-am încurajat, după care am ridicat-o pe Riley în brațe și i-am zis să-i căpăcească „până-i ia dracu!”.

Și, deși nu m-am uitat nicio clipă la pompoanele agitate pe marginea terenului, am simțit o pereche de ochi căprui care mă urmăreau când îmi ocupam poziția pe teren, pentru prima serie de scheme.

***

La finalul antrenamentului, transpirația mi se prelingea șuvoaie în ochi, iar mușchii îmi urlau de durere. M-am târât spre vestiar. Căldura ne omora, pe lângă chinul de aproape trei ore la care ne-a supus antrenorul Dawson, coordonatorul liniei de apărare. Făcusem atâtea sprinturi și tehnici de driblare, încât amețisem, dar mi-am ținut fruntea sus când am ieșit de pe teren, la fel ca toți coechipierii mei.

Riley a încetinit pe lângă mine și m-a împuns cu cotul.

— Ai fost demențial azi! m-a felicitat ea.

— Aș putea spune același lucru și despre tine, domnișoara care înscrie *field goal*[1] de la linia de 42 de yarzi[2], am lăudat-o eu, ridicând dintr-o sprânceană. Știi că deja a fost făcută echipa, nu? Nu era nevoie să te dai așa de mare.

— M-am cam dat, nu-i așa? a zis ea cu un rânjet.

Riley Novo era singura fată din echipă — singura femeie care juca în fotbalul american universitar. Cu un sezon în urmă, fusese nevoită să învingă multe prejudecăți, ca să câștige respectul celor din jur, inclusiv pe al meu, dar n-a durat mult să ne cucerească. Acum o protejam toți, ca și cum ar fi fost sora noastră mai mică.

Sau, mă rog, toți în afară de Zeke, care o păzea ca pe ochii din cap.

Vorbeam de lup, și lupul la ușă. Zeke s-a apropiat de ea, i-a petrecut un braț pe după umeri și i-a ciufulit părul deja zbârlit.

---

[1] Gol în valoare de trei puncte.

[2] În jur de 38 de metri.

Riley l-a înghiontit, după care s-a trezit din nou în brațele lui și s-a întins să-l sărute. Am simțit o împunsătură în inimă, așa că mi-am ferit privirea.

Și eu avusesem parte de așa ceva.

Acum că se terminase antrenamentul, nu mai trebuia să fiu concentrat. Nu mai trebuia să mă abțin să furișez o privire în direcția majoretelor, care tocmai își terminau exercițiile, pe teren. Purtau toate șorturi cărămizii și maieuri scurte, albe. A fost suficient să trag o dată cu ochiul la ele ca s-o găsesc pe Maliyah.

Pletele blonde i-au fluturat pe spate când a lovit ușor cu piciorul, încercând să-l mențină ridicat deasupra capului pentru o acrobație. A pufnit în râs, împreună cu fetele din jur, și și-a arcuit buzele de culoarea căpșunii într-un zâmbet larg. Chiar și de la depărtare vedeam cum i se mulau hainele pe forme, care mă scoseseră din minți atât pe mine, cât și pe toți băieții din liceu.

M-a privit și zâmbetul i-a dispărut brusc de pe chip.

Mi-am permis să-i susțin privirea mai mult de o clipă, apoi mi-am tras nasul și m-am întors spre Riley și Zeke, prefăcându-mă cufundat în conversația celor doi.

Venise timpul.

Ajunși în sfârșit în vestiar, ne-am comportat cu toții ca și cum chiar am fi fost preocupați de dulapuri, de genți sau de crampoane, până când antrenorul a afișat lista celor selectați la avizierul biroului său și s-a retras înăuntru.

Apoi a urmat un haos total.

Ne-am împins unii în alții până în dreptul avizierului. Unii s-au retras împungând aerul victorioși, iar alții au plecat capetele în pământ sau și-au luat dulapurile de metal la pumni. Am rămas în spate, așezat pe banca din fața dulapului meu. Mă uitam la Leo, care se îndrepta țopăind spre Holden și l-a cuprins de gât.

— Încă un an ca atacanți, căpitane! a zis și s-au lovit cap în cap, ca atunci când purtau căștile. Hai să plecăm naibii de aici!

Holden i-a zâmbit cu gura până la urechi, apoi l-a dat deoparte și și-a reluat figura umilă pe care o avea întotdeauna.

Câteva secunde mai târziu, Zeke o purta pe Riley pe umeri, sărbătorindu-și amândoi pozițiile în echipă — reușită care nu mira pe nimeni. Eu nu a trebuit să mă mișc de pe bancă, fiindcă lângă mine au apărut imediat Reggie și Dane, doi tipi care jucaseră ca apărători, la fel ca mine, sezonul trecut.

— E cazu' să fim bestii sezonu' ăsta, băieți! a spus Reggie și a ciocnit pumnii cu Dane și cu mine.

Dane era și el apărător. Noi eram mereu într-o competiție amicală, să vedem cine interceptează cele mai multe pase.

— Anul ăsta o să-ți depășesc recordul, Johnson! m-a amenințat el, cu pumnii ridicați, făcând câteva mișcări de boxer.

Am plescăit, în chip de dezaprobare și m-am ridicat.

— Slabe speranțe, Dani, băiete! i-am zis. Mai bine te-ai face comod pe locul doi, fiindcă o să rămâi acolo o vreme.

Poantele și chiotele de bucurie ne-au însoțit în drum spre cantină, unde aveam la dispoziție o oră pentru a mânca, pentru a trage un pui de somn dacă voiam sau pentru orice altceva, înainte de ședința despre ocuparea pozițiilor, care se ținea mai târziu. Era ultima zi a antrenamentului de vară, curând începea sezonul. Indiferent cât de greu ni se părea acum, urma să fie și mai rău când începea școala și trebuia să ne ocupăm *și* de cursuri.

Am intrat în cantină cu Leo și Zeke și am simțit o strângere de inimă când am văzut-o pe Maliyah așezată la coadă, alături de alte majorete.

Am tras cu ochiul și am văzut că s-a așezat la una din mesele rotunde din dreptul ferestrelor care dădeau spre campus. Își desfăcuse coada de cal, iar părul blond, des i se revărsa pe spate. Inima mi-a zvâcnit din nou la vederea ei, ca atunci când îmi aminteam de zilele petrecute împreună în California și de Crăciunurile petrecute alături de ambii mei părinți. Fata asta mă ducea cu gândul la casă, la familia mea și a ei, la cât de uniți eram pe vremuri, când credeam că nimic nu o să ne despartă.

Mi se părea ireal s-o văd aici, în școala *mea*, pe terenul *meu* de fotbal, purtând emblema școlii *mele* la piept.

Numai că acum toate astea erau și ale ei.

Brusc am simțit un gust amar. Parcă fusesem trădat, după ce îmi spusese încontinuu, de la distanță, cât de mult mă iubește și ce nerăbdătoare este să fie lângă mine, iar acum că era aici, să se descotorosească de mine ca de-o găleată cu apă murdară.

Oare nu cumva era mâna lui taică-său la mijloc?

Cory Vail era un bărbat pe care îl respectam. Nu numai că se oferise să ne ajute, pe mine și pe mama, atunci când plecase taică-meu, dar era și unul dintre cei mai buni avocați din stat. Reușise în viață pe cont propriu și căpătase astfel un gust pentru lucrurile fine.

Nu-și dorea decât ce era mai bun: cele mai bune mașini, cele mai bune locuri la spectacole sau la meciuri. Cel mai bun bărbat pentru singura sa fiică.

Întotdeauna crezusem că eu eram cel vizat.

Probabil că fusesem, cândva. Poate că îmi prevăzuse cariera și avea încredere că urma să ajung jucător profesionist, să-i ofer fiicei lui un viitor pe care el îl considera potrivit. Sau poate că doar aștepta să treacă timpul și ca dragostea noastră să-și urmeze cursul, înainte să-i sădească lui Maliyah în minte ideea că ar putea să-și găsească pe cineva mai bun decât mine.

Sau poate că el chiar nu avusese nicio legătură cu despărțirea noastră.

Indiferent care era adevărul, un tumult interior nu-mi dădea pace. În fiecare noapte mă foiam în pat, întrebându-mă de ce oare se despărțise brusc de mine.

Azi, însă, era cazul să-mi concentrez atenția în altă parte. M-am silit să-mi dezlipesc privirea de ea, am tras aer în piept și m-am uitat la ceas.

Giana și-a făcut apariția exact în acel moment.

Părul i se uscase complet și cârlionții i-au săltat vioi când a intrat pe ușă. Și-a netezit fusta cu mâinile, și-a aranjat ochelarii pe nas și a scrutat iute încăperea. I-am citit spaima din ochi când ni s-au întâlnit privirile. Am observat că își strângea în pumnii mici fusta ecosez, șifonând-o.

Fata asta era o enigmă totală pentru mine. Era și timidă, dar și curajoasă. Într-o clipă avea o cădere nervoasă, iar în următoarea își ridica fruntea și își îndrepta spatele, chipul trădându-i o hotărâre de neclintit.

Am urmărit cum și-a schimbat atitudinea. A tras adânc aer în piept, și-a îndreptat umerii și și-a încleștat fălcile. Mă întrebam dacă nu cumva se încuraja singură, dar n-am avut timp să-mi dau un răspuns.

Și-a înclinat un pic capul, ca și cum mi-ar fi cerut tacit acordul, ca și cum m-ar fi întrebat dacă e momentul potrivit.

Am încuviințat din cap.

Apoi s-a năpustit spre mine.

Cred că a fost cea mai adorabilă scenă pe care am văzut-o vreodată. Giana venea spre mine, cu părul și fusta săltându-i la fiecare pas. Întorcea capetele de la fiecare masă pe lângă care trecea. Cu toții, coechipieri, majorete, antrenori, o urmăreau cum se îndrepta în grabă spre mine.

Leo s-a întors când i-a auzit pantofii pe gresie.

— Ce nai...? a exclamat el.

Dar Giana mi s-a aruncat în brațe, înainte să mai zică el ceva.

Am prins-o din zbor și m-am cufundat într-o mireasmă dulce, un amestec de briza oceanului și floarea-soarelui. Și-a încolăcit brațele în jurul gâtului meu, iar eu am prins-o de șolduri. Când și-a încrucișat gleznele în spatele meu, am simțit dantela ciorapilor pe care îi purta, dar și pielea fină a coapselor ei, care se atingeau de mijlocul meu.

Fugise spre mine încrezătoare și surescitată, dar când a ajuns în brațele mele, zâmbetul i-a dispărut cu totul și a început să respire sacadat.

Giana și-a ațintit privirea în a mea, a coborât-o spre buzele mele, apoi s-a uitat iar în ochii mei.

Am strâns-o de șolduri și m-am concentrat asupra tuturor detaliilor pe care le repetaserăm împreună, încercând să ignor faptul că își ținea picioarele petrecute în jurul meu, îmbrăcată într-o fustă — că nu ne despărțea nimic altceva decât o bucată de chilot.

— Ai reușit! a spus dintr-o răsuflare și a rămas cu buzele întredeschise.

Când repetaserăm scena în birou, cu câteva zile în urmă, căzuserăm amândoi de acord că trebuia să vorbească răspicat, cu energie și entuziasm. „Ai reușit! Ai intrat în echipă!" Dar acum, a înghițit cu greutate și m-a strâns și mai tare pe după gât, iar eu am cuprins-o cu totul în brațele mele, reducând complet mica distanță dintre noi.

— Ai avut vreun dubiu că n-aș reuși?

Am ținut-o cu un braț, în timp ce cu cealaltă mână i-am mângâiat obrajii roșii de emoție. Apoi i-am ridicat bărbia, iar pleoapele i-au tremurat ușor.

Și am sărutat-o.

Nu știu ce așteptări avusesem când îmi trecuse prin cap ideea asta zăpăcită, în cafeneaua din campus, dar totul a dispărut în clipa în care buzele mele le-au găsit pe ale ei.

Am rămas surprins de fermitatea moale cu care m-a întâmpinat, ezitantă, și totuși dornică. La prima atingere, a încremenit, iar respirația i s-a oprit în piept, dar apoi a răsuflat lent, m-a tras spre ea și s-a cufundat și mai mult în sărut, de parcă am fi făcut asta de o sută de ori înainte.

Nu mă așteptasem la mai mult de un pupic scurt. Chiar dacă fusese de acord că aveam nevoie de mai mult de atât ca să fim convingători, crezusem că nu o să mă lase decât să-mi lipesc în treacăt buzele de ale ei. Și că pe urmă o să-i zâmbesc și s-o las jos, să-mi petrec brațul pe după umerii ei și să mă prefac că totul e normal, în timp ce lumea din jurul nostru s-ar fi întrebat ce naiba se întâmplă. Așa îmi imaginasem scena.

Nu mă așteptasem nicidecum ca Giana să-și unduiască șoldurile și să se arcuiască spre mine, să mă sărute îndelung, cu un geamăt incredibil de seducător. Când și-a scos fundul în afară și i-am simțit fierbințeala direct pe abdomen, penisul mi-a zvâcnit. Am gemut și am mai strâns-o o dată de fund, după care i-am dat drumul.

Știam că ochii tuturor celor din cantină sunt ațintiți asupra noastră, așa că n-am fost în stare să scot niciun cuvânt. Am privit-o pe Giana cu o sprânceană arcuită, dându-i de înțeles că fusese un sărut *chiar* surprinzător. Ea s-a făcut și mai stacojie la față, și-a lăsat bărbia în piept, iar buclele i-au acoperit chipul, ca o cascadă. Am lăsat-o ușor jos.

Așa cum planificasem, mi-am petrecut brațul pe după umerii ei, am sărutat-o pe păr, după care, cu mâna pe talia ei, am ghidat-o în fața mea, la rând.

— Mai respiri? i-am șoptit.

— Cu greu.

Am zâmbit, luând lingura din mâna ei, odată ajunși la amestecul de legume.

— Păreai un pic obosită când ai dat buzna.

— A fost nebunie toată dimineața, mi-a răspuns ea, cu un oftat prelung.

S-a întins după o gogoașă cu afine, dar s-a răzgândit și a mers mai departe.

În timp ce treceam și eu pe lângă gogoși, am luat una și i-am pus-o pe tavă, când nu era atentă.

— Cum a fost azi? m-a întrebat, arătând spre o tăietură de pe braț, pe care tocmai mi-o curățasem. Destul de dur, după cum se vede.

— N-a fost ușor, dar măcar n-am purtat echipamentul complet, i-am zis.

Ne-am concentrat asupra tăvilor cu mâncare, iar Giana a continuat să-mi povestească despre toți reporterii care urmau să-și facă apariția în seara aia. Am ascultat-o, am dat din cap și i-am zâmbit.

După ce ne-am umplut tăvile, ne-am întors să ne găsim o masă și am înlemnit. Toată lumea se zgâia la noi.

***

Giana a înghițit în sec și s-a uitat la mine, iar eu i-am indicat masa la care se așezaseră deja Holden, Zeke și Riley. M-a urmat, șovăitoare și, cu toate că eu i-am ignorat pe toți cei din jur, am observat cu coada ochiului că ea scruta încăperea.

M-am așezat lângă Leo, dar Giana a rămas în picioare, strângându-și tava roșie cu degetele micuțe.

— Hm, de fapt, știi ce? Cred că o să mănânc în biroul meu, a zis ea cu un zâmbet forțat.

Știam că voia să ascundă faptul că era complet îngrozită de câtă lume ne privea.

— Vâlva legată de selecție n-a dispărut încă. Ne vedem la interviuri?

Cu un zâmbet, i-am cuprins brațul și am tras-o spre mine, ca s-o sărut pe obraz:

— Abia aștept! i-am șoptit.

Fără să-și poată reține surâsul timid, ne-a făcut cu mâna și a plecat, croindu-și drum printre mese și ieșind pe ușa dinspre coridorul principal.

Nu mi-am dezlipit ochii de ea în timp ce zâmbeam, sincer surprins. M-am întors spre masă, mi-am luat cuțitul și furculița și mi-am tăiat friptura de pui din farfurie. Ridicasem deja furculița aproape de gură, când cineva m-a înghiontit în braț și bucata de pui a zburat pe masă.

— Frate! mi-a spus Leo, uitându-se în direcția în care plecase Giana. Ce naiba a fost asta?

Am ridicat din umeri și l-am întrebat:

— Ce anume?

— Cum adică, *ce* anume? s-a băgat și Zeke. Sunteți cumva... împreună?

Drept răspuns, am zâmbit cu un aer șmecher, apoi mi-am tăiat altă bucată de pui, pe care am băgat-o în gură.

Zeke a clătinat din cap, nemulțumit. Riley mă privea cu atenție, pe când Leo și-a aruncat brațul pe după umerii mei și a exclamat:

— Bravo, omule! Giana e o super gagică!

Mi-am spus că probabil încă eram în rol, fiindcă am încremenit când l-am auzit. M-am întors încet spre el. Rânjetul i-a dispărut de pe față, a tușit încurcat și și-a luat mâna de pe mine, după care s-a așezat mai bine pe scaun.

— Știi ce vreau să zic. Cu tot respectul, adică, a adăugat Leo.

I-am adresat un zâmbet ironic și am continuat să mănânc. Deși așteptau cu toții mai multe detalii, nu le-am spus absolut nimic, așa că au fost nevoiți s-o lase baltă și au trecut la alte subiecte.

După câteva momente, mi-am îndreptat spinarea, cu brațele deasupra capului și m-am rotit de la stânga la dreapta. Mi-am oprit privirea la una din mesele majoretelor, asupra unor ochi căprui care îmi fuseseră cândva casă.

Maliyah se uita la mine cu o mie de întrebări ascunse în privire, cu buzele strânse și maxilarul încordat. Într-un târziu, mi-a adresat un surâs nesigur. A ridicat mâna ușor și mi-a făcut un mic semn, din cealaltă parte a cantinei.

M-am răsucit cu fața spre masă, terminându-mi prânzul fără să-i mai arunc vreo privire.

Cu un rânjet victorios, am părăsit încăperea și am luat-o pe coridor, ca să ajung la întâlnirea pentru schemele de apărare în teren. Dar Holden m-a ajuns din urmă și m-a tras deoparte.

— A fost un spectacol de zile mari, a comentat el.

— Mă bucur că ți-a plăcut!

Contrariat, Holden a clătinat din cap și m-a privit printre gene.

— Uite, sunt cu totul de acord că era momentul să treci mai departe. Dumnezeu știe cât de nefericit ai fost de când cu...

Nu și-a terminat fraza, probabil pentru că aveam deja o expresie dușmănoasă întipărită pe față.

— Numai că... Giana e o tipă foarte de treabă.

Mi-am încrucișat brațele și am zis:

— Și eu n-o merit, nu?

— N-am spus asta.

— Dar ce vrei să spui, mai exact?

A oftat, și-a frecat gânditor bărbia, după care mi-a răspuns:

— Ai grijă de ea, atâta tot. Bine? Nu-i genul de fată de care să te folosești doar ca s-o uiți pe alta. Nu-i omul potrivit dacă vrei să te distrezi numai ca să te simți mai bine, înțelegi?

Vocea lui sinceră și privirea lui imploratoare m-au lăsat fără replică. Am încuviințat din cap, și el la fel. Apoi m-a bătut pe umăr și a luat-o în direcția opusă, ca să ajungă la altă ședință.

Am auzit telefonul bâzâind în buzunar.

Giana: „Ei, cum m-am descurcat?"

M-am înseninat și i-am răspuns din mers:

„O reprezentație triumfătoare, Kitten! Zece cu felicitări!"

Giana: „Îmi venea să leșin când am văzut că toată lumea se uita la noi."

Eu: „Te-aș fi prins eu."

Mi-a răspuns cu emoticonul cu ochii dați peste cap și pe ecran au apărut din nou punctele săltărețe, care indicau că scria ceva.

Giana: „Bun, deci, când e prima mea lecție de seducție a lui Shawn Stetson?"

Nu mi-am putut opri hohotul de râs.

Eu: „Nerăbdătoare?"

De data asta, mi-a răspuns cu degetul mijlociu.

Eu: „Tu decizi ora și locul."

Giana: „Hai să trecem mai întâi de ziua asta și vedem mai târziu. Cred că am avut parte de suficiente emoții pe ziua de azi."

Eu: „Deci ai avut emoții când m-ai sărutat, nu? Mi s-a părut mie că simt ceva umed pe abdomen după ce te-am lăsat jos..."

Giana: „CLAY!"

M-a pufnit din nou râsul, așa că am vârât telefonul la loc în buzunar și am intrat în sala de ședințe. Nici nu m-am așezat bine, că iar a bâzâit. Zâmbind în continuare, l-am scos. Mă așteptam să găsesc un șir de înjurături de la Giana.

Dar nu era numele ei pe ecran.

Ci al lui Maliyah.

Iar mesajul spunea doar atât:

„Bună!”

Capitolul șapte

Giana

La două zile după ziua selecției, stăteam în camera mea și mă bucuram de o liniște minunată. Vâjâitul blând al ventilatorului din tavan și pocnetul slab al lumânării parfumate cu fitil de lemn erau singurele zgomote din cameră. Stăteam rezemată de tăblia patului, cu picioarele strânse sub mine, încălțată cu șosete flaușate. Aveam în poală cea mai recentă obsesie a mea: o carte.

Cu o mână țineam cartea larg deschisă, cu cealaltă duceam iute la gură pufuleți, dintr-un bol. Treceam peste pagini în zbor, din ce în ce mai captivată, mai ales când Nino a prins-o de gât pe Francesca și a lipit-o de ușa camerei în care o ținea ostatică.

Avusesem neapărată nevoie de apartamentul meu propriu, după experiența nefericită cu colega de cameră din anul întâi. Îmi dădusem repede seama că am nevoie de spațiu personal, mai ales după ce crescusem într-o familie numeroasă, care obișnuia să mă ignore.

Nu puteam să spun același lucru despre colega mea de cameră.

După două semestre în care își făcuse apariția la mine în cameră beată criță, ba plângând după vreun tip, ba îndrugându-mi câte-n lună și în stele despre altul, mă săturasem. Să nu mai vorbesc de câte vase nespălate lăsa în chiuvetă, sau că nu-și aduna părul din chiuveta de la baie sau din cabina de duș, indiferent de câte ori o rugam.

Cireașa de pe tort fusese când îmi șterpelise un teanc de cărți fără să mă întrebe — și nu ca să le citească, ci ca să le folosească pe post de opritor de ușă, cât intra în casă cu cumpărăturile.

Un val de furie mi-a măturat tot corpul când mi-am amintit.

Așa că am pus bani deoparte, după care m-am rugat de ai mei să mă ajute și ei, și așa am reușit să-mi iau un apartament micuț, la câteva străzi distanță de North Boston University. Era mic, vechi și mirosea un pic a naftalină, dar mie îmi plăcea. Și cum eu preferam să fiu singură, decât într-o relație forțată de prietenie, mă declaram de-a dreptul fericită.

În seara asta decisesem să mă răsfăț. Aveam mare nevoie de așa ceva, după întregul circ mediatic care mă ținuse ocupată toată săptămâna. Acum că trecuse ziua selecției, aveau să se liniștească apele, cel puțin până la meciul de deschidere din weekend. Sărbătoream faptul că reușisem să le fac față celor peste douăzeci de fotbaliști pe care îi trimisesem la interviuri, la apariții pe rețelele de socializare sau la întâlniri cu fanii.

Să nu mai spun că trecusem cu bine și de sărutul cu Clay Johnson.

Așa cum mi se întâmplase de o sută de ori de atunci, numai gândul la sărut mi-a întețit pulsul. Mi-am lăsat cartea să-mi cadă pe piept, m-am întins după paharul de apă de pe noptieră și am băut cu poftă jumătate din el. După care am rămas pe loc, cu ochii la biblioteca de la piciorul patului, derulând iar scena în minte.

Mai fusesem sărutată înainte. Serios.

De Ricky, într-a cincea. Care aruncase mingea peste gardul terenului de joacă și pe urmă o întrebase pe profesoară dacă puteam merge s-o luăm împreună. Își ținuse buzele lipite de ale mele timp de trei secunde — pe care le numărase pe degete —, după care o luase la fugă râzând.

Pe urmă, de Matthew, care fusese, într-un fel, iubitul meu în clasa a zecea, sărutându-mă ori de câte ori avea ocazia, așa cum se pricepea el, într-un mod mai bălos. El fusese primul care își strecurase mâna sub tricoul meu și care mă făcuse să nu-mi mai doresc asta, dacă toți băieții pipăiau fetele la fel de tare ca el.

Dar în afară de cei doi?

Nu eram prea versată.

Mă rog, asta dacă nu puneai la socoteală romanele mele de dragoste, la care mă gândisem de cum îi sărisem în brațe lui Clay, în ochii tuturor celor din cantină.

Repetaserăm. Ne pregătiserăm. Știam exact ce aveam de făcut, de spus și cum să fiu convingătoare. Mă simțisem ca eroina dintr-o comedie romantică, prinsă într-un complot nebunesc cu un tip care *chiar* nu era de nasul meu. Părea incitant. Părea *distractiv*.

Asta până când mă prinsese în brațe și îmi încrucișasem picioarele în jurul lui. Atunci îmi dădusem seama că nu ne despărțeau decât chiloții mei tanga din bumbac, pe care scria „Monday".

Mi se tăiase respirația când îi simțisem abdomenul tare ca piatra pe zona mea incredibil de sensibilă. Dar asta nu fusese nimic în comparație cu momentul în care îmi aplecase capul într-o parte, precum cel mai minunat erou din romanele de dragoste și m-a sărutat.

Nu-mi *dorisem* să mă lipesc de el, să-i inhalez sărutul și să-i cer, fără vorbe, mai mult, dar o făcusem.

Și nici nu mă așteptasem să fie atât de *plăcut*.

Mă ținuse în brațe de parcă eram ușoară ca un fulg, cu o mână pe bărbia mea, apăsându-și delicat buzele de ale mele. După ce îl sărutasem mai apăsat și îmi înfășurasem brațele și mai strâns pe după gâtul lui, el mă trăsese mai aproape și scosese un sunet gutural care mă făcuse să simt... cu totul *altceva*. O explozie de foc între coapse, care se răspândise în interiorul meu, făcându-mă să mă înroșesc ori de câte ori mi-am amintit-o, de atunci.

Și care mă făcea să salivez la gândul că aș putea simți asta cu Shawn.

Sigur, era distractiv să-l sărut pe Clay, dar era doar prefăcătorie. Eu tânjeam de multă vreme după un iubit *adevărat*, care chiar să mă sărute așa mereu.

Și până nu-mi propusese Clay o relație falsă, nici măcar nu-mi dădusem seama cât de disperată sunt și de câte sunt în stare ca să obțin așa ceva.

Acum?

Eram dispusă să încerc orice.

Șefa mea fusese la fel de surprinsă precum cantina plină de fotbaliști. Mă chemase la ea în birou seara, după ce plecaseră toți jurnaliștii din campus.

— *Așa, deci, văd că ai descoperit cum să-l iei pe Clay Johnson, mi-a spus Charlotte, fără să-și ridice privirea de la computerul la care continua să tasteze.*

Mi-am împins ochelarii pe nas. Știam că nu aștepta un răspuns.

— *Ai grijă! m-a avertizat ea, dar mi-a întâlnit privirea și mi-a zâmbit. Și distrează-te!*

Și asta fusese tot. Obținusem permisiunea ei.

Aveam senzația că atitudinea ei era urmarea interviului fantastic pe care-l acordase Clay jurnalistei de la ESPN, Sarah Blackwell, dar nu comentasem. Clay îmi datora măcar atât.

Și acum trebuia să își respecte partea lui de înțelegere.

Am clipit, trezindu-mă brusc din reverie și m-am așezat mai bine în pat, apoi am deschis din nou cartea. Cu gura plină de pufuleți, mi-am proptit cartea pe piept și am pășit într-un alt univers.

— *Uiți cine face regulile aici, Francesca! a avertizat-o Nino, cu gura zăbovind deasupra gurii ei.*

Ea i-a simțit apoi respirația fierbinte ca praful de pușcă, pe gât.

— *Și cine îi pedepsește pe cei care greșesc!*

S-a lipit de el, fără să se retragă din strânsoarea degetelor încleștate în jurul gâtului ei.

— *Aștepți să mă pedepsești de când m-ai închis aici, s-a răstit ea.*

Și, cu o mișcare îndrăzneață, care nu-i stătea deloc în fire, Francesca l-a apucat de umflătura din pantalonii scumpi, de firmă.

— *Ce te oprește? a adăugat ea.*

El a strâns-o și mai tare de gât. Și în următoarea secundă, s-a trezit azvârlită pe pat, gâfâind pe când își recăpăta suflul.

Amenințător, Nino a rămas în fața ei și-și desfăcea cureaua, sorbindu-i din priviri trupul mlădios.

Am înghițit în sec și am savurat scena. Simțeam cum o fierbințeală îmi coboară de pe ceafă, pe spinare, până în vârful picioarelor. Cu o mână țineam cartea și cu cealaltă îmi exploram corpul, atingându-mi gâtul așa cum Nino o atingea pe Francesca, torturând-o încet. Am scos un suspin când mi-am atins sânii, după care mi-am vârât degetele pe sub chiloți.

În genunchi! a poruncit el.

M-am cutremurat de plăcere, mi-am lins buza de jos și mi-am rotit șoldurile, în timp ce mâna continua să-mi coboare. Apoi mi-am depărtat picioarele, dornică de cât mai mult acces... până când...

Am răsturnat bolul cu pufuleți pe jos.

— Fir-ar! am bombănit, văzând gustările portocalii răsfirate pe jos și castronul de metal care continua să clăncăie zgomotos pe podeaua de lemn.

M-am dat repede jos din pat și am sfărâmat câțiva pufuleți cu picioarele, așa că am mai tras o înjurătură.

Am curățat rapid locul, m-am băgat iar în pat și m-am uitat la semnul de carte lăsat în cartea închisă, din mijlocul patului.

Îmi doream la nebunie să trăiesc o scenă ca în carte: pasiune, dorință, fierbințeală. Voiam ca Shawn să se uite așa la mine, cu o pasiune carnală care să se reverse din el. Voiam să mă sărute cum o făcuse Clay, dar fără să fie o glumă sau o prefăcătorie. Să fie de-*adevăratelea*.

Mi-am mușcat interiorul obrazului și m-am gândit dacă să continui momentul meu cu mine însămi sau nu. În schimb, m-am rostogolit pe burtă și am apucat telefonul lăsat la încărcat pe noptieră. După câteva secunde, suna.

— Bună, Kitten! s-a auzit glasul lui Clay, profund și seducător.

Nu cred că-și dădea seama ce voce are.

Mi-am mușcat unghia și, înainte să bat în retragere, am tras aer în piept și i-am spus cu aplomb:

— Cred că sunt gata pentru prima lecție.

Capitolul opt

Giana

— Poți să fii puțin atent la mine?

— Hm, crede-mă, sunt cât se poate de atent, mi-a răspuns Clay vineri seara, lingându-și vârful degetului în timp ce dădea pagina uneia din cărțile mele.

Am pufnit și am traversat camera până la el, după care i-am smuls cartea din mână și am pus-o la loc pe raft. M-am asigurat că era așezată unde trebuia, apoi am mai ridicat o dată spre el cele două rochii.

— Pe care?

— Asta aș vrea și eu să aflu. Pe care din ei o să-l aleagă Cheyanne? a zis și a întins mâna spre raft. Adică, pe soț, care o iubește și care i-a făcut un jurământ la căsătorie, sau pe prima ei iubire, care tocmai s-a întors în oraș și care nu poate trăi fără ea?

— Bărbatul ei e un nenorocit narcisist, care o înșală, pe când e darul lui Dumnezeu pe pământ. Așa că o să-ți spun de-acum finalul, cu el o să fugă la sfârșitul cărții.

— Ce scandalos! a remarcat Clay, ridicând din sprânceană.

Am pocnit din degete și i-am zis:

— Concentrează-te!

Țineam câte un umeraș în fiecare mână. Clay și-a petrecut o mână peste imensitatea aia de piept, și-a rezemat cotul celeilalte pe ea, după care și-a sprijinit bărbia în palmă, gânditor.

Când îl sunasem cu o seară în urmă, căzuserăm de acord că azi era ziua ideală pentru prima lecție. Sezonul începea a doua zi, ceea ce însemna că antrenorul dăduse liber echipei, ca aceasta să se odihnească.

Evident, numai *jumătate* de echipă se odihnea. Restul jucătorilor petreceau, sperând să nu fie prea obosiți a doua zi, ca să joace cum trebuie.

Mi-l imaginasem pe Clay în cel de-al doilea grup, dacă n-ar fi fost nevoit să se descurce cu mine. Mi-am amintit însă că relația noastră falsă fusese ideea lui, așa că m-am liniștit și am așteptat să-mi spună ce naiba să port.

— Niciuna nu pare stilul tău, a spus după o pauză lungă.

Am oftat și am lăsat mâinile în jos, iar rochiile au măturat podeaua. I-am răspuns:

— Normal că nu. Le-am luat azi, tocmai din motivul ăsta.

— De ce? m-a întrebat el, clătinând din cap.

Mi-a luat umerașele din mâini și s-a îndreptat spre dulap.

Le-a așezat acolo la întâmplare, după care s-a apucat să-mi scotocească printre haine.

— Scuză-mă! am zis și m-am strecurat între el și cele douăzeci de fuste ale mele, după care i-am pus o mână pe piept și l-am dat deoparte. Am și eu dreptul la puțină intimitate?

— Mi-ai cerut ajutorul.

— Știi ce? Stai jos! am spus și i-am arătat patul, apoi m-am răsucit spre dulap.

Cu mâinile în șolduri, m-am holbat la haine. Nu-mi plăcea nimic din ce vedeam, cel puțin nu pentru seara *aia*.

Nu exista nici un ghid de modă care să-ți spună ce să porți ca să-l seduci pe omul la care visezi, folosindu-te de un iubit fals.

— Poartă ceva ce-ți place, m-a sfătuit Clay, dându-și jos adidașii și urcându-se pe pat, de parcă ar fi fost la el acasă.

Era absolut nedrept cât de bine arăta în niște pantaloni de trening negri și un tricou gri, cu imprimeul universității, căruia îi rupsese mânecile. Lipsa acestora îi scotea în evidență bicepșii umflați și mușchii umerilor. Mi-am oprit privirea asupra lor mai mult decât era normal, după care m-am uitat la o parte mai inofensivă a corpului său. Firește, acea parte era fața sa proaspăt bărbierită. Părul său ca de băiețandru încă era umed și se cârlionța ușor în jurul șepcii pe care o purta.

Eu mă dădeam de ceasul morții ce să port, în vreme ce Clay, îmbrăcat practic în pijamale, arăta ridicol de sexy și părea în stare să atragă trei supermodele deodată, cu un zâmbet și o ocheadă.

Butona telefonul, neatent la felul în care-l cântăream din priviri.

— Nu trebuie să te simți incomod. O să se vadă.

— Dar dacă toate hainele în care mă simt eu comod sunt plictisitoare?

S-a oprit din tastat și a ridicat dintr-o sprânceană.

— Crede-mă, nimic din ce porți tu nu-i plictisitor.

L-am privit fără nicio expresie.

— Știi ce vreau să zic. Le-ai văzut și tu pe fetele care salivează după el, în fața scenei.

Am oftat și m-am uitat iar în șifonier.

— N-am nimic din ce poartă ele.

— N-ai nevoie de nimic de genul ăla, a spus Clay și a pocnit din degete. Gata, știu! Poartă fusta cu pisicuța. E preferata mea. Îți face fundul...

— Oprește-te! I-am avertizat. Nu pot s-o port pe-aia. Am purtat-o și ultima oară când m-a văzut.

Clay a clipit când m-am uitat lung la el, pentru a-i da de înțeles că motivul meu era absolut evident.

Am gemut exasperată, am fluturat din mână spre el și m-am întors cu fața la dulap.

— Știi ce? Taci un pic din gură, ca să mă pot concentra. Și nu te apropia de cărțile mele.

— De paginile tale porno? Sigur!

Am dat ochii peste cap și nu i-am răspuns. Analizam fiecare bluză pe care o aveam. M-am oprit la o cămașă albă, simplă, cu mâneci scurte. Am scos-o, am așezat-o pe spătarul scaunului de birou și m-am reapucat de căutat.

—Ți-am spus că mi-a scris Maliyah?

M-am răsucit imediat spre el.

— Deja?

Clay a aprobat din cap, zâmbind ca Pisica de Cheshire din *Alice în Țara Minunilor*.

— Imediat după prânzul din ziua selecției.

— Uau! N-a durat prea mult.

— Nu mi-a zis decât „Bună!".

— Și tu ce i-ai răspuns?

— Nimic.

M-am întors iar spre el, cu o fustă neagră cu inimioare albe.

— Cum adică, nimic?

A ridicat din umeri.

— Nu i-am răspuns.

— De ce naiba?

— Fiindcă asta e exact ce-și dorea. Dacă i-aș fi răspuns, și-ar fi dat seama că n-am uitat-o și că, indiferent dacă noi doi suntem sau nu împreună, ea încă are putere asupra mea.

A ridicat un deget și a continuat:

— Din moment ce *nu* i-am răspuns, i-am arătat că nu mă deranjează deloc că a venit la North Boston University, că am trecut deja peste povestea noastră.

— Dacă zici tu...

M-am întors cu spatele la el ca să-mi găsesc niște pantofi potriviți și m-am pomenit că scutur din cap nedumerită, întrebându-mă dacă o să înțeleg vreodată jocurile astea.

— Crede-mă, știu ce fac, a continuat Clay. O să vezi la finalul serii. Dacă reușești să-ți alegi ceva de îmbrăcat.

Scotocind prin sertarul cu șosete și dresuri, m-am răsucit și l-am lovit cu o pereche de ciorapi strânsă ghem. A pufnit în râs.

— Mă întorc imediat! l-am anunțat și m-am făcut nevăzută în baie.

Când am ieșit zece minute mai târziu, l-am găsit pe Clay rezemat de tăblia patului, citind unul din romanele mele de dragoste, despre un club de motocicliști.

— O să fie nevoie să le țin sub cheie? l-am întrebat și i-am luat cartea din mâini, ținând-o departe de el.

— Cu scene deocheate ca *aia*? Da! Cred că da, a zis și a jucat din sprâncene. Am văzut că ai pus semn la partea în care o strângea ușor de gât...

Am simțit că-mi ies ochii din cap. Pielea de pe gât îmi ardea mai tare ca niciodată. Fără să mai stau pe gânduri, am apucat cartea și am aruncat-o spre el. Era cât pe-aci să-l nimeresc.

— Hei, n-o spun ca să te fac să te simți prost, a râs el de mine. E doar o informație pe care o s-o țin minte pentru mai târziu, a adăugat el, bătând ușor cu degetul în tâmplă.

Cu o tărie ieșită din comun, am tras cu nesaț aer în piept și am renunțat să mă mai lupt cu el. Am întins brațele în lateral și l-am întrebat:

— Ia spune, cum arăt?

Clay și-a dat picioarele jos din pat, s-a încălțat cu adidașii și m-a măsurat lent cu privirea, de la bentița simplă, neagră, din buclele mele, la ghetele negre cu talpă groasă, înalte până la glezne. Cămașa albă se potrivea perfect cu fusta neagră, ale cărei inimioare dădeau ținutei o notă de drăgălășenie. Fusesem îndeajuns de curajoasă să-mi leg cămașa sub piept, cât să las la vedere o parte din abdomen.

La final însă mi-am luat puloverul crem și l-am pus pe deasupra.

Clay a zăbovit cu privirea la ciorapii mei lungi, pe care îi luasem spontan. Mi-am apropiat genunchii, simțindu-mă brusc jenată.

Într-un târziu, a fluierat încet și s-a ridicat.

— O să fie distractiv, a comentat el.

Am mijit din ochi.

— De ce am brusc senzația că ar trebui să-mi fie frică? l-am întrebat.

Mi-a răspuns cu un hohot de râs în timp ce mă conducea spre ușă:

— Haide! Nu vrem să întârziem la spectacolul iubitului tău.

***

— Și care-i planul, mai exact? l-am întrebat pe Clay când mi-a deschis ușa metalică, grea.

Odată intrați în bar, orice rază de lumină a dispărut. Mi-a luat o clipă să-mi obișnuiesc privirea cu întunericul și s-o observ pe hostessa care ne zâmbea, la lumina a două mici lumânări ambientale.

— Fă ce fac și eu!

— Dar ce...

N-am apucat să termin, fiindcă el stătea deja cu coatele sprijinite de pupitrul recepției, etalându-și zâmbetul bine-cunoscut brunetei frumoase și zvelte de la intrare.

— Bună seara! a salutat-o. O masă pentru doi, vă rog! Un separeu, de fapt, a clarificat el și mi-a făcut cu ochiul.

L-am privit cu gura căscată. Care era diferența?

— Îmi cer scuze, domnule, dar nu avem nimic liber în seara asta, i-a răspuns tânăra, răsucindu-și o șuviță de păr între degete.

Clay a plescăit a nemulțumire și mi-a aruncat o privire, iar eu am simțit că mă dezumflu. Dar imediat a zâmbit larg și a ciocănit cu degetele în pupitrul de lemn:

— Păi, atunci, ce bine că am făcut rezervare!

Recepționera s-a luminat toată.

— Da? Perfect, atunci! Pe ce nume?

— Johnson.

Ea și-a coborât degetul pe o listă de nume și ne-a zâmbit apoi cu toată gura, după care a luat două meniuri și ne-a zis:

— Urmați-mă, vă rog!

Trebuia să recunosc, eram atât de șocată, că a fost nevoie să mă apuce de braț ca să mă miște de lângă ușă, unde încremenisem. Clay a rânjit și am urmat-o împreună pe tipă prin barul slab luminat, un loc cu totul diferit de localul fără pretenții din campus, unde cânta Shawn de obicei. Acesta era un restaurant recunoscut pentru cocktailuri sofisticate, care costau mai mult decât o cină cu patru feluri de mâncare.

Am admirat totuși candelabrele bizare și tapetul înflorat, dar nu lipsit de gust, pe care le-am observat în timp ce ne croiam drum printre mese. Tânăra s-a oprit în dreptul unui separeu dintr-un colț.

Chiar lângă scenă.

Am simțit un gol în stomac când am observat cutia chitarei lui Shawn și bandana gri închis, atârnată de microfon. Era ceva specific lui, nu-l văzusem niciodată cântând fără bandană și mi-a captat întreaga atenție. Clay s-a așezat pe una dintre banchete, iar eu, în fața lui.

— Mixologul nostru o să vină imediat la masa dumneavoastră, ne-a asigurat hostessa, zăbovind cu privirea asupra lui Clay mai mult decât era necesar.

Mi-am arcuit o sprânceană, ca și cum chiar eram iubita lui.

Tânăra a tușit când m-a băgat de seamă, ne-a adresat un surâs scurt și a plecat prin dreapta scenei.

Expresia mi s-a îmblânzit de cum s-a făcut nevăzută, dar când m-am întors spre Clay, i-am surprins un aer amuzat pe chip.

— Ce e?

— Nimic, mi-a răspuns, ridicând meniul. Îți joci foarte bine rolul, asta-i tot.

L-am ridicat și eu pe al meu și i-am zis:

— Mai bine îți lăsa un număr de telefon pe șervețel.

— Pe suportul de pahare.

Am clipit nelămurită, iar Clay mi-a zâmbit și mi-a arătat un suport de pahare, care avea numele barului pe el. Am văzut fără să mă apropii că, de fapt, tipa *chiar* își trecuse numele și numărul de telefon pe el.

Mi-am dat ochii peste cap.

— Nu-ți face griji, Kitten! m-a asigurat Clay, trăgându-se mai aproape de mine și punându-și brațul pe spătarul banchetei și, astfel, în jurul umerilor mei. Sunt numai al tău.

M-am silit să nu-mi mai dau ochii peste cap, se apropia chelnerița. Am comandat un cocktail nonalcoolic de grepfrut, pentru că, spre deosebire de Clay, eu nu aveam un buletin fals și împlineam douăzeci și unu de ani abia peste un an și jumătate.

Clay și-a ales o băutură pe bază de whisky, care era atât de tare, încât atunci când am gustat-o, am simțit că îmi ia gâtlejul foc.

— Sunt impresionată că ai făcut rezervare, am spus.

— N-am făcut rezervare.

M-am încruntat.

— Dar tocmai ai...

— Cu un nume de familie așa de comun ca Johnson, am zis să încerc.

— Și dacă apare *adevăratul* domn Johnson?

A ridicat din umeri.

— O să trecem de hopul ăla, când ajungem la el.

L-am privit cu ochi mari.

— Clay!

— Bine, bine! a spus și s-a întors spre mine.

Stăteam ascunsă în colțul separeului și aveam o vedere perfectă asupra scenei.

— Să ne ocupăm de ale noastre! Shawn o să vină și o să cânte melodia de deschidere, după care tu o să te duci pe scenă și o să-i lași o bancnotă de douăzeci de dolari în borcanul pentru bacșiș.

— Una de *douăzeci*?

— Banii vorbesc, scumpo! Așa o să-i atragi atenția. Într-un bar întunecat ca ăsta, trebuie să-l faci cumva să te observe. Majoritatea fetelor o să-i facă ochi dulci, în timp ce o să sugă fructele din cocktailuri, așteptând ca el să le arunce o privire. Noi folosim o tactică mai directă.

Am pufnit.

— Bine. Și pe urmă?

Clay s-a lăsat pe spate și și-a pus o gleznă peste celălalt genunchi, apoi a luat o gură mare de băutură.

— O să trecem de hopul ăla, când ajungem la el, a replicat el.

— Asta e cumva expresia zilei?

Înainte să-l mai trag de limbă pe Clay, Shawn și-a făcut intrarea pe scenă. Spre deosebire de localul din campus, unde grupul de admiratoare care-l urmau peste tot l-ar fi primit cu aplauze răsunătoare, aici lumea doar și-a ridicat puțin ochii de la mese. Majoritatea oamenilor și-au continuat conversațiile netulburați, fără să-i asculte introducerea — deși am observat și fete care se aplecau spre el, la mese aflate chiar în fața scenei.

Una dintre fete a băgat o cireașă în gură și a strâns-o între buzele pline până când i-a rupt codița.

Clay mi-a aruncat o privire cu subînțeles, iar eu l-am înghiontit, pe sub masă.

— Bună seara! Sunt Shawn Stetson și în seara asta o să vă cânt câteva melodii.

A zâmbit, și-a trecut mâna prin părul lung, apoi s-a așezat și și-a proptit o gheată pe una din barele scaunului înalt. Îl văzusem făcând asta de o sută de ori și totuși m-am surprins că oftez, zâmbesc și îmi sprijin bărbia în palmă, în timp ce-l priveam cu ochi visători cum își trecea cureaua chitarei peste cap.

Clay ne-a privit încruntat, când pe mine, când pe Shawn, apoi a clătinat din cap, nemulțumit.

— Dacă aveți vreo preferință, să știți că accept sugestiile voastre. Deocamdată o să începem cu Harry Styles.

La primele acorduri din „Cherry", am simțit fluturi în stomac și m-am pomenit cântând și dând din picior, pe sub masă. Mi-am plimbat privirea peste barba sa, abia mijită, am zăbovit la inelul din buză și am picat în transă în timp ce-i ascultam vocea tristă și seducătoare.

Din senin, mi-a apărut dinaintea ochilor o scenă din *Thoughtless*. Am tresărit, la gândul tuturor fanteziilor pe care ar fi putut să le stârnească momentul.

Aproape de finalul cântecului, Clay mi-a întins o bancnotă de douăzeci și am înghițit în sec. Mă uitam la ea de parcă ar fi fost o bombă.

—Haide, lecția numărul 1! Fă-l să te observe!

Apoi aproape că m-a împins în afara separeului. Mi-am regăsit echilibrul tocmai când Shawn termina de cântat. Am remarcat din nou că în campus lumea l-ar fi ovaționat îndelung, însă aici, abia dacă l-au aplaudat câteva persoane de la mese, care și-au văzut imediat de conversație.

Mi-am ridicat bărbia din piept și am înaintat cu mișcări cât mai feminine, croindu-mi drum printre cele două mese care ne separau de scenă. Bineînțeles, abilitatea mea de a-mi undui șoldurile era la fel de bună precum cea de a mă abține să vizionez un film de dragoste. M-am împiedicat de una din fețele de masă. Am reușit totuși să-mi revin și să mă îndrept pe picioare.

Exact în clipa în care Shawn s-a uitat la mine.

Mi-au tremurat genunchii când ochii lui aurii au sclipit la vederea mea. Părea să mă recunoască. Apoi s-a arătat plăcut surprins la vederea bancnotei din borcan.

— Mulțumesc! a spus la microfon, cu o privire curioasă. Ai vreo preferință anume?

Pentru o fracțiune de secundă, m-a copleșit panica. *N-am discutat ce trebuia să-i cer să-mi cânte, dacă mă întreba asta.* Dar mi-am venit în fire și m-am surprins chiar și pe mine când i-am răspuns, ridicând ușor din umăr:

— Cântă una din melodiile tale preferate!

Shawn m-a privit și mai uimit, iar pe chip i s-a așternut un zâmbet de apreciere. M-am întors cu spatele și, încet, am revenit la masă.

Am reușit să ajung la separeu fără să mă mai împiedic de nimic.

Când m-am așezat, Shawn era tot cu ochii la mine, doar că de data asta i se citea ceva... *nou* în privire. A început acordurile celui de-al doilea cântec.

Cu cât se uita mai mult la mine, cu atât simțeam că se face mai cald în încăpere. Atunci mi-am dat seama de ce mi se părea totul atât de intens. Fiindcă nu se uitase la mine în treacăt. Nu-mi făcuse cu ochiul în timp ce își scruta publicul.

Nu, el mă *remarcase*.

Eram încă în al nouălea cer, când am simțit o atingere care mi-a tăiat respirația.

Pe sub masă, o palmă fierbinte mi-a cuprins coapsa atât de repede, încât am tras iute aer în piept. Mi-am smucit capul spre Clay, care mă privea cu un aer leneș. Zâmbetul lui înfumurat m-a aprins la fel de mult ca palma care avansase deja câțiva centimetri.

— Clay! am șoptit eu.

Deși avusesem de gând să-l dojenesc, tonul meu era mai degrabă nesigur și întrebător.

S-a aplecat spre mine, cu o mână pe spătarul banchetei și cu cealaltă în continuare lipită de coapsa mea. M-am tras instinctiv în spate și atunci și-a luat mâna de pe picior și mi-a cuprins fața.

O singură atingere.

O atingere delicată și firească, dar eu ardeam pe dinăuntru.

Mi-am întredeschis buzele pe când Clay mă învăluia în mirosul lui de lemn de tec și de mirodenii. Mi-a mângâiat buza de jos cu degetul mare și s-a oprit la mijloc. L-am gustat, avea un amestec de whisky și sare, apoi mi-a dat drumul și mi-a ridicat bărbia, așa cum o făcuse și în cantină.

— Bravo, Kitten! Foarte bine! a spus el mieros, apoi și-a lipit buzele de pielea mea.

Nu mi-a atins buzele, ci bărbia. M-a sărutat de-a lungul obrazului, alunecând înnebunitor de încet spre gât, până când am simțit că mi se duc ochii în fundul capului. M-am arcuit spre el, să-i fac cât mai mult loc. Buzele lui erau moi și calde și se apăsau cu blândețe de pielea mea. Și-a trecut o mână peste corpul meu, până a ajuns iar sub masă. Mi-a strâns posesiv genunchiul, după care a început să mă mângâie ușor pe coapsă.

M-am lăsat dusă de val. Când s-a retras, mi-am ridicat capul și ne-am atins vârfurile nasurilor. Îmi simțeam pleoapele grele. Răsuflam încet, slab.

Preț de o clipă, mi s-a părut că și Clay a uitat ce să facă. Mă privea pătrunzător cu ochii săi verzi, întețindu-și strânsoarea pe genunchiul meu. Însă apoi a înghițit un nod și și-a lipit fruntea de a mea.

— Uită-te la el! mi-a șoptit, după care mi-a depus un șir de săruturi pe obraz și m-a mușcat încet de lobul urechii.

Geamătul care mi-a ieșit pe gură ca un mieunat slab a fost jenant, așa că am închis imediat ochii. Am icnit și m-am plecat spre el. Dar apoi am deschis ochii și, așa cum îmi spusese Clay, m-am uitat spre scenă.

Shawn Stetson mă fixa din priviri.

Cânta o melodie pe care n-o recunoșteam. Clay îmi mușca ușor urechea și îmi desena cercuri cu mâna pe genunchi. Inima mea a luat-o la goană ca un leopard, săltând prin desișul inhibițiilor de care mă dezbăram. Pentru prima oară, mă lăsam pradă senzațiilor stârnite de mângâierile unui băiat.

În timp ce *altul* mă privea.

Ochii lui Shawn aveau o expresie întunecată. Era atât de încruntat, încât sprâncenele lui păreau să se unească. Printr-un efort supraomenesc, am ținut ochii deschiși și l-am urmărit, la rândul meu, cu obrajii în flăcări. Tremuram toată, iar sfârcurile mele erau tari și dureroase pe sub bluză.

Clay mi-a susurat în ureche:

— Indiferent ce o să fac, să nu-ți iei ochii de la *el*!

Cântecul s-a terminat și Shawn a început altul. Am descoperit că una din calitățile lui Clay era energia. Nu contenea să mă atingă și să mă alinte, îmi săruta fiecare porțiune de piele goală. Mi-a tras chiar și bluza în jos pe un umăr, apoi mi-a supt și mi-a mușcat pielea. L-am urmărit până când mi-a făcut semn să-mi îndrept iar privirea spre scenă.

Nu știu cât timp s-a scurs, dar brusc, Clay s-a oprit.

Mi-a scăpat un oftat și m-am lăsat să cad în spațiul gol și rece apărut între noi doi.

— Mă duc să iau ceva de băut, a zis el.

— Poftim? Avem o chelneriță. O să vină ime...

Clay s-a ridicat și mi-a aruncat o privire cu subînțeles, apoi a mimat din buze: „Crede-mă!"

M-am încruntat, fără să înțeleg la ce se referea, mai ales că de câteva minute bune nici nu mai respiram ca lumea, cu mâinile și gura lui pe mine. Clay s-a răsucit și a plecat exact atunci când Shawn și-a terminat ultimul cântec. M-am îndreptat de spate, mi-am aranjat ochelarii și părul, după care mi-am netezit bluza și fusta.

— Voi lua o scurtă pauză, după care o să revin ca să vă cânt toată noaptea, oameni buni! Nu uitați să-mi lăsați dedicațiile muzicale pe care le doriți, a anunțat Shawn, apoi și-a pus chitara în suport și și-a trecut mâna prin păr.

A apăsat câteva taste pe sintetizatorul de lângă el și, imediat, în boxe s-a auzit un cântec lent.

În secunda următoare, s-a uitat la mine.

M-am albit la față când a sărit de pe scenă, zâmbind unor fete de la o masă pe lângă care a trecut. Una din ele s-a întins și l-a prins de braț. Shawn a râs de ceva ce i-a spus fata. N-am înțeles decât că el i-a promis că o să se întoarcă puțin mai târziu.

După care s-a îndreptat direct spre mine.

— Doamne Dumnezeule! am murmurat, stând dreaptă și rugându-mă la toate zeitățile din lume să nu arăt așa de tulburată cum eram.

N-am avut timp să-mi verific ținuta, fiindcă m-am trezit cu el alături. Avea un surâs timid pe față și își ținea mâinile vârâte în buzunare.

— Bună! m-a salutat el.

Am clipit și i-am răspuns:

— Bună!

S-a uitat la mine, privirea i-a cutreierat un pic peste bluza mea, apoi m-a privit iar în ochi. A gesticulat cu degetul mare peste umăr și a spus:

— Mersi din nou pentru bacșiș! A fost un bacșiș foarte generos din partea ta.

I-am zâmbit, înăbușindu-mi hohotul de râs care amenința să iasă la suprafață.

— Păi, îmi place la nebunie să te ascult când cânți.

— Vii și la cafeneaua din campus, nu? m-a întrebat și și-a băgat mâna la loc, în buzunar. Te-am văzut și acolo.

Mă văzuse?

— A, da?

Am vrut să-mi trag una, fiindcă nu mi-am abținut remarca asta plină de scepticism, dar pe Shawn l-a amuzat și mai mult:

— Cum să nu te remarc?

Am ridicat brusc din sprâncene și am amuțit. Bănuiam că avea să mi se mai întâmple asta în prezența lui.

— Dar nu-mi amintesc să te fi văzut vreodată cu Clay Johnson, a spus el prudent, oarecum detașat. Este cumva...

Era adorabil să văd cum îi îngheață cuvintele pe buze și cum ezită să mă întrebe, așa că am completat eu:

— Iubitul meu?

Shawn a râs, cu fața în jos, pe urmă s-a uitat din nou la mine.

— Hm, asta chiar a fost o replică ieftină de agățat, nu?

De agățat?

Se dădea la mine?

— În cazul ăsta, e un tip norocos, a spus Shawn.

Mi-am arcuit iar sprâncenele, uluită.

Shawn părea că ar fi vrut să mai adauge ceva, dar și-a dus mâna la ceafă și pe urmă a arătat spre scenă.

— Bine, atunci, a zis el. Cred c-ar trebui să-mi iau niște apă și să merg pe la mese, înainte de următorul calup de cântece. Dar mă bucur mult că ai venit în seara asta aici...

S-a oprit, așteptându-mă să intervin.

— Giana, am continuat eu.

— Giana, a repetat, zâmbind în timp ce-mi silabisea numele. Sper să ne revedem curând, da?

Nu a așteptat să-i răspund. Mi-a făcut cu ochiul, s-a întors pe călcâie, apoi s-a strecurat prin mulțime și s-a oprit la masa de fete cărora le promisese o vizită. Curând a început să râdă din nou cu ele, dar pe urmă s-a uitat la mine și mi-a susținut privirea până când Clay s-a așezat la loc, lângă mine, cu o băutură de care nu avea nevoie, din moment ce nu o terminase nici pe prima.

O bună bucată de timp am rămas nemișcată, în stare de șoc, holbându-mă la masa de marmură. Clay a luat o gură zdravănă din paharul cu băutură, și-a proptit glezna pe celălalt genunchi și și-a întins alene brațul pe spătarul banchetei, așteptând să-i spun ceva.

Încet, am ridicat ochii spre ai lui.

— Ce naiba s-a petrecut aici? l-am întrebat.

Clay a chicotit:

— Ți-am spus că așa o să fie.

— A venit direct la mine. Mi-a spus că mă recunoaște din campus. Cred că... cred că a *flirtat* cu mine.

Clay și-a arcuit o sprânceană, ridicându-și paharul de whisky spre mine, cu un zâmbet atotștiutor, de parcă n-ar fi fost câtuși de puțin surprins.

M-am uitat lung la el, pe urmă la Shawn, care se pregătea să urce din nou pe scenă. Am scuturat din cap, surprinsă și am izbutit să-mi țin gura închisă. Apoi am plesnit masa cu palma, mi-am luat paharul de cocktail și am dat pe gât jumătate din el, dintr-o singură înghițitură. L-am trântit pe masă cu mai multă forță decât intenționasem și m-am întors să-l înfrunt pe Clay.

— Am nevoie de mult mai multe lecții. *Imediat!*

Mi-a răspuns doar cu un râset.

Capitolul nouă

Clay

Îmi aminteam perfect primul meu meci de fotbal.

Eram o mogâldeață, aveam vreo cinci ani și sub un un metru douăzeci. Mai țineam și acum minte mirosul gazonului, casca și apărătorile prea largi pe corpul meu, în timp ce intram alergând pe teren. Nu știam nimic despre ce ar fi trebuit să fac, dar mi se părea super haios să alerg, să prind mingea și să-mi pătez cu urme de iarbă pantalonii ăia albi.

Mai știam și că ai mei fuseseră amândoi prezenți atunci.

Îi vedeam chiar și cu ochii închiși. Taică-miu țipa la mine să joc mai bine. Maică-mii îi venea să plângă de bucurie și de mândrie, pe toată durata jocului. Se țineau de mână.

Mi-i aminteam fericiți.

Era una dintre ultimele amintiri de felul ăsta.

Totul se schimbase după aceea; mai întâi lent, pe urmă, deodată, precum o carte care cade de pe raft, înainte să-ți dai seama că e, de fapt, un cutremur care o să-ți dărâme, în cele din urmă, întreaga casă.

Schimbarea începuse cu separarea lor. Îmi explicaseră că, pentru o vreme, urmau să locuiască fiecare la casa lui. *„Mami și tati au nevoie de un pic de spațiu"*, mi-a spus taică-miu. *„E bine ca părinții să aibă un pic de spațiu personal, din când în când."*

Spațiul se transformase treptat în săptămâni întregi în care nu-mi văzusem tatăl, apoi în luni, până când, într-o zi, el își făcuse apariția cu un teanc de foi în mâini, pe care le ținea rulate sul. I le furasem și mă prefăcusem că erau un telescop, că tavanul era cerul plin de stele, la care mă uitam prin sul. Abia când mă rugase mama să se uite și ea prin telescop și luase foile, izbucnind în plâns, îmi dădusem seama că tocmai se petrecuse o schimbare fundamentală în viața mea.

Tata mă așezase la masa din bucătărie și îmi spusese că eram în continuare o familie, chiar dacă nu aveam să mai locuim vreodată împreună.

Ca într-un joc de domino, am privit cum mi se destrăma viața pe care o avusesem până atunci.

Fotbalul a fost singura mea alinare.

Fiecare sezon începea la fel, cu senzația că mă întorc acasă, pe când ultimele rămășițe ale verii se pierdeau în vântul de toamnă. Fusese dintotdeauna ziua mea preferată, cea care mă umplea cu speranță și bucurie, ca un balon cu aer cald care se ridica ușor în albastrul cerului senin. De la primul meci în liga de copii, până la prima intrare pe terenul North Boston University, cu mulțimea urlând dezlănțuită, toate senzațiile mi-au rămas neschimbate. Era un drog puternic și pur.

De data asta însă nu simțeam nimic.

Primul meci al sezonului a trecut ca un vis încețoșat. M-am îmbrăcat în echipament, am alergat la încălzire și am jucat tot meciul, dar parcă aș fi dormit tot timpul. Am fost pe teren alături de frații mei, cu care am sprintat și am driblat. Am țâșnit în aer la o intercepție care era să se transforme într-un gol. Am bătut cu palma în căștile coechipierilor și am strigat cu ei. Stând pe marginea terenului, mi-am șters transpirația de pe ochi, apoi am ridicat-o pe Riley pe umeri când s-a auzit fluierul final. Pe urmă, am vorbit cu toți reporterii, ca și cum aș fi fost cel mai norocos și mai fericit puști din lume.

Pe dinăuntru însă eram amorțit.

Și chiar dacă nu suportam s-o recunosc, totul era din cauza lui Maliyah.

O vedeam antrenându-se pe același teren. O urmăream cu coada ochiului cum își exersa acrobațiile de majoretă și mă străduiam să ignor privirile pe care le atrăgea nu numai de la băieții de pe teren, dar și de la cei din tribune. Era o moarte lentă, prin otrăvire.

Mi-ar fi plăcut să fiu mai puternic. Să nu-mi pese. Îmi doream ca, dintre toate lucrurile din viață care-ar fi putut să mă distrugă, să nu-mi pună tocmai acesta capac.

Ar fi trebuit să fim noi doi, mereu împreună.

Ar fi trebuit să fie ea cea care să mă sărute înainte de meci, care să mă încurajeze în timpul jocului și să-mi sară în brațe după victorie. Care să aibă pictat pe obraz numărul meu de pe tricou, la fel ca în liceu, și jacheta peste umeri, când începea să se lase frigul.

Noaptea trecută, când fusesem cu Giana la Theatre District pentru „prima ei lecție" de cucerire a lui Shawn, aproape că uitasem de durerea ascuțită din piept. Fusesem atât de concentrat s-o ajut pe Giana, să-i arăt cum să joace jocul ăsta, că nici nu avusesem timp să mă mai gândesc la Maliyah.

Fusese un repaus binevenit. Mai ales când văzusem cât de șocată era Giana că tot ce-i spusesem până atunci dădea roade.

Când simțisem cum tremura și gâfâia sub mângâierile mele, știind că Shawn își ieșea din minți în timp ce o privea.

Știam asta, pentru că dacă aș fi fost în locul lui, și *eu* mi-aș fi ieșit din minți.

Descoperisem surprins cât de ușor era să-i sărut gâtul, să-i șoptesc nimicuri la ureche și să-i provoc un val de fiori pe piele. La început mi se păruse amuzant. Zâmbeam în timp ce descopeream unde anume s-o ating ca s-o fac să ofteze, să tresară, să se arcuiască spre mine sau să-și înfigă unghiile în mine.

Dar, pe parcursul serii, tot amuzamentul meu se transformase într-o pornire primitivă.

Cu cât mai mult mă prefăceam că ea era a mea ca s-o dezmierd, cu atât mai mult aveam senzația că era de-a adevăratelea.

Îi sorbisem fiecare geamăt care îi scăpase de pe buze, ca pe o recompensă binemeritată. Cu surprindere, constatasem ce greu îmi era să mă desprind de ea, când Shawn mai avea puțin și intra în pauză. Îmi înăbușisem un hohot de râs când îmi dădusem seama că eram tare ca piatra în pantaloni, după ce mă ridicasem din separeu. Îmi aranjasem blugii și rămăsesem lipit de bar, până când mă calmasem.

Giana îmi crea o neașteptată dependență. Cu cărțile ei ciudate, cu hainele alea pe care numai ea le putea purta, cu toată inocența pe care se străduia să și-o mascheze prin mici impertinențe.

Era ca o gură de aer proaspăt. Și era distractivă.

Dar nici ea nu m-ar fi putut scoate din amorțeala în care picasem azi.

— Mă aștept să preiei mingea așa tot sezonul, a spus Holden și m-a bătut pe umăr, odată ajunși înapoi în vestiar. Numai că, data viitoare, sper să fie chiar pentru o lovitură decisivă.

— Da, domnule! i-am răspuns, salutându-l milităreşte.

Holden a rânjit, s-a dezbrăcat de tricoul murdar și l-a lăsat să cadă pe jos, după care s-a întors spre mine.

— Ești bine? m-a întrebat.

— Da.

— Ești sigur?

Mi-am răsucit gâtul cu o trosnitură și i-am aruncat o privire care speram că îi spunea tot ce nu aveam chef să rostesc. Nu, nu eram deloc bine. Nici pe departe. Dar nu aveam niciun chef să vorbesc despre asta.

A schițat un gest de aprobare, a strâns din buze și și-a trecut mâna prin părul ud.

— Nu poți decât să te axezi pe ceea ce poți controla, mi-a spus, cu capul lăsat, mai degrabă lui însuși, decât mie.

Am încuviințat din cap, recunoscător că nu era pisălog.

Am continuat să ne dezbrăcăm în tăcere, după care ne-am târât amândoi spre băile cu gheață, înainte de dușuri. La final, mă dureau toți mușchii, așa cum se întâmpla la sfârșitul fiecărui meci de fotbal. Patru reprize în care-mi supuneam mușchii, oasele și încheieturile la eforturi inumane nu mi se păreau niciodată că devin mai suportabile. De fapt, cu cât înaintam în vârstă, cu atât deveneam mai talentat. Dar cu atât mai mari și mai sălbatici deveneau și ceilalți jucători din teren.

Nici nu puteam să-mi închipui ce urma să se întâmple când aveam să dau ochii cu tancurile care jucau în Liga Națională de Fotbal.

Într-un târziu, m-am îmbrăcat iar cu pantalonii de trening și am ieșit din vestiar, după ce le-am promis băieților că o să ne vedem la petrecerea din seara aia. Aveam nevoie să trag un pui de somn și poate să beau câteva pahare.

De îndată ce am ieșit din vestiar și am pășit pe hol, am auzit un hohot de râs care m-a țintuit locului.

Chicotitul melodios al lui Maliyah plutea pe hol, cuprinzându-mă într-o strânsoare caldă, care-mi strivea gâtlejul. Am urmărit sunetul ca și cum ea ar fi fost o sirenă, iar eu, un marinar neajutorat pe mări învolburate. Am găsit-o rezemată de un perete, la vreo douăzeci de metri distanță.

Kyle Robbins stătea în fața lui Maliyah, cu brațul sprijinit de perete, în dreptul feței ei și o sorbea din ochi. S-a aplecat spre ea și i-a șoptit ceva la ureche. Maliyah a roșit și a chicotit iar.

Am văzut roșu în fața ochilor.

Mi-am strâns pumnii pe lângă corp și mi-am încleștat fălcile, scrâșnind din dinți. Am dat drumul genții și am înaintat doi pași, cu gândul să merg la ei și să-i sparg nasul nemernicului ăluia.

Apoi am zărit-o pe Giana.

I-a speriat și pe Kyle, și pe Maliyah când a trecut pe lângă ei, cu buclele în vânt, în timp ce ochelarii îi alunecau de pe nas la fiecare pas. Ochii ei de culoarea turcoazului erau ațintiți asupra mea. M-am aplecat, gata s-o prind înainte să se arunce direct în brațele mele.

La fel ca în cantină, și-a încolăcit picioarele în jurul meu și a dat afară aerul din plămâni. M-a cuprins cu brațele pe după gât, iar eu i-am prins fundul cu mâinile — de data asta, fundul *gol*, pe sub fustă. Cred că nu se gândise la asta înainte să sară, fiindcă șocul i s-a întipărit pe fața subit palidă, când mi-a simțit căldura trupului atât de aproape.

N-a durat mai mult de o secundă. În clipa următoare, a început să mă sărute.

S-a repezit spre mine cu atâta forță, încât buzele ar fi putut să ne sângereze. Mi-a prins părul încă ud în pumni și a început să se zvârcolească pe mine. A scâncit slab când am strâns-o mai tare. Rămasă fără suflare, m-a împins cu o mână în piept și a oprit sărutul.

Piepturile noastre se ridicau și coborau în același timp. Mi-am fixat privirea pe buzele ei roșii, umflate de sărut. Apoi, încet, mi-am ridicat-o spre a ei și ochii ei albaștri s-au lărgit și mai mult.

— Iartă-mă! mi-a șoptit, aranjându-și ochelarii. Doar că, i-am văzut pe amândoi, pe urmă te-am văzut și pe tine și m-am gândit că...

I-am întrerupt șirul vorbelor, prinzând-o de ceafă și ghidând-o spre mine, pentru un alt sărut la fel de nimicitor. De data asta, am lipit-o de perete și a icnit când mi-a simțit abdomenul pe zona ei sensibilă.

Mi-am lipit fruntea de a ei, m-am tras puțin deoparte și i-am spus:

— Kitten, te pricepi din ce în ce mai bine la jocul ăsta.

S-a înroșit sub privirile mele.

— Am un antrenor bun, a zis ea.

Cineva și-a dres glasul. Ne-am întors amândoi capetele și i-am zărit pe Zeke și Riley, care tocmai ieșeau din vestiar, ținându-se de mână. Zeke s-a uitat mirat la mijlocul meu prins între coapsele Gianei, iar Riley s-a îmbujorat atât de tare, încât și-a ținut privirea în pământ până ne-a depășit.

— Ne vedem la Groapă? m-a întrebat Zeke, cu un rânjet cât casa pe față.

Nu era nevoie să-i răspund. Giana și-a îngropat capul în pieptul meu, iar eu am sărutat-o pe păr, în vreme ce Zeke și Riley s-au îndepărtat. I-am urmărit cu privirea și am dat de Kyle și Maliyah, care se holbau la mine.

Kyle părea bănuitor.

Maliyah arăta... ca și cum tocmai primise o *provocare*.

Mi-am întors privirea spre Giana, i-am ridicat bărbia cu două degete și am anunțat-o:

— Vii cu mine!

— Unde anume?

— La Groapa cu Șerpi.

— La ce?

M-a pufnit râsul, așa că am așezat-o cu grijă jos și i-am dat o șuviță rebelă pe după ureche.

— E o casă unde locuiesc niște tipi mai înstăriți din echipă, am răspuns eu. Când unul dintre ei termină facultatea, se mută altcineva în locul lui, tot din echipă. Acolo sărbătorim fiecare victorie.

M-am strâmbat și am continuat:

— E destul de greţos locul, să fiu sincer, dar dacă ignori ce-i pe jos sau prin colțuri, o să fii bine.

— Nu știu ce să zic, mi-a răspuns, strâmbând din nas. Speram să rămân acasă, după ce am stat până târziu aseară.

— Mda, păcat! am spus și m-am aplecat să-mi iau geanta de pe jos, îndreptându-mă spre ieșire. Pentru că o să fie prezent și un tip pe care vrei tu să-l vezi.

Giana s-a grăbit să mă ajungă din urmă și m-a tras de mânecă.

— Stai puțin! Pe bune? *Shawn*? a zis și a clătinat din cap, neîncrezătoare. De ce naiba ar veni la o petrecere a echipei de fotbal?

— Fiindcă o să-l invit eu, de-aia! Și-o să facă pe el înainte să spună că vine. Probabil că o să apară cu o sticlă de vin sau vreo chestie din asta.

Giana și-a dat ochii peste cap, dar pe buze i s-a așternut imediat un zâmbet nerăbdător și a prins zvâc în pas, mergând alături de mine.

Când am trecut pe lângă Kyle și Maliyah, am apucat mâna micuță a Gianei și mi-am împletit degetele cu ale ei.

Capitolul zece

Giana

„Gâl! Gâl! Gâl! Gâl!”

M-am ferit la țanc de o pâlnie atașată unui furtun cu bere, care tocmai trecea pe deasupra capului meu, dar nu destul de repede ca să evit câțiva stropi. Aceștia mi s-au prelins pe păr și pe umeri. Clay a pufnit în râs când mi-a văzut expresia de groază, apoi m-a apucat pe după umeri și m-a tras deoparte.

Groapa cu Șerpi, cum îi spusese Clay, era o vilă uriașă dintr-un cartier surprinzător de elegant, care acum devenise un loc întunecos și gălăgios, plin de studenți de la North Boston University. Un DJ mixa hituri în sufragerie. Canapelele vechi, cu perne ponosite fuseseră împinse în lături, pentru a face loc unui ring de dans imens. În jur străluceau lumini puternice, în culorile curcubeului, fetele dansau, iar băieții încercau să li se alăture.

— Îmi place cum e îmbrăcată, am strigat eu spre Clay peste muzică, arătând în direcția unei fete din mijlocul ringului.

Purta o bluză albă, cu bretele subțiri încrucișate peste decolteul cuminte, care-i lăsa la vedere abdomenul tonifiat. Perechea de pantaloni scurți îi scotea în evidență picioarele lungi și subțiri. Părul lung și ondulat i se prefira pe spate și era machiată ca un star de cinema.

— E Olivia Bradford, mi-a răspuns Clay.

— Bradford? am spus și am făcut ochii mari. Ca pe președintele universității?

— E fiică-sa.

Am privit-o încă o dată, *mai* impresionată de ținuta ei, știind cât de strict era taică-său, care conducea una din cele mai importante universități din New England.

Am continuat să-mi plimb privirea prin încăpere, unde se juca ping-pong cu bere și „întoarce paharul". O mulțime de studenți râdeau, flecăreau, beau și se sărutau și, spre marea mea surprindere, unii chiar se drogau. Dar niciunul dintre ei nu făcea parte din echipa de fotbal. Și-ar fi pierdut și bursele, și locul în echipă, dacă ar fi făcut-o.

— E cam mult pentru mine, am admis.

Însă în stomac nu mă răscolea neliniștea. Ci, mai degrabă... *nerăbdarea.*

Mă aflam la o petrecere a echipei de fotbal din facultate.

Mi se părea o chestie care i s-ar fi întâmplat mai degrabă unui personaj din cărțile mele. Brusc, mi-am dorit să intru și eu în belele, să încerc ceva nou, să dansez, să joc ping-pong cu bere, sau...

Mi-am pierdut șirul gândurilor când mi-a ieșit în cale Shawn Stetson. Își croia drum prin mulțime, cu un zâmbet calm și încrezător pe chip. Nu reușea să facă decât câțiva pași înainte ca vreo fată să-l apuce de braț sau de gaica de la curea. Nu era nevoie să citesc de pe buze ca să-mi dau seama că îi spuneau cât de înnebunite erau după muzica lui, după *el.* Shwan se înroșea ascultându-le și le mulțumea la nesfârșit.

Nu era un tip modest. Nici nu avea de ce, la cât de bine arăta și la ce voce catifelată avea. Era ca și cum Caleb Followill de la Kings of Leon ar fi făcut un copil cu Adele, iar copilul ar fi moștenit ce era mai bun din vocile părinților săi.

Clay și-a dres vocea aproape de urechea mea, ca să-l aud clar. M-am întors spre el, mușcându-mi buza. Eram roșie în obraji. Clay mă urmărise în timp ce îl admiram pe Shawn.

— Ești pregătită pentru marele plan? m-a întrebat el, cu un zâmbet larg.

Asemenea unui jucător de fotbal care trage ușor de cască și apoi intră pe teren, am aprobat cu un gest din cap și am devenit brusc serioasă.

— Gata!

Clay m-a tras sub brațul lui. Stăteam atât de aproape, încât eram practic lipiți unul de altul. Apoi mi-a șoptit la ureche:

— O să te ignor. O să stau cu prietenii mei, poate o să flirtez cu o fată sau două. Folosește-te de asta! Bârfește-mă!

M-am încruntat.

— Cui? Lui Shawn?

A confirmat cu un gest din cap.

— Dă-i de înțeles că ești nefericită, că ești obișnuită să fii ignorată la petreceri.

— Dar o să pari îngrozitor.

A ridicat din umeri.

— Și? Tocmai asta și vrem. Shawn o să fie și mai interesat de tine și o să vrea cu disperare să te salveze și să-ți dovedească ce meriți cu adevărat.

— Ce clișeu! am pufnit eu. Și e ridicol.

— Nu ți-am dovedit până acum că știu ce fac? m-a întrebat el, cu o sprânceană ridicată. Ai încredere în mine. Ah, da! Și nu uita să-l inviți să stea cu tine undeva, într-un loc mai puțin agitat. Poate că o să ai nevoie de aer, la un moment dat. Ai putea să-l întrebi despre muzica pe care o compune, să-l lauzi puțin, chestii de genul.

Am clătinat din cap, uimită.

— Te pricepi *mult* prea bine la lucrurile astea.

Clay mi-a zâmbit, apoi s-a uitat spre Shawn și a intrat imediat în rol, devenind subit serios. Era extraordinar să vezi cum își așterne altă expresie pe chip. Acum, părea de-a dreptul plictisit și ridica un pic ofticat paharul roșu de plastic la gură. A tras o dușcă zdravănă și, fără să mă privească, mi-a urat „Baftă!", apoi a dispărut în mulțime.

L-am urmărit cum se îndepărta, bătând palma cu câțiva coechipieri, după care i s-a alăturat lui Leo Hernandez în bucătărie. Acesta tocmai își alinia paharele de tărie, așa că a mai turnat unul și pentru Clay.

Numai că băieții nu aveau să bea tăria din pahare.

Leo a eliberat blatul dintr-o mișcare a brațului, umplând chiuveta și podeaua cu pahare de plastic, cu felii de lămâie deja stoarse și cu alte gunoaie. S-a întors apoi la fata de lângă el — Olivia, o recunoscusem de pe ringul de dans —, a cuprins-o de talie și a urcat-o pe blat. Ea s-a întins pe spate, roșie la față și a chicotit. Leo a presărat sare pe abdomenul ei și a turnat o cantitate serioasă de băutură în adâncitura din jurul buricului ei.

L-am urmărit cum soarbe băutura de pe Olivia, în timp ce ea se zvârcolea pe loc. După ce Olivia s-a dat jos de pe blat, o altă fată i-a luat locul.

Clay nu a ezitat nicio clipă.

Leo a turnat băutura la fel. Clay și-a mușcat buza de jos, cu o privire admirativă spre decolteul generos al fetei, când aceasta a tresărit la contactul cu lichidul rece. A cuprins-o de o parte și de alta cu mâinile masive, după care, cu un zâmbet poznaș, i-a pus o felie de limetă în gură. Ea îl urmărea cu ochii mari.

Nu-mi puteam dezlipi ochii de el. Clay a lins toată sarea de pe abdomenul fetei și a sorbit tequila de pe ea, apăsându-și degetele de pielea ei. Pe urmă s-a apropiat lent de ea și a mușcat seducător din felia de limetă.

N-a durat decât o fracțiune de secundă, fiindcă limeta a dispărut, iar el o săruta de-a binelea.

Durerea m-a săgetat în piept ca un cuțit și s-a întețit atunci când fata și-a răsfirat degetele în părul lui. Ea a deschis gura și i-a făcut loc. Deși el nu și-a împletit limba cu a ei mai mult de o secundă, am simțit că îmi arde ceafa și că mi se întoarce stomacul pe dos. Mă făcea să simt...

Ce, mai exact?

Îi pironeam în continuare cu privirea, încercând să-mi disec sentimentele, dar în zadar. La ureche mi-a ajuns un glas ușor răgușit:

— Nici nu se compară cu tine.

M-am cutremurat la auzul acelor cuvinte și m-au trecut fiori pe șira spinării. Înclinându-mi capul, am dat de Shawn, care mă privea cu un zâmbet jucăuș.

Am pufnit în râs.

— Mda, sigur! am zis.

Fără să încerc măcar să mă prefac, privirea mi-a fugit din nou spre Clay.

L-am văzut cum o ajuta pe fată să coboare de pe blat. Mâinile lui au rămas pe talia ei, deși ea stătea în picioare. Am știut că mă holbasem prea mult, fiindcă m-am întors și l-am surprins pe Shawn privindu-mă încruntat, cu un amestec de milă și chiar dorință în ochii aurii. S-a aplecat și mi-a șoptit la ureche:

— Vrei să luăm niște aer?

***

Deși curtea din fața Gropii cu Șerpi colcăia de tineri, curtea din spate era un loc liniștit, o oază aparent nedescoperită de nimeni, mult prea liniștită ca să facă parte din aceeași petrecere. Am depășit un grup de studenți care își împărțeau un joint și am dat de o băncuță pe o potecă pietruită. În fața băncuței erau o stropitoare și căsuțe pentru hrănit păsări, precum și o grădină de trandafiri care eram convinsă că fusese îngrijită de o firmă din domeniu.

Nu cred că era vreun student atât de priceput la grădinărit.

Shawn mi-a făcut semn să iau loc prima. Apoi s-a așezat foarte aproape de mine, cu un picior chiar lângă coapsa mea. M-am îmbujorat la atingere, dar el a părut să nu bage de seamă, lăsându-se pe spate. Și-a aruncat un braț pe spătarul băncii.

— Sunt complet impresionat, a zis el, remarcând grădina.

Am râs pe înfundate.

— Mda, nu mă așteptam să găsesc așa ceva aici. Am presupus că o să fie o grămadă de gunoaie.

— Ești pentru prima oară în casa asta?

Mi-am ascuns mâinile sub coapse.

— Da. Deși, dat fiind cât timp am petrecut în vestiar, ai crede că m-am obișnuit cu nivelul de zgomot. Și cu mirosurile.

— În vestiar? s-a încruntat Shawn.

— Sunt agentul PR al echipei, am clarificat.

Shawn s-a îndreptat de spate.

— Serios? a întrebat el și a clătinat din cap, uluit. Ești plină de surprize. Iartă-mă, dar nu mi te pot imagina deloc în rolul ăsta.

— De aceea am și ales postul, i-am răspuns cu un zâmbet. Cine s-ar uita la mine și ar vedea o tipă suficient de sigură pe ea încât să facă pe șefa cu niște jucători de fotbal cât casa, nu?

— Cred că ar trebui să mă aștept la orice din partea ta, nu-i așa, Giana?

Shawn mi-a adresat un surâs. Mi-am mușcat buza pe dinăuntru, în timp ce inima mea își întețea bătăile. Eram atât de obișnuită să mă holbez la el de la distanță, încât mi se părea înspăimântător cum mă privea acum îndelung, de aproape.

Întreabă-l despre muzica pe care o compune!

Vorbele lui Clay m-au readus cu picioarele pe pământ.

— Mă mir că n-ai niciun spectacol în seara asta, am schimbat eu subiectul.

Shawn s-a așezat mai comod pe bancă.

— Îmi place să-mi iau câte o sâmbătă liberă, din când în când. Și, indiferent dacă mă crezi sau nu, sunt un mare iubitor de fotbal. N-aș lipsi de la jocul de deschidere a sezonului pentru nimic în lume.

— Așa-i, am admis. E greu de crezut că cineva cu preocupări artistice ca tine poate fi ahtiat după fotbal.

— Cum adică, nu pot să cânt melodii de John Mayer, să-mi pictez pieptul în culorile școlii mele și să urlu ca nebunul în tribună?

Am chicotit.

— Să te vopsești pe piept? Chiar c-aș vrea s-o văd și pe-asta!

Era o glumă nevinovată, dar Shawn și-a arcuit o sprânceană când am insinuat că aș fi vrut să-i văd corpul. Am pălit instantaneu.

— Hm, adică să văd spiritul de suporter, normal. Nu că m-ar interesa cum te pictezi. Sau pieptul tău. Nu că nu mi-ar *plăcea* să-ți văd corpul. Adică, nu c-aș *vrea*...

Shawn mi-a zâmbit și m-a lăsat să bat câmpii, fără nicio intenție de a mă împiedica să mă fac și mai mult de râs. Așa că am închis gura și mi-am îngropat fața în mâini,

— Îmi cer scuze! am murmurat eu. A fost o noapte lungă.

Când l-am privit din nou, nu mai zâmbea, ci avea un aer îngrijorat.

— Vrei să vorbești despre asta? m-a întrebat.

M-am încruntat, încercând să-mi dau seama la ce anume se referea. Eram pe punctul de a-i spune că mă simțeam obosită fiindcă stătusem până târziu în oraș cu o seară în *urmă*, dar mi-am dat seama că vorbea, de fapt, de Clay.

Bârfește-mă puțin!

Mi-am încrucișat brațele la piept și m-am lăsat pe spate.

— Nu prea, i-am răspuns.

Speram că arătam ca o iubită tristă și neglijată. Mi-am ațintit privirea asupra pantofilor mei *kitten heels*, fără să mai comentez.

— Întotdeauna se poartă așa? m-a întrebat el șovăitor, pe un ton blând, ca și cum n-ar fi fost sigur dacă avea voie să mă chestioneze sau nu.

Am ridicat din umeri.

— N-are nicio importanță. Doar se poartă ca un fotbalist, atât.

Am fost surprinsă de ușurința cu care am lăsat să-mi scape scuza. Și de-a dreptul uluită când Shawn s-a tras mai aproape de mine și și-a așezat o mână pe genunchiul meu. A așteptat să-mi ridic privirea spre el. Oare îmi auzea bătăile puternice ale inimii, provocate de atingerea lui?

— Ba are importanță, dacă te rănește.

M-am topit la auzul vorbelor sale, care păreau extrem de sincere. Era o replică desprinsă parcă dintr-un roman de dragoste, ceea ce-mi dovedea încă o dată că Shawn Stetson era un adevărat erou din cărți. Am deschis gura să-i răspund, însă ochii lui au coborât asupra buzelor mele și n-am mai fost în stare.

A rămas cu ochii lipiți de buzele mele, iar eu mi-am ținut răsuflarea. Încet, și-a ridicat din nou privirea spre a mea. Mi-a strâns genunchiul mai tare și s-a aplecat spre mine...

— Aici erai, Kitten!

Shawn s-a tras un pic deoparte și și-a luat mâna de pe piciorul meu, exact când Clay și-a făcut apariția pe după colț. Acesta l-a privit cu un zâmbet amenințător, care s-a îndulcit imediat ce m-a văzut pe mine.

— Clay! am spus eu dintr-o suflare, surprinsă, apoi am sărit în picioare.

Deși nu era cazul, mi-am netezit fusta. Se pare că devenise noul meu tic nervos.

— Am ieșit puțin la aer, cu Shawn.

— Văd, a remarcat el rece și i-a aruncat din nou o privire dușmănoasă lui Shawn.

L-am observat impresionată cum își umfla nările și își încleșta fălcile în timp ce îl măsura pe Shawn din cap până în picioare.

Uită-te la el, cum joacă rolul iubitului gelos!

— Haide! mi-a spus Clay.

S-a întins să mă ia de mână, iar aceasta mi-a dispărut cu totul în a lui pe când mă conducea înapoi spre casă.

— Riley și Zeke vor să joace ping-pong.

— Dar Zeke nu bea.

Clay mi-a aruncat o privire cu subînțeles și a zis:

— O să bea Riley și pentru el.

Abia dacă s-a uitat la Shawn când i-a spus:

— Pa, Steve! Ne mai vedem!

— Shawn! l-a corectat el, cu fălcile la fel de încleștate și cu pieptul scos în afară.

Clay n-a catadicsit să-i răspundă, doar m-a cuprins pe după umeri cu brațul și s-a aplecat să-mi șoptească la ureche:

— Uită-te după el!

Am înghițit în sec și am făcut exact ce mi-a spus. Când m-am uitat la Shawn, am citit în privirea lui un amestec de durere sfâșietoare și gelozie pătimașă. A deschis gura să-mi spună ceva, dar mi-am luat ochii de la el și am privit înainte, în timp ce Clay mă conducea pe cărarea pietruită, înapoi spre casă.

— De ce ai venit după mine? l-am întrebat, ridicându-mi ochii spre el. Mergea totul așa de bine!

— Nu pot să te las prea *mult* cu alt tip fără să trezesc suspiciuni, mi-a răspuns Clay fără ezitare.

— Arăta de-ai fi zis că vrea să te omoare.

— Înseamnă că planul nostru funcționează.

Am pufnit în râs, dar hohotele mi s-au oprit în gât când ne-am izbit de Maliyah, imediat ce am reintrat în vacarmul din casă.

— Ah! a exclamat speriată și s-a tras puțin înapoi.

Clay s-a repezit s-o sprijine fără să-și dea măcar seama, într-un gest inconștient.

În clipa imediat următoare s-au privit în ochi și au înghițit amândoi în sec.

Mă simțeam de parcă eram în prezența unor staruri de cinema. Amândoi erau înalți și mult mai frumoși decât s-ar cuveni să fie cineva pe lumea asta, emanând o energie care-i făcea pe toți ceilalți din încăpere să graviteze în jurul lor. M-am uitat la ea, apoi la el și tot așa, de la unul la altul și nu m-am putut abține să mă minunez pentru a nu știu câta oară: cum naiba ar fi trebuit să-i trezească una ca *mine* gelozia lui Maliyah?

Clay a rămas preț de o clipă cu brațul în jurul ei, cu răsuflarea întretăiată. În cele din urmă, i-a dat drumul și și-a petrecut din nou brațul în jurul meu.

— Clay! a spus ea, apoi m-a privit cu ochi de căprioară.

Am zâmbit, așteptându-mă să se prezinte. În schimb, m-a măsurat din creștet până în tălpi, nedumerită în legătură cu ținuta mea.

— Maliyah, hai să dansăm! a strigat-o o fată din spatele ei, pe care n-o observasem până atunci.

Era o tipă cu părul lung și negru ca pana corbului. Maliyah s-a agățat de brațul stâng, plin de tatuaje, al prietenei ei și s-a lăsat trasă de aceasta. Apoi și-a dat părul pe spate și nu s-a mai uitat în urmă, dar imediat ce a ajuns pe ringul de dans, l-a căutat pe Clay din priviri.

Ce mama mă-sii?

Cu siguranță își dăduse seama cât de emoționat fusese Clay de întâlnirea cu ea. În loc să-i vorbească, Maliyah dansa și îl *privea* de la distanță. N-ar fi făcut asta dacă nu i-ar fi păsat de el, dacă n-ar fi enervat-o că îl văzuse cu mine, dacă nu l-ar mai fi vrut.

Dar dacă tot îl voia înapoi, de ce nu îl lua, pur și simplu? Ar fi putut s-o facă pe loc, chiar atunci.

Am scrâșnit din dinți și mi-am ridicat ochii spre Clay.

— Ce joc joacă fata asta?

Se uita după ea ca un cățel bolnav. Avea fața palidă.

— Și mie mi-ar plăcea să știu.

Am mijit ochii, mi-am îndreptat umerii și l-am prins de mână.

— Hai cu mine!

Nu aveam niciun un plan în minte, dar l-am tras după mine prin mulțime și am avut grijă să defilăm prin dreptul ringului. Apoi ne-am așezat pe una din canapelele de la perete, care erau îndreptate cu fața spre ring. L-am tras pe Clay lângă mine. Stăteam atât de îngrămădiți, încât m-am trezit aproape strivită între el și brațul canapelei. Când am izbutit să-mi fac mai mult loc, am ajuns pe jumătate la el în poală. Clay mă ținea cu brațul petrecut pe după umeri. Îi simțeam mușchii încordați.

— Uită-te la mine! l-am rugat.

Clay și-a desprins cu greu privirea de la ringul de dans, unde dansa Maliyah. I-am luat chipul în mâini.

— Dacă nu intri în joc, pierzi, mai ții minte? i-am spus și mi-am mușcat buzele, înghițind un nod. Hai să jucăm!

S-a încruntat și m-a privit cu capul plecat într-o parte.

— Folosește-te de mine! am adăugat. Amintește-i ce ați avut împreună! Arată-i ce a pierdut!

Clay a ridicat o sprânceană, a privit de jur împrejur, după care s-a uitat din nou la mine.

— N-o să ne vadă doar ea, a remarcat el.

— Am încredere în tine, l-am asigurat, respirând adânc.

Mi-am trecut degetele prin părul lui și l-am tras spre mine.

Ar fi trebuit să mă fi obișnuit deja până atunci. Ar fi trebuit să știu, de fiecare dată când ni se atingeau buzele, că totul era fals, doar de ochii lumii. Dar când Clay mă săruta, respirația mi se oprea în piept, iar inima mea o lua la goană.

Clay a inspirat profund, cu o mână pe spatele meu și cu cealaltă pe ceafa mea. Am simțit cum i se umflă pieptul, după care mi-a împins ușor bărbia cu vârful nasului, ca să mă sărute pe gât.

Pleoapele mi-au tremurat încet și am închis ochii. Sfârcurile mi s-au întărit pe sub bluza subțire în timp ce buzele lui calde îmi cutreierau gâtul. Cu fiecare sărut devenea din ce în ce mai hotărât. Când m-a mușcat de claviculă, am șuierat de durere și mi-am înfipt degetele în tricoul lui.

Nu era nevoie să țin ochii deschiși ca să-mi dau seama că eram priviți.

Simțeam nu doar privirile lui Maliyah, ci și ale tuturor celor din preajmă, arzându-mă cu aceeași intensitate ca a săruturilor lui Clay, care își croia deja drum înapoi la buzele mele. Următorul sărut a fost o declarație, apăsat și aspru. Pentru prima oară, și-a trecut limba peste buzele mele, cerându-mi voie.

Mi-am depărtat buzele și mi-am împletit limba cu a lui, înfiorată de un curent electric. De parcă i-aș fi simțit limba direct între coapse, nu în gură. Mi-am apropiat picioarele, copleșită de senzațiile străine. M-am aplecat și mai mult spre el.

Clay a gemut și m-a strâns mai tare cu o mână. Cu cealaltă mi-a mângâiat fața și gâtul, apoi s-a oprit pe pieptul meu, care îmi urca și îmi cobora cu repeziciune.

Un oftat gutural, puternic mi-a scăpat la atingerea lui. Am deschis brusc ochii. Clay m-a sărutat și mai înfocat, iar mâna lui a continuat să coboare, până când i-am simțit palma caldă așezată confortabil pe interiorul coapsei mele.

Totul la el emana posesiune: felul în care mă ținea în brațe, în care mă lipea de el și mă săruta din ce în ce mai apăsat, în timp ce mâna lui urca lent pe sub tivul fustei mele.

Mi-am lăsat capul pe spate și am oftat, iar Clay și-a coborât iar buzele pe gâtul meu.

Și pe urmă ... mi-am desfăcut picioarele.

Nu mai gândeam limpede. Eram mistuită de o dorință intensă, căreia nu mă puteam împotrivi. Mi-am depărtat picioarele, ca el să-și strecoare și mai mult mâna pe sub fustă.

Respiram tremurător, slab. Clay a depus un sărut delicat sub lobul urechii mele.

— OK? m-a întrebat el simplu, încet.

Și cuvântul acea a avut darul să mă aducă înapoi cu picioarele pe pământ, la el.

Cred că am încuviințat din cap și am murmurat ceva, înainte să-i simt limba pe bărbie, apoi pe gură. Și-a lipit fruntea de a mea, iar când am deschis ochii, mă sfredelea cu privirea lui de smarald.

Timpul s-a oprit în loc și toată larma dimprejur s-a stins. Brusc, am devenit conștientă că răsuflarea lui Clay se întretăia cu a mea. Că și-a umflat pieptul și că el respira în același ritm cu mine, în timp ce mâna lui continua să urce pe coapsa mea, dureros de lent.

I-am simțit degetele cu bătături alunecând pe interiorul coapsei mele. Aveam pielea atât de sensibilă, încât m-am cutremurat și m-am agățat de el ca de viață. Ajunsese într-un loc neatins de nimeni până atunci.

Clay și-a mușcat buza de jos, ușor umflată după atâtea săruturi, după care m-a privit în ochi și a îndrăznit să urce și mai mult cu mâna.

Mi-am depărtat și mai mult picioarele, pentru a-i face loc.

Până când și-a trecut arătătorul peste bumbacul deja umed al chiloților mei.

Am scâncit și am lăsat să-mi scape un geamăt când i-am simțit palma sigură și hotărâtă lipită de cele mai intime părți ale corpului meu. Clay a gemut imediat ce mi-a simțit dorința. Mi-a cuprins din nou gura cu a lui, apoi și-a retras degetul și l-a lăsat să alunece iar în același loc, cu și mai multă presiune.

Am văzut stele.

Nu. Un abis întunecos și sufocant, asta am simțit în acea clipă. Am tresărit și am deschis brusc ochii, panicată, cu inima bătând să-mi iasă din piept.

— Miau!

Am rostit cuvântul mai mult ca o rugăciune abia auzită, dar Clay a înghețat. Când l-am împins ușor, ca să pun puțină distanță între noi, am simțit prin tricoul său cum îi bătea inima nebunește.

— Miau! am repetat eu mai răspicat, cu o voce mai fermă.

Atunci și-a dat seama că am rostit cuvântul de siguranță și a pălit. S-a desprins de mine, cu o privire îngrijorată.

— Giana!

Dar nu puteam să mă mai uit la el.

Nu puteam să mai stau lângă el, să-mi înăbuș focul dinăuntru.

I-am zâmbit fals și l-am sărutat pe obraz ca și cum totul ar fi fost în regulă, în cazul în care ne privea Maliyah sau oricine altcineva. M-am ridicat cât mai lent și mai calm cu putință, mi-am aranjat părul și fusta, după care am pornit spre toaletă.

Însă imediat ce am ieșit din raza lui vizuală, am cotit brusc la stânga.

Și am luat-o la goană.

Capitolul unsprezece

Clay

Inima îmi bubuia în timpane pe când îmi croiam drum prin mulțime, cu privirea ațintită asupra Gianei. Respira tot mai greoi și mai neregulat, cu fiecare pas. Când a cotit spre bucătărie, numai pentru a fugi imediat afară, pe ușa din spate, am lăsat să-mi scape o înjurătură și am început să-mi fac loc prin mulțime, ca s-o prind din urmă.

Mersesem prea departe.

Cuvântul de siguranță n-ar fi trebuit să fie vreodată rostit. N-ar fi trebuit să fie decât o glumă de-a noastră. Dar întrecusem măsura și îi înșelasem așteptările, lăsându-mă pradă propriei dorințe. Miza jocului nu mai era Maliyah, ci sunetele pe care aș fi putut să le scot din gura aia frumoasă pe care o sărutam.

Nu asta avusesem de gând. Inițial, nu-mi dorisem decât s-o sărut și să rămân cu ochii deschiși, ca s-o urmăresc pe Maliyah, care ne privea de pe ringul de dans. Voiam să-i demonstrez fostei mele iubite cât de mult mă interesa noua mea cucerire. Dar, cu cât Giana se deschidea mai mult, tremurând de dorință sub mângâierile mele... cu atât mai captivat deveneam de ea.

Mă zăpăcisem când îi simțisem limba împletită cu a mea și dorința umedă dintre picioarele ei, conștient că toate mi se datorau. Ca un dependent de droguri, voiam mai mult.

Și nu mă mai gândisem la consecințe.

Giana a dat buzna în curte, cu mine pe urmele ei. Am prins ușa înainte s-o trântească.

— Giana! am strigat-o.

Câțiva studenți adunați pe peluză s-au tras deoparte, văzând-o grăbită și mi-au aruncat priviri nedumerite.

— G, așteaptă-mă, te rog! am strigat iar după ea, dar nu s-a oprit din alergat, ci a ieșit pe poarta din față.

Am iuțit pasul în urma ei, în timp ce inima îmi bătea nebunește în piept. Când m-am apropiat de ea, am întins mâna și am apucat-o de cot.

S-a izbit de mine și a lăsat să-i scape un țipăt, dar am prins-o și am ținut-o pe loc.

— Îmi pare rău, eu..., a început ea.

— Nu, mie îmi pare rău! i-am spus, cuprinzându-i brațele subțiri.

Respira sacadat și își ferea privirea pierdută. Era sfâșietor s-o văd așa.

Știind că eu eram de vină.

— Hei! i-am zis și i-am ridicat bărbia cu vârful degetului arătător.

Am așteptat să-mi întâlnească privirea. Și-a șters lacrima care i-a alunecat pe obraz.

— Iartă-mă, te rog! am repetat eu. Iartă-mă!

Respirația i s-a liniștit puțin, apoi a oftat din rărunchi și s-a prăbușit în brațele mele. Am prins-o strâns și am ținut-o ca și cum aș fi putut s-o apăr de ceea ce o rănise.

Ca și cum nu eu aș fi fost vinovatul.

S-a cutremurat în îmbrățișarea mea. Plângea cu suspine, vizibil iritată de lacrimile pe care le vărsa. Și le ștergea imediat de pe față, fără să se depărteze de mine. M-a lăsat s-o țin în brațe și s-o mângâi pe spate până când respirația i s-a potolit. A rămas nemișcată.

— Doamne sfinte! Sunt praf, a zis Giana într-un final, când s-a tras puțin în spate.

Și-a cuprins fața în palme.

— Am mers prea departe, am spus eu.

— Nu, a replicat ea, dar apoi a oftat și, într-un târziu, m-a privit în ochi. Ba da! Dar nu-i vina ta.

— Ba este! M-am lăsat dus de val.

— Și eu am fost la fel de implicată ca tine.

Am scuturat din cap, pregătit s-o contrazic, dar toate vorbele mi-au rămas înțepenite în gâtlej, când ea a spus:

— Sunt virgină.

Am clipit, șocat. Nu eram sigur dacă auzisem bine. Dar când ea m-a pironit cu privirea, stacojie la față de rușine și de supărare, am știut că nu auzisem greșit.

Bestia dinăuntrul meu a scos un urlet animalic, gata să-și arate colții. Mi-am încleștat maxilarul și am tras adânc aer în piept, ca să împiedic monstrul să iasă din cușcă.

— Știu, a continuat Giana, încrucișându-și brațele la piept și făcându-se mică. E penibil.

M-am întins și i-am ridicat bărbia, până când s-a uitat din nou în ochii mei.

— De ce-ai spune una ca asta? am întrebat-o, încruntat.

— Pentru că sunt în anul II de facultate și n-am făcut sex până acum, mi-a răspuns direct.

Mirat, am clătinat din cap și am dat drumul aerului din plămâni, după care am luat-o iar în brațe.

— N-ai de ce să te simți jenată.

— Păi, așa mă simt.

— Nu trebuie, am insistat și m-am tras un pas în spate, apoi mi-am pus mâinile pe brațele ei. Mulțumesc că mi-ai spus.

A încuviințat și a înghițit în sec, cu privirea în pământ.

— Îmi pare rău că nu mi-am dat seama, am adăugat.

Giana a scos un geamăt de exasperare și și-a dat ochii peste cap.

— Nu vreau să fac caz de asta.

— Păi, e destul de important, i-am răspuns, cu un zâmbet amuzat. Mai ales atunci când eu te pipăi ca un animal, în mijlocul unei petreceri unde e plin de oameni.

A început să râdă și s-a uitat din nou la mine.

— Uneori, nu-mi doresc decât s-o fac cu cineva, cu oricine, ca să scap, înțelegi?

Bestia ferecată în mine s-a zbătut din nou, încercând să iasă din cușcă. Trebuia să-i rezist, așa că mi-am petrecut brațul pe după umerii ei, ca s-o conduc înapoi spre campus.

— Spune-mi ce s-a întâmplat cu Shawn! am zis, ignorându-i comentariul, deși știam că o să-mi rămână întipărit în minte pentru tot restul vieții.

Giana m-a țintuit cu privirea. Nu i-a scăpat modul deloc subtil în care evitasem subiectul, dar se părea că și ea voia să treacă mai departe, fiindcă a oftat și și-a sprijinit capul de pieptul meu.

— Nu știu cum și *de ce*, dar am făcut tot ce mi-ai spus și pe urmă...

A clătinat din cap, nevenindu-i să creadă și a chicotit, după care și-a acoperit fața cu mâinile și m-a privit printre degete.

— Cred că dacă n-ai fi apărut, m-ar fi sărutat, a adăugat ea.

Am râs, deși vorbele Gianei mi-au stârnit furia în piept. Era un efect advers pentru care nu fusesem pregătit la începutul acestei relații false. Atunci când o sărutasem și o atinsesem, mintea mea crezuse că Giana era a mea. Nu aveam niciun drept să fiu posesiv, așa că mi-am înfrânat pornirile și mi-am amintit de ce făceam, de fapt, toate astea.

Pentru ca ea să-l aibă pe Shawn.

Și eu s-o recâștig pe Maliyah.

— Lasă-mă să ghicesc, ți-a spus că meriți un tip mai bun decât mine, nu?

— Asta a insinuat, da, mi-a răspuns ea. Doar că sunt uluită. Înainte habar n-avea că exist și acum... Nu știu... Acum vrea să mă *salveze* de tine.

A pufnit în râs.

Eu însă am înghițit în sec când mi-am dat seama cât de repede se mișcase Shawn.

— Bun, și mai departe, ce urmează? m-a întrebat ea.

Când s-a uitat la mine, am observat că deja i se uscaseră lacrimile. Pe chip avea un zâmbet la fel de luminos și de autentic precum cel pe care îl afișase la începutul petrecerii. Ca prin minune, își revenise. Și chiar dacă eu sărisem calul, Giana mă privea cu aceeași încredere, dornică de sfaturi, de parcă n-aș fi fost dracul împelițat.

— Ce nerăbdătoare ești! am luat-o peste picior și i-am zâmbit, apoi am apucat-o pe după umeri și am ciufulit-o puțin cu pumnul strâns.

Ea m-a îmbrâncit, râzând. Apoi și-a aranjat părul și a început să-mi povestească ce văzuse la petrecere, inclusiv niște puști hipioți, care făceau ceai de ciuperci halucinogene și grădina din spatele casei, despre care am căzut amândoi de acord că arăta ciudat și nu se potrivea deloc cu împrejurimile.

Am ascultat-o, am aprobat din cap din când în când și mi-am ținut mâinile în buzunare.

Mai ales ca să n-o iau din nou în brațe.

Capitolul doisprezece

Giana

— Vreau să vă gândiți la studiul de caz, ne-a spus profesoara Schneider miercuri dimineață, afișând instrucțiunile pe panoul pentru proiector din fața clasei. Aveți impresia că sfârșitul semestrului e departe, dar o să vă ia prin surprindere, iar eu o să-mi dau seama dacă ați tras de timp, ceea ce o să se reflecte în notele voastre.

Cu ochi obosiți, am citit textul de pe ecran, dar n-am reușit să înțeleg mare lucru. Numai la folosirea rețelelor de socializare pentru comunicarea în masă nu-mi stătea mintea, după ce muncisem toată noaptea la proiectul de licitație.

Charlotte mă obligase să contactez pe toată lumea care îi trecuse prin cap că ar putea fi dornică să sponsorizeze licitația sau să ne ofere ajutor. Și, ca și cum asta nu mă epuizase îndeajuns, m-a anunțat că era cazul să aleg, până a doua zi dimineața, fundația caritabilă unde să trimitem fondurile.

Ar fi *putut* să fie o sarcină ușoară, dacă aș fi fost leneșă, nu meticuloasă. Aș fi putut, pur și simplu, să caut pe Google

„fundații caritabile din Boston" și s-o aleg pe prima care mi-ar fi apărut pe ecran. Dar tocmai pentru că eram minuțioasă și curioasă din fire, căutasem nu doar fundațiile din zonă, dar și ce fonduri primeau acestea, câți alți sponsori mai aveau, în ce măsură sprijineau comunitatea și dacă scopurile lor se potriveau cu obiectivele echipei și ale universității noastre.

Alesesem o fundație târziu, după miezul nopții. Deși picasem lată imediat ce mă întorsesem acasă de la stadion, alarma mea a sunat peste șase ore.

Cursurile de la prima oră a dimineții erau absolut oribile.

— Testul pentru capitolele unu–cinci este acum disponibil pe platforma online. Aveți timp să-l completați până vineri. Ne vedem săptămâna viitoare!

Manualele și laptopurile au fost închise cu un bufnet, apoi s-au auzit foșnetul rucsacurilor și discuții pe un ton scăzut. Mi-am strâns lucrurile în liniște și am aruncat o privire la ceas. Era abia 10 dimineața. Presimțeam că o să fie genul de zi în care am nevoie de două cafele, nu doar de una.

Mi-am pus geanta pe umăr și m-am urnit din clasă, ieșind din clădirea Facultății de Comunicare. Aerul cald îmi încălzea picioarele înghețate de aerul condiționat. Mă îndreptam pe pilot automat spre *Rum & Roasters*. Am deschis ușa localului, cu ditamai căscatul.

M-am așezat la rând ca un zombi și am cerut o cafea Americano, cu o doză în plus de espresso. Apoi m-am îndreptat spre masa la care stăteam de obicei, ținând în mâini licoarea dătătoare de viață.

Doar că, de data asta, masa mea era ocupată.

Shawn stătea pe scaunul meu. Își ținea o gleznă sprijinită pe celălalt genunchi și avea chitara în brațe, încercând niște acorduri, cu o mină încruntată. Câteva șuvițe întunecate îi căzuseră în ochi, iar razele dimineții îl învăluiau într-o sclipire aurie. Parcă era rupt de pe coperta unui album soft rock. Și-a dat părul laoparte, apoi și-a ridicat privirea, iar când m-a zărit, mi-a adresat cel mai sexy și dulce surâs din lume.

— Bună dimineața, îngeraș!

Am roșit și am privit peste umăr. Nu eram sigură dacă vorbea cu mine. M-am reîntors cu fața spre el. Și-a lăsat chitara jos, râzând pe înfundate.

— După cum stai în soare, ți s-a format un cerc luminos deasupra capului, mi-a explicat el.

I-am zâmbit.

— Care îmi ascunde cornițele, fără îndoială.

Shawn mi-a făcut semn să mă așez pe scaunul din fața lui.

M-am așezat, șovăitoare, întrebându-mă dacă eram în stare să port o conversație, darămite să flirtez, la ora aia. Am băut o gură de cafea. Brusc, am devenit mai încrezătoare că aș putea reuși.

Oare ce-ar face Clay în locul meu?

Mi-ar spune să termin cu prostiile și să intru în joc.

Nu-l mai văzusem pe Shawn de la petrecerea de sâmbătă seara. Am simțit fluturi în stomac când i-am observat privirea curioasă.

— Ce e? l-am întrebat.

— Nimic. Doar că... Iartă-mă dacă ți se pare că sunt prea direct, dar ești foarte frumoasă în clipa asta.

Obrajii mi-au devenit la fel de fierbinți precum cafeaua din mâinile mele. Mi-am lăsat privirea în jos.

— Mă îndoiesc, la cât de obosită sunt.

— Ai stat până târziu azi-noapte?

Am oftat.

— Da. Lucrez cu șefa mea la un eveniment caritabil pentru echipa de fotbal a universității, ceea ce îmi mănâncă mai mult timp decât toate cursurile la un loc.

— Tot nu-mi vine să cred că te ocupi de PR, a remarcat el, cu un surâs.

— Unde ai fi crezut că lucrez, dacă nu ți-aș fi spus eu?

— La bibliotecă.

Am pufnit în râs.

— Din cauza ochelarilor, nu?

— Printre altele, a zis el.

Și-a coborât privirea scânteietoare pe corpul meu, arcuindu-și o sprânceană la vederea bluzei mele colorate, peste care îmi pusesem o salopetă mai veche de blugi. Salopeta era lăbărțată și îmi ascundea formele, dar felul în care mă dezmierda Shawn cu privirea îmi dădea senzația că nu port decât chiloți și sutien.

Mi-am dres glasul și am mai luat o gură de cafea.

— Tu ce faci, de fapt, dormi aici, în spate, sau...? l-am întrebat.

Și-a trecut mâna prin părul lung, apoi și-a reluat poziția, cu un picior peste celălalt și a ridicat chitara.

— Lucrez la un cântec și nu mai am inspirație în camera din cămin. Mi-am zis că o să-mi prindă bine o schimbare de peisaj.

— Și ți-a prins?

— Nu, din păcate, a recunoscut el. Ceva nu se leagă, dar încă nu-mi dau seama ce anume.

— Cântă-mi-l, să-l aud!

A făcut ochii mari.

— Chiar ai vrea?

I-am zâmbit și am sorbit cafeaua, prefăcându-mă că eram absolut relaxată, când de fapt simțeam că mă pierd cu firea numai la gândul că Shawn Stetson o să-mi cânte mie, în primă audiție, o melodie nelansată.

Și-a rotit gâtul, s-a îndreptat în scaun și, după ce și-a dres vocea, a început să cânte.

Melodia era lentă și liniștitoare. Acordurile line erau presărate cu lovituri ale podului palmei în chitară. Percuție și coarde în același timp, într-un ritm seducător și ademenitor.

Am început să dau din cap în ritm cu el și să-mi mișc subtil șoldurile, pe scaun. Shawn m-a privit și ochii i s-au lipit de șoldurile mele. Am simțit cum o fierbințeală îmi urcă pe gât.

Abia așteptam să-i povestesc lui Clay.

Avea să fie extrem de mândru de mine, că m-am așezat la masă cu Shawn și că am fost imperturbabilă. Deveneam treptat o profesionistă, sau măcar, puțin mai curajoasă decât copila incapabilă să-i susțină privirea lui Shawn, cu doar câteva săptămâni în urmă.

Încă eram cu gândul la Clay, când Shawn a început să cânte primele versuri. Vocea lui era răgușită și joasă, ca un foc cu vreascuri.

„Ador
Luna când
Sângerează prin ferestre
Și-ți pictează trupul.
Ador
Picioarele tale
Depărtate pentru mine
Și pe tine fierbinte
Pentru mine."

Aproape că m-am înecat cu cafeaua, dar am izbutit să mă prefac și să-mi păstrez expresia neschimbată. Shawn a zâmbit în colțul gurii.

„Ador
Sânii tăi
Ca niște munți,

Când se ridică
Dornici
De căldura gurii mele.
O să-ți dau
Ce vrei,
Ce vrei tu dacă
Te deschizi și-mi spui
Cuvântul magic."

A urmat o pauză a coardelor, când nu s-a mai auzit decât ritmul bătăilor din podul palmei și din degete, într-o percuție fluidă, după care a început refrenul.

„*Roagă-mă, iubire!*
Strigă-mi numele!
Stai jos în fața mea, iubire,
Lasă-ți dorințele
Să-ți șteargă orice
Rușine."

Am sărit din scaun înainte să mai cânte vreun vers și am dat pe gât ultima gură de cafea. Shawn s-a oprit.

— Ah, Doamne! Îmi cer scuze! Tocmai mi-am dat seama cât e ceasul, am spus, ascunzându-mi obrajii înroșiți, în timp ce îmi petreceam bareta genții pe după gât. E minunat cântecul tău! Pe bune! Super sexy! Abia aștept să te aud când o să-l cânți live.

Shawn și-a dat chitara jos și s-a ridicat de pe scaun.

— Giana, a început el, dar eu eram deja în drum spre ușă.

M-am împiedicat de piciorul unei mese și am fluturat un pic din brațe până mi-am recăpătat echilibrul. După ce am evitat în ultima clipă un chelner care trecea cu o tavă de farfurii, i-am răspuns:

— Îmi pare tare rău, o să întârzii dacă nu plec acum. Dar ne vedem curând!

— Așteaptă!

M-am oprit, în timp ce inima îmi bătea cu putere, apoi m-am răsucit. Eram furioasă că nu-mi puteam ascunde roșeața din obraji.

Shawn și-a trecut mâna prin păr.

— Aș putea... Crezi că ai putea să-mi dai numărul tău de telefon? m-a rugat el.

Într-o secundă, mi s-a scurs tot sângele din obrajii până atunci înfierbântați.

Dădea roade. *Tot* ce făcusem cu Clay dădea roade.

Și, pentru prima oară, înțelegeam ce implica asta.

Am înghițit nodul din gât și i-am luat telefonul din mână, apoi mi-am trecut repede numărul în agendă. I l-am înapoiat la fel de grăbită, forțându-mă să-i zâmbesc cât mai frumos.

— O să-ți scriu! mi-a promis el.

M-am întors cu spatele și i-am făcut cu mâna în drum spre ieșire. Încercam să-mi păstrez o expresie calmă, numai că, după cum mă privea, cu mâinile vârâte în buzunare și cu o sprânceană ridicată, Shawn sigur văzuse dincolo de aparențe.

Era *încântat* că mă tulburase atât de tare.

Îndată ce am ieșit în căldura dogoritoare, mi-am tras o palmă peste frunte și am scos un geamăt de frustrare.

Mai că nu-i fluturasem prin fața ochilor un banner cu declarația „Sunt virgină!", scrisă în culori fosforescente.

Jena s-a preschimbat în rușine și, aproape instantaneu, în panică. Mi-am iuțit pașii.

Ce naiba credeam că fac?

Intrasem în jocul ăsta *idiot*, cu cineva care avea mult mai multă experiență sexuală decât mine. Shawn era muzician. Un muzician sexy, frumos și talentat. Cum naiba de nu-mi trecuse prin cap că probabil și-o trăsese cu douăzeci de fete, dacă nu și mai multe?

Iar eu?

Nu știam nici măcar cum e când ți se pipăie țâțele.

Am ajuns la stadion în pas de alergare. Cofeina îmi intețise pulsul, care îmi bubuia ca o tobă de război. Am dat buzna pe ușile de metal de la intrare, am fugit pe holuri și m-am năpustit în sala de mese, însă echipa nu era acolo. M-am uitat încă o dată la ceas și m-am străduit să-mi amintesc programul lui Clay.

La sala de forță.

M-am răsucit dintr-un salt și-am luat-o în direcția opusă, pășind apăsat. Fără să mă gândesc la ce urma să-i spun și nici la consecințe, am deschis larg ușa sălii de forță și am intrat iute.

M-a întâmpinat o melodie rap, la sonor maxim, dar nu era nici pe departe la fel de asurzitoare precum bătăile inimii mele. Am scrutat încăperea până am dat de Clay. Stătea întins pe spate, la un aparat, cu o bară plină de greutăți în dreptul pieptului, pe care tocmai o ridica și i-o dădea lui Holden.

Am tras cu nesaț aer în piept și m-am dus direct la el, ignorându-i pe ceilalți jucători, care mă priveau curioși. Holden tocmai îl ajuta pe Clay să așeze bara la loc, când m-am repezit spre ei, l-am apucat pe Clay de mână și l-am tras deoparte.

— Am nevoie de tine!

***

Clay

La cât de mică era, Giana mă strângea cu destulă putere. M-a târât după ea prin sala de forță, sub privirile întrebătoare ale coechipierilor mei. Am urmat-o cu un zâmbet amuzat și am ridicat din umeri spre cei care dăduseră din cap, ca și cum m-ar fi întrebat: „Ce naiba se petrece?"

Antrenorul Dawson mi-a tăiat calea și și-a pus o mână pe pieptul meu, chiar înainte să ieșim pe ușă.

— Nu s-a terminat antrenamentul, a spus, mai mult pentru Giana decât pentru mine.

— Îmi cer scuze, domnule antrenor! Am nevoie de Johnson pentru un interviu într-un podcast. O să se întoarcă într-un sfert de oră, sau chiar mai repede. Vă promit!

I-a răspuns ținându-și umerii drepți, dar eu am băgat de seamă că înghițea cu greu. El era cu cel puțin jumătate de metru mai înalt decât ea și de trei ori mai solid. Încruntat, antrenorul a lăsat să-i scape un oftat greu și și-a luat mâna de pe mine.

— Zece minute, a consimțit el. O tură de stadion pentru fiecare minut în plus.

Am încuviințat din cap și Giana m-a împins pe ușă, afară.

— Ia zi, despre ce podcast e vorba? am întrebat-o ironic, căci știam foarte bine că nu e vorba despre relațiile cu publicul.

Giana m-a ignorat până când am ajuns în dreptul unei debarale. A deschis-o și m-a împins înăuntru.

Ușa s-a închis în urma noastră și ne-am trezit într-un întuneric beznă. După zarva din sala de forță, liniștea din debara era asurzitoare. Giana respira greoi, ca un animal ținut captiv.

— Lumina ar trebui să fie pe...

M-am întins spre întrerupător, dar Giana mi-a dat peste mână, ceea ce însemna că și ea știa unde era acesta.

— Las-o! mi-a zis. Nu știu dacă o să fiu în stare să-ți spun ce vreau, dacă o să te uiți la mine.

— Ce să-mi spu...?

— Vreau să faci sex cu mine, a spus ea, pe un ton strident.

Rugămintea ei m-a cutremurat până în măduvă. Ca și cum primisem un pumn în stomac și o gură se înfășurase în jurul penisului meu — o senzație dureroasă și delicios de surprinzătoare.

Am ignorat bestia din interiorul meu, care s-a aprins la auzul vorbelor ei, stăpânindu-mi dorința nebună de a-i îndeplini dorința pe loc, chiar în debaraua aia nenorocită. Am inspirat profund și am expirat și abia pe urmă am fost în stare să vorbesc:

— Hm, Kitten, nu cred că...

— Ba nu! Exact asta vreau, mi-a tăiat ea vorba. Vreau să-mi pierd virginitatea cu tine, Clay.

În clipa aia am fost recunoscător că era întuneric beznă. Mi-am mușcat pumnul, ca să-mi înăbuș geamătul care mi-ar fi putut scăpa, după vorbele dulci venite de pe buzele ei.

— Am nevoie să-mi dai mai multe detalii, am îngăimat eu, într-un final, pe când monstrul dinăuntru devenea din ce în ce mai greu de stăpânit.

Au urmat un oftat prelung și un zgomot de pași, apoi o înjurătură șoptită. Probabil se împiedicase de ceva.

— Shawn e un tip cu experiență, mi-a spus. Probabil că a făcut deja sex cu mai multe fete decât am *cunoscut* eu în toată viața mea. Dacă te uiți la el, până și mersul lui este sexy. Pur și simplu, îl are pe vino-ncoace.

Am strâmbat din nas, din nou recunoscător că întunericul îmi ascundea dezaprobarea nu îndeajuns de subtilă.

— Și când o să am în cele din urmă șansa să fiu cu el — *dacă* o să ajung să fiu vreodată cu el —, nu vreau să fiu atât de lipsită de experiență, încât să râdă de mine, să i se facă milă sau... sau să-l fac să plece *de tot*.

Aproape că a țipat ultimele cuvinte, uimită de revelația avută.

— N-o să plece...

— De unde știi? Habar n-ai cum e să fii virgin la aproape douăzeci de ani, când probabil că tu ți-ai pierdut virginitatea pe la vreo șaisprezece ani.

Am închis gura, pentru că avea dreptate.

— Clay, te rog! m-a implorat ea, apoi m-a strâns de antebraț cu mâinile ei micuțe. Am nevoie de ajutorul tău. Te rog! Te rog frumos!

Stăm într-o debara cufundată în beznă, iar fata asta mă imploră s-o deflorez.

— Învață-mă cum să sărut și cum să fac un bărbat să se simtă bine, a murmurat ea. Învață-mă de toate!

Am lăsat să-mi scape un geamăt, fiindcă, naiba să mă ia, nu era normal să mă excite atât de tare ideea.

Inima mea a luat-o la galop în timp ce întorceam pe toate fețele rugămintea ei. Semnale de alarmă îmi urlau în minte, numai la gândul că luam așa ceva în considerare. Săruturile false de până atunci și mângâierile erau una, dar s-o dezbrac, să fiu eu cel care o dezvirginează...

Era un joc de o cu totul altă anvergură și nu eram convins că eram amândoi îndeajuns de pregătiți să-l jucăm.

— Clay, mi-a șoptit ea în lipsa unui răspuns din partea mea, apoi m-a apucat de tricou. N-am încredere în nimeni altcineva. Te rog!

Am închis ochii la auzul încă unei rugăminți. Aveam un gol în stomac, căci știam dinainte să-i răspund că n-o pot refuza.

Nu când îmi cerea ajutorul.

Înghițind anevoie, am întins o mână pe deasupra capului ei și am aprins lumina. Am clipit amândoi, orbiți. Apoi privirea mea a întâlnit ochii ei albaștri. Respirația ei era întretăiată, ca atunci când mă trăsese după ea din sala de forță.

Dar Giana nu și-a pierdut curajul.

Nu se ascundea de mine și nici nu bătea în retragere. Nu se rușina. Nu și-a retras cuvintele. M-a privit direct în ochi și m-a rugat încă o dată, încet, să-i iau ceea ce știam că pentru o femeie este extrem de prețios, cu mult peste puterea mea de înțelegere, ca bărbat.

Mi-am mușcat buzele.

Și apoi am aprobat din cap.

A răsuflat ușurată, de parcă putea să respire din nou, apoi și-a azvârlit brațele pe după gâtul meu. Am închis ochii, pe când o senzație de pericol mi-a străbătut șira spinării ca un șoc electric.

— Serios? a chițăit ea, strângându-mă și mai tare în brațele ei. Mulțumesc, Clay! Mulțumesc, mulțumesc, *mulțumesc*!

Mi-am îngropat fața în gâtul Gianei. Speram că știe mai bine decât mine căror presiuni trebuie să le facem față. Cu cât stăteam mai mult îmbrățișați, cu atât mai neîncrezător deveneam.

Fusesem de acord cu ea.

Aveam s-o dezvirginez.

N-o putusem refuza, în ciuda tuturor semnalelor de alarmă care-mi spuneau că era o idee incredibil de proastă.

Dar undeva înăuntrul meu, fiara sălbatică pe care mă străduisem din greu s-o țin deoparte zâmbea victorioasă...

La gândul a ce avea să urmeze.

Capitolul treisprezece

Clay

Primul joc în deplasare a fost împotriva echipei South Vermont University Vikings, pe care i-am rupt în bătaie.

Gazonul mustea de apă de când am ieșit să ne facem încălzirea. La finalul primei reprize, aveam cu toții echipamentul și crampoanele pline de noroi. Mă dureau genunchii de la sprinturile făcute în condițiile alea, iar după atâtea alunecări, glezna stângă îmi zvâcnea mai tare decât atunci când mi-o scrântisem, în clasa a șasea.

Cu toate astea, avusesem un joc pe cinste, dovedind încă o dată că eram o echipă competitivă. După victoria noastră de anul trecut în *bowl game*, toată lumea era cu ochii pe noi. Acum învinsesem cu o diferență de peste douăzeci de puncte o echipă pe care ne chinuisem s-o batem sezonul trecut.

— Hm, scuze! m-a atenționat Riley când m-a ajuns din urmă, după un interviu dat pe marginea terenului.

Avea părul ud leoarcă și apa îi picura pe umeri și în ochi. Stătea cu mâinile înfipte în șolduri, uitându-se urât la mine.

— Cele trei *field goal* înscrise de mine nu sunt suficiente ca să fiu purtată pe umeri spre vestiar? a zis ea.

Am zâmbit cu gura până la urechi, am apucat-o de șoldurile înguste și am ajutat-o să se cațăre pe mine. S-a așezat imediat pe umerii mei, m-a luat de mâini, după care și-a ridicat brațele în aer și a început să cânte unul din imnurile echipei. Unul după altul, toți jucătorii s-au adunat în jurul nostru. Am purtat-o spre tunel, să bată palma cu toți.

Riley a râs și a chițăit ori de câte ori am alunecat pe iarbă. Când am ieșit de pe teren, am lăsat-o jos, cu grijă și imediat ce i-am dat drumul, Zeke a venit prin spatele ei și a luat-o în brațe.

— Frumoasă intercepție, Johnson! m-a felicitat el și am bătut palma.

— Data viitoare o să fie *touchdown*[1]. Ascultă aici! i-am promis.

— N-am nicio îndoială.

Zeke a făcut o pauză și a rugat-o pe Riley din priviri să ne lase singuri. Ea a inventat o scuză cum că avea ceva de vorbit cu antrenorul, apoi s-a făcut nevăzută.

El s-a întors spre mine.

— Așa, deci, cum merge treaba cu Giana?

Am rânjit.

— Nu crezi că-ți bagi nasul unde nu-ți fierbe oala?

— De parcă tu n-ai făcut la fel cu mine și cu Riley, anul trecut, mi-a întors-o el.

— Atunci a fost altceva. Ne merge foarte bine, dacă vrei să știi. Și nici nu ne ascundem sentimentele unul de altul, cum făceați voi doi.

Stomacul mi s-a răscolit când am scos vorbele astea pe gură, dar am ignorat senzația și l-am cuprins pe Zeke pe după umeri.

---

[1] Gol în valoare de 6 puncte.

— De ce ești așa de îngrijorat?

A oftat.

— Nu știu, frate! Giana e o fată de treabă. Și... Nu mi-o lua în nume de rău! Am vrut să mă asigur că ea nu e doar ceva pasager, după relația din care ai ieșit.

Mi-am retras brațul de pe umerii lui. Mi-a venit imediat în minte avertismentul lui Holden.

— De ce oare crede toată lumea că despre asta e vorba?

— Pentru că ai fost distrus după ce s-a despărțit Maliyah de tine acum o lună, iar acum te giugiulești cu Giana ori de câte ori ai ocazia, de-aia!

— Arată trăsnet! Și îmi place să mă giugiulesc cu ea. Și e *iubita mea*, am adăugat. Nu înțeleg de ce nu acceptă lumea chestia asta.

— Ai dreptate, a conchis Zeke, ridicându-și mâinile în semn de capitulare. Iartă-mă, omule! N-ar fi trebuit să-mi dau cu presupusul. Sincer, mă bucur că-ți merge așa de bine. Mi-am făcut griji pentru tine la începutul sezonului.

— N-ai fost singurul, am recunoscut eu.

De îndată ce am cotit spre vestiar, ne-au ieșit în cale vreo zece majorete, care chicoteau fericite.

Printre ele era și Maliyah.

Era udă leoarcă și costumul de majoretă i se lipise cu totul de piele. Apa îi curgea din păr și i se prelingea pe brațe, pe abdomen și pe picioare în șiroaie.

S-a oprit din râs când m-a văzut și s-a uitat ba la mine, ba la Zeke, în timp ce restul majoretelor îi urmăreau reacția.

Ne urmăreau și pe mine, și pe ea.

— Bună! m-a salutat ea, într-un târziu.

Am înghițit un nod și i-am răspuns.

— Bună!

Una din majorete le-a luat de braț pe alte două și au plecat mai departe, urmate de restul găștii. Zeke mi-a aruncat o privire și și-a luat la revedere cu un gest din bărbie, apoi a intrat în vestiar.

Am rămas doar noi doi.

— Ați făcut un joc excelent azi, a spus Maliyah și pe buze i-a apărut umbra unui zâmbet. Ești mai rapid decât îmi aminteam. Adversarii n-au nicio șansă când ești tu pe teren.

Mi-am tras nasul.

— Mersi!

Nu asta mă așteptam să vorbesc cu ea, pentru prima oară când eram singuri, de la începutul facultății. Visasem la acest moment de multă vreme, îmi imaginasem ce i-aș fi spus, ce i-aș fi făcut. Dar acum nimic nu mi se părea că e cum trebuie.

Pe de-o parte, tânjeam după ea. Aș fi vrut s-o iau în brațe și să-i cer niște răspunsuri, să-mi spună ce motive avea să se poarte așa cu mine.

Pe de altă parte, mai mult ca niciodată, eram pur și simplu... *enervat.*

— Și tati s-a uitat la meci, a continuat ea. A vrut să-ți spun cât de mândru e de tine.

Vorbele astea mă usturau mai mult decât eram dispus să recunosc.

Cory fusese ca un tată pentru mine, de când al meu își luase lumea în cap. Când eram mic, cei doi fuseseră prieteni apropiați. Nu eram sigur dacă tatăl lui Maliyah se interesase mereu de viața mea datorită prieteniei lor sau datorită ei. Mă ajutase atunci când dădusem de greu la școală și mama nu știa ce să facă, sau când trebuise să fac față presiunii la fotbal. Cory era avocat, un tip calculat și deștept foc. Îmi doream să fie mândru de mine, chiar dacă nu suportam să recunosc asta.

— Apreciez, i-am răspuns, cu mai puțină asprime în glas.

Maliyah și-a încrucișat brațele la piept și m-a întrebat, cu ochi triști:

— Cum mai ești?

— Cum crezi că sunt, Li?

Am avut o strângere de inimă când i-am folosit numele de alint. Mă întrebam dacă și ea a simțit la fel, fiindcă și-a lăsat ochii în pământ și și-a frecat brațele ca și cum i s-ar fi făcut frig.

— Mi se pare că ești bine, a răspuns ea, după care, cu greu, mi-a întâlnit privirea. Cu Giana, adică.

Am simțit că ard pe dinăuntru la auzul numelui ei, pe de o parte, pentru că mi-am amintit ce îi promisesem de curând Gianei, și pe de alta, fiindcă tocmai am înțeles că Maliyah ne observase.

Ceea ce însemna că micul nostru joc funcționa.

— Și tu cu Kyle, i-am răspuns.

— Kyle nu înseamnă nimic pentru mine.

A așteptat, sperând să spun și eu același lucru despre Giana, dar o cunoșteam pe Maliyah destul de bine. Dacă cedam prea curând, avea să-și piardă interesul. O iubisem atâția ani și știam mai bine decât oricine că îi plac provocările.

Cel mai mult îi plăcea să câștige.

Văzând că nu-i răspund, Maliyah a oftat, s-a uitat de jur împrejur ca să se asigure că suntem singuri, apoi și-a lăsat brațele pe lângă corp și s-a apropiat. I-am simțit căldura corpului. Mi-a atins brațul cu vârfurile degetelor.

— Am văzut cum mă cauți din priviri când ești cu ea, mi-a spus, iar eu m-am înfiorat sub mângâierea ei. Ce faci, mai exact, Clay?

Privirea i-a alunecat spre a mea și mi-a surâs timidă. S-a apropiat și mai mult, până s-a lipit de mine cu totul.

Din nou, mă războiam cu mine însumi.

Dorința s-o iau în brațe și să-i strivesc gura cu a mea se împotrivea dorinței de a-i plăti cu aceeași monedă.

Și mai simțeam ceva... Ceva ciudat, pe care nu știam cum să-l definesc.

— Fac exact ce ai vrut tu să fac, i-am zis la ureche.

Și-a lăsat capul pe spate și m-a strâns cu putere de braț, iar pleoapele i-au tremurat ușor și a închis ochii.

— Merg mai departe, i-am șoptit la ureche.

După aceea m-am desprins brusc de ea și i-am îndepărtat mâna. Am trecut pe lângă ea și am intrat în vestiar, fără să întorc capul ca s-o văd cum își aduna falca picată la pământ.

Maliyah nu era obișnuită să fie respinsă.

Am tras un șut în dulapul care îmi fusese repartizat și am atras câteva priviri surprinse de-ale colegilor. Răsuflând neregulat, mi-am dat jos tricoul. Mi-am scos apărătorile de umeri și am șchiopătat până la dușuri, unde am dat drumul la apă, cât mai fierbinte posibil. Mi-am fixat mâinile pe faianța rece și am lăsat apa să curgă peste mine.

Era prima oară când vorbisem cu Maliyah după despărțire, după ce se descotorosise de mine ca de un gunoi și se îndepărtase ca și cum n-ar fi durut-o deloc. Chiar și acum, știam că joacă un joc, că îmi leagănă prin fața ochilor momeala, să vadă dacă o s-o înhaț. Nu i-ar fi plăcut nimic mai mult decât să mă întorc la ea și să mă respingă din nou.

Mă scotea din minți.

Îmi rupea inima.

Dar nu asta mă îngrijora cel mai mult.

Am rămas în apa clocotită până când mi s-au încrețit buricele degetelor și mi s-a înroșit pielea ca sfecla. Sentimentele mele față de Maliyah se schimbaseră, se transformaseră într-o emoție pe care n-o recunoșteam.

Și acum nu mai știam care era jocul, de fapt.

Sau pentru cine jucam.

***

Drumul înapoi spre casă, în autobuz, a fost lung și ploios, la fel ca meciul de fotbal.

Cu toate că cei mai mulți coechipieri de-ai mei făceau zarvă, sărbătorind victoria și plănuind să continue petrecerea, odată ajuns înapoi în campus, eu am rămas tăcut pe unul din locurile din față. Am stat lângă Holden, care părea mulțumit să asculte muzică în căști și care m-a lăsat în pace.

Mama îmi trimisese un mesaj. Îmi spusese că fusese cu Brandon acasă la Maliyah și că se uitaseră împreună la meci. Și cât de mândră era de mine. Cât de mândru era Cory de mine. După care mă întrebase dacă veneam acasă de Ziua Recunoștinței.

Abia aștept să-l cunoști pe Brandon!

N-am avut energia necesară să-i răspund, nici să termin de citit mesajul lung pe care mi-l trimisese tata, imediat după ea. Nu era nicio noutate ca mesajele lui să rămână necitite. Aproape singurele dăți când primeam un semn de la el erau cu ocazia vreunui meci. Și, de cele mai multe ori, îmi trimitea liste de lucruri pe care le-aș fi putut face mai bine, urmate de întrebarea dacă mi-am găsit sau nu un agent care să mă reprezinte și cum am de gând să ajung la profesioniști.

Mai aveam puțin și-mi azvârleam telefonul în primul râu care îmi ieșea în cale, dar Giana mi-a scris fix când autocarul intra în parcare.

Îmi pare rău că n-am apucat să te văd după meci! A fost o nebunie totală pe teren cu toți reporterii. Ai ajuns înapoi la cămin?

I-am răspuns imediat că autocarul tocmai parca.

Vii la mine?

Inima mi-a stat în loc o secundă. I-am trimis un emoticon de aprobare înainte să mă răzgândesc, la cât de întors pe dos eram. Avusesem de gând să mă duc direct în camera mea, să-mi îngrop fața în perne și să dorm până a doua zi. Adevărul era însă că nu voiam să fiu singur.

Nu cu toate gândurile care mi se învârtejeau în minte ca o tornadă.

Antrenorul ne-a ținut un discurs scurt în vestiar, apoi ne-a dat drumul, urându-ne duminică plăcută și amintindu-ne că ne vedem luni dimineață, la antrenament. Mi-am luat imediat zborul de acolo, cu căștile în urechi, ca să nu-mi propună nimeni să mergem prin baruri sau la Groapă.

Aveam ceva de mers până în afara campusului, la Giana. De obicei luam trenul sau îmi chemam un Uber. Numai că între timp se oprise ploaia și mi-am dat seama că îmi place aerul mai rece de afară, așa că am luat-o pe jos spre cartierul Fort Point. Era plin de lume. Localnicii și turiștii luau cu asalt restaurantele și barurile, acum că se mai înseninase.

Era aproape nouă seara când am ajuns la ea. Mi-a dat drumul la interfon și m-a așteptat să urc, cu ușa întredeschisă.

— Mi-am zis că ești mort de foame după *monstruozitatea* aia de meci — apropo, intercepția aia a fost demențială —, dar n-am știut ce îți place să mănânci, mi-a spus ea și mi-a deschis larg ușa.

De îndată ce am intrat, o mulțime de arome mi-au năvălit în nări.

— Așa că am comandat câte un pic din toate, a continuat ea.

Avea părul încrețit de ploaie, prins într-un coc neglijent în creștetul capului. Câteva șuvițe rebele îi încadrau chipul. În seara asta avea pe nas ochelarii negri, cu lentile mari. Papucii ei roz lipăiau pe podeaua de lemn, în timp ce mă conducea spre bucătărie.

Purta un top alb cu bretele, scurt în talie, care îi lăsa abdomenul la vedere și pantaloni largi de casă, care-i atârnau pe șolduri. Întregul ei aspect te ducea cu gândul la ideea de confort, laolaltă cu lumânările aprinse în fiecare colț al apartamentului.

Când am ajuns în bucătărie, Giana și-a mușcat timid buza și a arătat spre mâncare. Era prea multă pentru doar două persoane.

— Avem colțunași și orez, pizza și niște burgeri de la barul din capătul străzii. După care am luat niște covrigei și un sos de brânză, fiindcă sunt *super* buni, a spus și și-a frecat burta ca un om flămând, după care a ridicat un deget și a continuat. Ah, da! Și cartofi prăjiți. Și gogoși. Și mai am niște înghețată în congelator. Și cred că... Niște snackuri... Sus... Aici, a adăugat, străduindu-se să ajungă la un dulap aflat deasupra aragazului.

Chiar avea snackuri, două pungi pline de pufuleți — și pufoși, și crocanți —, pe care le-a adăugat la nebunia de pe masă. La final, și-a proptit victorioasă mâinile în șolduri.

— Poftă mare! mi-a urat ea.

M-a privit și abia atunci s-a încruntat.

— Ah, Doamne, e prea mult, nu-i așa?

M-am căznit să-i zâmbesc.

— Nu, e minunat.

Fruntea i s-a încrețit și mai mult și s-a apropiat de mine, privindu-mă iscoditor. Am înghițit în sec și mi-am ferit privirea. Mă uitam în gol, cu mâinile vârâte în buzunarele pantalonilor de trening.

— Nu te simți bine, a murmurat.

M-am forțat iar să-i adresez un zâmbet, dar acesta s-a ofilit ca o floare în deșert. Mi-am ridicat ochii și m-am gândit dacă să-i spun sau nu.

Într-un final, am clătinat din cap că nu.

Giana a oftat și m-a înțeles pe loc.

— Bine, atunci, a zis ea și m-a luat de brațe, apoi m-a condus în dormitor. Tu o să stai aici, mi-a poruncit și m-a împins pe marginea patului. Relaxează-te! Eu o să pregătesc câteva farfurii cu mâncare. Între timp, alegi ce documentar vrei să vedem.

— Documentar? am întrebat-o, ridicând din sprânceană.

M-am descălțat de adidași și m-am așezat cu spatele rezemat de tăblia patului.

— Da. O să ne uităm împreună la un documentar despre o chestie oarecare și o să ne umplem burțile cu mâncare, a răspuns Giana, apoi a luat telecomanda, a deschis Netflix și s-a luminat la față când a găsit documentarele. Uite! Unul despre majorete.

M-a privit cu subînțeles și a jucat din sprâncene.

I-am luat telecomanda din mână.

— Dă-o încoace!

Zâmbind, s-a întors în bucătărie. A revenit la scurt timp cu două farfurii pline de bunătăți și s-a așezat lângă mine.

— *Planeta noastră*! *Excelentă* alegere, prietene! a comentat ea și și-a băgat un pufuleț în gură.

Mi-a smucit telecomanda, a sărit câteva episoade, apoi a ales unul și a stins veioza de lângă ea.

Documentarul a început și Giana a rămas cu ochii lipiți de ecran, uitându-se în altă parte doar când mai lua ceva de ronțăit.

Nu m-a bătut la cap. Nu și-a băgat nasul în treburile mele.

A stat, pur și simplu, lângă mine.

— Nebunie *curată*, nu crezi? m-a întrebat cu gura plină de pufuleți, pe la jumătatea celui de-al doilea episod pe care l-am ales.

Acesta era despre mări și oceane. Aveam în fața ochilor tot soiul de creaturi care trăiau pe fundul oceanelor și străluceau în întuneric.

— Zici că-s generate pe calculator, dar nu-i așa. Sunt toate adevărate, a continuat ea, apoi a făcut o pauză și a fluturat din mâna în care ținea un pufulete, de parcă ar fi avut o baghetă. Adică, chestiile astea sunt reale toate. Peștele ăla ciudat care lucește în întuneric viețuiește pe aceeași planetă cu noi.

Și-a băgat snackul în gură și a clătinat din cap, uimită.

— Știu că extratereștrii există. Adică, ar fi complet ridicol să fie atât de multe universuri și nicio altă planetă cu forme de viață inteligente. O să ajungem vreodată să comunicăm cu ei? Habar n-am! Dar chestia asta?

Și-a continuat discursul, arătând spre ecran:

— Avem extratereștri chiar aici, poftim! O galaxie întreagă pe care n-o putem explora pe deplin fiindcă nu putem să ne scufundăm atât de adânc. Ce nebunie, nu crezi?

I-am zâmbit și am ridicat din sprânceană, în timp ce Giana a continuat să se uite la ecran, cu ochii mari și să mestece pufuleți portocalii.

Era o tipă extrem de neobișnuită, de inteligentă și de curioasă, care își punea o mulțime de întrebări. Ca și cum în ea s-ar fi contopit laolaltă un copil și o femeie în toată firea.

Probabil că mi-a simțit privirea, fiindcă și-a întors fața spre mine, și-a lins firimiturile de pe degete și m-a întrebat:

— Vrei să vorbim?

Mi-am îndoit gâtul cu un trosnet și m-am uitat iar la ecran.

— Nu prea, am spus și am făcut o pauză. Dar îți mulțumesc. Pentru asta, i-am zis și am indicat televizorul. Mi-a fost de ajutor.

A zâmbit și a scuturat ușor din umeri, mândră de ea, apoi a spus:

— Mă bucur!

În întunericul din cameră, lumina ecranului o învăluia pe Giana într-o penumbră albastră. Mi-am plimbat privirea până în dreptul decolteului ei, apoi asupra pielii vizibile deasupra pantalonilor, asupra tălpilor ei și înapoi. Dintr-un motiv necunoscut, mă simțeam extraordinar de confortabil în compania ei și îmi doream să o iau în brațe.

Bestia dinăuntrul meu și-a scos capul, zbătându-se să iasă din cușcă. Nu știam dacă ceea ce voiam să fac mai departe era de dragul ei sau din egoism.

— Și..., mi-am dres eu vocea. Acum că m-ai făcut să mă simt mai bine...

M-am întors spre ea și mi-am sprijinit bărbia în podul palmei.

— Vrei să repetăm?

Giana s-a încruntat.

— Să repetăm? m-a îngânat ea nedumerită, continuând să-și înmoaie covrigul în sosul de brânză.

S-a uitat la mine și eu am ridicat dintr-o sprânceană. Speram că zâmbetul senzual care mi se întindea pe buze o să-i dea de înțeles la ce mă refeream.

A rămas cu gura căscată și a făcut ochii mari, apoi a înghițit ce avea în gură.

— Doamne Dumnezeule! Să *repetăm*! Da!

Cu o agilitate și o viteză demne de invidiat, a dat drumul covrigului din mână și apoi a eliberat patul de farfurii și gustări. Le-a dus grăbită la bucătărie, pe urmă a sărit în pat. Stătea pe genunchi și bătea din palme ca un copil.

— Perfect? Și acum, ce facem?

Am râs și m-am ridicat ca să mă apropii de ea, dar Giana a tresărit și a sărit din pat.

— Așteaptă puțin! a strigat ea, apoi s-a făcut nevăzută în baie.

Am auzit robinetul de apă pornit.

— Scuze, miroseam a pufuleți, mi-a explicat ea două minute mai târziu.

M-a umflat râsul.

— Nu-mi pasă a ce-ți miroase respirația. În afară de asta, am mâncat aceleași lucruri ca tine. Vrei să mă duc să mă spăl și eu pe dinți?

— Nu. Respirația ta n-ar fi dezgustătoare din cauza pufuleților. Faci tu cumva să pară sexy.

Mi-am umezit buza de jos, amuzat de întreaga situație. Giana și-a dat ochii peste cap și m-a lovit în piept, în joacă.

— Haide, concentrează-te! Spune-mi ce trebuie să fac! a zis ea.

Și-a dat jos ochelarii, cu grijă, apoi i-a pus deoparte și și-a îndreptat iar atenția asupra mea. Mi s-a părut că am dinaintea ochilor cea mai dulce și captivantă imagine: Giana în genunchi, respirând sacadat, cu o expresie nerăbdătoare. Mă privea ca și cum aș fi avut toate răspunsurile din lume, ca și cum întreaga ei viață depindea de mine.

Ca și cum mi se încredința cu totul.

Am înghițit anevoie și am ignorat vocile dinăuntrul meu, care mă avertizau să mă opresc. M-am apropiat de ea. S-a rezemat de tăblie, iar eu m-am aplecat peste ea, cu brațele de o parte și de alta a ei.

— Întinde-te pe spate! i-am ordonat.

M-a ascultat, cu ochii sclipind de dorință.

Capitolul paisprezece

Giana

Eram mistuită. De întunericul din cameră, de bătăile nebune ale inimii mele, de trupul impunător al lui Clay, care mă împingea în cearceafuri. Vocea lui aspră mi-a răsunat în urechi. Era o poruncă spusă pe un ton scăzut, dar hotărât.

M-am supus și, imediat ce spatele meu a atins salteaua, Clay a alunecat peste mine, coborându-și trupul vânjos între coapsele mele. Căldura corpului său mi-a ridicat părul de pe mâini. Clay a surâs și m-a mângâiat pe obraz cu dosul palmei.

— Relaxează-te! mi-a șoptit el. N-o să mergem până la capăt în seara asta.

M-am încruntat și m-am cufundat dezamăgită în cearceafuri. Clay a chicotit, apoi mi-a ridicat bărbia spre el. Eram cât pe ce să protestez, să-i atrag atenția că Shawn avea deja numărul meu de telefon și că m-aș fi putut pomeni oricând singură cu el, complet nepregătită. Dar Clay mi-a luat-o înainte:

— Nu fi tristă, Kitten! m-a luat el peste picior și m-a sărutat ușor pe obraz. Sunt multe alte lucruri care vin înainte și crede-mă, nu vrei să sari peste ele.

Am surâs încurcată și m-a sărutat. Am tras cu nesaț aer în piept și mi-am încolăcit brațele în jurul gâtului său, cerând mai mult. După ce făcusem deja asta de câteva ori, mi se părea un gest natural, aproape *liniștitor*.

S-a desprins de mine mult prea repede.

— Pas cu pas, da? a murmurat el și m-a așteptat să încuviințez, după care s-a aplecat din nou asupra mea.

Mâna cu care îmi mângâia obrazul a coborât pe ceafa mea și m-a ținut nemișcată. Apoi m-am lăsat pradă sărutului său.

Am răsuflat prelung și am deschis gura, lăsându-l să-și strecoare limba. La fel ca în ziua petrecerii, un fior electric m-a cutremurat între picioare, unde am simțit o pulsație, ca o bătaie de inimă.

Am scos un scâncet. Clay s-a tras puțin înapoi.

— De ce e așa de plăcut? l-am întrebat dintr-o suflare, cu ochii în continuare închiși.

Clay și-a împletit iar limba cu a mea.

— Vrei să-ți explic în termeni științifici sau pentru omul de rând?

Mi-am mușcat buza, să nu pufnesc în râs, iar Clay mi-a presărat sărutări pe gât, în timp ce își rotea șoldurile între coapsele mele și îmi dădea și mai mulți fiori.

— Ambele.

I-am simțit râsul pe gât.

— Când ne sărutăm, creierul emană un cocktail de substanțe chimice, mi-a șoptit el, urcând din nou cu săruturile până mi-a cuprins gura. Dar nu despre ele e vorba. Ci despre mesajul lor.

— Și mesajul este?

Mi-a mângâia bărbia cu nasul și m-a mușcat încet de gât.

— Tu să-mi spui!

Am chicotit și m-am zvârcolit când a început să îmi sugă pielea de pe gât. Cu o mână mă ținea, iar pe cealaltă o plimba de-a lungul brațului meu. Avea o atingere blândă, delicată, ca un patinator pe gheață. Degetele lui alunecau până în dreptul pumnului cu care-i înșfăcasem tricoul, după care urcau iar.

Apoi s-a oprit.

— Ce e? l-am întrebat cu glasul întretăiat și cu ochii grei.

— Tu să-mi spui, mi-a repetat.

M-am înroșit toată.

— Nu pot... Nu știu...

Clay m-a privit nemișcat. Mâna lui a zăbovit iar pe gâtul meu. De data asta, și-a oprit degetul mare pe buza mea de jos, ca în seara în care ne-am dus la concertul lui Shawn. Privirea i-a coborât în același loc. Mi-a mângâiat buza cu degetul, după care a tras ușor de ea.

— Spune-mi ce simți! a insistat el.

— Sunt nerăbdătoare, am răspuns, respirând greoi. Și... înfierbântată.

— Înfierbântată, a repetat el, cu un rânjet satisfăcut, apoi și-a coborât iar mâna.

De data asta, nu de-a lungul brațului meu, ci pe gât, cu o apăsare ușoară, apoi peste claviculă, peste piept, oprindu-se într-un final pe un sân. L-a strâns pe deasupra maioului meu subțire.

Nu purtam nimic altceva pe sub maiou.

Sfârcul mi s-a umflat și mai mult la atingerea lui, iar Clay a gemut aprobator și a început să-l mângâie, prin material. Un val de fierbințeală amețitoare m-a cuprins între picioare și am scos un vaiet. Mă arcuiam spre el și voiam să mă depărtez deopotrivă.

— Căldura asta înseamnă dorință, mi-a explicat Clay și și-a mai trecut o dată degetul pe deasupra sfârcului. Ești excitată.

— Da! am suspinat.

Mi-am umezit buzele, încercând să-mi găsesc cuvintele.

— Cum fac să te simți și *tu* la fel?

Clay a râs, scoțând un sunet jos și absolut delicios la urechea mea. Și-a ridicat mâna de pe sânul meu, iar eu am simțit că s-a făcut rece în lipsa ei. S-a aplecat și mi-a luat mâna în a lui. Apoi și-a împletit degetele cu ale mele și le-a coborât peste abdomenul lui. Am simțit fiecare vale și adâncitură de pe pielea sa. În cele din urmă, mi-a pus palma peste erecția lui uriașă, din pantalonii de trening.

— Fir-ar! am șoptit când l-am simțit.

Clay a gemut și s-a împins în mine. Nu m-am putut abține și l-am strâns cât mai bine, prin pantaloni. El și-a rezemat fruntea de a mea și a înghițit cu greu.

— Uite și răspunsul la întrebarea ta, Kitten! a rostit răgușit.

Era și el excitat. Și lui îi ardea pielea, la fel ca mie.

Din cauza mea.

Adevărul ăsta mi-a dat un soi de putere, care m-a inundat ca o maree. Mi-am lipit buzele de ale lui, am gemut și mi-am frecat palma de erecția lui. Am simțit cum i-a zvâcnit penisul. Îmi lăsa gura apă. Mi-ar fi plăcut să-l gust, să știu cum ar fi să-l simt cât mai adânc.

Am dat vina pe cărțile mele cu porcării. Cu un geamăt, Clay s-a lăsat în jos, și-a dezlipit buzele de ale mele și mi-a înlăturat mâna, toate dintr-o singură mișcare.

M-am bosumflat, iar el mi-a zâmbit și a aprobat din cap ca și cum mai aveam un pic și-l omoram.

— Am nevoie să mă concentrez, mi-a explicat.

— La ce...?

N-am apucat să-mi termin întrebarea. Clay și-a strecurat o mână sub maioul meu și mi l-a ridicat deasupra sânilor. Materialul mi-a ajuns în jurul gâtului și sânii mi-au fost expuși brusc, fără niciun avertisment. Răcoarea mi-a trezit sfârcurile la viață. Clay i-a sorbit din ochi înainte să-i atingă din nou.

Am icnit și mi-am încordat mușchii coapselor. M-am ridicat pe perne, ca să văd mai bine, să-i urmăresc degetul, care îmi mângâia mugurul rozaliu.

— Simt... scântei, am încercat să-i explic, printre gâfâieli.

Clay a zâmbit mândru și mi-a trasat cercuri deasupra sfârcului, făcându-mă să scâncesc și să mă zvârcolesc.

— Unor fete le place, altora, nu, a spus. Cum se simte?

— Fierbinte.

A chicotit.

— Și e bine, sau rău?

Am încercat să mă gândesc, nesigură. Era un pic din ambele, ca și cum aș fi atins cu limba o baterie sau o monedă de cupru. Mă simțeam oarecum neconfortabil și senzația mă șocase, dar îmi și plăcea.

Sau, cel puțin, așa credeam.

Când a văzut că nu-i răspund, Clay s-a cuibărit și mai bine între picioarele mele, cu pieptul pe zona mea extrem de sensibilă, care simțeam că îmi ia foc. S-a sprijinit pe coate.

— Închide ochii! mi-a zis.

L-am ascultat, oftând din rărunchi.

Și apoi i-am simțit gura.

Am rămas fără aer, asaltată de senzații devastatoare în timp ce Clay îmi înconjura sfârcul cu limba.

— Clay, am murmurat, cu răsuflarea întretăiată.

Fără să vreau, mi-am înfipt mâinile în părul lui.

— Bine sau rău? m-a întrebat el din nou.

— Bine! am spus și mi-am umezit buzele. Foarte bine!

Mi-a zâmbit, cu fața îngropată în pieptul meu și a reînceput să-și plimbe limba pe sân, trasând cercuri în jurul sfârcului și trimițându-mi fiori între picioare. Apoi mi-a supt sfârcul și l-a mușcat atât de ușor, încât abia dacă l-am simțit, înainte să-mi dea drumul.

— Îți place așa?

— Doamne, da! am suspinat, cu mâinile în părul lui.

A presărat săruturi dulci și tandre pe pielea mea până a ajuns la celălalt sfârc, pe care l-a apucat cu dinții.

Mi s-a părut că au trecut ore întregi de tortură cât și-a mișcat buzele de la un sfârc la altul, fără să-i obosească limba, până când mi-a cuprins gura cu buzele lui frumoase. L-am strâns în brațe și m-am arcuit spre el. Nu-mi doream decât să-l venerez ca pe o zeitate.

— A fost extraordinar, i-am șoptit. Și-acum, învață-mă ce naiba să-ți fac și eu ție!

Clay a pufnit în râs, dar hohotul său s-a stins imediat. Mărul lui Adam i-a jucat în gâtlej, după care el s-a culcat pe spate. Nu și-a dezlipit ochii de mine, iar eu nu m-am putut abține să-l urmăresc cum își coboară mâinile și își vâră degetele mari sub betelia pantalonilor de trening. Și-a ridicat șoldurile și și-a tras pantalonii până în dreptul genunchilor, după care i-a dat jos, frecându-și un picior de altul.

L-am privit cu ochi mari cum a apucat apoi și chiloții.

— E totul în regulă?

— Scoate-ți chiloții, Clay! l-am îndemnat, gâfâind, în timp ce așteptam să-și elibereze bestia captivă din materialul negru.

A râs scurt, dar m-a ascultat și și-a eliberat penisul. Salivam de dorință.

Nu văzusem până atunci niciun penis, în afară de ce zărisem în treacăt pe la vreun post de televiziune sau prin filmele porno cu care mă răsfățam ocazional. Dar citisem o groază de lucruri. Mă luaseră căldurile de fiecare dată când scriitoarele descriau vârful umflat al unui penis, venele de pe toată lungimea și baza groasă.

Nimic nu se compara însă cu realitatea.

M-am întins instinctiv spre el, dar Clay m-a prins de încheietură și m-a oprit.

— Atinge-te tu prima!

M-am holbat la el.

— Ce... ce spui?

Clay mi-a îndreptat mâna spre burtă și mi-a vârât-o pe sub pantaloni. Am clipit de câteva ori, copleșită de senzația nouă. *El* nici măcar nu mă atingea. Era mâna mea, nu a lui.

Dar a lui era deasupra. Și-a aliniat degetele cu ale mele, împingându-mi unghiile cu buricele degetelor lui, după care mi-a trecut mâna peste vagin și mi-a pus un deget între falduri.

— Ești udă? m-a întrebat.

Am încuviințat, incapabilă să mai articulez vreo vorbă.

— Unge-ți mâna cu umezeala ta și dă-mi și mie! Vreau să te simt.

M-am căznit să înghit. Mă simțeam ca și cum aș fi luat o gură zdravănă din ceva — poate chiar o făcusem. Poate chiar mușcasem mai mult decât aș fi putut duce, dar eram în al nouălea cer, căci ochii, mâinile și gura lui erau toate concentrate asupra mea.

Aveam să dezbat consecințele mai târziu, nu acum.

L-am ascultat și am simțit cum mă înfierbânt din ce în ce mai mult, în timp ce îmi atingeam clitorisul. Clay mi-a mișcat mâna înainte și înapoi, până când degetele mi s-au mânjit cu totul. Apoi mi-a scos mâna din pantaloni și a tras-o spre el.

M-am sprijinit în cot și l-am urmărit cum mi-a înfășurat mâna la baza penisului. În clipa în care l-am atins, Clay a scos un un geamăt, a închis ochii și s-a lăsat pe perne.

Mi-am smuls mâna.

— Ah, iartă-mă! Te-am rănit? Te doare?

— Nu, a gâfâit el, apoi mi-a apucat mâna și a pus-o la loc. E bine, a adăugat și mi-a coborât mâna de-a lungul erecției sale. Al dracului de bine!

Laudele lui mi-au dat curaj și am început să fac ce îmi arătase mai devreme. Mi-am ridicat palma spre vârful umflat al penisului și l-am strâns ușor, după care am alunecat din nou, la bază. Am fost recompensată cu un alt geamăt. Clay și-a ridicat șoldurile în întâmpinare.

— Mai mult!

Am strâns mai tare când am repetat mișcarea, iar Clay a înjurat, aprobând din cap și împingându-se și mai mult în palma mea. Era așa de gros, că abia reușeam să-l cuprind cu degetele. Gândul că m-ar fi putut penetra mă excita și mă îngrozea deopotrivă.

— Este extrem de sensibil la vârf, a încercat să-mi explice printre gâfâieli, pe când pieptul i se ridica în același ritm cu mișcările mâinii mele. E bine să-l atingi, dar nu prea tare, nu agresiv.

Am dat din cap că am înțeles și am reținut informația pentru mai târziu, după care i-am umezit vârful penisului și mi-am coborât mâna spre bază.

— Așa cum fiecare fată e diferită, așa sunt și tipii. Unora le place mai lent, altora mai repede, unora le place o apăsare ușoară, alții vor mai dur.

— Și cu astea cum rămâne? l-am întrebat și mi-am coborât, din senin, palma sub penisul lui.

A sărit brusc când l-am strâns de testicule, a tras o înjurătură, cu ochii ieșiți din orbite, apoi s-a rostogolit și m-a lipit cu spatele de saltea.

— Vai de mine! Așa de neplăcut a fost? l-am întrebat, panicată. *Ce naiba, din cărți aflasem că era bine să le atingi!*

Clay s-a abținut să izbucnească în râs și a clătinat din cap că nu, apoi și-a rezemat fruntea de a mea.

— E bine, a răsuflat el. Cel puțin, pentru mine.

— Și atunci de ce m-ai oprit?

— Fiindcă nu vreau să termin înainte să încheiem lecția de azi.

Mi-am mușcat buza, iar Clay m-a sărutat și s-a rostogolit în dreapta mea. S-a sprijinit într-un cot și, cu mâna liberă, a început să mă mângâie pe burtă.

M-am cutremurat și l-am privit în ochi. A înghițit în sec, după care și-a băgat vârful degetului pe sub betelia pantalonilor mei.

— Giana, îmi dai voie să te ating? mi-a șoptit.

Nu mi-am închipuit vreodată că niște cuvinte atât de simple m-ar putea scăpa de inhibiții.

Am încuviințat și l-am imitat, ridicându-mi șoldurile și ajutându-l să-mi dea jos pantalonii. Nu aveam nimic pe dedesubt. I-am observat nările, care s-au umflat când m-a văzut goală.

— Nu m-am... Nu eram sigură dacă să mă rad, sau... Normal că nu m-am gândit că o să... De obicei n-am decât fâșia asta de păr, i-am explicat, simțindu-mi obrajii din ce în ce mai aprinși.

Clay se holba între picioarele mele. Am dat să-mi apropii genunchii.

— Pot să fac un duș repede și să...

— Oprește-te! a spus și a vârât o mână între genunchii mei.

M-a apăsat ușor, până când mi i-am depărtat din nou. Clay și-a lăsat mâna să cutreiere în jos, pe interiorul coapsei mele stângi.

A înghițit un nod și s-a străduit să-și ridice ochii spre mine.

— Ești absolut perfectă! a murmurat.

N-am avut când să-l contrazic, fiindcă imediat și-a concentrat atenția între picioarele mele. Mâna i-a alunecat și mai jos.

Și m-a strâns. La început, ușor, apoi mai ferm, până când m-a acoperit cu toată palma. Mi s-a tăiat respirația.

— Doamne, cât de *udă* ești! mi-a spus pe un ton răgușit, iar degetele lui au alunecat printre pliurile mele.

I-am răspuns cu o mișcare involuntară a șoldurilor.

— Ești a naibii de sexy, Kitten!

M-am agățat de el. Cu o mână l-am apucat de spatele tricoului și cu cealaltă am strâns cearceaful în pumn.

— Ți-a mai făcut cineva asta până acum? m-a întrebat, în timp ce mă mângâia apăsat cu podul palmei și și-a împins degetul mijlociu mai adânc.

— Doar eu, am spus, respirând anevoie.

Clay s-a oprit și s-a uitat în ochii mei.

— Ești sigură că...

— Fă-o! l-am rugat și mi-am ridicat iar șoldurile. Te rog, Clay!

I-am acoperit mâna cu a mea, la fel cum făcuse și el mai devreme și i-am apăsat și mai mult degetul, până când l-am simțit deasupra zonei mele incredibil de sensibile.

Am tras amândoi aer în piept și mi-am retras mâna, pironindu-l cu privirea. Ochii lui verzi au scăpărat și pupilele i s-au dilatat.

— Să-mi spui, te rog, dacă te doare!

Am aprobat din cap, iar Clay a tras prelung aer în piept, fără să-și dezlipească ochii de ai mei.

Apoi și-a împins degetul.

Buzele mi s-au întredeschis și mi s-a tăiat răsuflarea. L-a retras, după care l-a împins și mai adânc. Cu grijă, l-a scos, apoi l-a băgat tot mai mult, până când m-a lărgit și a încăput înăuntrul meu. Într-un final, când și-a împins tot degetul mijlociu, l-a îndoit și a atins un punct care m-a făcut să văd stele verzi. L-am strigat pe nume.

Mă durea și nu prea. Era ca și cum ți-ai fi smuls coaja unei răni, o senzație dureroasă, dar oarecum satisfăcătoare. Voiam mai mult.

L-am apucat de păr și i-am tras gura spre a mea. Simțeam nevoia să-l sărut. Voiam să-l simt cu totul deasupra mea.

S-a supus. Limba lui înfiorător de plăcută mi-a pătruns în gură și s-a mișcat în tandem cu degetul lui, care s-a îndoit iarăși înăuntrul meu. De data asta, a rămas acolo și l-a mișcat iute.

— Ah, Doamne ! Ce...ce e...?

M-am căznit să respir și am rămas fără cuvinte. Clay m-a strâns și mai tare, în timp ce degetul lui ieșea și intra neîncetat în mine. De data asta, simțeam că era... mult mai *mult*. Mă simțeam plină, întinsă. Durerea se bătea cap în cap cu plăcerea, până când plăcerea a învins și m-a mistuit.

M-am împins spre el. Palma apăsată pe clitorisul meu se mișca în același ritm cu degetul lui. Fierbințeala pe care o simțeam s-a întețit amenințător, ca și cum în adâncurile ființei mele se aprindea o flacără.

— Clay! am încercat să-l avertizez, speriată de flacăra care continua să se înalțe.

Ceva... ceva urma să se întâmple.

— Dă-ți drumul! mi-a zis și și-a apăsat gura de a mea.

Îi simțeam degetele împingând neobosite în mine, în timp ce palma lui umedă îmi atingea umflătura sensibilă.

Am clătinat din cap, îngrozită, dar spaima mi-a fost în clipa următoare înecată de valuri de plăcere. Am scâncit cu gura lipită de a lui și vaietul mi s-a prefăcut în gemete din ce în ce mai zgomotoase, până când m-am cutremurat din cap până în picioare. M-am zvârcolit și m-am agățat de el. Parcă fiecare simț se concentrase asupra locului unde mă atingea Clay. Simțeam, gustam și miroseam *totul* și nimic, în același timp.

A urmat un fulger violent și copleșitor, care a părut să dureze numai o clipită. S-a stins treptat, deși am încercat să-l prelungesc.

— Nu! am scâncit când senzația a dispărut de tot.

Clay a râs cu gura lipită de a mea, sărutându-mă și încetinind mișcarea degetelor.

— Nu-ți face griji, Kitten! mi-a șoptit el. Poți să mai ai o mulțime de orgasme.

Am rămas cu gura căscată.

— Asta a fost?

— Stai puțin, a zis Clay și s-a tras puțin deoparte, ca să mă privească în ochi. A fost primul orgasm din viața ta?

M-am înroșit.

— Vreau să zic... Am mai... Știi tu, am mai făcut și eu *asta* de câteva ori, de una singură. Dar niciodată... niciodată așa.

Clay s-a încruntat.

— Doamne sfinte, Giana! Habar n-am avut. Am..., a bălmăjit el și a înghițit în sec. Îți mulțumesc. Că ai avut încredere în mine.

I-am zâmbit.

— *Eu* îți mulțumesc, pentru lecție.

M-am sprijinit în coate, iar el și-a scos cu grijă degetele dinăuntrul meu. M-am cutremurat în lipsa lor.

— Deși lecția nu-i gata, i-am spus.

M-am aplecat spre el, dar m-am oprit. M-am atins mai întâi pe mine, amintindu-mi că voia să am mâna umedă când îl atingeam. Am tresărit când am văzut cât de udă eram, nerăbdătoare să-i ofer și lui aceeași plăcere.

Dar parcă eram *prea* udă.

M-am încruntat și mi-am ridicat degetele în dreptul luminii de la televizor. Am țipat îngrozită:

— Ah, Doamne!

M-am panicat la gândul că același lichid roșu de pe degetele mele era și pe degetele lui Clay.

— Hei, e în regulă! mi-a spus el și mi-a arătat mâna, ca să mă liniștească. Se întâmplă. E firesc.

— Am sângerat *pe tine*.

Am sărit numaidecât din pat și am dat buzna la baie.

— Ah, Doamne sfinte!

Cu mișcări frenetice, am deschis robinetul și mi-am băgat mâna în apă, frecând-o cu săpun până când a dispărut tot sângele. Am apucat o cârpă, am îmbibat-o în apă și am vrut să mă duc la Clay, dar ne-am izbit unul de altul.

M-a strâns de brațe.

— Hei, stai puțin! Liniștește-te!

— Poftim! am spus și i-am întins prosopul cald, apoi am strâns din ochi. Îmi pare tare, tare rău, să știi...

— Ascultă-mă puțin!

— Mi-e așa de rușine! Cred că ești dezgustat. Ah, Doamne!

— Kitten! a zis Clay pe un ton ferm și mi-a ridicat bărbia cu mâna curată.

A așteptat să deschid ochii și atunci m-am pierdut din nou în acele ape verzi din ochii lui sfredelitori.

— Nu e decât un pic de sânge. Nu e nimic grețos. Este perfect natural. Nu m-am speriat deloc. Mă simt al naibii de *onorat* că mi-ai permis să fiu cel care te atinge așa pentru prima oară. Bine?

Am strâns din buze, apoi am înghițit în sec, cu fruntea încrețită. Simțeam că mă pierd cu firea.

— Bine? a repetat Clay.

Am schițat din cap că da, deși nu asta simțeam. Dar pentru Clay a fost suficient ca să-mi dea drumul și să-mi ia prosopul din mână. S-a strecurat pe lângă mine și s-a spălat repede pe mâini, iar eu am rămas pe loc, holbându-mă la el ca o toantă.

S-a apropiat apoi cu grijă de mine, ca de un animal sălbatic, care era gata s-o ia la goană. Și-a pus mâinile pe talia mea *încă* goală. Apoi acestea au urcat mai sus și mi-au prins maioul, ca să mi-l scoată. Mi-am ridicat brațele, iar el mi l-a tras peste cap.

— Hai cu mine la duș! a spus el.

Nu era o întrebare, nici o solicitare, ci o comandă.

Am deschis robinetul și am așteptat să vină apa caldă, apoi am pornit dușul. Am adus două prosoape, pe care le-am așezat pe capacul de la vasul de toaletă și am intrat în duș. Clay m-a urmat.

Apa fierbinte se revărsa peste mine în timp ce Clay m-a tras spre el și s-a lipit cu totul de spatele meu. Am simțit cât de tare era în continuare. Erecția lui mi se apăsa de fund.

— Clay, am murmurat, întinzând o mână la spate.

M-a oprit înainte să ajung la el.

— Nu în seara asta, mi-a răspuns el.

— Dar trebuie să învăț, am zis și m-am răsucit.

Nu eram pregătită să-l văd așa: în lumina slabă din baie, umbrit de perdeaua de la duș, cu șiroaie de apă care se prelingeau de-a lungul brațelor, pieptului și abdomenului său...

— Ți-am promis că o să te învăț, nu? m-a întrebat el și a ridicat dintr-o sprânceană.

— Da, am răspuns cu un oftat.

— Atunci, așa o să fac. Dar nu în seara asta. În seara asta, a continuat el, lipindu-mă de el și dându-mi un bobârnac peste nas, sărbătorim primul tău orgasm adevărat.

Am încercat să mă abțin, dar am izbucnit în râs. Mi-am îngropat fața în pieptul lui și l-am privit prin aburul adunat în jurul nostru.

— Cred că orgasmele sunt noua mea obsesie.

— Mai bune decât cărțile? mi-a întors-o, cu un zâmbet provocator.

M-am ridicat pe vârfuri și i-am zis:

— Mult mai bune.

Deși lecția noastră se terminase, i-am înconjurat gâtul cu brațele și i-am tras gura spre mine.

Mi-am petrecut limba peste buzele lui, apoi mi-am împletit-o cu a sa. Am gemut la amestecul de senzații date de apa caldă și de sărutul lui fierbinte.

Mi-am dat seama la un moment dat ce făceam, așa că m-am oprit, cu ochii mari.

— Ah, iartă-mă! i-am spus și mi-am aranjat părul după ureche. M-am lăcomit.

Poanta mea nu a fost gustată. Rușinată, m-am întors spre jetul de apă și m-am aplecat după gelul de duș de pe raft.

— Te las să te speli, mi-a zis el și am simțit aerul rece din baie, când a ieșit.

Am bombănit în sinea mea. Din cauza sărutului, reușisem să-l sperii și să-l fac să iasă din duș. Un sărut care n-ar fi trebuit să se întâmple. Nu era nimeni în jur să ne vadă. Nu ne dădeam în spectacol pentru nimeni. Și terminaserăm deja... *lecția* pe ziua de azi.

Îl sărutasem fiindcă așa simțisem.

Îmi venea să intru în pământ de rușine. M-am îngrozit la gândul că avea să plece cât timp eram eu la duș. Dintr-un motiv oarecare, nu voiam să plece. Nu încă.

— Clay!

Am tras perdeaua dușului exact când își înfășura un prosop în jurul taliei. S-a întors spre mine și și-a trecut mâna prin părul ud; arăta ca un tip de pe coperta unui roman de dragoste, dar și ca un manechin dintr-o reclamă la Ralph Lauren.

— Da?

Am înghițit în sec înainte să-i spun:

— Vrei să rămâi peste noapte?

Pe buzele lui s-a întins un surâs. A spus dintr-o suflare:

— Da.

I-am zâmbit, sperând că vedea ce ușurată eram, apoi am tras la loc perdeaua. M-am umplut de gel de duş şi m-am curățat între picioare cu atenție, puțin oripilată de roşul care s-a scurs de pe mine când m-am clătit.

Odată ce m-am văzut curată, am lăsat apa fierbinte să mi se prelingă pe spate. Corpul meu erau sătul și mușchii mă dureau... Mi-am acoperit gura cu mâna și am clătinat din cap, uluită. Pe buzele umflate îmi înflorea încă un zâmbet.

Tocmai avusesem primul meu orgasm.

Și *abia* îl așteptam pe următorul.

Capitolul cincisprezece

Giana

A doua zi dimineață, în timp ce primele raze de soare se strecurau în apartamentul meu, stăteam în bucătărie și fredonam o melodie, întorcând o omletă în tigaie, cu o spatulă.

Clay încă dormea, întins în patul meu, haios de mic pentru el. Am mai aruncat o privire peste umăr. O coapsă acoperită de păr ieșea din așternuturi și atârna pe marginea saltelei, un braț stătea îndesat sub pernă, iar spatele gol îi lucea auriu sub razele soarelui. Chiar și în somn părea concentrat, ca și cum ar fi studiat înregistrarea vreunui meci de fotbal.

Am zâmbit în sinea mea, apoi m-am reîntors cu fața la plită și am împăturit omleta.

Rămăsese la mine peste noapte.

După meciul jucat pe ploaie și *lecția* de seară, picaserăm amândoi rupți de oboseală. Mă simțisem mai în largul meu decât mă așteptasem. Îmi plăcuse să-l am lângă mine. Ne chinuiserăm amândoi să ne ținem ochii deschiși pentru un nou episod din documentar, dar eșuaserăm lamentabil. Îl urmărisem cum adoarme și abia apoi îmi permisesem s-o fac și eu.

M-am bucurat că a rămas la mine.

Nu eram proastă. Știam că nu e cazul să mă îndrăgostesc de Clay, în ciuda acelor substanțe chimice din corpul meu care îmi dădeau de înțeles că ar fi fost potrivit să mă agăț de omul care mă făcuse să mă simt minunat. Dar aveam o înțelegere. Practic, îl *implorasem* pe Clay să-mi facă toate lucrurile alea, să mă dezvirgineze și să-mi arate cum să mă descurc cu Shawn, ca să nu par nepregătită și să-l pierd înainte de a avea vreo șansă cu el.

Și totuși, în sinea mea eram nespus de mulțumită că cel care făcuse toate astea era Clay și că rămăsese aici peste noapte, ca și cum chiar ținea la mine.

Eram absolut sigură că experiența mea depășea cu mult primele experiențe trăite de prietenele *mele* în liceu.

Sfârâitul omletei din tigaie a fost subit acoperit de un bâzâit puternic venit de pe pervazul din dormitor. Clay a gemut adânc, a întins un braț gargantuesc și a pipăit pervazul pe orbește până și-a găsit telefonul. S-a uitat la ecran, apoi s-a ridicat în șezut, încruntat.

Și-a dat seama că îl urmăream, dar mi-am întors privirea înainte să se uite în ochii mei, încercând să-i ofer intimitatea de care avea nevoie.

Mă întrebam dacă nu cumva îl suna Maliyah.

Și de ce mi s-a căscat un gol în stomac, când m-am gândit la ea.

— Bună, tată! a răspuns îmbufnat.

M-am uitat la el peste umăr și l-am văzut cum își trăgea un tricou pe el. Mi-a zâmbit scurt și s-a făcut nevăzut în baie.

Simțind cum îmi dispare încordarea, am pus prima omletă pe farfurie și m-am apucat de cealaltă.

Conversația din baie era purtată în surdină. Clay a dat drumul la robinet. Era evident că nu voia să-l aud, așa că am încercat pe cât posibil să-l ignor, să mă concentrez asupra gătitului, și nu la frânturile de conversație care răzbăteau pe alocuri:

Mda, și mie mi-e dor de ei.

Știi, ați putea să veniți cu toții la un meci.

Da. Ocupat. Înțeleg.

Robinetul și întrerupătorul s-au oprit simultan, iar Clay a cotit spre bucătărie cu un oftat puternic, frecându-și fața cu mâna. Pantalonii de trening îi atârnau jos, pe șolduri și tricoul stătea mototolit fiindcă îl azvârlise pe jos, peste noapte.

— Neața! m-a salutat el.

— Bună dimineața! Poftim la masă! l-am invitat și am împins omleta aburindă spre el, pe blatul de bucătărie. Cafeaua e acolo.

A căscat, m-a atins ușor în drum spre dulap și s-a întins după o ceașcă, de deasupra aparatului de cafea.

— Așa faci tu de obicei, un festin la micul-dejun?

M-a umflat râsul:

— Ce festin? E doar o omletă.

— Mai bine decât ce reușesc eu să fac în camera de cămin, te asigur.

I-am zâmbit și am ridicat din umeri. Între timp, am terminat și cealaltă omletă și am așezat-o pe o farfurie.

— Nu gătesc mereu, dar uneori îmi place. Tata ne făcea omlete în fiecare duminică. Bănuiesc că așa păstrez tradiția, i-am zis.

Clay s-a arătat surprins.

— Tare! Tu și tatăl tău sunteți apropiați?

— Nu sunt cu adevărat apropiată de nimeni din familie, am recunoscut și m-am așezat pe un scaun înalt.

Clay mi s-a alăturat la masă, iar eu mi-am presărat piper deasupra omletei.

— Dar dintre toți aș spune că pe tata îl simt cel mai aproape de mine. Este singurul care mă înțelege.

— Cum așa?

Am reflectat puțin la întrebare.

— Nu mă împinge să fiu ceva ce nu vreau. Mă iubește fix așa cum sunt, așa cum vreau să fiu.

Clay a aprobat din cap.

— Și la ce te referi când spui „dintre toți"?

— Mama, tata și ceilalți patru.

A făcut ochii mari.

— *Patru*?

— Mda. Două surori mai mari și doi frați mai mici. Și nu mă ajută deloc că toți sunt genii sau super talentați în domenii de nișă. Într-o bună zi o să avem în familie... Am început să număr pe degete.

— O sportivă profesionistă, o doamnă bioinginer și doi antreprenori care își vor vinde afacerile pe milioane de dolari.

Apoi mi-am luat furculița și am îndesat o bucată de omletă în gură.

— Pe lângă ei, mai sunt și eu.

— O spui de parcă n-ai fi o tipă extraordinară.

Am pufnit.

— Aha, mda! Tocilara tăcută, care stă toată ziua cu nasul în cărți și care vrea să reușească în PR. Foarte tare, ce naiba să spun!

I-am adresat un zâmbet din colțul buzelor, dar el s-a încruntat.

— Ești a naibii de bună la ce faci, mi-a zis Clay, pe un ton serios. E nevoie de cineva autoritar și încrezător în sine pentru a ține în frâu o mână de sportivi studenți — în special din ăștia tari de cap, de care avem în echipă. Tu ești șefa și o știi prea bine.

Am simțit că mă umflu de mândrie, dar mi-am înghițit vorbele, odată cu încă un dumicat din omletă.

— Păi, mersi mult! Maică-mea n-ar fi de acord cu tine. Și-a dorit dintotdeauna să semăn cu surorile mele mai mari: deștepte, sportive, modeste. Urăște faptul că nu mai merg la slujba de la biserică, am spus și am făcut o pauză. Dar tata mă înțelege. E la fel de tăcut ca mine și mă lăsa să mă retrag la mine în cameră și să citesc ori de câte ori aveam chef. Atunci când țipa maică-mea la mine, el o lua deoparte și-i îndrepta atenția spre unul dintre frații sau surorile mele. Nu *vorbim* așa de des, dar e ca și cum am avea o înțelegere tacită.

— Uneori genul ăsta de înțelegeri sunt mai puternice decât vorbele.

L-am aprobat cu un gest din cap, după care am luat o bucată de avocado.

— Că veni vorba de familie, e totul în regulă cu tatăl tău? l-am întrebat.

De pe chipul lui Clay a dispărut brusc orice emoție.

— Te-am... te-am auzit la telefon. Nu mult, doar cât să-mi dau seama că el era.

Și-a răsucit gâtul și s-a concentrat asupra omletei.

— Taică-miu e bine, mi-a răspuns.

— Sunteți apropiați?

A înghețat, cu furculița în aer.

— Haide! am stăruit. Eu ți-am spus de mine. E rândul tău.

A oftat și a luat primul dumicat de omletă. S-a schimbat la față, a gemut și m-a privit ca și cum nu i-ar fi venit să creadă.

— *Eșt delișos*!

Am râs.

— Mai clar, te rog!

A înghițit și a spus:

— Este delicioasă! Ce-ai pus în ea?

— Ouă, busuioc, mozzarella, avocado și șuncă de curcan.

Clay a clipit.

— Zici că ești bucătar profesionist.

— Nu chiar, i-am răspuns veselă. Și nu-mi mai distrage atenția. Spune-mi toate secretele întunecate legate de tatăl tău.

M-am aplecat în joacă spre el, imitând un reporter, cu furculița pe post de microfon. Și-a dat ochii peste cap.

— Secretele mele nu-s o noutate, te asigur. Maică-mea și taică-miu au divorțat când eram eu mic. Dacă asculți varianta lui, mama a fost o tipă geloasă, care a vrut să-l manipuleze. Dacă asculți varianta ei, taică-miu a călcat strâmb. Cine știe care-i adevărul? Nu știu decât că, la mai puțin de un an după divorț, taică-miu s-a recăsătorit și, la scurt timp, a avut o familie nouă.

— O familie nouă?

— Am doi frați vitregi. Cu care abia dacă am petrecut câteva sărbători. Amândoi au parte de toată atenția lui taică-miu, mai puțin atunci când sunt eu pe teren.

M-am întristat și am început să plimb bucățile de omletă prin farfurie.

— Îmi pare rău!

A ridicat din umeri.

— Asta e! Sunt destul de apropiat de mama, deși are și ea problemele ei. Într-o clipă zboară de fericire că are un iubit nou, și-n următoarea..., a zis și s-a oprit o clipă. În fine, nu-i în apele ei.

— Ce vrei să spui?

Pe chip i-a trecut o umbră, dar nu și-a ridicat privirea din farfurie.

— Suferă. Atunci când situația devine mai dificilă, când e singură... Recurge la ce n-ar trebui să recurgă.

N-a spus mai multe, lăsându-mă pe mine să pun lucrurile cap la cap.

— Mi se pare că ai dus o povară destul de grea în copilărie.

S-a uitat în ochii mei, cu fruntea descrețită.

— Păi da, cred că da. Și tu pari să fi învățat de mică să te descurci de una singură.

Am surâs din colțul gurii.

— Cred că așa îmi convine.

Mi-a întors zâmbetul, dar i-a sunat din nou telefonul. S-a încruntat când a văzut că e Holden. Nu i-a răspuns.

— Ieri s-a întâmplat ceva care are legătură cu Maliyah, nu? l-am întrebat.

Și-a dres vocea și a încuviințat.

— Ce anume?

— Am dat peste ea după meci, mi-a răspuns și și-a tras nasul. Am stat puțin de vorbă.

— Și?

A zâmbit obraznic.

— Ești cam băgăcioasă.

— Ei, haide! Eu îți spun totul despre Shawn.

— Așa e, a recunoscut Clay și s-a reașezat pe scaunul de la bar. M-a întrebat ce mai fac, s-a prefăcut că i-ar păsa de mine. A încercat, nu la fel de dibace, să afle care-i treaba cu noi doi, a continuat el, arătând spre mine și spre el. I-am spus că mi-am văzut mai departe de viață. Ceea ce a scos-o și mai tare din minți și părea că e geloasă.

Am simțit cum mi se răscolește stomacul. Aveam un gust amar în gură.

— Păi, asta-i foarte bine, nu?

— Da, e ceva, s-a arătat Clay de acord și a mai tăiat o bucată de omletă. Sunt sigur că a șocat-o că nu i-am cedat.

— Și de ce n-ai făcut-o? am întrebat și m-am oprit. Doar ăsta era planul, nu?

— Da, dar nu așa de curând. O cunosc destul de bine, încerca marea cu degetul, ca să vadă dacă o să fac ce vrea ea.

M-am abținut cu greu să-i spun cât de aiurea mi se părea situația asta, așa că am mușcat din omletă.

— Dar sunt sigur că a tulburat-o un pic. Maliyah e ca un membru al familiei pentru mine.

Dintr-un motiv inexplicabil, cuvintele lui m-au rănit.

— Familia ei este și familia mea, a continuat el. Asta a fost partea cea mai neplăcută, că n-am pierdut-o doar pe Maliyah, ci și pe părinții și pe sora ei odată cu ea.

Am aprobat din cap ca și cum aș fi înțeles, deși nu înțelegeam.

— Cu toate astea, dacă sunt sigur de un lucru, acela este că ea e „ fata lui tata". Maliyah vrea să fie exact ca el. Iar el e avocat.

L-am privit cu surprindere.

— Exact. Mă cunoaște mai bine decât oricine și nu se teme să folosească ce știe ca să obțină ce vrea. E obișnuită să mă dau peste cap ca să-i îndeplinesc orice dorință. La fel și taică-miu, care e supărat că nu l-am sunat după meci, așa cum îi promisesem.

A căzut pe gânduri și a spus, într-un târziu:

— Cred că și mama e la fel ca ei. Poate că așa mi se întâmplă cu toată lumea.

— Clay, ție îți place să-i ajuți pe alții. Am văzut asta tot sezonul trecut, în cazul lui Riley și Zeke și o văd în fiecare zi în vestiar, pe teren și în sala de forță. În permanență ai grijă de toți, îi îndrumi, le dai sfaturi și îi ajuți.

Și-a lins buzele.

— Mda.

— Nu-i un lucru rău.

— Dar nici bine nu e întotdeauna.

Am încuviințat.

— Ce zici de asta? i-am spus și m-am răsucit ca să-l privesc în ochi. De acum înainte, când vrei să faci ceva pentru alții, va trebui să faci ceva și pentru *tine*. Batem palma?

— Mai ușor de spus, decât de făcut.

— Încearcă!

— Bine, de acord, a consimțit el, cu un rânjet.

— Apropo de înțelegeri, am spus, întorcându-mă cu fața spre masă. Nu mă ajuți cu... știi tu... chestiile astea.... fiindcă te simți obligat, nu?

— Nu, a venit numaidecât răspunsul lui. O fac fiindcă te plac.

Mi s-au înfierbântat obrajii.

— Și pentru că nu mai suport să te văd cum suspini după chitarist, fără să mi se facă greață.

— Hei! am exclamat și l-am plesnit peste braț. Nu suspin după el.

Clay s-a ridicat și a clipit des de câteva ori, cu mâinile strânse sub bărbie:

— *Ah, Shawn! Cât îmi place cântecul ăla! Ah, Shawn, ce mâini mari ai! Cu atât mai bine, să cânți cu ele la chitara aia mare și dură! Ah, Shawn!*

Am apucat o bucată de șuncă căzută din omletă și am azvârlit-o spre el. M-am bucurat să-l aud pufnind în râs.

— Trebuie să fug! m-a anunțat și s-a uitat la ceasul afișat pe ecranul telefonului.

A vârât mobilul în buzunar și a continuat:

— Mă întâlnesc cu Holden să repetăm niște pase.

— Dar e duminică. E ziua ta liberă, i-am reamintit. Și ieri ai avut meci.

A ridicat din umeri.

— Când vrei să fii cel mai bun, n-ai zile libere, a răspuns, apoi a făcut o pauză. Cum ești... Te simți bine în dimineața asta?

M-am înroșit toată și mi-am plecat ochii în farfurie.

— Mă doare puțin, dar... Da, sunt bine.

— Bine, atunci.

A deschis gura, ca și cum ar fi avut de gând să mai spună ceva, dar s-a abținut. În loc de asta, și-a luat hanoracul de pe spătarul scaunului, unde îl lăsase cu o noapte în urmă. S-a aplecat și mi-a dat repede un pupic pe obraz.

— Mersi pentru micul-dejun, Kitten!

Apoi s-a făcut nevăzut.

Brusc, apartamentul a rămas pustiu.

Capitolul șaisprezece

Clay

— Ține-l! Ține-l! i-am strigat lui Dane, arătând spre *wide receiver*, care se demarcase de lângă mine și ajunsese aproape de el.

Dane mi-a confirmat cu un gest din cap că l-a văzut. M-am lăsat în jos și mi-am descleștat degetele, în timp ce îl străpungeam cu privirea pe adversarul din fața mea.

Mai aveam douăzeci de secunde pe ceas și îi conduceam pe Philadelphia Lions cu trei puncte. Dar dacă reușeau să marcheze de la distanță, aveam să intrăm în prelungiri.

Și *nu* aveam deloc chef să intru în prelungiri.

Mai ales de ziua mea de naștere.

— Închideți-i, băieți, tăiați-le calea! a țipat cineva din lateral.

Semăna cu vocea lui Zeke. M-am aplecat și mai mult. Simțeam fiori în tot corpul la cât de hotărât eram.

Mingea a scăpat și coordonatorul de joc a intrat imediat în zona lui de acțiune, scrutând terenul. Mai aveau nevoie de cel puțin 15 yarzi[1] până să ajungă într-o poziție bună pentru a înscrie și nu mai aveau timp, așa că am știut că o să paseze.

Privirile i-au fost atrase de jucătorul care ajunsese deja la Dane, dar Dane era lipit de el ca o scamă. Coordonatorul de joc a continuat să caute din priviri un alt coechipier, iar când linia noastră defensivă a început să se apropie de el, s-a panicat și a azvârlit mingea undeva la mijlocul terenului.

Am luat-o la goană, l-am fentat pe *wide receiver*-ul din dreptul meu, după care m-am îndreptat spre *tight end.* Dane s-a prins doar o secundă mai târziu, dar era deja mult prea târziu pentru el. Știam că nu avea cum să ajungă acolo la timp.

Așa că am alergat și mai repede. Simțeam cum îmi ard coapsele și gambele de durere, în timp ce dădeam tot din mine.

Ca din senin, unul din jucătorii noștri din apărare și-a făcut apariția și a atins mingea. Aceasta a fost deviată. Fără să mai stau pe gânduri, am plonjat și am smuls-o din fața adversarului, înainte să-și dea seama ce se întâmplă.

Am aterizat în urletele mulțimii, m-am răsucit la timp ca să evit un placaj și am sprintat spre partea opusă terenului. Plămânii îmi ardeau, coastele mă dureau, dar am continuat, uitându-mă din când în când în spate. Toată echipa adversă era pe urmele mele.

— Hai! Hai! Hai!

Prin tot vacarmul, i-am auzit glasul lui Riley și m-am sforțat și mai mult. Am ridicat ochii ca să verific tabela de joc, care arăta că timpul aproape se scursese.

Și chiar s-a scurs.

Fix când am trecut eu de zona de apărare.

---

[1] Aproximativ 13 metri.

— TOUCHDOWN PENTRU REBELS! a urlat comentatorul de pe teren, iar suporterii au luat foc.

Mi-am umflat pieptul și am aruncat mingea în tribună. În secunda următoare, m-au asaltat coechipierii, care m-au bătut în cască suficient de tare cât să-mi facă cucuie și apoi m-au luat pe sus. Ca să evităm o muștruluială din partea antrenorului și a oficialilor, fiindcă sărbătoream prea mult, am fugit cu toții spre marginea terenului, unde ne așteptau reporterii.

Era nebunie curată. Am răspuns la fiecare întrebare care mi s-a adresat, dar la un moment dat n-am mai rezistat. Era ziua mea de naștere, ce naiba, n-aveam de gând să mi-o petrec răspunzând la aceleași chestii. Însă nici nu voiam să-i fac probleme Gianei. Așa că le-am răspuns politicos reporterilor, după care m-am scuzat la fel de politicos și mi-am văzut de drum, spre vestiar.

— Frumos ți-ai găsit să termini meciul, nemernic plin de tine ce ești! mi-a zis Holden când am intrat.

A zâmbit cu gura până la urechi și m-a plesnit cu tricoul lui, apoi l-a aruncat în coșul de rufe murdare.

— Am fi câștigat și dacă ai fi ținut mingea și ai fi lăsat timpul să se scurgă.

Mi-am încrucișat picioarele și am făcut o piruetă, după care mi-am luat tricoul de pe umeri.

— Da, dar dup-aia n-ar fi fost nimic interesant de văzut în clipurile postate pe rețelele de socializare, nu?

Holden a zâmbit și mai larg. Avea părul lipit de cap, după meciul îngrozitor de greu pe care-l jucasem. Vremea începuse în sfârșit să se mai răcească, iar toamna se așternea în nord-estul țării.

— Clay! m-a strigat Leo când a intrat în vestiar, apoi și-a lăsat casca pe bancă. Ai un vizitator.

A schițat un semn din cap spre hol. Am luat-o la goană, cu un rânjet pe față, gata s-o iau în brațe pe Giana, transpirat cum eram, indiferent dacă voia sau nu. N-o mai văzusem de săptămâna trecută, decât pe fugă, pe stadion. Eu fusesem ocupat cu antrenamentele, iar ea avusese treabă cu licitația.

Din noaptea aia, nu mă gândisem decât la sunetele pe care le scosese Giana.

S-o dezbrac, s-o ating, să-i simt *gustul* fusese mult mai mult decât mă așteptasem, decât mi-aş fi putut vreodată *imagina*. Știam că mă rugase să fiu primul ei bărbat, dar nu-mi dădusem seama că ea se referea la *tot*. Fata asta nu avusese niciodată până atunci un orgasm.

Până la mine.

Era o idioțenie cât de mândru mă simțeam, cât de falnic defila bestia dinăuntrul meu. O tâmpenie la fel de mare era că nu mi-o mai putusem scoate din minte de atunci.

În fiecare dimineață, mă trezeam cu un mesaj de la ea — un simplu „Bună dimineața!", sau, de cele mai multe ori, o întrebare oarecare legată de sex sau de ceea ce trebuie să facă o fată pentru a atrage un tip.

Trebuie să vorbim iar despre testicule. Vreau detalii despre cum trebuie atinse.

Tipilor chiar le place rujul roșu sau e doar un inconvenient care îi murdărește?

Spune-mi adevărul: fustele mele mă fac să par drăguță sau sexy? Eu, una, mi-aș dori sexy.

Când e lecția următoare?

Bineînțeles, acele întrebări duceau la schimburi de mesaje trimise toată ziua, fiindcă abia dacă apucam să prindem un minut împreună pe stadion. Și, de câte ori mi se ivea ocazia, o sărutam.

Chiar și când nu era Maliyah prin preajmă.

Îmi spuneam că mă comport așa ca să pară totul mai real. Ca s-o conving pe Maliyah că nu mă dau în spectacol. *O să audă și ea zvonul*, îmi spuneam, *o să te vrea înapoi.*

Îmi tot repetam cuvintele astea în minte.

Ceea ce nu explica deloc motivul pentru care șterpelisem niște cărți de-ale Gianei. Le îndesasem pe sub tricou în seara când mă oprisem la ea să-i las ceva de mâncare, pe la mijlocul săptămânii. Îmi făcuse repede vânt pe ușă, fiindcă trebuia să învețe pentru un test de a doua zi. Dar îi luasem cărțile și le studiasem un pic.

Am ținut minte ce pagini aveau colțurile îndoite, ce pasaje subliniase ea și ce pagini păreau mai ponosite, semn că fuseseră citite mai mult decât celelalte.

Și am fost surprins de ce am descoperit.

Eram nerăbdător să-mi testez teoria la următoarea noastră întâlnire, să mă joc cu ea, chestie care părea să devină unul din hobbyurile mele.

M-am repezit pe hol, pregătit cu o remarcă obraznică despre reporteri, când am dat nas în nas cu Cory Vail. Și rânjetul mi-a dispărut instantaneu de pe față.

— Băiatul meu! m-a întâmpinat el cu un zâmbet larg și cu brațele larg deschise.

Nu m-a așteptat să mă apropii de el. M-a cuprins într-o strânsoare puternică și m-a bătut pe spate de câteva ori, apoi mi-a dat drumul.

Am rămas pe loc, șocat să-l văd pe tatăl fostei mele iubite, pe care îl privisem mereu ca pe tatăl meu. Strălucea de mândrie și avea o privire identică cu a lui Maliyah. Era la fel de înalt ca mine, dar mult mai vânjos. Era pus la patru ace, ca de obicei, de la costumul impecabil croit, bleumarin și cu butoni de argint, până la pantofii Prada din picioare.

Putere și încredere de sine — asta emanase dintotdeauna.

— A fost un meci dat naibii! mi-a zis. Mă bucur că am fost aici să-l văd.

Am clipit, încercând să-mi alung expresia de surpriză de pe față.

— Și eu mă bucur.

— Viitorul tău arată din ce în ce mai luminos. Știu că n-ai nevoie s-o auzi de la mine, dar sunt mândru de tine, Clay.

A încuviințat, cu o mină îngrijorată.

— N-am mai apucat să vorbesc cu tine după tot ce s-a întâmplat, a adăugat el.

Adică după ce fiică-sa îmi azvârlise inima într-un tocător.

— Nu pretind că mi-aș înțelege fetița, a continuat el, cu un surâs blând. Dar vreau să-ți spun doar atât: cred că a fost o greșeală. Și sper să-și dea și ea seama de asta.

Mi s-a pus un nod în gât.

— Și mai vreau să știi că, indiferent ce s-ar întâmpla, eu o să-ți fiu mereu alături. Mereu. Bine? Oricând ai nevoie de ceva, pune mâna pe telefon și sună-mă!

L-am aprobat din cap și mi-am mușcat limba, simțind că un val de emoții se abate peste mine. Mai că-mi venea să mă prăbușesc în brațele lui și să plâng cu suspine, să-i mulțumesc că venise să mă vadă, că mă iubește și crede în mine.

Dar voiam și să mă distanțez de el.

Indiferent ce simțisem în copilărie, Cory nu făcea parte din familia mea, nici atunci și, în mod cert, nici acum.

Trebuia să-mi intre mai repede asta în cap.

— Vă mulțumesc, domnule! Înseamnă mult pentru mine, am izbutit să-i răspund.

N-a apucat decât să încuviințeze, fiindcă Maliyah și-a făcut apariția de după colț și i s-a aruncat în brațe.

— Tati!

— Bună, scumpa lui tata! Ai fost minunată pe teren.

A zâmbit încântată de laudele aduse, la fel ca mine. Mi s-a strâns inima, în timp ce îmi imaginam o altă realitate, una în care taică-miu ar fi venit la jocurile mele, ca să-mi vorbească în vestiar.

Maliyah mi-a surprins privirea, a înghițit în sec, apoi s-a uitat la taică-său și înapoi la mine.

— Vreau să-mi salut un prieten din echipa de suport tehnic, a zis Cory.

Nu mă mira că avea amici în stafful administrativ al echipei. Avea prieteni peste *tot*.

— Ne vedem la mașină? a întrebat-o pe Maliyah și a pupat-o pe obraz, fără să mai aștepte vreun răspuns.

Imediat ce am rămas singuri, Maliyah mi-a căutat privirea. Și, deodată, mi s-a aruncat în brațe.

— Ai fost *extraordinar*! a spus dintr-o răsuflare, îmbrățișându-mă la fel de tare pe cât o strângeam eu în brațe.

Preț de o clipă, i-am inhalat parfumul, încântat de familiaritatea trupului pe care-l țineam la piept.

Dar i-am dat drumul în secunda următoare și am făcut un pas în spate, dornic să pun distanță între noi.

— Pari surprinsă, i-am răspuns cu răceală.

— Păi, știam cât de bun ești, dar... Îmi place să mi se aducă aminte cât de *bun*.

M-a privit cu un zâmbet provocator, apoi și-a plimbat un deget de-a lungul abdomenului meu.

— Noi ne strângem să ieșim în oraș, a adăugat ea. Ar trebui să vii și tu.

Am pufnit și m-am uitat pe coridor, în spatele ei.

— Mai vedem.

— Haide! Trebuie să sărbătorești și tu după așa un meci, a insistat ea.

Maliyah și-a vârât degetul în șortul meu și m-a tras spre ea. S-a ridicat pe vârfuri și mi-a spus la ureche:

— La urma urmei, e ziua ta. Mi-ar plăcea să-ți dau un cadou.

M-a dezgustat că penisul mi-a zvâcnit la șoaptele ei și că am simțit furnicături pe piele. S-a retras și mi-a surâs ca și cum ar fi știut că are același efect asupra mea, ca și cum i-ar fi făcut plăcere să vadă asta. Mi-a pierit tot cheful.

I-am desprins mâinile de pe mine.

— Am alte planuri, i-am spus.

Înainte să-i întorc spatele, m-a înhățat de braț. Nu m-am împotrivit.

— Cu *ea*? m-a întrebat, mijind ochii.

— Nu-i treaba ta!

Maliyah a clătinat din cap, iritată.

— Clay, de ce îmi faci asta? *Știu* că pe mine mă vrei, de fapt.

S-a apropiat de mine și și-a lipit sânii de coastele mele. Apoi și-a coborât mâna și m-a cuprins prin pantaloni.

— Pot s-o simt.

I-am dat iute mâna deoparte și s-a împleticit.

— Ce simți tu e o protecție de plastic. Pa!

Am lăsat-o cu gura căscată și mi-am spus din nou că am făcut-o doar pentru că știam că e prea devreme să mă întorc la ea. Asta insinuase și tatăl ei. S-ar fi descotorosit de mine la fel de repede, dacă m-aș fi întors acum la ea.

Nu voia decât să mă testeze, așa că tocmai trecusem testul.

Totul făcea parte din plan.

Am încercat să mă conving de asta în timp ce am făcut duș și m-am îmbrăcat. Pe urmă i-am trimis un mesaj Gianei că o să trec s-o iau de la birou.

„În zece minute”, mi-a răspuns.

După care mi-a sunat telefonul.

Pe ecran a apărut poza cu zâmbetul larg al mamei, în care își ținea mâna petrecută pe după mijlocul meu, la petrecerea de absolvire a liceului. Am zâmbit, știind că în clipa în care o să răspund, o să aud cea mai proastă și *zgomotoasă* interpretare a cântecului de „La mulți ani!". Îi plăcea la nebunie să cânte îngrozitor de tare și să mă facă să-mi ascund fața de jenă, obicei care rămăsese neschimbat de când mă mutasem departe de ea.

Cu un an în urmă, mă forțase să dau conversația pe difuzor, în toiul antrenamentului de la sala de forță.

— Mamă, înainte să începi, sunt singur. N-ai public, așa că, dacă vrei, poți să-ți menajezi corzile vocale.

Zâmbetul mi-a dispărut când am auzit la celălalt capăt un suspin înfundat.

Cu urechile aprinse și inima bătând mai să-mi iasă din piept, m-am furișat într-unul din birourile antrenorilor secunzi, care era liber.

— Ce s-a întâmplat?

O bună bucată de timp a plâns fără să spună nimic. Hohotele ei erau atât de puternice, încât am deschis aplicația pentru bilete de avion și am început să caut un zbor pe care să-l pot lua în seara aceea. Am crezut că era rănită sau că a murit cineva. Într-un târziu, a vorbit:

— S-a despărțit de mine.

Am închis ochii, cuprins de ușurare. Știam însă că nu puteam să-i arăt adevărata mea reacție, așa că am răspuns:

— Îmi pare rău, mamă!

Și-a tras nasul.

— El era alesul. Am crezut... Am crezut că are de gând să mă ceară de soție.

M-am scărpinat la ceafă și m-am gândit la toate lucrurile pe care i le-aș fi putut spune, ca s-o fac să se simtă mai bine. Cercul vicios îmi era deja cunoscut. Speram să nu-l mai repete.

— E pierderea lui, i-am zis.

Mi-a răspuns cu alte hohote de plâns, așa că mi-am adunat lucrurile, le-am făcut semn din cap băieților care mai erau prin vestiar și am ieșit din nou pe coridor.

— Mamă, ești o femeie nemaipomenită. Dacă el n-a văzut asta, atunci e un idiot. O să găsești pe cineva mai bun decât el.

— Ba nu! a urlat ea și a pufnit iar în plâns. Sunt bătrână, obosită și lefteră.

A suspinat, apoi a făcut o pauză și a continuat:

— Sunt *lefteră*, Clay.

Am simțit cum mi se ridică părul de pe ceafă.

— S-a întâmplat ceva la restaurant?

M-a întâmpinat o altă pauză lungă.

— Aveam... Aveam de gând să-ți spun când veneai acasă de Ziua Recunoștinței. Mi-am dat demisia. De mai mult timp, de fapt.

— Ce-ai făcut?

— Brandon avea grijă de mine! s-a plâns ea, dezvinovățindu-se. Avea grijă de toate. Îmi plătea facturile, ne făceam deja planuri să mă mut cu el, planuri de...

A sughițat și a continuat:

— Mi-a promis. El...

Și cuvintele i-au fost înecate de lacrimi. Am tras o înjurătură, înainte să cotesc spre holul care ducea la biroul Gianei.

— Cei de la bar o să te primească înapoi, i-am spus. Întotdeauna te primesc.

— Nu de data asta, a răspuns, trăgându-și nasul. Am încercat. S-au săturat de mine. Și nu-i învinuiesc. Ani la rând le-am făcut numai probleme.

— Nu-i adevărat. Ești cea mai drăguță de acolo și o știu și ei.

A lăsat să-i scape un râset sarcastic:

— Șarmul m-a părăsit acum câțiva ani, odată cu frumusețea.

Am tras adânc aer în piept și l-am dat afară la fel de lent, după care am încercat încă o dată s-o liniștesc:

— Știu că situația nu e roz acum, dar sigur o să se rezolve toate. Poți să-ți găsești altceva de lucru.

— Nu-i așa de ușor!

Am închis ochii când a izbucnit din nou în plâns. Îmi doream să fiu lângă ea, s-o alin și să-i bag mințile în cap.

— Mamă, ascultă-mă! O să fie bine. O să te ajut eu până îți revii.

— Chiar? a zis ea, trăgându-și nasul.

Tonul ei de ușurare mi-a făcut stomacul să se răscolească.

Voiam s-o ajut. Întotdeauna aveam s-o ajut pe femeia care avusese grijă de mine, care mă crescuse după ce tata ne abandonase. Dar mă durea că ea chiar se aștepta la ajutorul meu.

— Ah, Clay! Ești mult prea bun pentru mine.

— N-am mare lucru, am recunoscut. Dar primesc o indemnizație odată cu bursa. Pot să te ajut eu cu facturile până te pui pe picioare. Doar... Promite-mi că o să începi să-ți cauți de lucru, mamă!

— Îți promit!

— Bine, atunci. Trebuie să plec. Te iubesc!

— Și eu te iubesc, scumpul mamei!

— Totul o să fie bine.

Nu mi-a răspuns, însă mi-am imaginat cum aprobă din cap, în ipostaza în care o văzusem deja de prea multe ori: cu părul vraiște și ochii umflați și injectați.

Conversația s-a întrerupt. Am clipit, încruntându-mă la telefon. Nu mă surprindea că un bărbat se despărțise de ea.

Ci că maică-mea nu-mi urase „La mulți ani!".

Am pus-o pe seama faptului că era mult prea amărâtă, amintindu-mi cum mă simțisem eu când se despărțise de mine Maliyah. Nu fusesem un prieten bun pentru nimeni, la momentul acela. Așa că mi-am băgat telefonul în buzunarul hanoracului, am cotit și m-am apropiat de birouri.

M-am rugat ca mama să nu recurgă la alcool sau pastile, cât timp aveam să-mi dau seama ce era de făcut și cum o puteam ajuta.

N-am avut timp să mă gândesc la câți bani avea mama nevoie, la cât mi-aș fi permis să-i dau și nici la despărțire, fiindcă imediat ce am deschis ușa biroului, m-a întâmpinat o ploaie de confetti.

— LA MULȚI ANI!

Giana a țopăit și a suflat dintr-o trompetă care suna ca o sirenă de avarie. Un banner uriaș și sclipicios atârna deasupra capului ei. Ochii ei larg deschiși sclipeau de încântare în lumina celor două lumânări, un doi și un zero, înfipte într-un tort făcut în casă, de pe biroul ei.

— Repede, înainte să se topească! m-a îmboldit și m-a împins spre lumânări. Pune-ți o dorință!

Voiam să fiu fericit. Voiam să zâmbesc. Voiam să-i spun ce tocilară era și cât de mult îmi plăcea asta.

Dar n-am făcut decât să suflu ușor în lumânări.

Giana a bătut din palme, a scos lumânările și le-a pus deoparte, după care a început să taie tortul.

— N-am știut ce-ți place, dar mi-am spus că n-am cum să dau greș cu ciocolata. Și cu fire colorate de zahăr pe deasupra, normal. Toată lumea se dă în vânt după ele, a continuat și mi-a înmânat o farfurie cu o felie enormă de tort. Shawn a fost azi la meci. Am vorbit puțin după ce s-au mai liniștit reporterii. M-a întrebat dacă o să vin la cafenea să-l văd cântând săptămâna asta.

A jucat din sprâncene, cu subînțeles și a luat o bucățică de tort cu furculița.

— Apropo, *nu* era nevoie să te agiți așa de tare pe final, dar sunt a naibii de încântată că ai făcut-o. Ai fost absolut incredibil! Jurnaliștii au luat-o razna. O să apari pe toate canalele de sport din seara asta.

Mi-a zâmbit și mi-a înmânat o furculiță, dar nu i-am putut răspunde cu același entuziasm. Când și-a dat seama, i-a pierit surâsul.

— Ce s-a întâmplat?

Am înghițit cu greu.

— Mama.

A fost singurul răspuns de care eram în stare. Din fericire, Giana nu m-a bătut la cap să afle mai multe. Încruntată, a schițat un gest din cap a înțelegere, mi-a luat farfuria din mână și a pus-o la loc pe birou.

— Hai cu mine! O să mergem undeva.

— Unde?

— O să vezi.

Capitolul șaptesprezece

Clay

Eram singurii vizitatori de la Observatorul Astronomic al universității. Normal, era sâmbătă seara și echipa noastră tocmai câștigase un meci de fotbal. Toată lumea petrecea, indiferent că erau la Groapă, sau la vreun alt bar în afara campusului.

Toată lumea, mai puțin Giana și cu mine.

Ea nu scosese o vorbă tot drumul. Ne potriviserăm pașii unii lângă altul, pe trotuarul tăcut. Îi auzeam pe studenții care sărbătoreau în campus, lăsându-i din ce în ce mai urmă, iar vocile lor s-au stins când am ajuns la cupola albă a Observatorului.

Un puștan cu fața acoperită de coșuri, care clefăia o gumă de mestecat ne-a lăsat să intrăm, cu un aer plictisit, abia catadicsind să-și ridice ochii de la jocul de pe telefon.

— Să-mi spuneți dacă aveți nevoie de ceva, ne-a anunțat după ce ne-a trecut în revistă câteva reguli de folosire a telescoapelor.

Judecând după privirea pe care ne-a aruncat-o la plecare, ceva îmi spunea că era de preferat să nu avem nevoie de nimic de la el, pentru că nu avea niciun chef să ne ajute.

Și așa am rămas singuri.

Giana și-a lăsat geanta jos, într-o parte a încăperii ovale. La vederea cerului de deasupra, ochii i s-au luminat în spatele ochelarilor și un zâmbet i s-a întins pe chip. Cupola Observatorului acoperea mare parte din bolta cerească, dar în mijlocul său era o deschizătură largă, spre care era îndreptat telescopul. S-a aplecat să se uite prin el și a tresărit, cu un zâmbet și mai larg.

— Trebuie neapărat să vezi asta, mi-a zis cu glas înfundat, apoi m-a prins de încheietură și m-a tras lângă telescop.

Erau trei telescoape în încăpere, dar ea îl alesese pe cel mai mare. Am înțeles pe loc motivul atunci când m-am aplecat să văd și eu.

Pe cerul de deasupra Bostonului se întrezăreau de obicei doar câteva stele, poate chiar o planetă sau două, fiindcă luminile orașului străluceau atât de puternic, încât era aproape imposibil să mai vezi și altceva. Însă prin lentilele telescopului nu numai că erau vizibile toate stelele, dar aveai senzația că întreaga galaxie strălucea în întuneric. Fundalul nu era nici el complet întunecat. Se vedeau tot soiul de nori cosmici, roz și albaștri, învârtejindu-se în beznă.

— Magnific, nu? m-a întrebat Giana din spatele meu.

Am aprobat-o și m-am dat laoparte, ca să se uite încă o dată. A schimbat câteva setări ale telescopului pentru a vedea mai bine o anumită zonă și s-a bucurat ca un copil într-un magazin de dulciuri, când a găsit ce căuta.

— Saturn! m-a anunțat ea și m-a tras în jos, să ne uităm împreună.

N-am putut să-mi ascund surprinderea.

— Uau, e incredibil! am zis, tulburat de cât de clar se vedea planeta, cu toate inelele, de parcă nu ne-ar fi despărțit de ele decât un teren de fotbal.

— Este vizibilitate maximă în noaptea asta, a adăugat Giana. Ar trebui să putem vedea și Marte, și Jupiter.

Am clătinat din cap, uluit și am lăsat-o să se joace mai departe cu setările. O priveam, impresionat de felul în care se entuziasma când avea ocazia să învețe ceva. Fremăta de emoție, ca un dependent de droguri înainte de a lua o doză. Țopăia ușor pe vârfuri și zâmbea cu gura până la urechi. Mă dureau obrajii de la cât zâmbeam și eu, urmărind-o.

— Saturn e compus în mare parte din hidrogen, m-a informat ea și a închis un ochi, ca să se uite prin lentile, după care a început să miște telescopul. Și mai are *o sută cincizeci de sateliți* naturali. Îți vine să crezi? Planeta asta e în același sistem solar cu noi și n-are decât gaz și sateliți.

A scuturat din cap și a conchis:

— Nebunie curată!

Nimic nu o fascina mai mult decât să descopere ceva nou. Am rămas uimit de curiozitatea ei. Aveam senzația că stau lângă o enciclopedie nesfârșită. Nu reținuse informații fiindcă le avusese de învățat la școală, ci pur și simplu fiindcă îi plăcea *enorm* să afle lucruri noi.

La fel de repede precum mi-a apărut zâmbetul, la fel de brusc mi-a și dispărut, cu gândul la mama care suferea de una singură în cealaltă parte a țării.

— Am găsit-o! m-a anunțat Giana, victorioasă și m-a împins spre telescop. E Marte!

M-am uitat și am comentat că pare să fie o calotă polară acolo, ceea ce a făcut-o pe Giana să se lanseze într-un discurs despre furtunile puternice de zăpadă de pe Marte. Am ascultat-o cu un oarecare interes, rezemat de zidul Observatorului, urmărind-o cum manevra telescopul.

Și am încercat să mă relaxez.

Am vrut să mă las distras de Giana, de știință, de stele și de tot universul din jurul meu. Deși ar fi trebuit să-mi reamintească, de fapt, cât de mici erau problemele mele, toate astea mă făceau să simt exact opusul. M-am pomenit întrebându-mă de ce mă mutasem așa de departe de mama.

Poate că din cauza mea căuta cu atâta disperare pe cineva care s-o iubească și să aibă grijă de ea. Pentru că eu fusesem o vreme persoana aceea, dar plecasem de acasă.

Am simțit un gol în stomac la gândul ăsta, însă mi-am amintit că mama își căutase toată viața un partener, de când o părăsise taică-miu.

Și totuși, i-aș fi putut fi alături, aș fi putut face mai *multe* pentru ea.

Eram complet egoist, cu visurile mele de a juca fotbal în liga profesionistă, când aș fi putut să stau acasă cu ea. Aș fi avut deja o slujbă cu normă întreagă, cu bonusuri și un salariu decent. Aș fi putut să am grijă de ea, din toate punctele de vedere. Sau, cel puțin, aș fi putut să merg la studii undeva mai aproape de ea, în California, ca să mă pot întoarce repede acasă, cu mașina.

În schimb, alesesem să mă concentrez asupra mea.

Toate gândurile astea și sentimentul de vinovăție mă măcinau. Probabil că, la un moment dat, Giana și-a dat seama, fiindcă mi-a aruncat o privire peste umăr și s-a încruntat.

— Haide! m-a chemat ea, adunându-și lucrurile. Să mergem sus, pe terasă.

Am urmat-o tăcut pe trepte și, odată ajunși pe terasa de observare, ne-a întâmpinat un vânt răcoros. Giana și-a strâns puloverul pe lângă corp, iar eu mi-am băgat mâinile în buzunarele hanoracului.

De jur împrejurul balustradei erau câteva telescoape mai mici, dar Giana nu s-a atins de niciunul dintre ele. În loc de asta, și-a aruncat geanta pe jos și s-a așezat, sprijinită de peretele exterior al domului. A bătut cu palma locul de lângă ea, indicându-mi să vin acolo.

— Nu suport să te văd așa de trist de ziua ta de naștere, mi-a mărturisit când m-am așezat lângă ea.

Stăteam cu coatele rezemate pe genunchi și cu mâinile împreunate. Nu i-am răspuns.

— Vorbește cu mine! m-a rugat și s-a întors spre mine. Spune-mi ce s-a întâmplat!

Am închis ochii și am clătinat din cap că nu, apoi i-am deschis iar și am rămas cu privirea în pământ.

— Nu pot.

— De ce nu?

Fiindcă mi-e greu să-ți explic. Fiindcă mi-e jenă. Fiindcă mi-e rușine. Fiindcă sunt îngrozit că nu pot face nimic. Fiindcă urăsc că asta e responsabilitatea mea și mă simt ca un nesimțit fiindcă simt așa ceva.

Toate aceste răspunsuri și chiar mai multe mi-au trecut prin minte, dar n-am făcut nimic altceva decât să clatin din cap a refuz, incapabil să articulez vreun gând.

Giana a oftat din rărunchi, apoi a încuviințat, ca și cum ar fi putut să audă tot ce nu îndrăznisem să-i spun.

— Bine, a conchis. Atunci, folosește-mă!

M-am încruntat când s-a strecurat între picioarele mele. S-a așezat pe genunchi în fața mea și m-a forțat să-mi deschid brațele și să-mi desfac mâinile. S-a băgat în mine cu forța, până când n-am avut de ales și a trebuit să mă uit la ea.

Ce am văzut m-a devastat.

Nu era vorba de părul ei ondulat, pe alocuri încrețit din cauza agitației provocate de meci și a zilei lungi de dinainte. Nici măcar de pistruii de pe obraji, sau de felul în care i se reflectau razele lunii în ochii bleumarin. Nici de fusta în carouri roșii și aurii, asortată cu o bluză simplă, neagră, sau de ciorapii negri până la genunchi, care mă scoteau din minți ori de câte ori îi vedeam.

Era vorba de cum mă privea.

Cu atâta grijă și adorație, încât am amuțit, fir-ar să fie! Am rămas nemișcat, incapabil să fac altceva decât s-o privesc.

— Folosește-mă ca să-ți iei mintea de la ce te doare, folosește-te de mine ca să scapi!

A înghițit și a continuat:

— Mai ține-mi o lecție!

Am dat drumul unei răsuflări tremurătoare, pe nas, gata să-i spun că nu era momentul potrivit, dar m-a redus la tăcere — s-a aplecat spre mine și m-a sărutat încet, dar cu încredere. Mi-a luat fața între mâini, iar eu i-am înconjurat talia, ca și cum ar fi fost cel mai natural lucru din lume.

— Am nevoie de tine. Arată-mi ce să fac ! mi-a șoptit cu gura deasupra gurii mele. De data asta, vreau să fii tu primul satisfăcut.

M-am încruntat când m-a sărutat a doua oară, am strâns-o de șolduri și m-am tras puțin laoparte.

— Cum adică? am întrebat-o.

— Adică data trecută n-ai terminat, a clarificat ea.

Apoi, cu încrederea unei femei care știe toate secretele de seducție, nu cu sfioșenia fetei care mă rugase să i le arăt, mi s-a urcat în poală și s-a lipit de abdomenul meu.

— În seara asta, vreau să te fac eu să te simți bine primul. Vreau..., a spus ea și a înghițit un nod, ca și cum s-ar fi rușinat brusc.

I-am ridicat bărbia și m-am uitat în ochii ei.

— Vreau să-mi arăți ce trebuie să fac ca să-ți simt gustul, a adăugat ea.

Doamne sfinte!

Am strâns din ochi și am expirat zgomotos, de teamă să nu-mi iasă vorbele astea pe gură, dar am simțit imediat cum bestia animalică dinăuntru se trezea la viață. Giana s-a apăsat de mine și m-a sărutat, ca să nu-mi dea timp de gândire și să n-o contrazic.

— Te rog! m-a implorat, apăsându-și șoldurile în mine.

Am icnit. Deja eram tare pentru ea.

N-am fost în stare să scot vreo vorbă, să-i spun că așa cum avea ea nevoie de mine, și eu aveam nevoie de ea. Așa că i-am răspuns cu un sărut și i-am prins ceafa în palmă, apoi am deschis gura, cerându-i să facă la fel. Mi-am vârât limba înăuntru, încântat de scâncetul slab care i-a scăpat de pe buze. Și-a împletit mâinile în părul meu, după care a strecurat una între noi și mi-a atins erecția, prin pantalonii de trening.

— La naiba! am izbucnit și m-am împins în mâna ei.

Am izbutit să mă opresc, apoi am deschis ochii și am văzut cât de atentă mă urmărea. Am întrebat-o:

— Ești sigură?

— Arată-mi!

Răspunsul ei a venit atât de repede și de sigur, încât mi-a zvâcnit scula în palma ei. Și-a umezit buzele și mi-a privit umflătura din pantaloni, apoi m-a apucat și mai hotărât.

Cu grijă, am săltat-o din poala mea și am lăsat-o să stea pe genunchi, iar eu m-am ridicat în picioare. O dominam prin înălțime și mi-au fremătat nările când am văzut cum mă privea de jos. Am început să-mi desfac șnurul pantalonilor.

— Lasă-mă pe mine!

M-am oprit și m-am topit doar la auzul vorbelor ei. Mi-am încleștat fălcile până m-au durut, în timp ce o urmăream cum desface șnurul. Apoi și-a strecurat degetele subțiri pe sub elastic și mi-a tras pantalonii în jos, peste coapse.

A ezitat o clipă când nu a reușit să-i coboare și s-a uitat la mine ca și cum ar fi avut dubii. Ca și cum mi s-ar fi aprins un bec deasupra capului, mi-am amintit brusc de cărțile pe care le citea.

Mi-am amintit de fiecare scenă pe care o subliniase și am știut fără s-o mai întreb de ce anume avea nevoie.

— Arată-mi că-ți dorești asta! i-am cerut, pe un ton jos și ferm.

Buzele i s-au întredeschis. Pieptul îi urca și îi cobora, dar nu și-a luat privirea de la mine și mi-a tras pantalonii cu mai multă forță. De data asta, mi-au alunecat peste fund, până la genunchi. Fără nicio ezitare, mi-a apucat chiloții și a făcut același lucru.

Se făcuse deja rece și, de parcă și-ar fi dat seama de disconfortul meu, m-a cuprins cu palma, imediat ce chiloții mei au ajuns în dreptul genunchilor. Am șuierat slab când m-a atins și s-a uitat îngrijorată la mine.

Apoi, fără să-i mai dau vreo indicație, și-a luat mâna de pe mine, și-a lins palma și fiecare deget în parte și m-a atins cu mâna umedă.

— Așa, da? m-a întrebat.

Ochii mi s-au dus în fudul capului și genunchii mi s-au înmuiat când i-am simțit pumnul strâns în jurul meu.

— Da! am suspinat. Acum joacă-te cu mine! Excită-mă!

S-a încruntat și m-a întrebat:

— Cum fac asta?

— Fă ce ți se pare firesc și urmărește-mi reacția, am răspuns și mi-am umezit buzele. Îți place atât de mult să studiezi, Kitten. De data asta... studiază-mă pe mine!

Cu ochi plini de dorință, și-a petrecut degetul peste lichidul adunat în vârf și a început să facă cerculețe mici. Mi-am mușcat buzele când am simțit cum coboară spre bază, după care și-a lăsat mâna mai liberă și s-a întors spre vârf. Apoi a repetat mișcarea.

— Exact! am lăudat-o eu.

Așa cum mă așteptam, Giana radia de mândrie.

Cu mai puțină stângăcie și mai multă încredere, și-a trecut din nou mâna peste mine, de sus în jos și a început să mă apese în locurile potrivite.

M-am împins în ea.

— Îmi place să te văd așa, i-am spus, cu un glas răgușit. În genunchi, în fața mea.

I-au tremurat pleoapele ușor, a înghițit în sec și s-a agitat un pic pe loc, dar a continuat să mă atingă.

— Și pe tine te excită, nu? am întrebat-o.

A clipit des și m-a privit.

— Da.

Destăinuirea ei mi-a pus un zâmbet pe față.

— Atinge-te! i-am poruncit. Arată-mi cât de udă ești!

Giana și-a prins buza de jos între dinți și a continuat să mă frece cu o mână, iar pe cealaltă și-a strecurat-o între picioare. Și-a depărtat genunchii și mai mult și mi-am dat seama de momentul în care s-a atins, fiindcă i s-a oprit răsuflarea și a rămas o clipă cu gura căscată.

— Vreau să văd.

Și-a ridicat încet mâna și a făcut ochii mari când a văzut cât de lucioase îi erau degetele, după care mi le-a oferit mie.

— Ce fată bună!

Giana s-a înfiorat, întețindu-și strânsoarea sub efectul vorbelor mele, exact cum mi-am dorit. I-am zâmbit și m-am apropiat de ea până când am lipit-o cu spatele de peretele domului. Nu avea de ales decât să se uite la locul de care mă ținea.

— Scoate limba!

Șovăind, a slăbit strânsoarea și a făcut ce i-am spus. Când și-a ridicat ochii spre mine, am tras o înjurătură. Giana își ținea genunchii depărtaţi şi gura deschisă, cu limba scoasă. Răsufla cu greu, aşteptându-mi următoarea mişcare.

— Aşa cum am vorbit la prima lecţie, fiecare tip e diferit, i-am spus şi mi-am înfăşurat mâna în jurul penisului, apoi mi l-am apropiat de gura ei. În seara asta o să experimentezi până când o să-ţi dai seama ce îmi place *mie*.

Mi-am plimbat vârful pe limba ei şi am gemut.

— O să te ghidez, i-am promis când i-am observat îngrijorarea întipărită pe chip, la gândul că avea să decidă de una singură.

După care i-am dat drumul și mi-am ținut mâinile de o parte și de alta a corpului, în timp ce Giana continua să se holbeze.

Am urmărit uimit cum punea stăpânire pe ea deja bine-cunoscuta hotărâre; s-a ridicat pe genunchi, mi-a apucat penisul și l-a apropiat de gură. După ce și-a umezit buzele, mi-a atins vârful cu ele, le-a întredeschis lent și m-a supt.

— Fiiir-ar! am zis și am închis ochii.

M-am împins mai mult, fără să vreau. Giana a deschis gura și a înghițit mai mult decât vârful, după care și-a răsucit limba de jur împrejurul meu și mi-a dat drumul.

M-am uitat la ea, abia reușind să-mi țin ochii deschiși, iar ea mi-a susținut privirea. Apoi a deschis din nou gura și m-a luat și mai adânc.

— Bravo! i-am șoptit și am mângâiat-o pe păr.

Am ținut-o de cap, am tras-o înapoi până aproape de vârf, după care am ghidat-o înapoi, cu grijă.

— Exact așa!

S-a luminat la față și a continuat mișcările de una singură, preluând controlul de îndată ce i-am dat drumul. Gura ei caldă și umedă reușea să înghită din ce în ce mai mult și, cu fiecare bucățică acoperită, mă făcea să-mi încovoi degetele de la picioare. A închis ochii, dar am pocnit din degete și i-a deschis iar.

— Ochii la mine! i-am spus.

Inima mea a luat-o la galop când m-am gândit la ce aveam de gând să-i spun mai departe, la ce credeam că i-ar fi plăcut să audă. Dacă mă înșelam, o dădeam rău de tot în bară.

Însă eram sigur că aveam dreptate.

Așa că i-am spus, privind-o direct în ochi:

— Uită-te la mine când faci asta!

I-am simțit geamătul în jurul penisului. A clipit de câteva ori, după care a deschis ochii larg și i-a ațintit în ai mei. Erau și mai plini de dorință când m-a luat din nou. De data asta, m-a supt atât de mult, încât s-a înecat un pic.

Cu obrajii roșii de jenă, s-a retras și a tușit.

— Nu-i nimic! am asigurat-o, mângâindu-i buclele. Trebuie doar să tragi aer în piept. Să inspiri și să expiri pe nas, iar când simți că te îneci, atunci să-ți ții răsuflarea.

A încuviințat și mi-a privit penisul, apoi l-a apucat și l-a băgat iar în gură, după care și-a ridicat ochii la mine. Valuri de plăcere m-au cutremurat în timp ce urmăream cum mă sugea din ce în ce mai adânc, până când i-am atins din nou fundul gâtlejului. I-au dat lacrimile, și-a ținut respirația cât m-am opintit de două ori, după care s-a înecat iar.

— A naibii de sexy! am gemut când mi-a dat drumul și din gură i s-a prelins puțină salivă.

— Este?

Am dat din cap că da și am tras-o din nou spre mine.

— Încă o dată!

S-a așezat mai bine pe genunchi și m-a luat din nou în gură. De data asta, m-a umplut de salivă de trei ori înainte să mă împingă înăuntru cât de mult a putut. Și-a ținut răsuflarea, cu ochii plini de lacrimi și, într-un târziu, s-a înecat și mi-a dat drumul.

— La naiba, Giana! am lăudat-o și i-am atins cu vârful degetului buza de jos plină de salivă. Ești o fată a naibii de bună!

Din nou, presupunerea mea s-a dovedit a fi adevărată, pentru că ea m-a recompensat imediat cu o privire încărcată de dorință. A deschis gura, apoi mi-a supt degetul și l-a încercuit cu limba. Am icnit și scula mi-a zvâcnit de invidie.

— Acum, folosește-ți și gura, și mâna, am sfătuit-o, ghidând-o înapoi la mine. Potrivește-le, mișcă-le în același ritm și ia-mă cât de adânc poți. Găsește singură ritmul potrivit, am spus și am făcut o pauză. Fă-mă să termin!

A lăsat să-i scape un geamăt slab și m-a ascultat. M-a cuprins mai întâi cu mâna, apoi cu gura. Am ajutat-o la început, spunându-i când să încetinească sau unde să apese mai mult, dar în scurt timp, n-am mai fost în stare să scot nicio vorbă. Amețit de senzații, cu furnicături pe toată pielea, mă apropiam din ce în ce mai mult de orgasm.

— Da, Kitten! Fir-ar, exact așa! am exclamat, apoi am mișcat din șolduri, intrând și mai mult în gura ei.

Mă freca și mă lua în gură în același timp, fără să-și dezlipească ochii de mine. Și-a trecut limba pe toată lungimea penisului meu și m-a făcut să văd stele verzi. Îmi doream să intru și mai mult.

— Sunt aproape, am îngăimat, copleșit de senzațiile pe care mi le provoca. Poți să mă scoți când sunt pe punctul să termin sau poți să mă iei în gură și să înghiți.

A gemut și a iuțit ritmul. Habar n-aveam ce alegere făcuse. Așa că nu m-am mai stăpânit, am renunțat să-i mai dau instrucțiuni și m-am bucurat de mâna ei alunecoasă, apoi de gura ei umedă. Mă freca din ce în ce mai repede. Fierbințeala îmi urca pe șira spinării.

Aveam nevoie de mai mult. Am prins-o cu grijă pe după ceafă și am ghidat-o să mă ia mai adânc și mai repede. Am strâns din ochi când ea a găsit și mișcarea, și ritmul potrivite să mă aducă la orgasm.

— Termin acum, am apucat să-i spun printre dinții încleștați.

M-am așteptat să se retragă. M-am așteptat să mi-o frec singur la sfârșit și să-mi dau drumul pe jos. În schimb, Giana a păstrat ritmul.

Și, spre surprinderea mea, m-a tras și mai adânc.

— La dracu'! am exclamat, apoi am înțepenit.

Am terminat în gâtlejul ei, iar orgasmul a fost și mai intens când ea s-a înecat puțin. Nu s-a oprit și m-a supt până la ultima picătură. M-am cutremurat și mi-am încleștat mâinile în părul ei.

Am încercat să nu fac gălăgie, știind că ghidul care ne lăsase să intrăm încă era în ghereta lui și ar fi putut oricând să dea de noi. Gândul că ea îmi făcea sex oral și am fi putut fi surprinși făcea întreaga situație și mai incitantă. Cu un mormăit înăbușit, am terminat și ultima picătură în gura Gianei.

Ea și-a continuat mișcările și am tresărit. Am împins-o ușor în spate și am oprit-o, cu răsuflarea întretăiată.

— Sunt sensibil după aceea, i-am spus și mi-a dat drumul cu blândețe, dar nu înainte să se uite în ochii mei și să înghită.

Apoi mi-a depus un sărut scurt, abia simțit, direct acolo, după care a zâmbit:

— Cum m-am descurcat?

Am râs pe înfundate, în timp ce m-a trecut încă un fior. M-am dat înapoi ca să-mi trag la loc chiloții și pantalonii.

— Cred că știi deja răspunsul la întrebarea asta.

S-a înroșit, zâmbind și mai larg.

— Dar ai vrea s-o auzi, nu? am adăugat și m-am lăsat pe vine, la același nivel cu ea.

Ochii i s-au mărit și zâmbetul i-a dispărut de pe chip când a văzut că mă apropii.

— Vrei să-ți spun cât de bine m-ai făcut să mă simt, cât de sexy a fost să te văd în genunchi în fața mea, să te privesc când ți-o băgam în gură?

I-am apucat fața între mâini și i-am înclinat bărbia în sus, apoi i-am prins buzele într-un sărut fierbinte și posesiv.

— Mi-ai înghițit sperma, i-am reamintit, mușcându-i buza de jos și înghițindu-i scâncetul slab. Și vrei să știi dacă mi-a plăcut la fel de mult pe cât ți-a plăcut ție?

— Da, a murmurat ea.

Respira sacadat în timp ce presăram sărutări pe gâtul ei. Deja îi desfăceam bluza și o rezemam cu spatele de zidul Observatorului.

— Lasă-mă să-ți arăt! i-am spus în șoaptă, la ureche.

Mi-am croit drum în jos, cu săruturi, gata să mă înfrupt din ea.

***

Giana

Bătăile inimii mele s-au iuțit când Clay m-a apăsat cu spatele de metalul rece al Observatorului. Mi-a presărat sărutări fierbinți pe tot corpul și m-am înfiorat sub el. Încă respiram anevoie după sexul oral pe care i-l făcusem. O senzație de putere îmi mătura corpul, la gândul că eu eram cea care îl făcea să-și piardă capul.

S-a oprit deasupra buricului și a depus sărutări pe fiecare coastă în timp ce îmi desfăcea nasturii, apoi mi-a scos bluza din fustă. Sânii micuți mi s-au umflat când a tras de bluză și mi-a dezvelit sutienul. A murmurat ceva aprobator în timp ce îmi mângâia sânii. Mi-a stârnit fiori pe tot corpul.

— La fel ca data trecută, o să fie nevoie să-mi spui ce îți place, mi-a șoptit cu gura lipită de pielea mea, sărutându-mă un pic mai sus de buric și vârându-și un deget sub sutien.

Mi-a atins sfârcul și m-a lins pe burtă. M-am cutremurat, cu pumnii strânși de o parte și de alta a corpului.

— Și ce nu-ți place, a continuat el.

Am consimțit, deși abia îl auzeam peste bătăile inimii mele. Îl urmăream, cu un amestec de teamă și incitare, cum coboară și îmi ridică fusta. S-a oprit la chiloții de dantelă de dedesubt.

M-a pironit cu privirea, apoi și-a trecut un deget peste mijlocul materialului, cu o mișcare ușoară, de amăgire.

— Clay! am țipat, după care mi-am dat capul pe spate și am strâns din ochi.

— La naiba, Kitten! a exclamat, jucându-se cu marginea chiloților mei. Ți-a plăcut ce am făcut mai devreme, nu? Să stai în genunchi în fața mea. Ești udă toată.

Și-a umezit un deget și am simțit cum un val de căldură îmi urcă pe gât, dar mi-am desfăcut și mai mult picioarele. Eram și rușinată, și ațâțată. M-am lăsat în voia celei de-a doua senzații.

— Da, am recunoscut.

— Ce ți-a plăcut? m-a îmboldit, trecându-și degetul peste materialul chiloților.

Dantela aspră s-a lipit de pielea mea sensibilă, într-o mișcare de frecare care mă făcea să mă zvârcolesc de dorință.

— Ți-a plăcut ce gust am avut și cum te-ai înecat cu mine în gură?

— Da, am spus dintr-o suflare și am strâns din dinți. Și mi-a plăcut cum am reușit să te fac să termini.

— Am terminat datorită ție, mi-a confirmat el.

La auzul vorbelor lui, sfârcurile mi s-au întărit și m-am însuflețit, plină de mândrie și putere.

Clay a coborât și mai mult și s-a întins pe burtă, cu coatele sub picioarele mele. N-am avut de ales, mi-am așezat coapsele peste umerii lui și mi-am apropiat genunchii, dându-mi brusc seama că în poziția aceea sexul meu era fix în fața lui.

— Nu, a spus el și m-a oprit.

Mi-a atins ușor genunchii de câteva ori, până când i-am depărtat din nou.

— Vreau să te văd, Kitten, m-a liniștit el. Vreau să te gust.

Printre buze mi-a scăpat un oftat slab, iar el și-a trecut limba peste dantelă. Mi-a udat chiloții acolo unde nu reușisem de una singură și mi-a frecat dantela de clitoris.

— Ah, Doamne! am exclamat și mi-am dat iar capul pe spate.

Mâinile mi-au țâșnit instinctiv spre părul lui, dar mi le-am tras la loc.

— Haide, fă-o! a zis, apoi mi-a apucat o mână și a înfipt-o în părul lui. Arată-mi unde!

Mi-am prins degetele în șuvițele lui fine de păr și Clay și-a coborât iar gura asupra mea, lingând-mă de la marginea chiloților până la mugurele deja excitat. L-am ținut nemișcat. A rânjit când mi-am împins șoldurile spre el, abia pe urmă și-a trecut limba peste dantelă.

Am gemut și mi-am ridicat șoldurile spre el, dornică de mai mult.

— Aici? m-a întrebat în timp ce limba lui se juca cu mugurele meu.

Am încuviințat din cap și mi-am mușcat buza de jos.

— Hai să scăpăm de ăștia, că ne stau în drum, da?

Clay s-a așezat pe coate pentru a-mi trage chiloții. Mi-am ridicat șoldurile și l-am ajutat să-i scoată, trăgându-mi câte un picior pe rând.

S-a oprit în dreptul gleznelor, și-a plimbat mâna peste ciorapii mei până la genunchi și pe urmă și-a strecurat un deget într-unul.

— Ciorapii ăștia mă scot din minți, mi-a zis cu o voce răgușită.

Și-a plimbat lent mâinile până unde îmi doream să le simt și a continuat:

— De fiecare dată când îi porți, nu mă gândesc decât în câte feluri ți i-aș putea scoate.

Știam că nu vorbește serios. Știam că îmi vorbește porcos numai ca să îmi urmărească reacțiile. Și totuși, m-am aprins ca și cum ar fi fost purul adevăr, ca și cum chiar aș fi putut fi îndeajuns de sexy ca să-l fac pe un tip precum Clay Johnson să-și piardă capul.

Și-a reluat locul între coapsele mele și a scos un geamăt când mi-a văzut picioarele desfăcute în fața lui.

— La naiba! a exclamat, răsuflând cu greu. Cât este de frumoasă!

Și-a trecut degetul peste tot, peste faldurile mele și pe întreaga zonă sensibilă. Am tremurat la atingerile lui. În cele din urmă, m-a apucat de coapse și m-a tras spre el.

M-a privit în ochi și și-a aplecat gura.

Prima senzație lăsată de gura lui fierbinte, care m-a atins fără să fie nimic între noi, m-a străbătut ca un curent electric. Nu mai eram în stare să-mi păstrez cumpătul când el a început să sugă și să lingă. Mi s-au înmuiat genunchii. Am scăpat un amestec de înjurătură și geamăt, ca o rugăciune rostită cu voce firavă. Clay a zâmbit lipit de pielea mea sensibilă și mi-a sărutat ușor clitorisul.

— Spune-mi ce-ți place! mi-a reamintit și m-a strâns de coapse, apoi și-a plecat din nou gura asupra mea.

Tot corpul mi s-a aprins în timp ce îl urmăream cum își mișca agale capul. Îi simțeam limba alunecoasă peste tot. Și-a trecut-o peste despicătura mea, după care și-a încordat-o, mișcând-o rapid. Trasa cercuri și linii cu ea, sugea și mă lingea, iar eu îi simțeam gemetele pe pielea mea precum vibrațiile unui vibrator pus la locul potrivit.

Nu eram în stare să-i *spun* nimic. În schimb, mi-am trecut mâinile prin părul lui, strângând mai tare ori de câte ori dădea atenție clitorisului.

— Hmmm! a mormăit cu gura lipită de el.

Am simțit cum mă cutremur, din ce în ce mai aproape de orgasm, cu fiecare atingere a limbii lui.

— Ce zici de asta? m-a întrebat.

Și-a lăsat greutatea pe un cot, apoi și-a urcat mâna liberă spre sânii mei. După ce și-a răsfirat-o între ei, mi-a tras sutienul în sus și mi-a cuprins un sân cu toată palma.

M-am arcuit spre el, gâfâind. Senzația stârnită rivaliza cu cea a limbii sale fierbinte între coapsele mele. Mi-a masat sânul și m-a lins în același timp, după care mi-a supt clitorisul și m-a ciupit ușor de sfârc.

— Clay!

Dintr-un motiv inexplicabil, i-am strigat numele. Nu știam ce voiam. Nu știam dacă îmi doream să se oprească, sau dacă voiam mai mult. M-am zvârcolit sub el, dar Clay mi-a ținut coapsele cât mai nemișcate, năpustindu-se în continuare asupra sexului meu și frământându-mi sânii pe rând cu cealaltă mână.

Mișcările lui mai aveau puțin și mă aduceau aproape de extaz, dar lipsea *ceva*.

— Mai mult! am gâfâit eu. Am nevoie de mai mult!

— Mai mult, a repetat Clay și și-a coborât mâna de la sâni, înapoi spre coapse.

Mi-a susținut privirea și mâna i-a dispărut sub mine, până când am simțit cum un deget apasă pe despicătura mea.

— Aici?

— Da! l-am implorat.

Cu un zâmbet drăcesc, Clay și-a băgat brusc degetul în mine, până la capăt. Am țipat, dar în secunda următoare și-a lipit gura de clitorisul meu și a început iar să sugă și să mă lingă, în timp ce își mișca degetul înainte și înapoi.

Apoi și-a îndoit încheietura pentru a-și încovoia degetul înăuntrul meu. Pe când tremuram și mă zvârcoleam, a mai băgat un deget.

Era tot ce-mi doream. Mă simțeam plină. Degetele lui mă pătrundeau mai mult și limba lui mă apăsa exact atât cât trebuia și unde trebuia. Pe deasupra, felul în care arăta el, cu fața îngropată între picioarele mele, nu-mi permitea să mai rezist mult.

— Freacă-ți sânii pentru mine, Kitten! a spus el, cu respirația răcoritoare pe pielea mea umedă și fierbinte. Atinge-te odată cu mine. Haide! Termină acum, pentru mine!

Nu aveam de ales, m-am supus. Mi-am atins sfârcurile întărite, apoi am scâncit, am gemut și m-am zvârcolit, iar șoldurile mi s-au ridicat spre gura lui. Mi-a răspuns cu și mai multă presiune. Sunetele pe care le scotea când mă sugea și își mișca degetul m-au adus pe culme.

Orgasmul m-a răvășit, măturându-mi tot corpul. Simțeam că mă topesc. Valurile de plăcere mi-au străbătut șira spinării, până în vârful degetelor de la picioare, pe care le-am încovoiat, tremurând. Clay s-a străduit să mă pironească în loc. Limba și degetele lui s-au mișcat neîncetat în mine, până când a dispărut și ultimul fior al orgasmului.

După care m-am prăbușit.

Am amorțit complet. Respiram haotic, iar inima-mi bătea ca nebuna în piept. Clay zâmbea cu gura lipită de mine. Mi-a sărutat mugurul, dar acesta era așa de sensibil, că m-am cutremurat la atingere. A continuat să-mi depună săruturi pe corp, apoi s-a așezat lângă mine.

După aceea, m-a luat în brațe.

Mi se părea că sunt minusculă, cuibărită în brațele lui Clay. Sexul meu continua să pulseze când m-am întors și m-am ghemuit în el.

— S-a terminat lecția, mi-a șoptit și m-a sărutat pe păr.

— Te pricepi al naibii de bine la asta.

A pufnit în hohote:

— Și tu.

— Pe bune? l-am întrebat și m-am ridicat să mă uit la el. M-am descurcat bine?

Zâmbetul i-a dispărut și m-a privit îndeaproape, apoi mi-a aranjat o șuviță rebelă pe după ureche.

— Ai fost nemaipomenită.

— Ar trebui să învăț cum s-o iau și mai adânc? Și cum să-mi controlez pornirea de a vomita?

— Dumnezeule, Kitten! Încerci să mă exciți din nou?

— Sunt chiar uimită că am reușit să te cuprind cu gura, dacă vrei să știi, am zis, râzând.

— Bine, serios acum. E cazul să te oprești din vorbit.

Și-a aranjat erecția deja vizibilă prin pantalonii de trening, iar eu m-am înroșit toată și m-am lipit de pieptul lui.

— Îți mulțumesc că mi-ai arătat toate astea.

Simțeam o strângere de inimă, ca și cum tot ce-mi făcea el m-ar fi durut, dintr-un motiv oarecare. Îi eram recunoscătoare că îmi arăta toate astea. Asta îl și rugasem.

Dar se pricepea așa de bine să se prefacă, încât uneori...

Nu mi-am dus gândul până la capăt. Mi-am ținut gura închisă, am strâns din ochi și mi-am trimis neliniștile la plimbare.

— Eu îți mulțumesc că ai avut încredere în mine, mi-a zis, înghițind un nod. Și că m-ai ajutat să-mi alung grijile.

L-am privit printre gene.

— Sunt aici oricând ai nevoie, i-am promis.

Nu mă refeream doar la perioada întâlnirilor noastre false, sau la momentele în care ne dădeam în spectacol pentru Shawn, Maliyah sau oricine altcineva se uita la noi. Ci și după toate astea... Indiferent cum aveau să arate atunci lucrurile.

După ce aveam să punem punct relației noastre false, el și Maliyah aveau să se împace, iar eu...

Din nou mi-a trecut prin cap același gând și l-am alungat. Când m-am desprins de el și m-am ridicat, am lăsat să-mi scape un sunet ciudat. Mi-am luat chiloții de lângă picioarele lui.

— Avem nevoie de mâncare, am spus în timp ce îmi trăgeam chiloții pe mine, fără să-l privesc. Și probabil de un duș.

Clay a râs în barbă și s-a ridicat încet de pe jos. Vedeam că era în continuare excitat, îl dădea de gol umflătura din pantaloni. Mi-a observat privirea, dar o expresie tristă i-a străbătut numaidecât chipul, punând din nou stăpânire pe el.

Nu știam despre ce era vorba, nu știam ce se petrecuse în seara asta și nici de ce arăta așa de amărât. Ceea ce făcusem eu pentru a-i lua povara de pe umeri fusese doar o soluție temporară. L-am urmărit cum devine iar rece și își recapătă aerul pierdut.

— Cred că o să mă întorc la cămin, mi-a spus. Să dorm un pic.

L-am aprobat, încercând să-mi ascund dezamăgirea.

— Bine.

— Ești bine?

Am înghițit în sec, apoi i-am făcut semn că e în regulă și i-am zâmbit cu toată gura.

— Perfect!

Clay s-a încruntat, ca și cum nu știa dacă să mă creadă sau nu. Zâmbetul începea să-mi piară de pe buze, așa că m-am întors, mi-am luat geanta de pe jos și mi-am petrecut-o peste umăr.

M-am îndreptat spre scări, cu Clay în urma mea. După ce am ieșit din clădire, ne-am oprit la o răscruce. O stradă ducea la camera lui de cămin, cealaltă, la mine acasă.

— Lasă-mă să te conduc acasă! a zis el.

— Nu, mă duc să-mi iau ceva de mâncare. Poate mă opresc puțin pe la cafenea să-l văd pe Shawn cum cântă.

Era o minciună sfruntată. M-am forțat să ascund adevărul cu un zâmbet larg, de parcă să-l văd pe Shawn Stetson ar fi fost tot ce îmi doream pe lumea asta.

Adevărul însă era mult mai întunecos, straniu și îngrozitor.

Fugeam din calea unui sentiment care își cerea drepturile, a unui monstru cu dinți puternici și gheare ascuțite, care m-ar fi putut ucide, dacă-l lăsam să mă prindă.

Fără să i se întrevadă vreo emoție pe chip, Clay m-a întrebat:

— Cântă în seara asta?

— Mda. M-a anunțat când ne-am întâlnit întâmplător la meci.

— Am înțeles!

Am dat afirmativ din cap și mi-am rearanjat geanta pe umăr.

— Să-mi spui cum merge! a zis Clay, într-un târziu.

— Așa o să fac! i-am promis.

Mi-am luat cel mai ciudat rămas-bun. I-am arătat semnul păcii cu degetele și m-am ușchit de lângă el, cu amintirea limbii lui între coapsele mele întipărite pentru totdeauna în minte.

Capitolul optsprezece

Clay

Am evitat-o pe Giana toată săptămâna. Mă simțeam de parcă mi-aș fi refuzat plăcerea de a mă scufunda într-un izvor cu apă proaspătă și rece într-o zi toridă de vară. De parcă mă abțineam să beau apă, deși muream de sete. Dar am fost nevoit s-o fac.

Eram mult prea implicat în relația noastră falsă.

Cu aproape o săptămână în urmă, Giana mă dusese la Observator ca să mă ajute să uit de problemele cu mama, fără să știe de fapt ce i se întâmplase. Fusese suficient de ageră ca să nu insiste să-i dau detalii, când îi spusesem că nu puteam să vorbesc despre asta. Și îi păsase îndeajuns de mult de mine ca să nu mă lase singur, când eu o tratam cu răceală.

Știuse, fără să-i spun eu nimic, că aveam nevoie de ceva.

Știuse de ce *anume* aveam nevoie.

Și mă lăsase să mă pierd în ea.

De o săptămână întreagă mă bântuiau evenimentele din seara aceea: felul în care îmi pierdusem controlul datorită ei, felul în care și-l pierduse ea datorită mie. Totul avusese loc sub pretextul unei lecții, dar dacă eram sincer cu mine, nu o consideram deloc o lecție.

O voiam pe Giana.

O voiam așa de tare, că simțeam o gaură în piept ori de câte ori nu eram lângă ea.

Nu mă mai gândeam deloc la Maliyah, probabil că nu o mai făcusem de ceva vreme. Nu știam exact când îmi dispăruseră sentimentele față de fosta mea iubită, când începusem să mă concentrez asupra altcuiva, dar eram sigur că avusese loc o schimbare nemaipomenită. Acum știam că, atunci când o atingeam pe Giana, nu-mi păsa câtuși de puțin dacă ne urmărea cineva, pentru a-i raporta fostei mele iubite.

O atingeam pe Giana fiindcă voiam s-o ating, s-o țin în brațe, să-i simt gustul.

Numai că *ea* nu-și dorea asta.

Așa că toată săptămâna mă privasem de atenția venită din partea Gianei. Speram că o să-mi intre bine în cap faptul că ea tânjea după un alt bărbat, iar eu nu eram decât fraierul care fusese de acord s-o învețe cum să-l cucerească.

Nu, mai rău de atât, eram cel căruia îi venise *ideea* asta tâmpită.

În mine se purta o luptă acerbă între frustrare și recunoștință, indiferent cât de mult încercam să-mi potolesc cele două sentimente la sala de forță sau pe teren. Mă chinuiam, analizând fiecare moment petrecut împreună cu Giana și întrebându-mă cum naiba îmi luase așa de mult timp să-mi dau seama ce simt.

Și nu știam ce sentiment e mai copleșitor.

Simțeam furie față de mine, față de ea, față de Shawn și de Maliyah. Mă scotea din minți toată situația, simplul *gând* că Shawn ar fi putut vreodată s-o atingă la fel ca mine.

Și totuși, dacă doar așa puteam să fiu împreună cu ea... Eram recunoscător și pentru atât.

Eram dispus să profit de orice ocazie ivită, de orice sărut fals, de orice *lecție* pe care m-ar fi lăsat să i-o predau. Eram în stare să fac orice, chiar și s-o las să mă părăsească, dacă reușeam totuși să mă bucur de ea acum.

Eram nebun.

Un nebun care nu se putea retrage dintr-un joc pe care știa că o să-l piardă.

Toată săptămâna îmi trecuseră prin cap diferențele dintre Giana și Maliyah, ca o prezentare în Power Point. Nu m-am putut abține să le compar. Una era blândă, alta ca un tăiș de lamă. Maliyah se bucura când reușea să mă manipuleze, să mă facă să-mi văd de lungul nasului, amintindu-mi cât de norocos eram să fiu iubitul ei și cât de ușor aș fi putut-o pierde, așa cum se și întâmplase, de altfel. La început, îmi plăcuseră încrederea ei în sine și toate jocurile. Erau incitante, ca o vânătoare.

Giana era opusul ei.

Și-a dat seama înaintea mea că am o problemă: dădeam totul pentru ceilalți, în loc să am grijă și de mine. Le permiteam lui Maliyah și alor mei să mă calce în picioare, fiindcă așa se așteptau cu toții de la mine. Giana îmi reamintea cu fiecare ocazie că merit totul, că sunt un om bun și că o să ajung undeva în viață.

În timp ce îmi aranjam cravata în oglinda murdară din camera de cămin, stomacul mi s-a strâns de neliniște la gândul că nu aveam cum s-o evit în seara aceea. Îmi fusese îndeajuns de greu să-i evit mesajele în timpul săptămânii, spunându-i că eram ocupat. Să nu mă uit de fiecare dată după ea, pe teren și la cantină. Să-mi aranjez orarul ca să nu fiu în același loc cu ea prea mult timp.

În seara asta însă era licitația echipei de fotbal.

Era evenimentul *ei*.

Știam că o să fie covârșitor s-o văd, să fiu lângă ea, să stau în aceeași *cameră* cu ea.

Avea să mă omoare evenimentul ăsta.

Și totuși, eram nerăbdător.

Dorința mea era ceva toxic și periculos. Nu mai deosebeam binele de rău. M-am întors și m-am examinat din toate părțile, netezindu-mi smochingul negru pe care-l închiriasem pentru o seară. Arătam la fel de praf ca atunci când o lăsasem pe Giana în dreptul Observatorului. Am stins lumina, le-am spus colegilor de cameră că ne vedem la stadion și am ieșit.

Simțeam nevoia să merg singur.

Am străbătut campusul în care deja poposise toamna, ignorând privirile fetelor pe lângă care treceam. Cu mâinile în buzunare, ascultam cum sufla vântul printre copaci și urmăream cum tot mai multe frunze frumos colorate cădeau la pământ.

M-aș fi mințit pe mine însumi dacă n-aș fi recunoscut că situația maică-mii îmi sporea neliniștile. Deși vorbeam cu ea în fiecare seară, nu se schimbase nimic. Pierdea vremea cu băutura sau făcând Dumnezeu știe ce, fiindcă atunci când vorbeam cu ea, abia reușea să spună ceva. Ba i se împleticea limba, ba plângea în hohote.

Pentru prima oară în viață, am recunoscut nu doar că aveam nevoie de ajutor.

Ci și faptul că eram dispus să-l cer.

Cu toate astea, am simțit că-mi ia pieptul foc când am scos telefonul din buzunar și am răsfoit lista de contacte. Am apăsat pe numele lui taică-miu înainte să mă răzgândesc, apoi m-am oprit pe o bancă de lângă fântâna arteziană din campus.

— Salut, băiete! a zis el.

Mi s-a strâns inima când i-am auzit vocea profundă, atât de familiară.

— Mă bucur să te aud! Ești pregătit pentru meciul de mâine?

M-am oprit, luat pe nepregătite de entuziasmul lui, de cât de liniștit era. Așa fusese de când o părăsise pe mama.

Și pe mine.

După încheierea divorțului, l-a întâmpinat o viață nouă, din care nu mai eram sigur că făceam parte. Taică-miu avea un birou mare în Atlanta, o casă imensă în suburbii, cu o peluză impecabilă, o soție și copii perfecți.

Nu mai știa nimic despre mine, absolut nimic.

— Providence e o echipă puternică, a continuat el când eu nu i-am răspuns, luându-mi tăcerea drept emoții înainte de meci. Sunt rapizi și abili în ofensivă. Dar tu ești o bestie dezlănțuită. O să le dai de furcă. Rămâi agresiv și nu lenevi în partea a doua — atunci izbutesc ei să atace cel mai rău.

— Nu de meci îmi fac griji, am spus, într-un târziu.

— Bun. Nici n-ai de ce. Ești...

— Mama are nevoie de ajutor.

M-a luat prin surprindere gravitatea propriului ton și vocea egală, sigură cu care-i vorbisem. Pe tata, de asemenea, fiindcă a amuțit. După o pauză lungă, a tușit și și-a dres vocea.

— Mama ta nu mai e problema mea.

— Mda, știu. I-ai părăsit pe ea și pe primul tău fiu, cu mulți ani în urmă.

— Clay! m-a avertizat el, ca și cum aș fi fost obraznic.

Am făcut o pauză când i-am auzit glasul jos, ca un mârâit. Am simțit cum mi se ridică părul pe ceafă, ca de fiecare dată când încercam ceva riscant, cum ar fi fost, de exemplu, o schemă nouă pe teren.

— Ăsta-i adevărul și îl știi și tu. Și mai știi ceva? Nu-i nicio problemă. Pe bune! Am mers mai departe fără tine. Amândoi.

— Fără mine? mi-a tăiat-o el. Cine crezi că a ajutat cu plata taxelor de studii, ca să ajungi la un colegiu în Boston? Cine ți-a luat laptopul și te-a ajutat cu mutarea?

— Și cine nu mă sună decât după meci? Cine n-are nimic altceva de vorbit cu mine, în afară de fotbal? Cine știe absolut totul despre frații mei vitregi și absolut nimic despre mine?

— Nu fi ridicol. Știu...

— Spune un *singur* lucru pe care îl știi despre mine, în afară de poziția mea pe teren. Unul singur. Aștept.

Scoteam fum pe nări, așa că mi-am pus frâu la limbă. Voiam să păstrez tăcerea, ca să înțeleagă ce-i spuneam. Și știam că și-a dat seama. Știam, fiindcă n-a mai scos nicio vorbă.

— Nu-ți port pică, am spus, într-un târziu, mai calm. Te iubesc. Te înțeleg. Știu că mama poate fi... Copleșitoare uneori. Și știu că n-a fost femeia potrivită pentru tine. Dar, tată, acum are nevoie de ajutor și nu pot s-o ajut de unul singur.

A oftat.

— Lasă-mă să ghicesc! Tipul pe care l-a vrăjit săptămâna asta a părăsit-o și acum e la pământ, a comentat el.

— Au fost împreună câteva luni bune. Dar, da, a părăsit-o. El a avut grijă de ea, așa că acum mama s-a trezit fără serviciu și supraviețuiește doar cu câțiva bani pe care reușesc să-i trimit eu acasă.

— Păi, și a cui e vina? Și-a făcut-o cu mâna ei.

Am clătinat din cap, nevenindu-mi să cred.

— Tată, nu a avut de unde să știe că așa o să fie toată viața ei. *Tu* ar fi trebuit să ai grijă de ea. Știai când ai cunoscut-o că nu-și terminase nici măcar liceul. Că nu voia să aibă vreodată o carieră. Nu-și dorea decât o familie.

Am făcut o pauză scurtă, apoi am adăugat:

— Te-a vrut pe *tine*.

— Ea n-a vrut decât să mă manipuleze. Să mă controleze și să mă umilească, până când m-am pierdut cu totul! a țipat tata la mine. Ceva ce ți-e foarte familiar, doar ai fost iubitul lui Maliyah.

Am strâns din dinți.

— Nu vorbi despre ea ca și cum ai cunoaște-o.

— Poate că n-am fost acolo ca să văd cu ochii mei, dar o cunosc bine pe fata aia. Îi cunosc tatăl. Și știu îndeajuns de multe cât să-mi dau seama că ești băiatul mamei, din cap până-n picioare, fiindcă pe ea o căutai și în fata cu care ai fi vrut să te însori.

A bombănit și a adăugat:

— Slavă Domnului că ai scăpat la mustață!

Cuvintele lui m-au rănit, nu pentru că el mă insulta, ci pentru că era un sâmbure de adevăr în ele, pe care refuzasem să-l recunosc.

— Măcar Maliyah are un tată care este prezent în viața ei, i-am întors-o. Chiar și în viața mea. Știai că a zburat de-a lungul țării ca să mă vadă jucând? A fost aici la ultimul meci jucat acasă. Ghici cine nu poate spune că a făcut la fel?

Iar scoteam fum pe nări. Am ignorat partea aia a creierului care îmi șoptea că, de fapt, tatăl ei nu venise pentru mine. Venise s-o vadă pe Maliyah și se întâmplase să mă aflu și eu în același loc.

Nu era cazul ca taică-miu să știe detaliile.

— Mi-aș dori să semeni mai mult cu Cory, i-am spus, aproape șoptit.

Mai că nu l-a pufnit râsul:

— Nu vreau să semăn *deloc* cu omul ăla.

— Mda, îmi dau seama.

I-am auzit răsuflarea enervată a lui taică-miu. Mi-am ciupit puntea nasului.

— Mama nu mai are niciun ban, am continuat, scrâșnind din dinți, ca să-i amintesc de ce îl sunasem. I-am trimis tot ce am avut. Tată, te rog! Te implor! Te rog, ajut-o! Doar până când se pune iar pe picioare.

— Clay, n-o s-o facă niciodată, cât timp primește totul de-a gata, de la mine, de la tine sau de la oricine altcineva.

Mi-am trecut o mână peste față și am exclamat:

— Incredibil!

— Uite ce-i, n-ai decât să-mi spui că sunt un nemernic, că eu sunt personajul negativ în toată povestea asta. Dar lasă-mă să-ți spun adevărul, fiule: maică-ta e dependentă de alcool și de droguri. Așa e de ani întregi. Când își găsește un bărbat care să aibă grijă de ea și să-i aducă toate drogurile pe care le vrea, e fericită. În clipa în care el dispare, ea distruge totul. Nu-i în stare să aibă grijă de ea însăși.

— Nu e, pe naiba! am urlat la el. Pentru că m-a crescut pe mine. *Ea* m-a crescut, nu tu! A fost mereu lângă mine. În fiecare seară, mi-a făcut de mâncare din ce găsea prin cămară, chiar și când nu aveam mare lucru, după ce se întorcea de la muncă, iar uneori muncea câte două schimburi.

— Și cum crezi tu că avea energia să facă toate lucrurile alea? De ce crezi că nu era aproape nimic de mâncare în casă, deși *ea* a avut mereu bani pentru ce avea nevoie să-și cumpere?

I-am ignorat insinuarea, chiar dacă mi s-a pus un nod dureros în gât la gândul el că ar fi putut să aibă dreptate.

— Ești un monstru! am șoptit. Ești egoist și nu te poți gândi la nimeni altcineva în afară de tine! Niciodată n-ai făcut-o!

— Am fost și eu exact ca tine! a țipat el. Mă dădeam peste cap pentru ea și pentru toți cei din viața mea. Dar într-o zi, mi-a ajuns. N-am mai avut chef să fiu preșul tuturor. Crede-mă, o să ajungi și tu acolo. Sper s-o faci. Fiindcă o viață în care doar dai și nu primești nu e deloc viață.

Am scuturat din cap, fără să-i bag în seamă discursul.

— Deci refuzi s-o ajuți.

Nu era o întrebare. Era un fapt, pe care îl știusem dinainte de a-l suna.

— N-ar fi un ajutor. N-aș face decât să-i dau apă la moară. Și nu, refuz să fac asta.

Am înghițit nodul din gât și i-am răspuns, tremurând de furie:

— Și eu ce-ar trebui să fac acum?

— *Tu* ar trebui să joci fotbal, mi-a răspuns el, pe un ton mult mai calm. Să termini facultatea. Să ieși cu fete frumoase și să faci prostii cu prietenii. Să te comporți ca un *puștan*, ce Dumnezeu! Maică-ta e o femeie în toată firea. Poate să aibă singură grijă de ea.

— Asta-i clar.

A făcut o pauză, apoi mi-a răspuns cu un oftat prelung:

— Viața e grea, Clay. Știu că ai înțeles deja asta, dar abia acum ai început să deschizi ochii. Maică-ta o să-și dea singură seama cum să iasă din belele. O s-o facă. Și dacă nu? Nu-i nimeni de vină, în afară de ea.

Mă uluia că putea să rostească vorbele alea cu atâta seninătate și să creadă sincer în ele.

— Nu știu cum ai ajuns să fii atât de egoist, dar sper să nu întorc *niciodată* spatele familiei mele, așa cum ai făcut-o tu.

Apoi i-am închis imediat. Am strâns telefonul atât de tare în mână, că i-am crăpat ecranul. L-am vârât la loc în buzunar.

Mi-am continuat drumul într-un ritm alert și am ajuns la porțile stadionului cu fruntea îmbrobonată de sudoare. Încă vedeam roșu în fața ochilor și spumegam de nervi, așa că m-am gândit o clipă dacă n-ar fi mai bine să fac câteva exerciții în sala de forță mai întâi, ca să mă răcoresc.

Imediat după ce am cotit și am pășit pe hol, am văzut-o.

Intrarea spre ceea ce constituia de obicei clubul celor mai influenți sponsori ai echipei fusese complet transformată: era plin de lumini, dinăuntru răsuna muzică, iar un banner imens fusese atârnat deasupra ușilor duble de sticlă. Giana stătea la intrare, în fața panoului pentru fotografii, decorat cu logoul echipei. Zeci de camere de filmat erau ațintite asupra ei. Vorbea la microfon, de pe podium.

Arăta de vis, îmbrăcată într-o rochie lungă până-n pământ, care sclipea ca praful de stele, în contrast cu pielea ei deschisă la culoare. Rochia avea o mânecă lungă, celălalt braț era gol, iar decolteul îi dădea o alură de rafinament. Fără să se răsucească pe loc, mi-am dat seama că purta o rochie cu spatele gol. Coastele ei se întrezăreau chiar și de unde stăteam eu.

Își îmblânzise zulufii și își prinsese părul într-un coc elegant, în creștetul capului. Se transformase dintr-o tânără frumoasă într-o stea de cinema. Pe buzele roz i se întindea un zâmbet, iar ochii ei gri-albaștri scânteiau în lumina camerelor de filmat. Vorbea cu siguranță de șine, cu bărbia scoasă în afară și umerii drepți.

Am rămas mut de uimire.

Eram *hipnotizat*.

Am stat pironit pe loc, până când privirea i-a alunecat dincolo de cameramanul din fața ei și m-a observat.

S-a eliberat din mulțimea agitată de reporteri și l-a adus pe Kyle Robbins pe podium, ca s-o înlocuiască. Kyle a început să discute dezinhibat cu presa. Giana l-a urmărit câteva clipe, apoi s-a îndreptat spre mine, cu poalele rochiei negre alunecând ușor, în urma ei.

— Uau! a exclamat ea și a lăsat să-i scape un fluierat, în timp ce mă cântărea din priviri. Știam eu că poți să te dichisești, dar nu cred că am mai văzut vreodată un tip care să arate atât de bine în smoching.

Apoi mi-a oferit un surâs, dezinvolt și jucăuș, așa cum o făcuse mereu, ca amică. Mi-a pus inima pe jar, dar mi-am ascuns simțămintele cât mai bine, înainte să se uite în ochii mei. Sentimentele alea trebuiau îngropate adânc, dacă era cazul.

— Iar eu habar n-aveam că șlițurile rochiilor pot fi atât de înalte, m-am minunat eu, ochindu-i coapsa expusă. Nu porți ochelari?

— Am lentile de contact, mi-a răspuns ea, apoi s-a încruntat. Nu este... Nu arăt bine așa?

— Arăți...

Mi-am mușcat buza, ca să mă abțin să-i spun tot ce voiam.

— Nemaipomenit, am adăugat, pe un ton scăzut.

S-a înroșit, apoi s-a apropiat de mine și și-a petrecut brațul sub al meu.

— Haide, vino să te prezint lumii! Ca să scuturi o bătrânică bogată de bani și să mă faci să dau bine pe scenă, la licitație.

— Asta-i treaba mea? Să te fac să dai bine?

— Și să strângi o mulțime de bani la licitație, a adăugat.

I-a dispărut un pic zâmbetul când am intrat în încăpere și doar a aprobat din cap spre voluntarii de la intrare, care verificau biletele. Toți știau cine sunt.

Am fost uimit de transformarea clubului. În jurul nostru erau luminițe suspendate. Fuseseră amenajate un ring de dans și o fântână de șampanie, iar o mulțime de chelneri purtau tăvi pline cu aperitive și gustări. Toți jucătorii se îmbrăcaseră elegant și până și Holden părea să se fi relaxat. Bea liniștit apă și stătea cu un grup de doamne mai în vârstă, care îl sorbeau din ochi.

— Maliyah a ajuns deja, mi-a spus Giana în șoaptă, în timp ce înaintam împreună. E foarte frumoasă. Și... am tras cu urechea.

Am înghițit în sec și m-am uitat la mâna cu care mă ținea de braț.

— Clay, cred că îi e dor de tine. Cred că... cred că planul nostru funcționează.

Giana mi-a căutat privirea și a continuat:

— Când era la toaletă, le-a spus unor majorete că te vrea înapoi.

Am clipit. Așteptam ca vestea primită să mă lovească în piept, să mă umple de speranță, de mândrie că am câștigat jocul.

Însă n-am simțit nimic.

Cu două luni în urmă — la naiba, cu *o lună* în urmă —, aș fi sărit în sus de bucurie sau poate chiar aș fi pufnit în plâns. M-aș fi dus în goană la Maliyah. Aș fi luat-o în brațe și aș fi implorat-o să mă primească înapoi, să creadă în noi, să vadă un viitor alături de mine, la fel cum o făcusem eu.

Dar acum, viitorul acela nu era decât un vis îndepărtat și neclar — unul pe care nici măcar nu-l zăream.

Un viitor pentru care nu voiam să mă mai zbat.

Nu știam ce să-i răspund Gianei, însă am încercat să mă prefac fericit, ca și cum asta era exact vestea pe care o așteptam.

— Știi ce? i-am spus, zâmbind cu gura până la urechi. N-are decât să moară de invidie când o să te vadă la brațul meu.

Giana a încercat să-mi răspundă la zâmbet, dar pe fruntea ei se citea o urmă de îngrijorare. Până să mai zică vreunul din noi ceva, Charlotte Banks s-a apropiat de amândoi.

— Giana, a venit momentul! a anunțat-o ea, apoi mi-a oferit un zâmbet scurt și a luat-o pe Giana de lângă mine. Primii cinci jucători stau aliniați lângă scenă, suntem gata să începem.

Giana m-a privit peste umăr și s-a lăsat târâtă de șefa ei.

Privirea ei era la fel de misterioasă precum adâncurile oceanelor.

***

Giana

Din momentul în care am fost luată de lângă Clay și împinsă, mai mult fără voia mea, pe scenă, restul nopții a trecut în goană pe lângă mine.

Din cauza emoțiilor, n-am reținut foarte multe lucruri din desfășurarea evenimentului, dar am reușit să stau dreaptă pe podium, să vorbesc clar și răspicat și să-i prezint pe toți jucătorii persoanelor cu care urmau să iasă la întâlnire, în urma licitației.

Nu mi-a fost ușor. Nu știam cum să fac glume sau să farmec publicul cu personalitatea mea extraordinară, așa cum le văzusem făcând pe mama și surorile mele, o viață întreagă. Dar știam să vorbesc clar, cu bărbia ridicată și cu destulă încredere cât să-i păcălesc pe ceilalți, să le dau impresia că nu ies, de fapt, din zona mea de confort și că nu o să vărs imediat ce o să cobor de pe scenă.

— Doamnelor și domnilor! am spus la microfon și am zâmbit cald când am citit următorul nume de pe listă. O să vă rog să vă reumpleți paharele de șampanie și să vă pregătiți paletele de licitat, fiindcă nu trebuie să pierdeți șansa de a ieși la întâlnire cu următorul nostru jucător. Vă rog, să-l întâmpinăm cu căldură pe Clay Johnson!

Au răsunat ovații politicoase, la fel ca până atunci, dar s-au auzit și câteva fluierături și țipete de încântare. Licitatorii nu aveau cum să dea greș cu niciunul din jucătorii din seara asta. Unii jucători fuseseră câștigați de câteva doamne mai în vârstă din comunitate, care nici nu aveau de gând să iasă la întâlnire cu ei, ci licitaseră doar pentru a dona bani cauzei noastre. În schimb, în cazul altor jucători, studentele de la North Boston University se luptau cu ghearele și cu dinții ca să obțină o întâlnire cu ei — unele nu veniseră pentru licitație, ci ca să-și găsească un viitor soț.

Și erau dispuse să se lupte pe viață și pe moarte, când venea vorba de jucătorii de top.

Clay a urcat pe scenă pe scările din spatele meu și mi-a atins mijlocul când a trecut pe lângă mine. M-am înroșit, dar nu m-am răsucit cu fața spre el, deși m-au trecut fiorii, până în vârful urechilor.

— Jucătorul defensiv Clay Johnson are un metru nouăzeci și cinci de centimetri și nouăzeci și șapte de kilograme de mușchi, am citit eu din prezentare, chicotind când toată sala a început să fluiere. Originar din California, lui Clay îi place să meargă la plajă și să asculte reggae. Atunci când i-am întrebat ce cuvânt l-ar descrie cel mai bine pe Clay, coechipierii lui au răspuns la unison..., am făcut o pauză și am zâmbit. Loial.

Când m-am uitat la el, am fost plăcut surprinsă de surâsul modest de pe fața lui.

— Întâlnirea cu el a fost sponsorizată de Picnics & Posies, am continuat eu, revenind la microfon. Câștigați un picnic romantic împreună cu Clay, în parcul Boston Common, împreună cu o sticlă de suc de struguri sau de șampanie, pentru aceia dintre voi care au vârsta legală ca să consume băuturi alcoolice, precum și cu un platou de aperitive și produse locale de patiserie din cartierul North End.

Sala zumzăia de conversații șoptite, fiecare pregătindu-se să liciteze.

— Vom începe licitația de la o sută de dolari.

Aproape toate paletele din cameră au țâșnit în sus, ceea ce a declanșat un hohot general de râs, însoțit de voci care strigau cât erau dispuse să plătească.

— Cinci sute! am anunțat, surprinsă de numărul paletelor care rămăseseră ridicate. O mie!

Câteva palete au fost lăsate în jos, dar în jur de zece au rămas pe poziții.

— O mie cinci sute! am zis și am râs, fiindcă nu-mi venea să cred. Două mii!

Au dispărut aproape toate, mai puțin trei.

Le-am adresat un zâmbet celor trei finaliste. Pe una dintre ele o recunoșteam de la o agenție locală de publicitate, a doua avea pe ea un tricou de la frăția Zeta Tau Alpha și încerca să-și convingă prietenele să o ajute cu bani, iar cea de-a treia...

Era Maliyah.

Am văzut cum mă privea printre gene. Și-a ridicat și mai mult paleta, de parcă nu aș fi observat-o deja.

— Două mii cinci sute, am anunțat, cu o voce mai firavă.

Tipa de la Zeta s-a bosumflat, s-a uitat la prietenele ei, care au scuturat din cap că nu sunt de acord, apoi a lăsat paleta jos.

— Trei mii, am spus.

Maliyah s-a uitat peste umăr la doamna care mi-aș fi *dorit* eu să câștige.

Mi-a fost imediat jenă de dorința mea. Clay voia ca Maliyah să dea cei mai mulți bani. Doar pentru asta ne spetiserăm amândoi atâta timp, de-asta ne dăduserăm în spectacol în campus, luni întregi.

Maliyah îl voia înapoi și a dovedit-o cu un zâmbet victorios, în timp ce doamna i-a urat felicitări și și-a coborât paleta de licitație.

Aveam o senzație ca de șmirghel în gură. Mi-am dat seama că nu pot să înghit ori să vorbesc, așa că doar am lovit cu ciocanul de lemn în podiumul de lemn.

— Vândut numărului două sute optzeci și unu! am îngăimat.

Maliyah m-a privit cu o sprânceană ridicată. În clipa aceea, mi-am dorit să mă adun, să nu-i dau satisfacția de a crede că a câștigat. Dar nu mai eram decât o stafie încremenită, în timp ce i-am întors privirea.

Și nici nu era nevoie să mă prefac.

Clay a fost scos de pe scenă de un voluntar. Mi-am desprins ochii de Maliyah când aceasta a țâșnit prin mulțime, pentru a se întâlni cu fostul ei iubit. În locul lui Clay a fost adus următorul jucător.

Spectacolul trebuia să meargă mai departe, iar eu eram dirijorul.

Am mai licitat trei alți jucători, apoi am luat o pauză, de care aveam mare nevoie. Aproape că am fugit de pe podium când a început să cânte orchestra. M-am împleticit pe trepte și am apucat o sticlă de apă din mâinile unei persoane care mi-o oferea. Abia pe urmă mi-am dat seama că era Riley.

— Respiră! m-a îndemnat ea, văzând că am golit jumătate de sticlă dintr-o înghițitură.

Mi-am revenit după ce am clipit de câteva ori. Riley m-a luat cu blândețe de braț și m-a tras deoparte, într-un loc mai puțin aglomerat. Arăta demențial în rochia roșie de gală. A oferit zâmbete în stânga și în dreapta, până am ajuns în dreptul unei mese din colț, unde m-a obligat să mă așez.

— Te simți bine?

— Minunat, i-am răspuns cu un surâs, pentru a-i ascunde adevărul.

Riley m-a privit neîncrezătoare.

— A fost o lovitură josnică din partea lui Maliyah, a comentat ea.

Am ridicat din umeri.

— A fost generoasă. E o donație excelentă, pentru o cauză bună.

— Termină cu prostiile, Giana! A licitat pentru fostul ei iubit. Pentru *actualul* tău iubit. Și a făcut-o doar fiindcă e o scorpie.

Riley a clătinat din cap, mânioasă și s-a uitat peste umăr la Maliyah, care dansa pe ring, împreună cu prietenele ei majorete. Toate își mișcau șoldurile pe ritm, râdeau și își ridicau mâinile în aer, fără nicio grijă.

— M-am uitat la multe episoade din *Breaking Bad*[1], cred că știu cum pot să te ajut să scapi de un cadavru.

Hohotul care mi-a scăpat a fost ca o gură de aer luată pentru prima oară în ore bune. Riley s-a întors cu fața la mine și mi-a zâmbit cu înțelegere.

— E în regulă, am asigurat-o. Mi-a fost greu să urmăresc scena, dar nu mă simt amenințată de ea.

Am înghițit anevoie în timp ce mințeam, aruncând din nou o privire spre Maliyah.

— La urma urmei, Clay e al meu. Nu al ei.

Simțeam că am acid în gură și, ca la un semn, Maliyah s-a uitat la mine. Pe buzele roșii i s-a întins un zâmbet viclean. Și-a dat părul peste umăr, apoi s-a întors cu fața spre prietenele ei. Limbajul corpului era mult mai grăitor decât vorbele mele.

Nu mai avea importanță dacă ne crezuse sau nu că eram iubiți, că el ar avea sentimente pentru mine.

Știa, în ciuda tuturor obstacolelor, că el era al *ei*.

— Așa e, la naiba! mi-a răspuns Riley, apoi m-a cuprins pe după umeri cum a putut, dat fiind că era cu câțiva centimetri mai scundă decât mine. Și-acum, du-te să-ți găsești omul și reamintește-i scorpiei de asta. Ah! Nu mai contează, a adăugat ea cu un zâmbet sfios. Se pare că ți-a luat-o el înainte.

I-am urmărit privirea și l-am văzut pe Clay cum împarte mulțimea în două. Toți se dădeau laoparte din calea celui care înainta

[1] Serial TV american, cu un profesor de chimie în rolul principal.

hotărât spre mine. Cu mersul sexy al unui sportiv profesionist și îmbrăcat într-un costum care îi venea perfect, Clay mă privea din ce în ce mai înflăcărat, pe măsură ce se apropia de mine.

— Fă-o pe toanta aia să plângă în pernă la noapte! mi-a șoptit Riley și m-a pupat pe obraz, înainte să ajungă Clay la masă.

L-a privit cu subînțeles și s-a îndepărtat, dar Zeke a săltat-o și a dus-o numaidecât pe ringul de dans.

După ce s-a făcut nevăzută, mi-am ridicat lent privirea spre Clay.

Ochii lui verzi erau mai întunecați ca niciodată. Părea că ceva îi apasă întreaga ființă. A înghițit și, fără niciun un cuvânt, mi-a întins mâna.

Am încercat să arborez un aer nonșalant și nepăsător când mi-am pus palma în a lui și l-am lăsat să mă conducă spre ringul de dans, prin mulțimea curioasă. Am ajuns exact când orchestra încetinea ritmul și un amestec de voci perfect armonizate cântau o versiune a melodiei „Without You", a lui The Kid LAROI.

Clay m-a dus în mijlocul ringului, apoi m-a lipit de el, cu mâinile în jurul taliei mele. Mi-am urcat mâinile pe pieptul lui și s-a uitat în jos, la mine, cu fălcile încleștate. Am început să ne legănăm pe muzică.

Ca de fiecare dată când mă îmbrățișa Clay, fiecare ochi din sală era ațintit asupra noastră. Privirile celorlalți îmi sfredeleau spatele lăsat la vedere de rochia pe care o purtam. Ca și cum ar fi simțit toate astea, Clay m-a mângâiat pe șira spinării.

— Arăți..., a început el.

— Păi, se pare că funcționează! am bălmăjit eu în același timp.

Clay s-a încruntat și m-a privit cu capul plecat.

— Cu știi tu cine, am continuat și i-am făcut semn din bărbie spre Maliyah și gașca ei de amice, care stăteau la marginea ringului.

Nu voiam să-i spun pe nume, în caz că ne privea și s-ar fi prins că vorbeam despre ea.

Știam că ne privea.

— N-o să mai fie nevoie să ne prefacem prea mult timp, am adăugat, cu un zâmbet forțat.

Speram că tonul meu fusese vesel. Îmi doream din suflet să fiu fericită pentru Clay, să nu simt nimic altceva decât o bucurie nemărginită pentru că primise exact ceea ce-și dorise.

Maliyah îl voia înapoi.

Eu îl ajutasem s-o *recucerească*.

Ar fi trebuit să fiu mândră de mine, ca atunci când te dovedești a fi un prieten adevărat pentru cineva la care ții. În schimb, simțeam că mi se strânge stomacul ghem. Mi-am rezemat capul de pieptul lui Clay, ca să-i evit privirea, de teamă că m-aș putea da de gol și i-aș spune adevărul.

Care era adevărul, mai exact?

Clay m-a strâns mai tare. Stând cu urechea lipită de pieptul său, am auzit cum i s-au întețit bătăile inimii. S-a oprit din legănat, s-a dat un pas în spate, apoi m-a luat de brațe și m-a fixat din priviri:

— Giana, eu...

Dar înainte să mai apuce să spună ceva, orchestra s-a oprit din cântat și ropotele de aplauze au acoperit orice alt zgomot. După câteva secunde, Charlotte a urcat pe scenă și a anunțat la microfon că venise din nou vremea să se liciteze.

— Vino la mine după ce se termină evenimentul! i-am spus.

Și m-am desprins cu greu de el.

Capitolul nouăsprezece

Clay

O așteptam pe Giana pe treptele din fața blocului ei, deși era frig și bătea vântul. Plecasem cu mult înainte să se termine licitația, fiindcă nu mai suportam nici teatrul, și nici privirile deloc subtile pe care mi le arunca Maliyah din partea opusă a sălii.

Abia aștept să mergem la întâlnire, îmi spusese ea pe un ton seducător, după ce coborâsem de pe scenă. Încă simțeam fiori, după ce își trecuse unghiile de-a lungul brațului meu. Încă vedeam ce îmi promisese privirea ei.

Chiar funcționase.

Așa cum mă așteptasem, faptul că mă văzuse în tot acest timp cu Giana o înfuriase pe Maliyah.

Doar că acum...

Un sunet slab de tocuri, venit din întuneric m-a scos din visare. Am sărit în picioare și am dat de Giana, în capătul de jos al scărilor. Părea epuizată. Părul îi ieșise din cocul din vârful capului, din cauza vântului și machiajul îi cursese puțin, rezultatul unei nopți lungi și agitate.

A trecut pe lângă mine, fără niciun cuvânt, a descuiat ușa blocului și mi-a ținut-o deschisă, ca să intru primul. Am urcat în tăcere treptele spre apartamentul ei, iar după ce am intrat, s-a năpustit asupra mea.

Tocmai voiam să-mi vâr mâinile în buzunare, când ea și-a lăsat jos cheile și poșeta, și-a azvârlit haina și a sărit pe mine, sărutându-mă cu foc.

Surprins, am reușit s-o prind în brațe. Un geamăt mi-a izbucnit din piept. Îi simțeam trupul suplu lipit cu totul de mine, în rochia aia periculos de sexy.

— În seara asta, mi-a șoptit printre săruturi flămânde. Vreau s-o faci în seara asta.

Am deschis brusc ochii, dar n-am apucat să-i răspund. Mă săruta cu patimă și mă împingea spre dormitor, în timp ce se descălța din mers. Mi-am încordat toți mușchii, iar inima mi-a luat-o la galop și gândurile mi s-au învârtejit.

În seara asta.

Voia s-o dezvirginez în seara *asta*.

— Giana, am început eu, însă și-a lipit gura de a mea înainte să pot continua.

— Te rog, Clay! m-a implorat. Am nevoie de tine.

Am închis ochii la auzul cuvintelor ei, care m-au înfierbântat. Fiecare părticică din ființa mea radia de bucurie, pentru că știam că Giana spunea adevărul.

Mi-a alunecat din brațe și s-a dat câțiva pași înapoi, în lumina veiozei de pe noptieră. A tras ușor de fermoarul dintr-o parte, iar rochia s-a desfăcut. Apoi și-a dat-o jos de pe umeri și a lăsat-o să-i cadă la picioare.

Era complet goală.

— Doamne sfinte, Kitten! am bombănit.

Am înghițit în sec și m-am apropiat de ea. I-am mângâiat talia cu dosul palmei, captivat de ea în timp ce se arcuia spre mine, în căutare de mai mult.

— Ești incredibil de perfectă.

Respirația i s-a poticnit când mi-am trecut mâna peste sânii ei și am mângâiat-o pe claviculă, după care i-am cuprins sânul cu palma căuș. Am împins-o câțiva pași în spate, până când am lipit-o cu spatele de perete. Bestia din mine s-a trezit la viață.

— Ești udă pentru mine? i-am șoptit la ureche, apoi mi-am ridicat o mână și am încolăcit-o în jurul gâtului ei.

Giana s-a apăsat în mine, ca și cum ar fi vrut s-o strâng mai tare, să-i scot aerul din plămâni. Mi-a răspuns, cu răsuflarea întretăiată:

— Da!

— Arată-mi! am provocat-o eu.

Și-a strecurat mâna între coapse, după care a ridicat-o, cu degetele strălucind de umezeală, drept dovadă.

Apoi, spre surprinderea amândurora, mi le-a apăsat pe buza de jos.

I le-am supt fără să șovăi. M-a ațâțat să-i simt gustul. A gemut când i-am supt degetele și m-am întărit dureros de mult. Am strâns-o ușor de gât, așa cum își dorea.

S-a dezlănțuit imediat într-un haos frumos și pur.

S-a repezit la costumul de pe mine, mi-a smuls papionul, m-a apucat de revere și mi-a scos jacheta. I-am dat drumul Gianei, ca s-o las să mă dezbrace, privind amuzat și mândru cum îmi desfăcea nasturii cămășii și o trăgea în jos pe brațe. A lăsat-o să-mi atârne la încheieturi, cu manșetele ca niște cătușe, după care a trecut la curea.

Nu mai avea aceeași siguranță în mișcări, răsufla deja mai greoi pe când se chinuia cu catarama și cu pielea curelei. A izbutit în cele din urmă să mi-o descheie. S-a ridicat pe vârfuri și m-a sărutat, în timp ce-mi desfăcea nasturele de la pantaloni și îmi trăgea fermoarul în jos. M-am scuturat ca și cum aș fi fost electrocutat.

Apoi am încremenit.

M-am panicat.

Am domolit animalul din mine suficient pentru a-mi aminti de ce nu trebuia să se întâmple așa ceva.

— Giana, așteaptă! am reușit să spun, luptându-mă să-mi pun cămașa la loc, pe umeri, ca s-o opresc.

Am prins-o de talie și am ținut-o nemișcată în întuneric, cu spatele lipit de perete. Respira la fel de sacadat ca mine.

— Sunt bine. Sunt pregătită, m-a asigurat ea, deși tremura toată și inima-i bătea îndeajuns de tare s-o auzim amândoi.

Și poate chiar spunea adevărul.

Poate chiar era pregătită.

Eu însă nu eram.

Mi-am lipit fruntea de a ei și am înghițit anevoie, înainte să-i spun:

— Eu... nu pot. Nu așa.

Giana respira din ce în ce mai greu. A tras aer în piept și și-a ținut răsuflarea, apoi s-a uitat în ochii mei.

Nu știam cum să-i spun. Nu-mi găseam cuvintele ca să-i explic că nu voiam să-și piardă virginitatea cu mine, ca apoi să facă sex cu un alt bărbat. Că nu suportam să-i arăt cum să obțină plăcere, știind că de fapt și-o dorea din partea lui Shawn, nu din partea mea. Mă omora să recunosc acest adevăr. Îmi doream a naibii de mult să nu-mi pese de toate astea și să fiu în stare să-i ofer ce avea nevoie în clipa aia.

Dar nu eram în stare.

— Ah! a exclamat ea, într-un final.

Și s-a închis în ea.

Giana s-a retras din îmbrățișare, s-a aplecat pe sub brațul cu care o țintuiam la perete și și-a luat rochia de jos. Apoi s-a acoperit cu repeziciune, ținând ochii în pământ.

— Te... Hm, te înțeleg.

Am înghițit greoi, cu inima frântă la vederea ei. Știam că se simte respinsă, când de fapt, nu asta fusese intenția mea, nici pe departe.

Spune-i! Spune-i ceva, orice!

Mă tot sforțam să vorbesc, dar n-am reușit. Stăteam în camera ei, pe jumătate dezbrăcat, întrebându-mă dacă nu cumva îmi pierdusem mințile.

După o pauză lungă, m-am aplecat să-mi iau haina și mi-am tras-o pe deasupra cămășii desfăcute, apoi mi-am încheiat pantalonii și mi-am prins cureaua la loc. Am zăbovit o clipă în dormitor, pe jumătate îmbrăcat și m-am uitat la Giana. Mi s-a rupt sufletul.

M-am apropiat lent de ea și i-am mângâiat obrazul, până când a închis ochii și a răsuflat prelung.

— N-am de gând să-mi încalc promisiunea, i-am spus, așteptând să deschidă ochii și să se uite din nou la mine.

Eram sincer. Credeam cu tărie că eu o s-o dezvirginez și o să-i arăt harta tuturor căilor prin care putea să simtă plăcerea în pat.

Doar că nu aveam de gând să fac asta prefăcându-mă că nu simțeam nimic pentru ea.

Trebuia să-mi limpezesc mintea, să-mi analizez fiecare sentiment și emoție care mă hăituiseră toată săptămâna, ca să i le pot destăinui și ei.

Apoi, trebuia să mă rog să nu fiu singurul care simțea așa.

I-am depus un sărut delicat pe tâmplă, i-am dat drumul și am țâșnit spre ușă, înainte ca bestia din mine să preia frâiele.

În drum spre casă, am început să-mi fac un plan.

Capitolul douăzeci

Giana

— Ce face șoricelul meu?

Era ridicol, dar mai aveam puțin și izbucneam în plâns auzind doar câteva cuvinte de-ale tatei. Lacrimile mi-au înțepat brusc ochii, în drum spre campus, în timp ce încercam să-mi strâng haina pe lângă corp, ca să mă apăr de vântul puternic.

— Sunt bine, tată, l-am mințit, dar fără să mă abțin să suspin și să-mi trag nasul.

— Aha! mi-a răspuns el și ne-am dat amândoi seama că știa că nu eram *deloc* bine. Ai auzit că Laura urmează să primească un premiu pentru cercetarea pe care a făcut-o semestrul trecut?

— Chiar?

Imediat mi-am revenit, probabil că de aceea schimbase și tata subiectul. Știa când am chef de vorbă și când vreau să mă prefac într-un sihastru.

— E o veste minunată! am adăugat.

— Eu și mama ta o s-o vizităm, cu ocazia ceremoniei de premiere de luna viitoare. M-am gândit că am putea trece să te vedem și pe tine. Ceremonia este în ziua în care echipa de fotbal are un joc acasă, împotriva echipei Hawks. Ne-ar face plăcere să te vedem în acțiune, pe teren.

Am pufnit într-un râs scurt. Știam *amândoi* că ar fi trebuit să-l înlocuiască pe „Ne-ar face plăcere" cu „Mi-ar face plăcere".

— Știi că nu eu sunt cea în echipament, care aleargă pe teren, nu?

— Dar *tu* știi că te văd muncind de zor pe marginea terenului, la fiecare meci, nu?

M-am oprit din mers, copleșită din nou de emoții.

— Serios?

— Normal că da, șoricelul meu. Și am urmărit toate interviurile pe care le-ai dat vineri seara, la licitație. Ești foarte elocventă când vorbești în public, domnișoară. Am fost extrem de impresionat, să știi!

Complimentul spus pe un ton plin de mândrie mi-a pus un zâmbet pe față, doar că n-a durat mult până să-mi amintesc licitația de care încercam să uit. Ieri îmi fusese ușor. Fusese zi de meci și avusesem treabă cu reporterii și cu jucătorii. Dar azi era duminică, o zi de odihnă, o zi în care n-aveam nici cursuri, nici altceva de făcut cu echipa.

Așa că mă cufundam în gânduri.

Clay mă respinsese.

Nu aveam cum să-i descriu altfel gestul, cum să-l explic sau să-i găsesc scuze pentru felul în care mă abandonase, după ce eu mă dezbrăcasem pentru el. Niciodată nu mă simțisem mai vulnerabilă ca atunci, în fața lui. În fața *oricui*, de fapt. Și el mă respinsese.

Deși mi se strângea stomacul la gândul respingerii, mă mai luptam cu un alt sentiment: disperarea cu care mă năpustisem pe neașteptate asupra lui Clay. Nu-i spusesem că voiam să-mi pierd virginitatea în seara aceea, nu-l prevenisem deloc.

Numai că exact asta simțisem atunci, *disperare*.

Îl pierdeam, pierdeam relația noastră, așa că încercasem să mă agăț de el, chiar dacă Maliyah își pusese mâinile pe el și îl îndepărta de mine. Cum să mai vrea Clay să facă sex cu mine, după ce Maliyah plătise mii de dolari pentru a-i dovedi că îl voia înapoi?

Așa trebuiau să se petreacă lucrurile de la bun început.

Iar acum, după ce se și întâmplaseră, eram distrusă.

— Să-ți faci timp în program pentru o cină ca între tată și fiică, când ajungem acolo, da? m-a rugat tata, spărgând tăcerea.

Am expirat prelung și i-am zis:

— Mi-ar plăcea tare mult.

— Și mie. Până atunci, vreau să-mi promiți că o să ai grijă de tine, da?

— Îți promit, am izbutit să-i răspund, cu voce firavă.

— Te iubesc, Giana! Ține minte că totul e trecător.

Cu toate că tata își dorise să-mi ridice moralul, am simțit din nou că mi se face greață. Voia să-mi spună că, indiferent prin ce treceam, necazul nu o să dureze veșnic și că totul o să fie bine, într-un final.

Dar tata n-a reușit decât să-mi amintească de cauza durerii mele.

Totul e trecător.

Mai întâi de toate, relația mea cu Clay.

— Te iubesc și eu, tată! i-am șoptit, apoi am închis și mi-am scos căștile din urechi.

Mi-am pus mobilul și căștile în buzunar și m-am prăbușit pe o bancă din apropiere, cu fața spre lacul din campus.

Un vânt ascuțit îmi biciuia fața deja înghețată, făcându-mă să lăcrimez în timp ce mătura sute de frunze frumos colorate din copaci și le sufla departe, prin parc. Campusul era scufundat în liniște, într-o zi friguroasă de weekend, așa că cei mai mulți dintre studenți se odihneau prin camere sau se îmbătau la vreunul dintre localurile din preajmă.

Discuția cu tata ar fi trebuit să-mi aducă liniște și consolare, însă de fapt m-a întors pe dos. M-am pomenit că îmi doream să-mi fi făcut mai mulți prieteni la începutul facultății, să nu-mi fi petrecut tot timpul printre cărți sau muncind ca stagiar. Mi-a trecut prin minte s-o sun pe Riley, dar știam că-și petrecea ziua sărbătorind victoria echipei cu Zeke, așa cum și trebuia, de altfel.

Singurul om pe care aș fi vrut să-l sun și cu care mi-ar fi plăcut să fiu nu mai dăduse niciun semn de viață de când plecase de la mine, după ce tăbărâsem pe el.

Eram singură.

Mă simțeam atât de singură, ca și cum n-aș fi existat.

— Ia te uită! O fată frumoasă pe care n-am văzut-o de mult.

Am clipit de câteva ori, ca să ies din amorțeală, iar când am ridicat ochii, l-am văzut pe Shawn, care venea spre mine. Purta un pardesiu verde închis și un fular lung, maro-roșcat, petrecut în jurul gâtului. Avea nasul roșu și scotea aburi de frig. S-a așezat lângă mine, pe bancă.

Fix lângă mine.

Și-a atins piciorul de al meu și i-am simțit toată căldura corpului.

— E al naibii de frig azi, nu? a comentat el.

A clătinat din cap nemulțumit, cu privirea îndreptată spre lac, după care i-au atras atenția mâinile mele încleștate în poală.

— Isuse! N-ai mănuși? a exclamat el.

Înainte să apuc să-i răspund la salut sau la orice altceva, și-a scos mâinile înmănușate din buzunare și mi-a luat mâinile în ale lui.

Mi-a frecat ușor degetele și pe urmă mi-a ridicat mâinile spre gura lui. A suflat blând peste ele și s-a apucat din nou să le frece între palme.

Probabil că trebuia să-mi vină ciclul, fiindcă mi s-au umplut ochii de lacrimi.

— Hei! mi-a spus el încruntat, strângându-mi mâinile. Ce s-a întâmplat?

Mi-am mușcat buza de jos. Mă căzneam să-mi revin. Mi-am coborât privirea spre mâinile noastre împreunate, dar curând mi s-au aburit ochelarii și n-am putut să mai văd nimic. Cu doar câteva săptămâni în urmă, aș fi simțit fluturi în stomac dacă Shawn m-ar fi ținut de mână, într-un gest atât de intim.

Acum însă nu mă gândeam decât la alte mâini, mai mari și mai aspre, dar atât de familiare, ca și cum ar fi fost ale mele.

— Vino aici! mi-a zis Shawn, când a văzut că nu-i răspund.

M-a cuprins pe după umeri, într-o îmbrățișare caldă, pentru a mă feri de vânt. A rămas tăcut o bună bucată de timp și, într-un târziu, m-a întrebat:

— E vorba despre Clay, nu?

Mi-am îngropat și mai mult fața în pieptul lui și mi s-a strâns inima auzindu-i numele.

Shawn a oftat din rărunchi. Pentru o bună bucată de vreme, n-a făcut decât să mă țină în brațe și să mă încălzească. După un timp, s-a retras puțin, fără să-mi dea drumul și a așteptat să-i întâlnesc privirea.

— Nu suport să te las așa, dar am concert la cafenea. Încep în douăzeci de minute. Nu vrei să vii și tu?

Am clătinat imediat din cap că nu. Nu-mi găseam cuvintele ca să-i spun că nu eram în stare de nimic în clipa aia, mai ales să fiu într-o cafenea plină de lume.

Shawn m-a aprobat printr-o mișcare a capului.

— Uite, Giana, nu vreau să-mi bag nasul unde nu-mi fierbe oala, dar crezi că...

A făcut o pauză și a înghițit, apoi a urmat:

— Crezi c-am putea să ne vedem vineri seara?

Am pălit.

— Ce?

— Asta trebuia să spun ca să te fac să vorbești? Să-ți propun o întâlnire? a zis Shawn, cu un zâmbet în colțul gurii.

Nu m-am putut abține să râd pe înfundate. Mi-am șters nasul cu manșeta jachetei.

— Am un iubit, i-am reamintit, deși nu păream foarte sigură în clipa aia.

— Sincer? m-a întrebat Shawn și și-a lăsat capul în jos până când l-am privit din nou în ochi. Nu-mi pasă. Nu dacă se comportă așa cu tine.

M-am încruntat. Am avut o strângere de inimă când el a insinuat că Clay m-ar fi tratat urât. Dar aceasta era înscenarea noastră pentru Shawn: Clay era un sportiv înfumurat, care mă neglija, iar eu nu-mi dădeam seama că meritam mai mult.

Acesta fusese planul.

În timp ce ne prefăcuserăm că eram iubiți, pentru a o readuce pe Maliyah în viața lui Clay, ticluiserăm și povestea perfectă pentru ca eu să-l atrag pe Shawn.

Ambele funcționaseră.

Asta îmi dorisem, de fapt. Pentru asta se oferise Clay să mă ajute, pentru asta îl rugasem să mă pregătească, în mai multe moduri chiar decât bătuserăm palma inițial.

Shawn Stetson mă invita la o întâlnire.

Atunci de ce simțeam că mi se usucă gâtul la gândul de a-i accepta invitația?

— O să mă port cum se cuvine, mi-a promis el, zâmbind, când mi-a remarcat expresia îngrijorată. Ca între prieteni. Am putea să ieșim ca între prieteni, nu?

Am lăsat să-mi scape un oftat prelung.

— Nu văd de ce nu, am răspuns.

Shawn a zâmbit cu toată gura.

— Excelent! Vinerea viitoare sunt liber, n-am niciun concert. Ce-ai zice să nu facem mare vâlvă... Să vii la mine acasă? O să stăm de vorbă, o să ne cunoaștem mai bine, poate chiar o să ne uităm la un film, ce zici?

Mi s-au aprins obrajii. Știam cu toții ce înseamnă „ne uităm la un film", pe limba studenților.

Dar pentru asta mă pregătisem, asta îmi dorisem cu *ardoare*. Chiar și acum, numai gândul că Shawn ar fi putut să se aplece spre mine, să reducă distanța dintre noi și să mă sărute mă zăpăcea.

Poate că interpretasem complet greșit situația cu Clay. Poate că mă implicasem prea mult, deși căzuserăm amândoi de acord că nu va fi nimic romantic între noi.

Tot ce se întâmplase fusese fals.

Aparițiile în public, ținutul de mână, săruturile, chiar și nopțile în care îmi arătase cum să-mi provoc plăcere și mie, și *lui*... Toate fuseseră o înșelătorie.

Clay o avea acum pe Maliyah. Îmi dovedise vineri seară, când plecase de lângă mine, că asta își dorea.

El nu simțea nimic pentru mine. Aș fi fost fraieră să mă las trasă în jos de propriile sentimente.

— Mi-ar plăcea, i-am răspuns, într-un târziu, lui Shawn, cu bărbia ridicată. Chiar foarte mult.

Brusc, făcusem rost de o întâlnire cu Shawn Stetson.

***

Clay

Arătam ca un idiot cu buchetul de flori în mână, în bătaia vântului din campus. Din ce în ce mai multe petale ajungeau pe jos, alături de frunzele care acopereau iarba. Oricât aș fi încercat, nu reușeam să le protejez.

— Giana, știu că nu merit, dar vreau să mă lași să-ți explic de ce am plecat vineri seara, am mormăit eu, recitând discursul compus dinainte. N-am plecat pentru că nu te doream. Crede-mă! am spus dintr-o suflare. Te doream a naibii de tare, abia mai respiram când am plecat.

Am avut o strângere de inimă, amintindu-mi cum am plecat. Când îi întorsesem spatele și ieșisem din apartamentul ei, Giana mă privea cu ochi mari și cu buze tremurătoare. Nu fusese cea mai inspirată mișcare de-a mea, dar *știam* că, dacă aș fi rămas, n-aș fi fost în stare să-i rezist. Era goală și mă implora să-mi fac de cap cu ea.

Îmi dădusem brusc seama de sentimentele mele pentru Giana, ca și cum m-ar fi lovit un ciocan în cap. Și stătusem tot weekendul să le descâlcesc.

Cu o zi în urmă, mă concentrasem asupra fotbalului. *Trebuia* să fac asta. Ca orice student cu bursă sportivă, în orele de dinaintea jocului și până când făceam duș, după meci, trebuia să-mi stea mintea doar la fotbal. Reușiserăm să învingem din nou și ne apropiam din ce în ce mai mult de un *bowl game*.

Anul ăsta ne doream să jucăm meciul decisiv, care urma să ne propulseze în campionat.

Echipa era într-o formă mult mai bună decât cu un an înainte, când veniseră o mulțime de jucători noi, ca și mine. Fuseserăm nevoiți să ne acomodăm fiecare cu stilul de joc al celuilalt și să învățăm să colaborăm ca o echipă. Anul ăsta ne simțeam din ce în ce mai confortabili unii cu alții și abordam scheme pe care le știam pe de rost.

Lucrurile începeau să se așeze.

Dar în clipa în care se terminase meciul, mintea îmi zburase în altă parte. Nu mă gândeam decât la Giana.

Sau nouăzeci la sută din gânduri îmi fugeau la Giana, restul de zece la sută, la mama. Mai ales pentru că aplicasem pentru un credit de student, noaptea târziu. Nu avusesem nevoie de așa ceva până atunci. Bursa îmi acoperea taxele de facultate, costul cărților, cazarea în cămin, oferindu-mi chiar destui bani de buzunar, mai ales că luam aproape toate mesele la stadion.

Numai că îmi epuizasem toate economiile după ce o ajutasem pe mama să-și plătească facturile, iar săptămâna următoare trebuia plătită chiria.

Era un credit mic, pe care speram să-l pot achita cu ușurință din bonusul de bun-venit, când urma să fiu recrutat de o echipă din liga profesionistă. Cu toate astea, simțisem un gol în stomac când apăsasem pe butonul „Solicită credit acum" și primisem un mesaj automat de aprobare. Abia atunci îmi dădusem seama că, pentru prima oară în viață, eram dator.

Fusese incredibil de ușor să cer creditul. Abia acum înțelegeam de ce atât de mulți oameni ajungeau să fie apăsați de povara datoriilor.

— Nu-ți face griji! îi spusesem mamei, după ce mi se aprobase creditul. O să am grijă de tine.

— Întotdeauna ai, îmi răspunsese ea.

Încă nu-mi trecuse supărarea pe tata. Nu pricepeam cum de putea să ne întoarcă spatele cu atâta ușurință, când aveam nevoie de el.

Pe de altă parte, noi nu mai eram familia lui, sau nu cea care conta în clipa aia. Eu și mama eram de domeniul trecutului și era clar că își dorea să ne lase în urmă.

Mi-am tras nasul, din cauza vântului aprig și am simțit cum mi se furișa răceala în oase. Nu aveam nevoie de taică-miu. Totul avea să fie bine.

Săptămâna trecută fusese o tornadă de emoții, mai ales în ultimele șaptezeci și două de ore. Cu greu îmi puteam stăpâni speranța care îmi încolțea în suflet la gândul că o să-i mărturisesc Gianei ce simțeam pentru ea și că ea ar fi putut simți la fel.

Mi-o și imaginam, cu ochii plini de lacrimi. O trăgeam spre mine, îi sărutam buzele, iar trupul i se lipea de al meu. Îi simțeam deja gustul și îi auzeam gemetele dulci, pe care le păstra numai pentru mine.

Și totuși, în timp ce mă apropiam de apartamentul ei, stomacul mi se strângea ghem. Știam că totul ar fi putut să meargă pe dos.

Adevărul era că nu știam nici ce-i trecea prin cap, nici ce avea în inimă.

Și singurul mod în care puteam să aflu asta era mărturisindu-i sentimentele mele.

Am ridicat mâna să sun la interfon, dar exact atunci mi-am auzit numele, de undeva din spate:

— Clay?

M-am întors și am dat de Giana. Tremura toată, îmbrăcată cu o jachetă mult prea subțire ca să-i țină de cald în valul de frig care se abătuse asupra orașului.

Avea ochii întunecați și cearcăne pronunțate. Era clar că nu dormise. Fața ei era roșie și umflată, ca și cum ar fi plâns. Sau poate era doar din cauza vântului. În orice caz, arăta așa cum mă simțeam și eu: vlăguită.

A clipit de câteva ori, apoi s-a uitat la ce rămăsese din florile mele. A înghițit în sec, după care și-a scos bărbia în afară. Puteam să jur că adoptă o mască de indiferență.

— Chiar voiam să-ți scriu când ajungeam acasă, mi-a spus ea, căznindu-se să zâmbească în timp ce se strecura pe lângă mine ca să descuie ușa.

Am intrat amândoi, fericiți să fim la căldură, feriți de vântul nimicitor de afară.

— N-o să-ți vină să crezi ce s-a întâmplat!

Am urmat-o pe scări spre apartament. Și-a scos eșarfa. Inima îmi bătea din ce în ce mai tare în piept, știind ce urma să-i spun, odată intrați înăuntru.

— Mă plimbam prin campus..., a început ea, apoi s-a oprit.

M-a privit peste umăr când a ajuns la ultima treaptă, după care a deschis ușa apartamentului.

— Și mă bucuram de vreme, a continuat ea. Ghici cu cine dau nas în nas?

A deschis ușa și a intrat înaintea mea. Am urmat-o și am închis ușa.

— Shawn.

Giana s-a întors cu fața spre mine când i-a rostit numele. Ochii ei albaștri-turcoaz s-au ațintit în ai mei. Obrajii i s-au îmbujorat și pe buze i s-a întins un zâmbet larg.

Surâsul ei mi-a pus ditamai nodul în gât. Ea și-a agățat jacheta și eșarfa în cuier, apoi s-a întins spre florile din mâna mea.

— Hm, da, ți-am cumpărat astea, am zis, pe un ton învins.

Mi-a crăpat obrazul de rușine când le-a luat și a observat tijele răvășite și petalele care atârnau.

— Arătau mult mai bine înainte să vin aici, am adăugat.

Giana mi-a surâs slab și ceva i-a sclipit în privire când s-a uitat la flori, apoi la mine. A intrat în bucătărie. A scos o vază mică de sub chiuvetă și s-a apucat să taie codițele florilor și să le aranjeze pe cele care supraviețuiseră.

— În fine, am stat puțin de vorbă și..., a spus ea.

Și-a mușcat buza de jos și a țopăit ușor pe loc, apoi s-a uitat iar la mine.

— Mi-a cerut o întâlnire!

Simțeam că fierb de nervi.

— *Ce* a făcut?

— Știu, nu-i așa? a zis Giana, crezând că o întrebasem ca și cum aș fi fost plăcut surprins, nu furios. E nebunie curată. Chiar te pricepi la ce faci, să știi, a adăugat și mi-a făcut cu ochiul.

— Nemernicul ăla ți-a cerut o întâlnire când știe că ai deja iubit?

— Păi, *tehnic* vorbind, a spus că o să petrecem timp împreună. Ca între prieteni, a zis ea, zâmbind cu subînțeles. *Să ne uităm împreună la un film.*

Am strâns mâinile în pumni și am scrâșnit din dinți, ca să nu urlu din cauza impertinenței imbecilului.

— Ce pervers fără maniere! am exclamat.

Giana și-a dat ochii peste cap și m-a fixat cu privirea, apoi a rupt tija unei flori portocalii care semăna cu o margaretă și a pus-o în vază.

— Ei, haide! Exact asta ne-am dorit să facă în tot acest timp. Mai știi? A fost ideea ta să joci rolul iubitului care mă neglijează.

A rostit cuvintele cu atâta ușurință, ca și cum nu se întâmplase nimic între noi vineri seara. Ca și cum totul ar fi fost normal și încă ne prefăceam că avem o relație.

Ca și cum n-am fi fost nimic altceva decât *prieteni.*

— Pur și simplu, nu-mi vine să cred că a funcționat, a șoptit Giana, clătinând din cap și a surâs, cu un aer uluit.

A terminat de aranjat florile și a continuat:

— În fine, am nevoie de ajutorul tău. Cu ce să mă îmbrac? Și ce să fac? Adică, știm amândoi ce înseamnă *„să ne uităm împreună la un film"*.

A jucat din sprâncene, cu subînțeles și s-a ridicat pe vârfuri să ia ceva de pe frigider. Am simțit un nou val de furie. M-am străduit să-l maschez înainte ca ea să se răsucească la loc, cu ceainicul în mână.

— Vrei ceai? m-a întrebat.

Parcă am încuviințat. Sau poate că nu. Cine știe, pentru că nu am intrat în bucătărie decât cu un singur gând.

— Stai puțin, ce ai de gând să faci, să te duci la el acasă și să stați împreună?

— Da.

Am clipit.

— Îți dai seama ce înseamnă asta, nu?

— Da, mi-a răspuns ea, cu o mină epuizată. Asta încercam să-ți spun. Adică, dacă vrea să... știi tu.

Mi s-a tăiat respirația.

— Nu e nevoie să te pripești.

— Și dacă mi-o doresc?

Vorbele i-au zburat instantaneu de pe buze. Zâmbetul i-a dispărut și s-a rezemat cu șoldul de marginea cuptorului. Și-a încrucișat brațele la piept și și-a scos bărbia în afară.

— Sunt gata! a spus. Sunt de *mult*. Vreau asta!

Am clipit buimac la auzul acelor cuvinte. M-a cuprins deznădejdea.

— Vreau să știu cum e, cum se simte totul, a murmurat ea, cu privirea în pământ.

A surâs, năucită de propria dorință, apoi s-a uitat din nou la mine.

— Mai ales după ce mi-ai arătat tu o parte din aceste plăceri, a adăugat ea.

A spus-o în glumă, ba chiar și-a însoțit vorbele cu un râs scurt. A luat ceainicul și l-a umplut cu apă, apoi l-a așezat pe plită și a aprins-o.

— Nu vreau decât să știu cu ce ar trebui să mă îmbrac. Adică, mi-ar plăcea să mă simt confortabil, dar să arăt și *bine*. Știu cu ce să mă îmbrac la o întâlnire, dar ce să pun pe mine când mă duc să stau în camera de cămin a cuiva?

Și-a mușcat buza de jos și a continuat să bată câmpii cum că poate ar trebui să-și ia pantalonii gri de trening și un maiou, sau ceva care să-i dea la iveală decolteul. Sau poate că mi-am imaginat eu. Poate că mă înnebuneam de unul singur cu cele mai negre coșmaruri, în timp ce mi-l imaginam pe Shawn dându-i pantalonii jos, la fel cum o făcusem eu în prima noapte în care ea mă lăsase s-o ating.

Nu mai eram deloc atent la ce spunea Giana, nu mai ascultam niciun cuvânt. Tot planul meu fusese aruncat în aer, chiar sub ochii mei.

Întârziasem.

Ratasem singura șansă de a-i spune ce simțeam pentru ea.

Cu două nopți în urmă, se agățase de mine, dezbrăcată și mă sărutase lacomă, *implorându-mă* s-o fac a mea.

Acum, știam că n-o mai pot atinge niciodată.

Shawn văzuse că are o șansă și trecuse la fapte.

Pe de altă parte, dacă Giana acceptase invitația lui atât de repede, oare eu avusesem vreodată o șansă? Oare relația noastră fusese doar o prefăcătorie pentru ea, lipsită de orice sentimente romantice?

Mă considera oare un simplu amic și nimic mai mult?

Gândurile tăbărau neîncetat asupra mea, precum valurile furioase care se zdrobeau de un țărm abrupt, până când au devenit de nesuportat. Pe lângă problemele cu taică-miu, cu maică-mea și cu Maliyah, acum trebuia să mă confrunt cu asta? Nu mai puteam înota. Nu mai puteam lupta să-mi țin capul deasupra apei.

Așa că am tras cu nesaț aer în piept și i-am aruncat Gianei o ultimă privire, plină de suferință, în timp ce vorbea însuflețită despre întâlnirea ei cu un alt bărbat.

Mi-am dat voie să mă prăbușesc până în adâncuri și să rămân acolo, cu privirea încețoșată de lacrimi. Mă înecam lent, fără să mă sinchisesc să mă salvez.

Toate astea fuseseră ideea mea, planul meu.

Iar acum nu aveam de ales, trebuia să mă așez pe patul mâlos pe care mi-l așternusem.

Capitolul douăzeci și unu

Giana

Săptămâna s-a scurs greu, ca și cum mă scufundam în nisipuri mișcătoare. Fiecare zi îmi părea mai lungă decât cea de dinainte.

Cu toate că eram de părere că-i oferisem lui Clay o ramură de măslin după toată încurcătura cu „*iartă-mă că te-am lăsat goală și poftim niște flori*", el încă se purta ciudat cu mine. Sau poate că doar era concentrat asupra meciului împotriva echipei de fotbal de pe locul doi. Sau poate că își petrecea fiecare clipă liberă cu Maliyah. Habar n-aveam, fiindcă nu mai primisem niciun semn de la el, de duminică, atunci când venise la mine acasă.

Nu știam ce făceam noi, nu știam dacă nu cumva lăsam să se stingă de la sine relația falsă, sau dacă nu cumva sădeam inconștient semințele unei despărțiri publice, la fel de false. Pe la jumătatea săptămânii, Riley m-a întrebat ce se întâmplă cu noi doi. Am ridicat din umeri și i-am spus că totul e bine, oferindu-i un zâmbet larg, ca să fiu mai convingătoare.

În schimb, Shawn îmi trimitea aproape tot timpul mesaje, de la prima oră a dimineții și până noaptea târziu. Îmi trimitea tot felul de glumițe, de articole pe care le găsea interesante, de cântece pe care voia să știe dacă le mai auzisem până atunci și chiar poze cu el, din diverse momente ale zilei. Singura dată când *nu* îmi apărea numele lui pe ecranul telefonului era când se afla la cursuri sau când avea concert. Eram uluită că ieșisem din anonimat și că ajunsesem să fiu în centrul atenției lui.

Îmi plăcea.

Îmi *plăcea* că se gândea la mine și că făcea un efort să-mi transmită asta. Îmi plăcea că-mi spunea „*Frumoaso*!" și „*Bună dimineața, frumusețe*!" în fiecare zi.

Și totuși, intuiam că ceva nu era cum trebuia, dar nu reușeam să-mi dau seama ce anume.

Îmi pierise pofta de lectură. Nu eram capabilă să parcurg mai mult de o pagină sau două, înainte să pufnesc și să închid cartea, apoi să caut alta. Nici măcar preferatele mele nu mă mai captivau, așa că atunci când nu eram la cursuri sau pe stadion, stăteam în pat, holbându-mă la tavan.

Am vorbit cu surorile și cu frații mei printr-un apel video și i-am ascultat pe fiecare povestind despre viețile lor, în timp ce eu tăceam, ca de obicei. Numai Laura m-a întrebat o dată cum îmi merge la serviciu. După ce le-am dat un răspuns scurt, dar îndeajuns de satisfăcător, au început cu toții să vorbească despre afacerea fraților mei.

În cele din urmă, a sosit și ziua de vineri. Deși nu simțeam aceiași fluturi în stomac ca atunci când Clay mă scosese în oraș ca să-l ascult pe Shawn și nu mă puteam hotărî cu ce să mă îmbrac, nu mi-am pierdut entuziasmul. Am ales până la urmă o pereche de pantaloni de trening și un maiou. Mi-am aranjat părul simplu, ca să nu pară că mi-am bătut prea mult capul, m-am machiat natural și am pus pe mine un hanorac larg, după care am luat-o pe jos până la Shawn acasă.

El locuia undea în afara campusului, ca și mine, doar că într-o clădire mai nouă, unde era nonstop un paznic. Doamna de la pază l-a sunat pe Shawn și a primit acordul lui, apoi m-a lăsat să urc în lift și a apăsat numărul etajului.

Stomacul mi se răscolea pe măsură ce urcam din ce în ce mai sus. În cele din urmă, am ieșit în hol și l-am văzut pe Shawn. Mă aștepta cu ușa deschisă, în capătul coridorului.

Fluturașii din stomacul meu au început să roiască înnebuniți.

Stătea rezemat de tocul ușii, cu brațele încrucișate și un picior petrecut leneș peste altul și îmi urmărea fiecare mișcare. Nu și-a ferit privirea, ci m-a măsurat din creștet până în tălpi. Nu mi-am putut ascunde roșeața care îmi colora obrajii, sub privirile lui atente.

— Bună! m-a salutat el când m-am apropiat.

S-a împins din dreptul ușii și m-a îmbrățișat strâns.

Îmbrățișarea lui era caldă și plăcută, de parcă ne știam de ani de zile și acum întâmpina un prieten de care-i fusese extrem de dor. Purta un parfum lemnos, de paciuli poate. S-a retras și mi-a surâs blajin când m-a invitat înăuntru, cu o privire puțin tulbure.

— Sper că nu-ți displace mâncarea la pachet, pentru că am comandat cina, mi-a spus după ce a închis ușa în urma noastră. Eram mult prea obosit ca să mai gătesc ceva.

Nu i-am răspuns, fiindcă rămăsesem cu gura căscată. Apartamentul lui întunecos era scăldat în lumina lumânărilor, care aruncau umbre pe pereți și pe mâncarea din mijlocul încăperii. Întinsese o față de masă de mătase peste o măsuță de cafea și pusese câțiva trandafiri în mijlocul ei, alături de alte lumânări. De o parte și de alta a măsuței fuseseră împrăștiate tot felul de perne pentru șezut. Shawn pregătise masa pentru două persoane, cu mâncare de la un restaurant italian pe care l-am recunoscut imediat și de unde puteai comanda orice, de la pui și paste, până la miel și bruschete.

În surdină se auzea muzică jazz. Privirea mi-a alunecat peste masa din mijloc, spre încăperea decorată minimalist. În fața geamului era o orgă, iar lângă ea se găseau chitara lui și laptopul, pe care rula un program de inginerie de sunet. Avea o canapea mică, din piele maro, ca ghetele pe care le purta tot timpul și un pat într-un colț al încăperii.

Camera era în același timp dormitor, bucătărie, living și studio de muzică. Discul de vinil pus la pick-up-ul dintr-un colț și puzderia de postere lipite pe perete creau o atmosferă deopotrivă romantică și grunge, ca într-un film din anii '90.

— Uau! am exclamat, sorbind scena din priviri.

— Sper că n-am exagerat, a zis Shawn, apoi și-a trecut o mână prin părul ciufulit. Îmi plac lumânările, atâta tot.

— E frumos, l-am asigurat, deși mi s-a pus un nod în gât.

I-am urmat exemplul și am luat loc pe perne, vizavi de el.

— Vrei un pahar de vin? m-a întrebat și a îndreptat sticla spre pahar înainte să apuc să-i răspund. E muscat. Nu m-am obișnuit să beau ceva mai rafinat.

Am chicotit:

— Păi, din moment ce ai doar nouăsprezece ani, o să trec cu vederea acest aspect.

— Douăzeci, m-a corectat el după ce a umplut ambele pahare și l-a ridicat pe al lui. Pentru tine, Giana, a spus și ochii i-au sclipit în lumina lumânărilor. Și pentru muzică, fiindcă ne umple sufletele.

I-am zâmbit, am ciocnit paharul cu al lui și am luat o înghițitură. Vinul era *prea* dulce, avea mai degrabă gust de suc de struguri decât de alcool. Dar îmi plăcea senzația dată de bulele care se spărgeau pe limba mea.

Am privit de jur împrejur.

— Mi-ai lipsit la spectacole, a spus Shawn, punându-și în farfurie paste cu sos pesto, dintr-un recipient, pe care mi l-a dat pe urmă mie.

— Mă mir că mi-ai observat măcar prezența.

— De ce te miri? m-a întrebat el, cu sinceritate. *Uită-te* la tine!

Cu o sprânceană ridicată a neîncredere, mi-am privit hanoracul lăbărțat și pantalonii largi de trening.

— Mda, clar arăt ca o păpușă, am zis sarcastic.

Shawn a pufnit în râs:

— Ba da! Și ești unică. Ieși în evidență, spre deosebire de alte fete.

Mi-am încrețit nasul, iritată, pentru că nu suportam replica „nu ești ca alte fete". Mi se părea că este complet discriminatorie și că este o insultă la adresa tuturor femeilor, nu un compliment adresat mie.

— N-ai dat semne că m-ai fi observat înainte de seara aia, în restaurantul din centru, am comentat eu.

— Te-am observat de fiecare dată, a răspuns el numaidecât, apoi și-a pus un piept de pui în farfurie. Te-am văzut anul trecut la cafenea și te-am urmărit cum fredonai toate melodiile — chiar și pe cele compuse de mine.

M-am înroșit la față.

— Am remarcat ce băutură pe bază de cafea îți comandai de obicei, un fel de espresso mare cu spumă, a adăugat el, râzând, în fiecare seară când cântam. Și m-am întrebat de fiecare dată dacă o să rămâi la plecare să mă aștepți, sau dacă o să vii să mă saluți, dar n-ai făcut-o niciodată.

Am rămas mască. Nu credeam că Shawn mă remarcase și, mai mult decât atât, că se așteptase să fac eu prima mișcare.

— Știi, ai fi putut să spargi tu gheața, i-am zis.

— Poate, a consimțit el. Numai că, după ce îmi terminam concertul, tu o zbugheai. Și când eu aveam pauză, îți luai imediat cartea în brațe.

M-a privit neclintit și a continuat:

— *Știi* cât de intimidant e să te apropii de o fată care citește o carte? E ca și cum ai încerca să mângâi o pisică pe burtă. S-ar putea să ai noroc, dar e mult mai probabil să se năpustească asupra ta cu ghearele scoase, fiindcă ai presupus că ar vrea să aibă de-a face cu tine.

Am izbucnit într-un hohot de râs care m-a luat prin surprindere. Fornăitul meu l-a făcut pe Shawn să zâmbească cu gura până la urechi.

— Te înțeleg, atunci, am spus în timp ce mă hlizeam, apoi am mai sorbit o gură de vin și am luat prima gură de paste.

— Pot să te întreb ceva?

Am încuviințat, iar el a zăbovit o vreme cu furculița deasupra farfuriei, până când, într-un târziu, a spus:

— De ce ești iubita lui Clay Johnson?

Am înghețat, cutremurată de un fior dureros, care îmi amintea mai multe lucruri decât mi-aș fi dorit. Sunetul numelui lui Clay, amintirea celor petrecute între noi doi, faptul că, în realitate, nu ieșeam cu el — toate m-au copleșit dintr-odată.

Am înghițit cu greu și i-am răspuns:

— Ce importanță are?

— Pentru că nu reușesc să înțeleg, mi-a răspuns Shawn, sincer. Pe cuvânt că nu înțeleg! Știi, l-am crezut mult timp un tip de treabă, dar asta numai până când am văzut cum te tratează. În seara aia din club, când te pipăia posesiv de față cu toată lumea. Și pe urmă, la Groapă, când a luat o dușcă de pe corpul altei fete.

Ne-am prefăcut. Ne-am prefăcut tot timpul.

— N-a însemnat nimic pentru el, am murmurat.

— Și *tu* însemni?

Am înlemnit. Am ridicat ochii și l-am surprins pe Shawn privindu-mă de parcă eram o fată jalnică, incapabilă să-și dea seama că era chinuită.

Doar că el nu știa ce relație aveam cu Clay, atunci când noi doi nu eram în public.

— Giana, meriți să fii fericită, mi-a spus el. Și meriți să ai alături un bărbat care te tratează ca pe prințesa care ești, de fapt.

Nu mi-am putut ascunde rictusul.

Prințesă? Bleah!

Dar am arborat un zâmbet și i-am zis:

— Hm, mersi mult! Și îți mulțumesc și pentru cină. Este... Să fiu sinceră, este cel mai romantic lucru pe care l-a făcut vreodată cineva pentru mine.

Shawn și-a îndreptat umerii.

— Bine. Mă bucur să fiu eu acela.

Conversația a decurs mult mai ușor după aceea. Din fericire, Shawn nu l-a mai pomenit pe Clay. A încercat să mă cunoască mai bine și să-mi spună mai multe despre el. Am zâmbit când l-am auzit povestindu-mi despre copilăria petrecută într-o rulotă cu niște părinți hipioți. Și despre participarea lui, înainte de a împlini zece ani, la mai multe festivaluri de muzică decât cei mai mulți oameni în toată viața lor. Shawn s-a aplecat peste masă, complet cucerit de subiect și mi-a sorbit cuvintele despre frații mei și despre pasiunea pentru cărțile *romance* picante.

Nici nu mi-am dat seama când cina a luat sfârșit și ne-am mutat pe canapeaua micuță. O bună bucată de timp, am continuat să vorbim, după care Shawn a pornit Netflix și a ales un documentar pe care, în mod ciudat, încă nu-l văzusem. Mi-a zis că era sigur că o să-mi placă, pentru că îmi plăcea să aflu curiozități despre spațiu.

Și a avut dreptate.

Ne-am cufundat între pernele de piele. Shawn mi-a dat o păturică și s-a învelit cu alta. L-am simțit trăgându-se din ce în ce mai aproape de mine, pe parcursul documentarului, până când brațul i-a ajuns undeva pe speteaza canapelei și, implicit, aproape de *mine*.

Inima îmi bubuia în urechi. Eram perfect conștientă de răsuflarea lui și de fiecare centimetru care îl mai despărțea de mine, până când și-a încolăcit brațul în jurul meu. Nu mai eram în stare să fiu atentă la nimic altceva, cu atât mai mult la tipul care povestea, pe un ton monoton, despre cât de mare este o galaxie.

În momentul acela, întregul meu univers se rezuma la Shawn Stetson.

Am îndrăznit să-i arunc o căutătură, iar el și-a înclinat capul spre mine, căutându-mi privirea în lumina slabă a lumânărilor și a ecranului televizorului. Și-a ridicat mâna și mi-a aranjat părul pe după o ureche, cu o mișcare înceată, nesigură.

— Ai zâmbit așa de mult în seara asta! a comentat el. A fost o seară pe cinste. Ar trebui să zâmbești mereu așa, Giana! Ar trebui să ai un iubit care să te facă fericită.

Am înghițit în sec. Lacrimi mi-au încețoșat brusc privirea.

Shawn s-a apropiat până când s-a lipit de mine. Ochii lui s-au oprit asupra buzelor mele.

— Lasă-mă să fiu el cel care te face fericită! mi-a șoptit.

După care m-a sărutat.

Un fior de dorință și entuziasm m-a străbătut când m-a atins. Am tras adânc aer în piept, sărutându-l cu la fel de multă blândețe.

Dar în clipa imediat următoare m-am simțit...

Ciudat.

Mirosea nepotrivit, avea un *gust* nepotrivit. Buzele lui erau mult prea moi și strânsoarea lui era mult prea slabă. Nu-mi poseda trupul, nu mă cuprindea într-un sărut nimicitor. Nu simțeam *nimic*, eram doar curioasă să văd ce alte diferențe mai sunt.

Poate nu mă concentram îndeajuns.

Mi-am îndreptat toată atenția asupra lui și l-am sărutat mai pasional. Shawn a gemut, iar eu am zâmbit victorioasă în timp ce mă strângea mai tare în brațe și mă întindea pe spate, cu capul rezemat de brațul canapelei. Apoi s-a aplecat peste mine.

Era excitat.

I-am simțit erecția lipită de coapsa mea. Tot nu reușeam să mă concentrez, fiindcă nimic nu era cum ar fi trebuit să fie.

Nu-l mai compara cu Clay, m-am mustrat în sinea mea. Mi-am petrecut brațele în jurul lui Shawn și l-am tras spre mine pentru un sărut mai profund.

Voiam asta, *îl voiam* pe Shawn. Fusesem obsedată de el timp de un an întreg. Visasem clipa asta, mă întrebasem cum ar fi fost ca Shawn să mă dorească, să mă sărute și să mă ia în brațe.

Dar acum că se întâmpla...

Am încercat din răsputeri să alung acele gânduri, să nu fac comparații. Fără succes. Fiecărei sărutări îi lipsea ceva, fiind mai rece și mai stângace decât cele pline de pasiune pe care le avusesem cu Clay. Fiecare atingere era nepotrivită, fiecare împingere a șoldurilor lui în mine mă făcea să mă zvârcolesc mai degrabă de durere, decât de dorință.

Eram gâtuită de emoții, încercând prin sărutări disperate să *simt* ceva, orice altceva în afară de tristețe, din cauza lucrurilor pe care le pierdusem. În zadar.

Nu-l voiam pe Shawn.

Nu voiam pe nimeni altcineva în afară de Clay.

Mi-am înăbușit un suspin și mi-am apăsat mâinile pe pieptul lui, ca să-l împiedic să mă sărute pe gât.

— Shawn, oprește-te!

— Am așteptat destul amândoi, mi-a răspuns el și mi-a sărutat vârfurile degetelor. O să am grijă de tine. Ești în siguranță.

Îmi venea să-mi dau ochii peste cap. Nu a înțeles deloc la ce mă refeream.

— Ar trebui să plec.

Shawn a rămas deasupra mea, încercând să coboare cu săruturile, dar l-am împins până s-a tras deoparte.

— Am deja un iubit, i-am spus.

Cuvintele astea au avut darul să-l trezească la realitate. S-a lăsat pe călcâie, cu o privire sălbatică. Răsufla anevoie și încerca să se calmeze. Îi vedeam erecția prin pantalonii de trening, dar a încuviințat, și-a trecut mâna prin păr și mi-a făcut loc.

— Da, a zis el. Da, așa e. Îmi... îmi pare rău!

L-am atins pe mână.

— N-ai de ce! Eu... Eu am vrut să mă săruți.

Shawn mi-a zâmbit.

— Dar nu sunt a ta, ca să o faci, am adăugat iute.

Era mai ușor să-i spun asta decât să-i mărturisesc că nu-mi plăcuse când mă sărutase.

S-a încruntat, dar a fost de acord:

— Înțeleg.

S-a lăsat un moment de liniște stânjenitoare, apoi m-am ridicat, mi-am luat telefonul de pe masă și l-am băgat în buzunarul hanoracului.

— O să-ți scriu, i-am promis.

Și am plecat, înainte să apuce să-mi mai zică ceva.

★★★

Am parcurs drumul scurt până acasă amorțită. Nici măcar nu tremuram din cauza frigului pe care îl adusese ceața densă lăsată peste oraș. Se împiedicau de mine grupuri de studenți gălăgioși, pregătiți de petrecere, ca și cum aș fi fost invizibilă. Exact așa mă și simțeam.

Așa mă simțisem *dintotdeauna*.

Eram vrednică de milă. N-ar fi trebuit să mă simt așa, cel mai dorit muzician din campus se dăduse la mine. Ar fi trebuit să mă simt onorată, să mă dea pe spate faptul că el mă dorea așa de mult și că ar fi fost în stare să mă facă a lui, dacă i-aș fi permis.

Însă eu *nu-mi doream* ca el să mă dorească.

Pentru Clay, nu fusesem decât o unealtă, un mijloc de a o recuceri pe Maliyah. Și nici măcar nu aveam de ce să-i port pică, fiindcă acceptasem fără să clipesc oferta lui de a mă ajuta cu Shawn. La vremea aceea, Clay nici nu intra în discuție. Tânjisem doar după Shawn, numai la el visasem.

Ce fraieră fusesem să nu-mi amintesc de asta atunci când Clay mă ținuse în brațe, când mă atinsese și mă *sărutase*!

Fusesem absolut neroadă și mă comportasem ca eroina unui roman de dragoste, în loc să-mi amintesc că eram doar tocilara ciudată, care se prefăcea că avea o relație.

Care se prefăcea în toate.

M-am prefăcut că eram îndeajuns de sigură pe mine ca să devin agent PR. M-am prefăcut că eram iubita lui Clay și că n-am simțit nimic când m-a dezbrăcat și mi-a provocat plăceri pe care nu le cunoscusem până atunci.

M-am prefăcut că nu-mi păsa de el, că voiam ca Maliyah să se întoarcă în viața lui, că voiam să-l *ajut* ca să se întâmple asta.

De luni de zile, trăiam într-o minciună uriașă.

Iar acum, habar nu aveam cine eram.

Mi-am târât pașii până am ajuns în dreptul blocului și am început să cotrobăi prin buzunare după cheie. Eram mult prea ocupată să mă uit în jos și nu am băgat de seamă că nu eram singură decât după ce am ajuns lângă trepte.

O pereche de adidași Allbird mi-a apărut dinaintea ochilor.

Mi-a stat inima în loc când am văzut pantalonii de trening gri închis, strânși pe gleznă. I-aș fi recunoscut și oarbă, așa de familiari îmi erau. Am luat cheia în mână și mi-am plimbat privirea peste hanoracul inscripționat cu însemnele echipei de fotbal North Boston University, oprindu-mă, în cele din urmă, la fața lui Clay.

La fața lui tristă și plină de durere.

Nu puteam să scot nicio vorbă. Nu puteam să fac nimic altceva decât să-i privesc genunchiul care i se mișca neîncetat și mâinile împreunate deasupra acestuia, ca și cum era pe cale să aibă o cădere nervoasă. I s-au umflat nările și m-a privit cu ochii injectați, în căutarea unui lucru pe care nu l-ar fi putut găsi nici măcar cu lupa.

— Cum a mers?

Întrebarea m-a luat prin surprindere. A rostit-o lent, pe un ton chinuit, sugrumat, ca și cum cuvintele i-ar fi pârjolit gâtlejul.

— Sincer? l-am întrebat, răsuflând lent. Îngrozitor.

Clay nu a lăsat să se vadă nimic pe chipul lui.

— Adică, Shawn a încercat, am clarificat eu. Am... am obținut ce am vrut, cred. Doar că...

M-am oprit, iar stomacul mi s-a strâns de neliniște. Nu eram în stare să-i spun adevărul.

— Nu m-am simțit în largul meu. Nu părea... firesc ce făceam.

Am rămas cu ochii în pământ, holbându-mă la pantofii mei, la ai lui Clay, la încheieturile degetelor lui, care erau în continuare albe, de cât de tare strângea mâinile. Și după un răstimp îndelungat, am reușit să înghit și să-mi ridic ochii.

— De ce ești aici? am șoptit.

Puteam să jur că am văzut în privirea lui Clay că purta un război aprig cu el însuși. Mi se părea că era pe punctul de a decide dacă o să spună ce avea de spus sau o să tacă pe vecie.

Apoi m-a privit și mărul lui Adam i s-a mișcat cu greutate, după care a înaintat spre mine.

— Nu pot să mănânc, a început el, bâțâind în continuare din genunchi. Nici să mă antrenez, nici să dorm, nici să mai fac nimic altceva decât să mă gândesc cu *groază* că Shawn te atinge.

Mi-am ținut răsuflarea când am sesizat pasiunea adâncă și disperarea din vorbele lui.

— Am încercat să deschid ochii și să-mi amintesc că asta îți dorești, că pentru asta ne-am prefăcut *amândoi* până acum, a continuat Clay, clătinând din cap. Dar degeaba.

Și-a ferit privirea și s-a uitat în pământ.

— Din seara petrecută la Observator, nu m-am mai gândit la nimic și la nimeni altcineva.

Deși a vorbit în șoaptă, am simțit că emoțiile mă sugrumă. Mă agățam de fiecare cuvânt rostit de el.

— Vreau să fii fericită, Giana, a urmat el, cu voce răgușită. Poate mai mult decât orice altceva. Și dacă el e cel care te face fericită, o să plec. În clipa asta, a adăugat el și m-a privit drept în ochi. Putem să ne despărțim oficial și poți să ai ce-ți dorești. O să te las în pace. Și o să-ți doresc din tot sufletul numai bine, când o să te las să pleci.

M-am căznit să respir numai la gândul că totul se putea termina între noi doi.

Clay s-a ridicat încet, fără să mă scape din ochi.

— Dar nu asta îmi doresc, a continuat el, venind din ce în ce mai aproape. Și nu mi-am dorit-o de ceva vreme, indiferent cât de tare m-am opus.

Vântul tăios nu a reușit să-mi răcorească obrajii înfierbântați. Clay a mai făcut un pas spre mine, dar nu a redus cu totul distanța dintre noi. Nu s-a întins după mine, nu m-a atins, nu și-a permis să preia controlul situației, după ce tocmai mi-l oferise.

— Pe *tine* te vreau, a spus el.

Probabil că recunoașterea acestui fapt l-a durut pe cât de tare m-a încântat pe mine.

S-a încruntat și a fremătat din nări, ca și cum s-ar fi așezat dinaintea mea și mi-ar fi înmânat o sabie, fără să știe dacă o să-l rog să se ridice sau dacă o să-i tai capul.

— Pe tine te vreau, a repetat el, cu voce răgușită. Și nu mai vreau să mă prefac.

Aproape că am izbucnit în plâns când am auzit acele vorbe și am înțeles că și el simțise aceeași durere sufletească.

Fusese adevărat.

Totul fusese adevărat.

Nu știam decât un mod prin care să-i arăt asta. Mi-am pus mâinile pe pieptul lui, apoi mi le-am încolăcit în jurul gâtului său, ridicându-mă pe vârfuri, până când mi-am lipit gura de a lui.

— Sunt a ta! am murmurat.

Și imediat m-a luat în brațe.

Capitolul douăzeci și doi

Giana

M-am trezit lipită de ușa de la intrare, imediat ce am închis-o în urma noastră. Clay s-a împins în mine cu tot corpul, acoperindu-mă în întregime. Mă ținea nemișcată, în timp ce mi-am petrecut picioarele în jurul lui și mi-am apăsat călcâiele în el, înfometată. M-a apucat strâns de șolduri și a început să mă sărute, cu buze moi și calde, dar ferme.

M-am deschis pentru el. Mă înmuiam cu fiecare atingere, scăpând treptat de încordarea care mă cuprinsese din noaptea când plecase de lângă mine. Și, ca și cum și-a dat seama unde mi-a fugit gândul, și-a împreunat degetele cu ale mele și mi-a ridicat mâinile lângă cap, apoi și-a lipit pieptul de al meu.

— De asta am plecat săptămâna trecută, mi-a șoptit el, cu fruntea sprijinită de a mea, în timp ce respiram amândoi anevoie. Am plecat de lângă tine când totul în mine îmi spunea să stau. Pentru că nu-mi doream ca, atunci când aveai să fii a mea pentru prima oară, să fie ceva fals între noi doi.

Mi-a strâns mâinile în ale lui și mi-a presărat săruturi pe bărbie, până când mi-am ridicat-o și i-am făcut loc să mă sărute pe gât.

— Asta nu e fals, a jurat el, cu gura deasupra pielii mele, sărutându-mă și mușcându-mă ușor. Nimic din tot ce s-a petrecut între noi doi nu a fost fals.

Apoi și-a lipit gura de a mea și m-am trezit purtată prin apartament. Clay mai degrabă orbecăia, fiindcă nu avusesem timp să aprind nicio lumină. Singurul bec aprins era cel de deasupra plitei, dar abia dacă arunca ceva lumină în jur.

Clay m-a așezat cu grijă pe marginea patului, după care a făcut un pas în spate, luând cu el și căldura de până atunci.

Cu ochii la mine, și-a apucat hanoracul și l-a tras peste cap. L-a aruncat deoparte, apoi și-a scos și tricoul. M-am întins spre el și, imediat ce i-am atins abdomenul cu vârfurile degetelor, el mi-a luat mâinile și mi le-a așezat de o parte și de alta a corpului.

— Dezbracă-te pentru mine!

Suna sexy și încrezător, plin de dorință. S-a tras mai în spate, și-a aruncat adidașii din picioare și s-a dezbrăcat fără grabă de pantaloni.

Arăta ca o operă de artă, doar cu boxerii negri pe el, care i se întindeau peste erecția imensă. Privirea lui s-a aprins și mai mult când mi-am apucat mânecile hanoracului și mi le-am scos pe rând, după care mi l-am tras peste cap.

Aveam sfârcurile întărite pe sub maioul subțire, de care m-am descotorosit în secunda următoare. I-am întâlnit privirea imediat ce m-am dezbrăcat. Ochii lui s-au oprit asupra sânilor mei. A gemut la vederea lor.

Și-a trecut mâna peste abdomen, apoi și-a băgat-o în chiloți și a început să se atingă, urmărind flămând locul de sub betelia pantalonilor mei. M-am întins pe pilotă, după care m-am împins pe călcâie, cu bazinul ridicat, ca să mi-i dau jos. Pantalonii mi-au alunecat până la glezne.

— Stai așa! a spus el.

Clay a înaintat spre mine și și-a scos boxerii într-o clipită, apoi s-a oprit la marginea patului, în fața mea. M-am lăsat pe spate, sprijinită în palme. Tremuram toată în timp ce el își plimba nestingherit privirea pe trupul meu.

— Sus! mi-a ordonat și m-a apucat de încheieturi.

Odată ridicată, m-a întors cu spatele la el, mi-a prins tot părul într-o mână și l-a dat deoparte, ca să-mi poată murmura, cu gura lipită de gâtul meu:

— Știi de ce n-ai simțit nimic cu el?

Nu i-am înțeles întrebarea. Mi-a dat drumul la păr și și-a coborât mâna peste coastele și șoldurile mele, oprindu-se la chiloții mei. Dintr-o singură mișcare iute, mi i-a tras peste fund, apoi în jos pe coapse și i-a lăsat să-mi atârne, ca și pantalonii, în jurul gleznelor.

— Ți-am citit cărțile, a continuat Clay, după care mi-a lins lobul urechii și l-a ronțăit ușor.

Respirația lui în urechea mea și mușcătura lui delicată mi-au dat fiori pe picioare. M-am arcuit spre el și i-am simțit erecția fermă, care se freca între fesele mele.

A gemut la contactul dintre noi, dar și-a continuat tortura lentă. Și-a ridicat mâinile și mi-a cuprins sfârcurile, apoi a început să mi le ciupească, pe rând.

— Știu ce-ți dorești, a spus el, cu o voce ca de șmirghel. Și ce *nu-ți* place.

Mi-a răsucit un sfârc între degetul mare și arătător și m-a cutremurat un fior de durere, acoperit imediat de un val de plăcere, când mi-a masat sânul.

— Nu vrei atingeri ușoare, delicate, tandre, a spus el, punctând fiecare cuvânt cu un sărut pe ceafă.

A presărat săruturi pe pielea mea, până și-a înfipt dinții în umărul meu. Am șuierat de durere și am scos cel mai gutural sunet din viața mea.

Clay a rânjit și a sărutat locul pe care tocmai îl mușcase.

— Vrei să fii dominată, a continuat el, coborându-și o mână tot mai jos, în timp ce îmi strângea sânii cu cealaltă. Vrei ca cineva să te controleze, să-ți ia *mințile*.

Mi-a băgat o mână între picioare și pe cealaltă și-a înfășurat-o în jurul gâtului meu. Senzațiile pe care mi le-a provocat simultan m-au făcut să mă scutur și să mă prăbușesc peste el. M-am abandonat cu totul.

— Shawn e un artist, un muzician, mi-a susurat el în ureche și a întețit strânsoarea din jurul gâtului.

Respiram cu greutate. Dar îmi plăcea *la nebunie* senzația.

— Dar tu ai controlul asupra multor lucruri în viața de zi cu zi — echipa de fotbal, slujba, școala...

Și-a băgat degetul mijlociu între faldurile mele și l-a plimbat de câteva ori în umezeala adunată, după care l-a scos și mi-a trasat cercuri pe clitoris. Am tremurat sub atingerea lui, dar m-a ținut dreaptă în picioare și a continuat să-mi vorbească:

— Așa că, în dormitor, vrei să preia altcineva controlul în locul tău.

Nu eram în stare să-i spun că eram de acord, mai ales că până atunci nici nu-mi dădusem seama de asta. Fiecare cuvânt era așa de adevărat, că-mi venea să-mi arunc mâinile în aer și să urlu: „Amin!" Fiecare senzație trezită în mine i se datora lui. Eram la mâna lui, la propriu, căci mă revendica în egală măsură cu mâna din jurul gâtului meu și cu cea dintre picioarele mele.

— Nu vrei să fii muza cuiva, a spus el, cu o voce răgușită. Vrei să fii eliberarea cuiva. Și ascultă-mă pe mine, Kitten...

Glasul lui a răsunat profund în urechea mea, apoi mi-a supt lobul.

— ...ești a mea.

Am scâncit la gândul că l-aș putea face pe un tip atât de puternic și de impunător precum Clay să-și piardă controlul. Apoi, deodată, am rămas fără căldura corpului său. Și-a retras mâinile și gura și m-a răsucit cu fața spre el. Aproape că m-am împleticit și am căzut, cu gleznele prinse în haine, însă el m-a ținut în picioare.

Stăteam lipiți unul de altul, cu respirația întretăiată. Ochii lui de smarald au aprins un foc în pântecul meu. Și-a plimbat vârful nasului de-a lungul nasului meu.

— Mi-ai citit cărțile, am spus eu, mirată și bănuitoare.

— La naiba, da!

— De ce?

Clay a înghițit un nod și mi-a mângâiat obrazul cu dosul palmei.

— Mi-am spus că te ajut să-l seduci pe Shawn. Dar adevărul e că le-am citit ca să știu cum să te fac să te simți bine.

Am tremurat la auzul vorbelor lui, cu sfârcurile întărite de aerul rece și de minunata senzație arzătoare.

Voia să mă facă să mă simt bine.

Îmi citise afurisitele de *cărți*.

— Și acum, a spus el, cu o atingere mai aspră.

Degetele lui au urcat între sânii mei și mi-au atins în treacăt un sfârc. Și-a înfășurat iar mâna în jurul gâtului meu preț de o clipă, apoi mi-a înclinat bărbia și mi-a acoperit gura cu degetul mare. Mi-a încercuit buzele cu vârful degetului și a tras de buza de jos, până am deschis gura.

— Treci în genunchi pentru mine, Kitten!

M-am lăsat cu repeziciune în jos, iar el a zâmbit în colțul gurii. Apoi și-a luat penisul în mână și l-a apropiat de buzele mele. Am lins stropul care se strânsese precum o boabă de rouă în vârf și am gemut când i-am simțit gustul. Pe urmă i-am luat vârful întreg în gură.

Clay și-a înfrânat o înjurătură și, cu ochii în fundul capului, și-a îndreptat privirea în sus. Apoi și-a împletit degetele în părul meu, ajutându-mă să-l sug mai bine. Știam ce trebuie să fac, după lecția pe care o avusesem cu el: cum să-mi plimb limba de-a lungul lui, cum să-l țin adânc, în gâtlej, înainte să-i dau drumul când aveam senzația că mă înec. El primea fiecare mișcare cu o expresie de adorare și de apreciere intensă și mă măsura din priviri sau, atunci când era prea mult, se uita în tavan.

Nu la mult timp după aceea, m-a ridicat și m-a ajutat să ies din hainele mototolite în jurul gleznelor, după care m-a așezat pe pat. Și-a ridicat pantalonii și a scos ceva din buzunare, pe care l-a lăsat pe noptieră, apoi s-a aplecat peste mine.

— Chestia asta te-a făcut fleașcă data trecută, a spus el, gânditor, în timp ce presăra săruturi fierbinți pe coastele și șoldurile mele. Hai să vedem dacă și în seara asta o să aibă același efect!

S-a cuibărit între picioarele mele, punându-le pe umerii lui. Mi-a tachinat puțin clitorisul, pe urmă și-a petrecut limba încet și ușor peste mine. M-am cutremurat. Îmi doream cu disperare să-mi separe pliurile, să mă pătrundă și să-mi ofere apropierea pe care mi-o doream.

— Ești udă toată, a confirmat el și mi-a supt clitorisul cu blândețe, după care a testat cu o mână cât de umedă eram. Kitten, ești fleașcă pentru mine.

Îmi plăcea cum vorbea cu mine, cum fiecare cuvânt porcos mă făcea să-mi arcuiesc spatele, să gem și să tânjesc după el.

Mi-ar fi plăcut să fac și eu asta, să-i răspund la remarci și să-i stârnesc aceleași senzații. Dar eram redusă la tăcere de fiecare atingere, de fiecare sărut, de fiecare apăsare a limbii lui fierbinte pe clitorisul meu, în timp ce îmi depărta faldurile încet și începea să se joace cu mine.

— Arată-mi cum vrei să fac, mi-a murmurat cu gura lipită de pielea sensibilă. Folosește-te de mâna mea ca să-ți provoci plăcere.

Am scâncit, străduindu-mă să trag aer în piept și l-am privit printre pleoapele întredeschise cum mi-a tras mâna spre a lui și s-a lăsat iar între picioarele mele. A zăbovit o clipă aproape de despicătura mea, până când i-am apăsat degetele înăuntru. N-a întâmpinat o rezistență puternică, căci deja eram udă de dorință. Am gemut amândoi când degetele lui au intrat în mine.

— Doamne, îmi place la nebunie să simt cum se desface păsărica asta strâmtă doar pentru mine! a spus el, cu glas aspru.

M-am cutremurat când i-am simțit degetele care ba se retrăgeau, ba se mișcau frenetic atunci când îi strângeam mâna.

Lent, dar fără să se oprească, m-a făcut să mă deschid complet, gustându-mi clitorisul cu limba, în același ritm cu mișcarea degetelor dinăuntrul meu, deși eu le controlam. A păstrat ritmul impus de mâna mea și, la scurt timp, am început să mă zvârcolesc sub atingerea limbii și a degetelor sale. Mă apropiam de extaz. Simțeam că mi se aprinde fiecare terminație nervoasă din corp.

— Clay! l-am implorat, iar el a știut ce am nevoie, fără să mai adaug ceva.

A preluat controlul și degetele lui au continuat să se miște aproape la fel, după care a iuțit, treptat, ritmul. Limba lui a ținut pasul. Mi-am înfipt unghiile în cearceaf când am simțit cum explodez într-un milion de stele. Tremuram toată și inima mi-a luat-o la galop.

Nu avusesem decât câteva orgasme până atunci, însă mi se părea din ce în ce mai bine, de fiecare dată. Era ca și cum corpul meu devenea din ce în ce mai priceput la a profita din plin de plăcerea pe care Clay era hotărât să mi-o ofere.

Am țipat la ultimul val de plăcere și am tremurat în brațele lui, apoi m-am înmuiat.

— Ce fată bună! m-a lăudat Clay și mi-a cules umezeala cu gura, însetat.

A venit lent deasupra mea și a adăugat:

— Sper că știi că e doar primul din noaptea asta.

I-am zâmbit și am chicotit, încercând să-mi liniștesc respirația. Pe urmă l-am căutat din nou. Mi-am încolăcit brațele în jurul gâtului lui și l-am tras spre mine, pentru un sărut cât mai pasional.

— Sunt gata!

Clay a înghițit în sec și mi-a răspuns la sărut, apoi s-a întins să ia de pe noptieră pachetul pe care-l pusese acolo mai devreme. Am auzit cum rupea ambalajul și abia atunci mi-am dat seama ce era.

Inima mi-a luat-o la goană. Îmi bătea atât de puternic, că o auzeam răsunând în urechi. Îmi imaginam că și Clay o auzea, pentru că s-a oprit cu prezervativul într-o mână, iar cu cealaltă mi-a dat la o parte părul din ochi.

— Putem să așteptăm, mi-a zis.

— Nu.

M-am întins după prezervativ, i l-am smuls din degete, apoi l-am sărutat și i-am căutat pe orbecăite erecția. După ce i-am luat penisul în mână, am rulat încet cauciucul. Clay a gemut pe buzele mele și s-a împins în mine.

— Am nevoie de tine înăuntrul meu, i-am șoptit și mi-am rotit șoldurile spre el. Vreau să fii primul care intră în mine. Vreau să fii primul cu care să simt asta.

A mârâit, m-a mușcat de buza de jos, apoi mi-a prins încheieturile mâinilor. Mi le-a pus deasupra capului și s-a ridicat puțin să se uite la mine, pe când mă zvârcoleam și gâfâiam pentru el.

— Vrei să fiu *singurul*, m-a corectat și i-am răspuns că da, cu voce întretăiată.

Pleoapele i-au tremurat încetișor când am rostit cuvântul. Cu fălcile încleștate, a întins o mână între noi și s-a pregătit să mă penetreze. Mi-am ținut mâinile unde mi le-a lăsat și mi-am înfipt degetele într-o pernă, agățându-mă de ea ca de un colac de salvare.

Și-a pus vârful penisului între faldurile mele, apoi l-a trecut peste umezeala mea și l-a apropiat de zona mea incredibil de sensibilă. S-a oprit, m-a privit în ochi și a încercat să intre doar cât să mă deschidă.

Am icnit, copleșită de amestecul de plăcere și durere, la fel ca prima oară când își folosise degetele.

Aerul de dominator i-a dispărut de pe chip și s-a aplecat deasupra mea. M-a sărutat și m-a întrebat cu îngrijorare, pe un ton blând:

— Ești bine?

Am încuviințat, l-am îmbrățișat și mi-am răsfirat degetele prin părul lui. L-am strâns în brațe, sărutându-l și mai apăsat, apoi mi-am ridicat bazinul, ca să-l ajut să intre mai mult în mine.

Am tras amândoi aer în piept, după care Clay a preluat din nou controlul. S-a retras puțin și m-a atins iar cu vârful. Apoi m-a pătruns mai mult.

Durerea s-a intensificat, dar a dispărut grație săruturilor lui blânde. La fiecare rotire de șolduri, mă pătrundea și mai tare. Și iar, de la capăt, puțin câte puțin, m-a deschis, intrând din ce în ce mai adânc în mine, în timp ce mă săruta cu venerație. Inima îi bătea în piept la fel de nebunește ca a mea.

În cele din urmă, a scos un geamăt și m-a umplut.

Am tresărit amândoi. M-am agățat de el, cu unghiile înfipte în spatele lui. Clay îmi presăra sărutări blânde pe gât.

— Doamne sfinte, Kitten! a gemut el, apoi s-a retras ușor și m-a pătruns iar, cu totul. Se simte incredibil.

Nu eram în stare să vorbesc, să-i spun că și mie mi se părea incredibil. Era mult prea rapid ca să fie ceva normal, dar mă apropiam de încă un orgasm.

— O... o să...

Am încercat să-i spun, să articulez cuvintele care i-ar fi arătat ce simțeam. Indiferent că și-a dat seama de unul singur sau nu, Clay mi-a oferit exact ce aveam nevoie. A alunecat puțin în afară și a intrat din nou în mine, găsind ritmul potrivit. Mă săruta pe gât și îmi frământa sânii cu mâna lui mare și caldă.

Nu știam care senzație era mai covârșitoare. Mi-am desfăcut și mai larg picioarele pentru el, fiindcă aveam nevoie de mai mult.

Clay s-a ridicat în palme deasupra mea. I-am urmărit mișcările senzuale din bazin, în timp ce făcea dragoste cu mine. Era cea mai hedonistică și minunată imagine din toată viața mea. Abdomenul i se încorda și i se relaxa cu fiecare mișcare. Privirea lui încărcată de dorință a rămas ațintită în a mea, pe când încerca să mă aducă mai aproape de final.

— Clay! am susurat, deopotrivă temătoare și surescitată în fața senzațiilor care deveneau mai copleșitoare.

— Ia-o! mi-a poruncit.

Mâna mi-a țâșnit numaidecât între picioare și abia ce mi-am atins clitorisul cu vârfurile degetelor, că mi-am găsit eliberarea.

Mai puternic decât cel dinainte, decât orice simțisem până atunci, orgasmul m-a scuturat din cap până în picioare. Am lăsat să-mi scape un țipăt. Mi s-au contractat mușchii vaginului în jurul penisului lui, iar Clay și-a păstrat ritmul. Apoi m-am zvârcolit în cearceafuri și mi-am trecut unghiile peste pătrățelele abdomenului său.

— La naiba, Giana! a gemut el.

Pe măsură ce orgasmul meu se termina, el și-a iuțit ritmul. Nu mai avea mult.

M-am apăsat în palme și în călcâie, să mă opintesc și eu în el.

— Ah, fir-ar! a izbucnit Clay, privindu-mi sânii care săltau necontrolat de fiecare dată când mă împingeam în el.

Mi-am lipit gura de a lui și el a terminat, cu un geamăt.

I-am simțit mișcarea spasmodică în timp ce ejacula în prezervativ. Am simțit fiecare țâșnitură. Dorința de a-l gusta așa cum o făcusem în noaptea de la Observator mi-a lăsat gura apă.

Nu-mi dorisem vreodată nimic mai mult decât să-l fac pe Clay să aibă orgasm, să-l simt cum termină în mine și să știu că *eu* fusesem cea care-i provocase o asemenea plăcere.

S-a prăbușit deasupra mea și m-a împins în așternuturi. M-a strâns ușor de un șold și s-a mai împins o dată în mine, cu o ultimă sforțare. L-au trecut fiorii, apoi și-a lipit fruntea de a mea. Gâfâiam amândoi și aveam pielea umedă.

Pe cât de neînduplecat preluase controlul, pe atât de lesne l-a cedat.

— Te simți bine? m-a întrebat cu blândețe, căutându-mi privirea și sărutându-mi vârful nasului.

— Al naibii de bine!

A surâs și s-a uitat la mine cu o sprânceană ridicată.

— Și eu la fel, a spus, apoi a făcut o pauză. Haide! La duș!

A ieșit cu grijă din mine, a aruncat prezervativul, apoi m-a ajutat să mă ridic. Abia când am încercat să pășesc mi-am dat seama că aveam nevoie de ajutor. Picioarele îmi tremurau și coapsele mă dureau după cât de mult îmi încordasem fiecare mușchi din corp. Am avut două orgasme și l-am ajutat și pe el să termine.

Clay a dat drumul la robinet, apoi m-a ajutat să intru în duș. A venit lângă mine și a tras perdeaua, învăluindu-ne pe amândoi într-o enclavă caldă și întunecată.

M-a înconjurat cu brațele și a lăsat apa să mi se prelingă pe spate. Am oftat mulțumită, copleșită de o beatitudine pură.

Clay m-a ținut în brațe o bună bucată de timp, după care s-a tras deoparte și mi-a căutat privirea. Mi-a luat fața în mâini, m-a forțat să-l privesc drept în ochi și mi-a spus:

— Îți mulțumesc că ai avut încredere în mine, că m-ai lăsat să fiu primul.

Mi-am înăbușit un zâmbet.

— Tu chiar ești ca un iubit din cărți, știi asta? i-am zis.

A râs înfundat și m-a strâns la piept, sărutându-mă pe părul ud.

— O să fiu și mai bun de atât, a zis. Așteaptă și o să vezi!

N-am avut nici cel mai mic dubiu că era o promisiune pe care nu avea să și-o încalce vreodată.

Capitolul douăzeci și trei

Clay

Nu mă simțisem niciodată atât de complet.

Nici cu mingea de fotbal în mână, nici în brațele maică-mii, mândră că absolvisem liceul, nici în vreunul din momentele pe care le trăisem alături de Maliyah.

Nimic nu îmi umpluse sufletul mai mult ca atunci când m-am trezit lângă Giana.

Buclele ei castanii stăteau ciufulite în toate direcțiile, iar șuvițele aurii din părul ei formau un fel de nimb în jurul capului așezat pe pernă. Cu gura întredeschisă, răsufla ușor printre buzele trandafirii. Din colțul gurii îi picura un pic de salivă.

Am zâmbit, admirându-i chipul scăldat în lumina care se strecura prin jaluzele. Brusc, mi-am dat seama cât de diferită ar fi putut fi noaptea trecută, cât de diferită ar fi putut fi dimineața asta, dacă aș fi luat altă decizie, dacă nu mi-aș fi spus „La naiba!" și n-aș fi venit să-mi caut fata.

Aveam o strângere de inimă la gândul ăsta.

Totul depinsese de o singură alegere. De un singur moment în care mă hotărâsem să nu mai tac, indiferent câtă durere i-aș fi provocat și ei, și mie, spunând lucrurilor pe nume. Mă lăsasem condus de mândrie timp de aproape o săptămână, iar aceasta mă apăsase ca o povară la gândul că Giana chiar își dorea întâlnirea cu Shawn. Doar asta îi promisesem că o să obțină.

Cu o seară înainte, când antrenorul ne dăduse liber și ne sfătuise să ne odihnim pentru meciul de azi, știusem că n-aș fi reușit să fac asta, dacă nu-i împărtășeam Gianei sentimentele mele pentru ea.

O parte din mine își dorea să fi fost îndeajuns de înțelept ca să-i fi mărturisit totul cu o săptămână în urmă, când mi se aruncase în brațe, pregătită să fie a mea. Dar nu mi se păruseră potrivite nici momentul, nici atmosfera. Și poate că tocmai suferința din ultimele șapte zile a făcut ca noaptea trecută să fie așa de dulce.

O simțise și ea.

Și ea mă dorea pe mine.

Doamne, chiar și acum, când îmi aminteam cum îmi șoptise că e a mea, pieptul îmi zvâcnea, plin de fericire și de bucurie.

Să am o fată ca Giana, dornică să mi se deschidă, care să aibă completă încredere în mine și să mi se dăruiască în întregime era suficient pentru ca orice om zdravăn la cap să-și piardă mințile.

Nu aveam cum să consider că pur și simplu mi se cuvenea așa ceva.

Un camion de gunoi din stradă s-a oprit cu zgomot și Giana s-a trezit. A clipit de câteva ori și și-a umezit buzele. M-a privit cu ochi mari, mirați, când a observat că o fixam cu privirea.

— Bună dimineața! am salutat-o.

A clipit și imediat și-a ascuns chipul sub pilotă.

— Ah, Doamne, uită-te în altă parte! Închide ochii, să dau o fugă la baie, a zis ea.

Vorbele ei s-au auzit înăbușit sub pilotă. Am pufnit în râs și i-am tras-o de pe cap, după care am luat-o în brațe și am sărutat-o pe îndelete. Nu aveam de gând să fac altceva în dimineața aceea.

— Ce frumoasă ești! i-am spus.

— Nu la șapte dimineața.

— Mai ales la șapte dimineața, am continuat, sărutându-i nasul, fără să-i dau drumul. Cum te simți?

Treptat, a renunțat să mi se împotrivească și mi s-a topit în brațe. Și-a trecut unghiile peste brațul meu.

— Nemaipomenit, a murmurat, ușor îmbujorată. Mă doare și sunt deshidratată, a adăugat, râzând. Dar... nemaipomenit.

Mi-am întrepătruns degetele cu ale ei și le-am ridicat spre buze ca să-i sărut fiecare vârf în parte. M-a privit încruntată, în timp ce o umbră de zâmbet i se ivea pe buze.

— Asta e de-adevăratelea, am spus, sperând să-i pot calma orice neliniște care i s-ar fi putut strecura în minte, la lumina zilei. Tu și cu mine, suntem de-adevăratelea.

A dat drumul unui oftat adânc și a zis:

— Deci n-am visat.

— De parcă ai fi vreodată în stare să-ți imaginezi ceva *atât* de incitant.

Giana a pufnit și și-a dat ochii peste cap, după care s-a urcat pe mine. Am lăsat-o să-și găsească locul și m-am întins pe spate. S-a așezat deasupra, cu genunchii de o parte și de alta a șoldurilor mele.

— Și atunci, ce înseamnă asta pentru noi, acum?

— Ce ai vrea să însemne?

Giana a tăcut o vreme, cu mâinile împletite în ale mele și a ridicat dintr-un colț al gurii, gânditoare.

— Ei bine, a început ea. Nu cred că e nevoie să se schimbe prea multe, nu? Toată lumea crede deja că noi suntem împreună.

— Greșit, am întrerupt-o eu. Se vor schimba foarte *multe*. Pentru că dacă până acum mi-a fost greu să-mi țin mâinile departe de tine, de-acum înainte o să-mi fie a naibii de imposibil.

Mi-am plimbat privirea peste sânii ei, vizibili prin maioul alb, transparent, pe care și-l pusese pe ea, după dușul de azi-noapte. Dormise în niște pantalonași atât de scurți, că abia îi acopereau fundul. Mi-am desfăcut mâinile din ale ei și mi le-am lipit de fundul ei, apoi am împins-o spre penisul meu, care mi se întărea.

Și-a mușcat buza de jos și s-a frecat de mine, pentru a-mi oferi atingerea pe care o căutam.

— Bla, bla! m-a luat ea peste picior.

Mi-a scăpat un geamăt când i-am simțit zona sensibilă și fierbinte alunecând peste erecția mea țeapănă. Am tras-o și mai aproape de mine, până când mi-am înconjurat brațele în jurul ei și m-am scăldat în căldura trupului ei.

— Indiferent cât de mult mi-ar plăcea să văd cum mă călărești la lumina zilei, ar trebui să te odihnești după seara trecută, i-am spus, ridicându-mi bazinul ca să-i arăt cât de *mult* îmi doream asta.

S-a bosumflat în brațele mele.

— Crede-mă pe cuvânt! am zis. O să te doară mult mai tare decât crezi.

— Ba sunt bine! m-a contrazis ea.

I-am aruncat o căutătură, pe urmă, dintr-o pornire de egoism și de încăpățânare, pentru a-i dovedi că știam despre ce vorbeam, mi-am plimbat degetele în sus pe coapsa ei și pe sub pantalonii scurți. Giana s-a cutremurat când mi-a simțit degetul pe clitoris, dar în clipa în care l-am împins ușor înăuntru, a șuierat de durere și s-a retras.

— Vezi? am întrebat-o, ridicând din sprâncene.

Giana a consimțit, cu un oftat.

— Și-n afară de asta, trebuie să ajung la stadion, am adăugat. Autocarul pleacă într-o oră.

A clipit de câteva ori, de parcă atunci ar fi ieșit din transă.

— Ah, fir-ar să fie! E zi de meci!

A sărit imediat din pat, a aruncat o privire la ora afișată pe telefon și s-a năpustit la șifonier.

— Nici măcar nu mi-am pregătit geanta, a spus ea.

— Nu stăm decât o noapte.

— Ar fi trebuit să fiu deja acolo. Trebuie să pregătim echipamentul.

— O să se descurce Charlotte și singură.

Giana continua să cotrobăie prin haine, așa că m-am ridicat și am luat-o pe sus, apoi am lipit-o de mine. M-am așezat din nou pe pat, cu ea în poala mea.

— Fiară ce ești! m-a dojenit în glumă și m-a lovit peste piept.

— Îți place când sunt așa.

— Ăsta e încă un truc pe care l-ai învățat din cărțile mele?

— Cărțile tale sunt ca harta comorii. Nu trebuie decât să urmăresc paginile îndoite și pasajele subliniate, ca să dau de aur.

I-am mângâiat coapsele până când am cuprins-o cu palma, prin pantaloni. A oftat, cu capul prăbușit pe pieptul meu și s-a frecat de mâna mea. Preț de o clipă, a rămas neclintită, după care s-a răsucit și m-a încălecat.

— A fost oribil azi-noapte, a spus, încruntată. Cu Shawn. Adică, ar fi fost în regulă, dacă nu m-aș fi gândit numai la *tine*. Poate că așa ar fi fost o întâlnire reușită. Numai că mi-era așa de rău, a recunoscut ea, clătinând din cap. Când m-a sărutat, am...

— Te-a sărutat?

Răceala din vorbele mele a redus-o la tăcere.

— Mda..., a răspuns, într-un târziu.

Am scrâșnit din dinți.

— O să-l omor.

— Hei! Tehnic vorbind, ăsta ne-a fost planul. Nu cred că putem să-l omorâm pentru că a făcut exact ce ne-am dorit să facă.

Mi-am arcuit sprâncenele, cu o expresie sceptică, dar Giana și-a trecut degetele peste ele și m-a sărutat prelung.

— Nu-l vreau pe Shawn, a rostit ea, cu buzele lipite de ale mele. Am fost a ta de la primul nostru sărut fals.

Am oftat și mai adânc și am strâns-o în brațe.

— Sărutul ăla n-a fost *deloc* unul fals, i-am spus.

Giana și-a îngropat o clipă capul în pieptul meu, apoi a sărit din poala mea, m-a apucat de mână și m-a ridicat din pat.

— Haide! Avem de câștigat un meci, mi-a zis ea, aruncând tricoul spre mine.

Am prins-o de încheietură și am tras-o din nou în brațele mele.

— Eu cred că deja am câștigat.

A zâmbit în timp ce o sărutam și s-a lăsat pe spate, după care m-a dat deoparte.

— Îmbracă-te! Acum! a insistat ea și a plesnit din degete, arătând spre tricoul din mâna mea. Poți să încerci mai târziu una din scenele subliniate în cărțile mele.

— Fii convinsă că o să încerc! Scenele alea subliniate din *Sated Love* sunt...

Cu obrajii arzând de rușine, Giana m-a lovit peste piept și mi-a făcut vânt spre ușă.

— Fă-ți singur micul-dejun, hoțule de cărți ce ești! s-a răstit ea.

Dar tot s-a topit în brațele mele când am tras-o spre mine, ca să-i mai dau un sărut.

***

— HAIDEȚI, BĂIEȚI! BLOCAȚI-I!

Glasul antrenorului Sanders s-a auzit prin vuietul mulțimii din stadion, acoperind cei aproape treizeci de mii de oameni din tribune, dintre care cei mai mulți purtau culorile echipei adverse. Echipa Waterville University Bandits avea cel mai numeros public din tot statul. Îi depășea cu mult pe cei câțiva studenți de la North Boston University care fuseseră îndeajuns de dedicați ca să-și plătească drumul din Boston, pentru a ne face galerie.

Așa fusese atmosfera în toate cele patru reprize.

Și de data asta s-a revărsat ploaia peste noi, doar că acum vremea era deja suficient de rece ca ploaia să se transforme în lapoviță, ceea ce făcea condițiile de joc absolut oribile. Eram atât de obosit și mă dureau toate în așa hal, încât atunci când m-am aplecat într-o nouă poziție de joc, am crezut că o să-mi cedeze corpul. Dar mi-am concentrat atenția asupra scopului nostru.

Să oprim ofensiva echipei Bandits.

Ne conduceau doar cu trei puncte și mai aveam mai puțin de un minut de joc, adică destul cât să trimitem mingea în adâncime la Riley. Ea trebuia să șuteze și să ne aducă egalul, ca să intrăm în prelungiri. Dar dacă mai înaintau, atunci ajungeau din nou în zona de înscriere a unui *field goal* — și atunci am fi rămas clar în urmă cu un *touchdown*.

Mingea a ieșit și am țâșnit în lung de linie, căutându-l pe *wide receiver*-ul pe care-l acopeream. L-am găsit, indiferent cât a încercat să se eschiveze și să scape. Am observat ochii înnebuniți ai coordonatorului de joc din echipa Bandits. Coechipierii mei își făceau treaba de minune.

Nu avea cui să arunce mingea și nefericitului i se mai scurgea și timpul, pe deasupra.

Unul dintre apărătorii noștri s-a demarcat, a sărit pe coordonatorul de joc și a căzut cu el, într-o mișcare care a amuțit tot stadionul, mai puțin colțul plin cu studenții de la North Boston University.

Ne-am felicitat în drum spre bancă, știind că, dacă pierduseră o minge așa de importantă, nu mai aveau să încerce să înscrie din nou. Cât și-au preluat locurile cei din echipele speciale[1], am dat pe gât niște apă, străduindu-mă să-mi păstrez bruma de energie pe care o mai aveam pentru ceea ce urma.

Am avut nevoie de un efort colosal ca să mă concentrez asupra meciului și nu la Giana.

Era ceva complet nou pentru mine. De mic copil, fotbalul îmi solicitase întreaga atenție. Chiar și cât fusesem cu Maliyah, fata cu care credeam că o să mă însor, reușeam să mă concentrez asupra meciului.

Cu Giana, situația era cu totul alta.

Era și ea pe marginea terenului. Direcționa reporterii și camerele de filmat cu o atitudine de fier, neînduplecată. Era greu de crezut, dar Giana reușea să se descurce cu profesioniști care erau cu cel puțin cinci ani mai mari decât ea, unii chiar mai mult de atât. Și pe studenții sportivi îi dirija la fel, ceea ce era la fel de dificil precum stăpânirea unei mulțimi de pisici. Dar în ultimul an și jumătate, Giana își descoperise vocea și căpătase încredere în sine. Se adresa mult mai clar și mai răspicat tuturor, știa foarte bine ce avea de făcut și putea să-și păstreze sângele rece la muncă.

Nu aveai cum să n-o admiri, mai ales că, atunci când eram doar noi doi, *știam* cum s-o aduc la extaz pe fata aceea stăpână pe sine.

Zeke a prins mingea la linia de 10 yarzi[2] și m-a readus la realitate. L-am urmărit cum zboară pe teren aproape 30 de

[1] În fotbalul american, fiecare echipă e alcătuită din apărare, ofensivă și echipele speciale. Cele din urmă intră pe teren doar când mingea e degajată.

[2] Aproximativ 9 metri.

yarzi[1], până când a fost doborât la pământ. Mi-am păstrat atenția asupra jocului și l-am observat imediat pe Holden înaintând cu linia ofensivă, pe care a condus-o cu o mulțime de pase, până în zona de înscriere.

Nu a fost însă nevoie.

Deși ar fi trebuit doar să alerge puțin după pasa primită, Leo Hernandez a găsit o deschidere și a țâșnit, fentându-i pe toți apărătorii care s-au prins mult prea târziu, așa că n-au avut de ales decât să-l urmărească.

Și uite așa, am înscris un *touchdown*, cu doar câteva secunde înainte de scurgerea timpului pe tabela de marcaj.

A fost îndeajuns pentru ca Riley să șuteze pentru punctul extra și ca Bandits să spună o rugăciune, care nu i-a ajutat la nimic.

Am învins.

Știam că eram pe val, eram de neoprit.

***

Nici măcar dușul cu apă clocotită nu a reușit să-mi dezghețe oasele amorțite de zloata din timpul meciului, dar, odată îmbrăcat cu pantalonii de trening, m-am simțit un pic mai confortabil. Toată echipa era fericită. Am glumit cu toții cât am stat la dușuri și cât ne-am îmbrăcat, gata să ne urcăm în autobuzul care urma să ne ducă la hotelul unde înnoptam. Nu aveam niciun dubiu că restul echipei avea de gând să sărbătorească.

Spre deosebire de ei, eu aveam alte planuri.

— Și, ia ziceți, în ce bar de doi bani mergem în noaptea asta? a întrebat Leo, jucând din sprâncene, cu prosopul pe după gât.

— Am găsit eu unul, îi zice *Pubela Nebună,* i-a răspuns Riley și i-a arătat telefonul cu recenziile pe care le citise. Un bar pentru

[1] Aproximativ 27 de metri.

studenți. Cică e foarte strict cu buletinele contrafăcute, dar asta nu ne-a oprit până acum.

— Ia auziți-o pe Novo cum intră în spiritul echipei! a lăudat-o Leo.

— După așa o victorie? a spus Riley și a arătat cu degetul mare peste umăr. Intrăm sigur în calcule pentru un *bowl game*.

— Și nu un meci oarecare, a adăugat Zeke, petrecându-și un braț pe după umerii ei și sărutând-o pe tâmplă. Ci *marele* meci.

Am început să dau din cap pe ritmul imnului campionatului și să bat darabana cu degetele în ușa dulapului meu.

— *Cam-pio-nat! Cam-pio-nat! Cam-pio-nat!* am scandat eu.

Am cântat și am dansat și mi s-au alăturat și ceilalți, iar la scurt timp se auzeau voci de pretutindeni, de pe bănci, din tribune. Era un haos absolut și era incredibil de plăcut — cum numai o echipă pe punctul de a-și asuma măreția putea să simtă.

Urmăream captivat nebunia din jur, când am simțit niște mâini reci care mi-au acoperit ochii.

Am zâmbit, gata să mă întorc și s-o sărut pe Giana, așa cum muream s-o fac de la începutul meciului. Doar că nu vocea ei am auzit-o.

— Ghici cine?

Era Maliyah.

Am înțepenit, i-am dezlipit degetele de pe fața mea și m-am întors s-o privesc, cu un aer plictisit.

De-abia ieșise de la duș și avea părul ud prins într-un coc neglijent în creștetul capului. Purta un trening larg al echipei de majorete. Cu toate că o salutasem fără niciun pic de entuziasm, Maliyah și-a păstrat zâmbetul larg pe chip și a țopăit pe vârfuri.

— Super joc, scumpule!

Chipul mi s-a schimonosit când am auzit numele de alint, dar am decis să-l ignor. M-am întors cu fața spre dulap și am început să-mi pregătesc geanta.

— Mersi!

— Deci când o să ieșim la întâlnire? m-a întrebat ea și s-a strecurat între mine și dulap, încercând să mă împiedice să-mi iau adidașii.

M-am încruntat, confuz și abia pe urmă mi-am amintit de licitația aia tâmpită.

— Cred că-ți dai seama că nu-i o întâlnire adevărată, nu?

— Eu pentru asta am plătit, mi-a întors-o ea.

Am îndepărtat-o politicos din drum, ca să termin de strâns propriile lucruri.

— Și-n afară de asta, n-am apucat deloc să petrecem timp împreună, de când am venit la North Boston University.

— Și din cauza cui?

O expresie de dezamăgire i-a apărut pe chip, dar a alungat-o și mi-a zâmbit.

— Mi-a fost dor de tine! a spus ea. Ne-ar prinde bine să petrecem puțin timp împreună. Să vorbim.

— N-am nimic să-ți spun.

— Clay...

— Uite, poți să iei voucherul de picnic și să ieși cu cineva care chiar dă doi bani pe tine, i-am spus și am trântit ușa vestiarului, apoi mi-am atârnat geanta de umăr. Sau poți să mă inviți pe mine și o să stăm amândoi în tăcere. Tu alegi.

Nu înțelegeam de ce mă treceau fiori de furie pe șira spinării. Poate că îmi răsuna în urechi vocea lui taică-miu, când îmi dezvăluise tehnicile ei de manipulare, pe care nu observasem până atunci că le folosea cu mine. Sau poate că Giana era de vină, după ce mă făcuse să-i promit că o să mă pun pe mine pe primul loc, fără să mai dau înapoi când vine vorba de interesele mele.

Indiferent de motiv, nu mai eram deloc interesat de jocurile astea cu fosta mea iubită.

— Mă îndoiesc că o să stăm fără să vorbim, m-a contrazis Maliyah, încercând în continuare să privească situația cu umor.

Am văzut în privirea ei că avea de gând să se întindă spre mine, să mă atingă, dar i-am luat-o înainte și m-am ferit de ea. Apoi m-am îndreptat spre ușă.

M-a urmat numaidecât.

— Care naiba e problema ta? m-a provocat Maliyah, apoi m-a prins de braț și m-a răsucit spre ea.

Aș fi putut să-i dau lesne mâna laoparte, dar într-un fel eram deja pregătit de ceartă.

— Problema *mea*? am repetat, nevenindu-mi să cred.

Nu-mi păsa că jumătate din băieții din vestiar se opriseră din scandat și ne ascultau conversația. Am pășit spre ea. O dominam cu statura mea. Maliyah s-a tras un pas înapoi.

— Sunt fericit, Li, asta-i tot.

Am făcut o pauză, ca ea să înțeleagă ce-i spuneam. Privirea ei s-a îmbunat și în acei ochi căprui am întrezărit ceva asemănător cu durerea.

— Ești în stare să accepți asta și să mă lași naibii în pace, să fiu și eu *fericit*?

Am așteptat să văd dacă mai avea ceva de adăugat. Când n-a mai scos nicio vorbă, am clătinat din cap, exasperat și m-am întors pe călcâie, lăsând-o și pe ea, și pe restul echipei în urmă. M-am dus direct la autocar.

***

Am așteptat să iasă în oraș aproape toată echipa, să se retragă și antrenorii în camerele lor și ca Holden să fie desemnat responsabil să-i anunțe dacă se întâmpla ceva neprevăzut. Aproape că îmi părea rău pentru coordonatorul nostru de joc, pentru căpitanul și liderul nostru. Era cel mai responsabil dintre toți. Purta o povară imensă pe umeri.

Dar o făcea cu mândrie.

— Ești sigur că nu vrei și tu să vii? m-a întrebat din pragul ușii camerei de hotel.

Știam că nu mă întreba neapărat fiindcă ar fi vrut să mă vadă petrecând, ci mai ales fiindcă urma să fie singur cu gașca dezlănțuită căreia îi ziceam echipă, mai ales după o astfel de victorie.

I-am zâmbit.

— Îmi pare rău, omule! Am alte planuri.

Holden mi-a întors zâmbetul, dar n-a dat să plece. Mă privea în continuare, cercetându-mă îndeaproape.

— Ce e? l-am întrebat.

A ridicat din umeri.

— Nimic. Doar că... îmi pare rău pentru ce ți-am spus mai devreme, la începutul sezonului, despre Giana. Acum știu că înseamnă mult mai mult pentru tine decât un simplu ajutor să treci peste Maliyah.

Mi-am dus mâna la ceafă și i-am răspuns:

— Păi, sincer să fiu... n-ai greșit. Cel puțin, nu la început. Dar acum? Sunt așa de topit după fata asta, că sunt speriat de moarte.

Holden a pufnit în râs:

— Mda, păi, nu știu cum se simte asta. Dar am încredere în tine. Și mă bucur pentru tine, a continuat și m-a arătat cu degetul. Doar să rămâi la fel de concentrat pentru restul meciurilor din sezon, bine? Și nu lua note mici! Poți s-o iubești toată primăvara, dacă vrei, dar mai am nevoie de tine câteva luni de acum înainte.

— Da, să trăiți, căpitane! l-am salutat cu mâna la tâmplă. Chiar n-ai simțit niciodată așa ceva pentru nicio fată?

— Haide, Johnson! a zis, lovindu-se cu mâna în piept. Știi că fotbalul este iubirea vieții mele.

Am ridicat dintr-o sprânceană, mirat.

— Mda, păi, o să vedem cât o să dureze asta, am comentat.

Mi-a răspuns cu un zâmbet, în timp ce ieșea pe ușă. De cum s-a făcut nevăzut, i-am trimis un mesaj Gianei, ca să mă asigur că puteam s-o vizitez.

Din fericire, nu era nevoită să împartă cu cineva camera de hotel, ca băieții din echipă. Ea și Riley erau singurele care se bucurau de un asemenea privilegiu. Chiar și atunci când ne însoțea Charlotte, aceasta era mult prea pretențioasă ca să împartă camera cu vreun angajat de-al ei. Dar la jocul acesta nu venise, ci o lăsase pe Giana să se descurce de una singură, pentru că fusese nevoită să plece în cealaltă parte a țării, la nunta unei prietene.

Până și aspectul ăsta ar fi trebuit să-i dea de înțeles Gianei, și oricui altcuiva, de altfel, cât de bună era la ceea ce făcea.

M-am furișat pe holul hotelului, spre lift și am urcat cele două etaje care mă despărțeau de Giana. Mi-a deschis ușa înainte să apuc să ciocăn, m-a tras înăuntru și mi s-a topit în brațe. Mirosul ei m-a subjugat. I-am adulmecat părul proaspăt spălat, cu arome de zmeură, în timp ce mă săruta apăsat și prelung. Am inhalat sărutul și pe fata asta, cu totul, apoi am îmbrățișat-o cât mai strâns, înaintând pe bâjbâite în camera ei.

— Mi-a fost dor de tine! mi-a susurat Giana, cu gura lipită de a mea.

— M-ai văzut de dimineață. Și pe tot parcursul meciului.

— Taci din gură și spune-mi că și ție ți-a fost dor de mine!

Am râs, dar am continuat s-o sărut și am așezat-o pe pat. Mă făcea să mă simt în largul meu cu inocența ei. Că era părul ud, pielea fierbinte, tricoul lăbărțat de pe ea și pantalonii minusculi în care dormea și pe care-i iubeam la nebunie, nu conta. Pentru mine, Giana întrupa sentimentul de acasă.

Pentru mine, *ea* era acasă.

— Și mie mi-a fost dor de tine, am murmurat, vârându-mă între picioarele ei și așezându-mi coatele de o parte și de alta a capului ei, pe pat. Mi-a fost dor de zâmbetul tău, am continuat și i-am sărutat buzele. Și de râsul tău.

Încă un sărut și Giana a râs, ca să-mi facă pe plac.

— Și să te simt încolăcită în jurul meu.

A prins ideea din zbor. Și-a petrecut gleznele peste spatele meu și m-a tras spre ea, apoi a adâncit sărutul. Îi simțeam limba dornică să exploreze. Mi-a ieșit în întâmpinare și s-a frecat de mine. A lăsat să-i scape un scâncet slab.

Am gemut, la rândul meu și i-am oprit mișcarea șoldurilor.

— Femeie! am avertizat-o.

— Sunt bine, a protestat, în timp ce se zbătea să-mi scape din strânsoare. N-o să mă doară decât o secundă, dar vreau asta. Te vreau pe *tine*!

Doamne sfinte!

Nu știu cum ar fi putut cineva să-i reziste Gianei Jones.

Eu, unul, știam sigur că nu eram bărbatul potrivit să încerce așa ceva, nu când Giana mă strângea și mă trăgea spre ea, cerându-mi să-i dau și mai mult.

Era altfel față de noaptea trecută. Ne mișcam mai încet. Ne-am dezbrăcat pe rând, unul pe celălalt, în tihnă. I-am presărat sărutări pe burtă când și-a dat jos tricoul și am ajutat-o să-și scoată pantalonii scurți, apoi m-am așezat comod între picioarele ei, pregătit de un festin.

Eram dependent de ea, de felul în care, atunci când îi auzeam sunetele de plăcere, mi se trezeau și mie simțurile la viață. Mă delectam la gândul că eu eram cel care îi oferea plăcere, văzând-o cum strângea cearceaful în pumni, de fiecare dată când treceam cu limba peste ea.

Nu m-am grăbit, i-am sărutat, lins și supt zona aceea incredibil de sensibilă, până când am văzut-o pe Giana udă toată și excitată, dornică să termine. Voiam să fie pregătită pentru mine, să-i estompez durerea pe care știam că o simțea după primul ei contact.

Când și-a desfăcut și mai larg picioarele, încercând să termine, cu ochii strânși, am încetinit și am început s-o sărut pe corp, până la gură.

— Nu! a scâncit ea și am pufnit în râs.

M-am rostogolit cu ea în brațe, ca să stea deasupra mea.

— Ce nerăbdătoare ești! am tachinat-o.

M-a încălecat și s-a apăsat de penisul meu, fără nicio barieră între noi. Am suspinat amândoi și, înainte s-o pot opri, Giana s-a mai mișcat o dată la fel, dornică să mă simtă pe despicătura ei.

S-a lăsat câțiva centimetri în jos, îndeajuns ca să îmi așez vârful penisului acolo.

Îndeajuns ca amândoi să vedem stele verzi.

Am ținut-o pe loc, de șolduri. Mă luptam cu bestia din interiorul meu, care urla s-o trântesc peste mine, s-o umplu până la refuz, fără prezervativ și fără restricții. Și totuși, am reușit să-mi trag răsuflarea, m-am întins după prezervativul pe care-l lăsasem pe noptieră și l-am rulat pe erecție.

După aceea, Giana s-a sprijinit cu mâinile de pieptul meu. Am încercat să nu mă mișc pe măsură ce ea se lăsa în jos, pe mine.

Imediat ce am pătruns-o, am gemut amândoi. Ea și-a înfipt unghiile în mine, iar eu am strâns-o de fund. Am ajutat-o să se ridice un pic, după care s-a lăsat și mai mult pe mine.

— Ah, Doamne! a exclamat, răsuflând cu greu și și-a rotit șoldurile din nou. Se simte al naibii de bine din poziția asta.

Mi-am slăbit strânsoarea și am lăsat-o să preia controlul. Aveam ocazia să-i admir pe deplin corpul gol, frumos în timp ce mă călărea. S-a rotit până când și-a găsit un ritm, apoi în cele din urmă, m-a primit înăuntrul ei, cu totul.

Giana a tresărit. Mi-am înăbușit un geamăt de plăcere când am simțit cum i se contractă mușchii vaginului în jurul meu.

— Fir-ar să fie, Kitten! am lăsat să-mi scape o înjurătură, cu o voce ca de șmirghel.

S-a ridicat pe genunchi și s-a desprins de mine, după care a coborât iar, într-o mișcare fluidă.

— Așa! a gâfâit ea, cu ochii întredeschiși. Mai mult!

Am luat-o în brațe și m-am ridicat în fund, cu spatele rezemat de tăblia patului, apoi am dat deoparte pernele și am reușit să o țin ca lumea în poală. Din poziția asta, puteam să-mi desfac și eu picioarele și să-i preiau greutatea, să-mi ridic bazinul și să-i întâmpin mișcările prin care mă primea și mai mult înăuntru.

S-a cutremurat la cât de adânc o pătrunsesem, apoi și-a petrecut brațele pe după gâtul meu, sărutându-mă apăsat și frecându-și clitorisul de mine, cu fiecare mișcare.

— Îmi place al naibii de mult să te văd cum mă călărești, am spus, cu o voce răgușită și mi-am răsfirat mâna între sânii ei.

Mâna mea a urcat din ce în ce mai sus, până când mi-am îndoit-o în jurul gâtului ei. Îi simțeam gâtlejul în palma fierbinte, bucuros să-i smulg încă un geamăt.

— Și ție îți place, nu, Kitten?

— Da! a scâncit.

— Arată-mi cât de mult! i-am poruncit și-am strâns-o mai tare, în timp ce cu cealaltă mână am ajutat-o să se miște mai repede deasupra mea. Călărește-mă până explodezi în mii de bucăți și îmi strigi numele!

Era aproape mult prea brutal pentru a doua oară când făcea sex, dar la fel ca prima dată, Giana a înflorit când mi-a auzit vorbele porcoase. A început să gâfâie și să geamă cu fiecare vorbă șoptită la ureche.

Îi plăcea așa, dur, agresiv și posesiv, iar eu aveam de gând să-i ofer tot ce-și dorea, cât timp mi-o cerea.

Giana a început să se miște din ce în ce mai iute. Îmi era aproape imposibil să mă mai concentrez pe altceva decât pe felul în care sexul ei îl înghițea pe al meu. Am rămas însă prezent și i-am supt sfârcul, pe măsură ce mișcările ei deveneau mai sălbatice și mai haotice. Își dorea să mă călărească atât de repede, că nu mai reușea să se miște, așa că am preluat controlul. Am lipit-o de mine și am început să mă opintesc în ea în ritmul potrivit, ajutând-o să termine.

Și a terminat.

Gemetele ei au devenit din ce în ce mai puternice, până a țipat din rărunchi. I-am pus mâna la gură. Chiar și așa, mi-am auzit numele rostit înăbușit, în palmă. Am înnebunit. M-am mișcat atât de tare și de iute, că s-a prăbușit peste mine, complet inertă.

— Ah... Doamne... Dumnezeule! a spus ea după ce i-am dat drumul.

Am chicotit și am sărutat-o pe păr. Mă așteptam să se oprească. Știam că era sfârșită, eram convins că o durea și, cum nu mai urmărea să atingă extazul, pentru a-și atenua durerea, n-aș fi învinuit-o deloc dacă ar fi vrut să se oprească.

Numai că a început, ușor, să se miște iar.

Își rotea șoldurile și gemea, încercând să se obișnuiască din nou cu mine. În mod ciudat, o simțeam și mai strâmtă. Am savurat senzația de a o pătrunde iar și iar.

— Treci pe burtă! i-am poruncit, dar până să reacționeze, am întors-o eu pe burtă și m-am așezat cu picioarele de o parte și de alta a ei.

I-am ridicat fundul până mi-a ajuns în dreptul pelvisului, m-am așezat aproape de despicătura ei și am intrat dintr-o singură mișcare.

— *Fiiir-ar*! a exclamat, arcuindu-și spatele.

Mi-am dat seama ce voia, așa că i-am apucat părul umed și am ținut-o strâns, ca s-o împiedic să-și plece capul în piept. I-am menținut poziția arcuită, cu ochii în tavan și am continuat să mă opintesc în ea.

Era senzațional să-i simt corpul astfel, să o văd *astfel* — complet sătulă și totuși concentrată să-mi găsesc și eu aceeași plăcere. I-am dat drumul și m-a privit cu ochi flămânzi peste umăr. Am apucat-o de șolduri și am urmărit cum îmi aluneca penisul greoi printre faldurile ei, de fiecare dată când mă retrăgeam.

— Mi-aș dori să vezi și tu imaginea asta, i-am spus, încetinind și bucurându-mă de fiecare opintire. Cum te desfaci special pentru mine, cum mă sugrumi de câte ori ies din tine.

— Clay! a gemut Giana.

Apoi, cu un gest neașteptat, și-a lipit pieptul de pat și și-a coborât o mână între picioare, până a ajuns la mine și mi-a mângâiat testiculele cu vârfurile degetelor.

N-am recunoscut sunetul care mi-a ieșit de pe buze. Am văzut stele dinaintea ochilor după ce a repetat mișcarea. Cu greu reușeam să mai păstrez ritmul, să mă concentrez, când ea mă atingea așa. Văzând că n-o opresc, Giana a căpătat și mai multă încredere și le-a luat în palmă. Apoi le-a strâns exact atât cât trebuia ca să mă scoată din minți.

— Giana, fir-ar a naibii! O să... O să...

N-am mai apucat s-o avertizez, incapabil să mai scot vreo vorbă. Orgasmul a țâșnit din mine violent, luând cu el orice brumă de rațiune. Am fost absorbit de sentimentul de euforie și am continuat să mă mișc înăuntrul ei. Savuram fiecare fior ca pe cel mai minunat drog.

Și așa și era.

Ea era așa.

A fost cel mai lung orgasm pe care îl avusesem vreodată și care a continuat să mă scuture, val după val, chiar și atunci când eram convins că s-a terminat. Nu știu dacă se datora faptului că ea îmi atinsese testiculele, sau că pur și simplu acesta era efectul ei asupra mea. Complet sfârșit, n-am putut decât să ies din ea cu grijă și să mă rostogolesc pe o parte. Respiram anevoie în urma efortului.

— Sfinte! a exclamat Giana și s-a cuibărit la pieptul meu. Este... așa este de fiecare dată?

— Niciodată, i-am răspuns cinstit și am privit-o cu o sprânceană ridicată, pe urmă am izbucnit în râs amândoi.

Am tras-o spre mine și ne-am împletit picioarele. Ne-am mângâiat unul pe altul pe pielea goală în timp ce ne linișteam respirația.

Într-un târziu, am răsuflat amândoi normal și camera s-a scufundat în tăcere. Mi-am răsfirat degetele prin părul ei, am sărutat-o blând pe frunte și am simțit o împunsătură în inimă.

— Sunt a ta, mi-a șoptit, ca și cum ar fi știut unde îmi fugise gândul.

Îmi închipuiam că, într-o zi, nu o să fiu destul de bun pentru ea sau că o să mă părăsească și o să mă lase în urmă.

Mi-am înghițit nodul din gât la coșmarul care îmi trecea prin minte. Am ales să-mi găsesc alinare în vorbele ei, nu să mă întreb cât de adevărate erau gândurile mele.

— Și eu, al tău, i-am răspuns, tot în șoaptă.

M-a strâns și mai tare în brațe și, pentru o noapte, totul a fost perfect.

Ar fi trebuit să știm că nu avea cum să fie așa mereu.

Capitolul douăzeci și patru

Giana

În toate filmele și cărțile mele preferate există un moment pe care îmi place să-l numesc *nor din vată de zahăr*.

Apare, de obicei, pe la început, dar uneori e și pe la sfârșit, când personajului principal îi merge totul strună. Acesta devine plin de viață, pentru că toate îi ies din plin și are pe față zâmbetul ăla imposibil, ca și cum ar pluti în permanență pe un nor de zahăr, pufos și roz. De obicei, momentul apare chiar înainte să se prăbușească totul.

Așa mă simțeam și eu.

Îmi trăiam momentul norului din vată de zahăr.

Și nu întrezăream nicio catastrofă în viitor.

Charlotte a fost teribil de impresionată de licitație și mai ales de cum mă descurcasem singură la meciul în deplasare din Maine. Așa că mi-a oferit o prelungire de contract pentru sezonul următor, plus o mărire de salariu și un bonus. Am rămas mută de uimire când m-a anunțat, dar a ridicat din sprânceană și mi-a zâmbit.

— Se pare că a dat roade ambiția asta a ta de a dovedi întregii lumi că știi să te descurci singură, mi-a zis ea. Iar acum vreau să te întrebi ce anume îți dorești, de fapt, să obții. Și pe urmă, chiar să obții acel lucru.

Încrederea pe care mi-o acorda ea fusese scânteia. Am început să iau în considerare o mulțime de direcții în care mi-aș fi putut dezvolta cariera. Mă lua cu amețeală numai dacă mă gândeam la asta.

Dar nimic nu mă zăpăcea mai mult decât Clay.

Mă trezeam lângă el aproape în fiecare dimineață. Atunci când nu o făceam, ajungea la mine la ușă în doar câteva secunde după ce deschideam ochii. Orele de curs se scurgeau greu, antrenamentele parcă durau prea mult și, oricât de fericită eram la serviciu, abia așteptam să se termine ziua de lucru, cu tot cu interviuri și evenimentele de publicitate de care mă ocupam.

Abia așteptam să fiu din nou în brațele lui.

Fiecare moment în care mă descătușa era extaz pur. Tot corpul îmi cânta în delir, condus sub bagheta de dirijor a lui Clay. Ori de câte ori credeam că prefer o anumită atingere, el mai găsea ceva care să mă excite, prin care să mă surprindă și să-mi provoace o plăcere cu care nu putea rivaliza niciuna din cărțile mele preferate.

Și asta nici măcar nu era partea cea mai bună.

Cele mai *frumoase* clipe erau dimineața, la primele ore, când stăteam unul în brațele celuilalt și vorbeam sau râdeam, descoperind câte ceva despre noi, nu doar din punct de vedere fizic. Sau când eram în stare să purtăm o conversație întreagă, în timpul antrenamentelor, doar dintr-o singură privire. Sau când unul din noi devenea neliniștit, iar celălalt îl alina imediat cu vorbele potrivite și cu un sărut, o promisiune a ce avea să urmeze.

— Ce-ai zice dacă te-aș invita să vii cu mine acasă, de Crăciun?

Am pălit când am auzit întrebarea lui Clay, la prima oră a dimineții.

— În California?

A încuviințat.

Mi-a explodat inima de fericire la cum mă privea, cu adorație și un pic de teamă. L-am privit în ochi și m-am ghemuit în el, înconjurându-i mijlocul cu brațul și rezemându-mi capul pe pieptul lui.

— Cu două condiții.

— Spune-le!

— Una, vreau să faci cunoștință cu tata. O să vină peste două săptămâni aici, la ceremonia de premiere a soră-mii.

— S-a făcut!

Am zâmbit, cu gura lipită de pieptul lui.

— Și a doua?

— A doua, am zis și i-am trasat un cerc pe abdomen cu degetul. Trebuie să mă înveți surfing.

— Nu știu să practic surfing.

— Atunci, putem să învățăm amândoi.

— O să fie frig rău.

M-am uitat în sus la el:

— Sunt sigură că o să găsim o cale să ne încălzim pe urmă.

A arborat un zâmbet ștrengar, somnoros, la fel de larg ca al meu. M-a sărutat și am simțit dintr-odată că sunt cea mai fericită fată din lume.

Fiecare zi era un dar, și mai strălucitoare și mai plină de promisiuni minunate decât ziua precedentă. Pluteam pe micul meu nor din vată de zahăr, într-o stare de pură beatitudine.

Chiar și atunci când Maliyah a încercat să mă pună la pământ.

Eram în toaleta de la stadion, cam la o săptămână după victoria împotriva echipei Bandits, și îmi ștergeam urmele de rimel de sub ochi. Avusesem o zi lungă. Kyle Robbins semnase încă un contract de sponsorizare pentru o băutură răcoritoare, așa că m-am văzut nevoită să-l ajut pe toată durata ședinței foto. Sinceră să fiu, nu aveam de ce să-i port pică lui Kyle.

Și eu aș fi făcut la fel, dacă aș fi primit câteva sute de mii de dolari pentru o ședință foto.

Tocmai îmi retușam rujul și îmi umflam părul turtit de umezeala din aer, când a intrat Maliyah.

S-a oprit și a înghițit anevoie, măsurându-mă din cap până în picioare. M-am așteptat să intre într-o cabină, dar a venit direct la chiuvete, a dat drumul la apă și a început să se spele pe mâini.

— Ai avut o zi grea? m-a întrebat, arcuindu-și o sprânceană, dar fără să se uite în ochii mei.

Am înghițit în sec, dar m-am concentrat în continuare asupra propriei reflecții din oglindă.

— Se pare că așa sunt toate pe perioada sezonului, i-am răspuns.

— Mie-mi spui! Abia aștept să vină ziua în care o să dorm mai târziu de șase dimineața, a zis ea, cu un zâmbet.

M-am străduit să nu arborez pe chip o expresie de confuzie totală.

Oare chiar încearcă să poarte o conversație cu mine?

S-a uscat pe mâini, rezemată cu șoldul de blatul chiuvetelor și s-a uitat la mine.

— Deci... se pare că sunteți pe bune, tu și Clay.

Doamne Dumnezeule!

Gata, începem!

N-am știut ce să-i răspund, așa că am ales să-i zâmbesc.

— E un tip de treabă, a continuat ea, cu o voce blândă și sprâncenele apropiate. Nu mi-am dat seama de asta decât când a fost deja prea târziu.

— Așa este.

— Și merită să fie fericit, a adăugat Maliyah. Și... Sinceră să fiu... Mă scoate din minți că tu ești aia. Că n-ai fost doar o relație trecătoare, așa cum am crezut cei mai mulți dintre noi.

Nu mi-am dat seama dacă avea de gând sau nu să mă supere cu ultima remarcă, dar adevărul era că nu puteam decât să râd, în sinea mea, de faptul că nu o să afle niciodată anumite amănunte ale relației mele cu Clay.

Pe care nu trebuia să le afle *nimeni*.

— În fine, nu voiam decât să-mi cer scuze dacă m-am comportat uneori ca o scorpie, a spus ea, după un moment de pauză. M-am simțit amenințată de tine.

Nu mi-am putut stăpâni hohotul de râs.

— Nu-mi dau seama de ce.

— Nici eu, la început, a spus ea, fără șovăială. Dar uite cine a pus mâna pe el, până la urmă!

Mi-am strâns buzele, supărată.

Maliyah m-a pironit îndelung cu privirea. Deja mă gândeam să-i spun „La revedere!" și să trec pe lângă ea. Dar înainte să apuc eu să fac vreo mișcare, s-a apropiat de mine și și-a coborât vocea:

— Vreau să-ți fie clar un lucru, a spus ea, privindu-mă de sus. Îmi doresc ca el să fie fericit. Așa că o să-l las în pace. Dar în clipa în care o să calci strâmb, eu o să fiu chiar aici, așteptându-l.

Buzele ei s-au arcuit malefic. Am simțit un gol în stomac.

— Și îți promit un lucru, dacă mă împac cu el, a continuat Maliyah, cu sprâncenele ridicate. N-o să-și mai amintească nici cum te cheamă, darămite de ce te-a vrut vreodată în viața lui.

Mi-am încleștat fălcile și inima a început să-mi bată nebunește. Simțeam o frică viscerală. Probabil că așa reacționau strămoșii noștri când dădeau ochii cu vreun prădător.

Mi-am amintit că nu eram lipsită de apărare.

Aveam o limbă ascuțită.

— Iar eu îți promit ceva, i-am spus, înaintând spre ea. N-o să ai niciodată ocazia.

I-am surâs dulce, am bătut-o ușor pe umăr și am trecut pe lângă ea.

Îmi doream din adâncul sufletului să sar de bucurie, cu pumnii în aer, când am ieșit din toaletă, dar mi-am păstrat cumpătul și m-am întors încet și calm, în biroul meu.

Nimeni nu avea cum să mă împingă de pe norul meu.

***

Mergeam țanțoșă prin campus, în prima zi de luni din noiembrie. Nici măcar vântul tăios nu putea să-mi înlăture zâmbetul de pe față. Am intrat în cafenea și am comandat ce îmi luam de obicei. După ce mi-am luat cafeaua, m-am răsucit spre ușă.

Și m-am izbit chiar de Shawn.

— Hei, ușurel! mi-a spus și m-a prins de brațe, ca să nu cad. O să dărâmi pe cineva cu toată fericirea asta pe care o emani.

Am râs scurt și mi-am aranjat câteva șuvițe de păr după ureche, pe urmă m-am îndreptat pe picioare.

— Bună! l-am salutat și am simțit cum obrajii mi-au luat foc.

Și nu din cauza căldurii din cafenea sau a cafelei cu lapte din care sorbeam, ci din cauza privirii lui Shawn. Mi-am amintit cum l-am eliminat complet din viața mea, după seara aceea din apartamentul lui, fără să-i explic nimic, fără să-i trimit măcar un mesaj.

Arăta ca un cățel dat afară pe ușă cu un șut, dar și ca tipul care lovise cățelul și își regretase gestul.

— Bună! mi-a răspuns el.

Și-a vârât mâinile în buzunarele pantalonilor și m-a sorbit din priviri, cu o expresie de mirare.

— Arăți minunat! a comentat după o vreme. Fericită.

— Așa mă și simt, i-am răspuns imediat, cu un zâmbet autentic pe chip. Chiar sunt.

— Bine, a încuviințat Shawn.

Și-a mușcat buzele și s-a abținut să spună ce avea de gând, după care n-a mai rezistat și m-a întrebat:

— Te-ai... te-ai despărțit de Clay?

— Poftim? Nu.

— Nu, a repetat Shawn, lipsit de expresie. Cum adică, nu?

— Adică, nu, nu ne-am despărțit. Suntem în continuare împreună și... ne înțelegem de minune.

Shawn arăta ca și cum i-aș fi dat un pumn în stomac.

— Giana, haide! Doar nu ești fraieră. Te rog, spune-mi că nu crezi nimic din tot ce-ai zis acum!

Am rămas mută. M-am uitat lung la el, perplexă, apoi i-am întors spatele.

— Incredibil, Shawn! Pa!

S-a ținut după mine, deși încheiasem conversația. Am încercat să-i închid ușa de sticlă în nas, dar a prins-o la timp.

— Clay nu e bun pentru tine, nu-i un om bun, în general.

M-am întors cu fața la el.

— Nici măcar nu-l cunoști.

— Știu cum te tratează, mi-a zis Shawn, fremătând din nări de furie și umflându-și pieptul, de parcă ar fi fost prințul pe cal alb, venit să mă salveze. E de ajuns!

M-am străduit să nu pufnesc în râs și am dat drumul unui oftat lung.

— Shawn, pe cuvânt... Nu totul este cum pare la prima vedere. Nu știi...

— Nu-mi spune că nu înțeleg despre ce-i vorba! Am văzut cum te-a făcut să plângi, cum te-a făcut să te simți de doi bani și te-a umilit când și-a lipit gura de corpul altei fete, chiar în fața ta.

Șovăiam dacă să-i povestesc despre toată prefăcătoria, dar am decis că nu avea de ce să știe toate astea. Nici el, nici nimeni altcineva.

— Ne-am rezolvat toate problemele, am spus eu și i-am atins brațul. Și-mi pare rău că te-am băgat în problemele noastre. N-ar fi trebuit. Am greșit, am fost egoistă. Dar acum ne înțelegem bine, Clay și cu mine. De fapt, ne înțelegem *extraordinar.*

Shawn a clătinat din cap, cu neîncredere.

— Cum de nu-ți dai seama? Așa acționează tipii ca el: te scot din minți iar și iar, până te forțează să-i părăsești, după care fac orice e nevoie pentru a te vrăji din nou. *El* e cel egoist în povestea asta, nu tu.

Am simțit că trebuie să-mi apăr relația. Mai mult pe Clay, decât pe mine.

— Gata, vreau să încheiem discuția. Tu nu-l cunoști de-adevăratelea. Nici pe mine nu mă cunoști, dacă mă gândesc mai bine.

— Dar nu din cauză că n-aș fi încercat.

Am răsuflat îndelung. Nu mă puteam preface că nu mă dor vorbele lui. Nu eram genul de om care se juca cu sentimentele oamenilor și, deși nu intenționasem, fix asta făcusem cu Shawn.

— Trebuie să plec, am zis. Ai grijă de tine, bine?

M-am întors pe călcâie, înainte să mai apuce să-mi spună ceva. Am luat-o spre stadion și l-am lăsat pe trotuarul din fața cafenelei. Regretam că îl rănisem, regretam jocul pe care-l jucasem și care funcționase atât de bine. Îi dusesem pe toți de nas: pe el, pe Maliyah, pe toată lumea din jur.

M-am scuturat de regrete și am decis să las toate lucrurile astea în trecut.

Am continuat să plutesc, bucurându-mă de paradisul meu pastelat și dulce.

Capitolul douăzeci și cinci

Clay

Uitasem de ea.

Probabil că nu mă exprimam corect, fiindcă suna ca și cum nu mi-ar fi păsat niciodată până atunci de maică-mea. Și îmi păsa. Abia așteptam să i-o prezint pe Giana. Știam cât de încântată o să fie că vrem să venim amândoi acasă, în vacanța de Crăciun. Mi-o imaginam gătind cu Giana, în bucătărie, învățând-o cum se fac crochetele de somon, mâncarea noastră preferată, sau scoțând vreun album de poze cu mine când eram mic, în timp ce eu m-aș fi prefăcut că sunt jenat de ele.

Uitasem de faptul că mama își dăduse demisia, fiindcă fostul ei avusese grijă de ea. Uitasem cât de sleită era din punct de vedere mintal și emoțional. Cât de greu îi era să se dea jos din pat, ce să mai vorbim de mers să-și caute de lucru. Uitasem că lua droguri, deși de obicei îmi dădeam imediat seama, după felul în care i se împleticea limba, la telefon.

Poate pentru că nu mă mai sunase, după ce obținusem creditul de student și-i trimisesem destui bani cât să-i ajungă o lună întreagă, poate chiar două. Poate pentru că voiam să fiu optimist, să cred că o duce bine, că încearcă să-și găsească o slujbă și să se regăsească pe sine. Poate pentru că fusesem atât de absorbit de Giana, că pur și simplu nu mă mai gândisem la nimic altceva.

Indiferent de motive, când i-am văzut fața pe ecranul mobilului meu, într-o după amiază de joi, după antrenament, pe la începutul lui noiembrie, mi s-a părut că-mi dă cineva cu o tigaie în cap.

Am simțit un gol în stomac și sângele mi-a înghețat în vene. Mă holbam pierdut la cuvântul „Mama", în timp ce telefonul îmi vibra în mână. Eram egoist că nu voiam să-i răspund, că nu voiam să mai ascult cât de nefericită era, să-i aud durerea și lacrimile.

Și, încă o dată, eram nevoit să găsesc o cale de a o ajuta.

Rămăsesem fără idei.

Cu inima grea și cu un nod amar în gât, am acceptat apelul, mi-am pus căștile și m-am îndreptat spre camera de cămin.

— Bună, mamă! Ești bine?

— Ah, dragul mamei! mi-a răspuns ea, trăgându-și nasul.

Vorbea poticnit, din cauza lacrimilor. M-am pregătit pentru ce era mai rău.

— Sunt mai *mult* decât bine.

Am expirat prelung. Eram derutat, nu ușurat, căci ea nu se oprea din plâns. Așteptam să-mi dea detalii.

— Am fost binecuvântați cu un miracol, a zis ea. Bunul Dumnezeu din Ceruri și-a aruncat nemăsurata Lui lumină peste noi.

M-am oprit din mers.

— Fir-ar să fie de treabă! Ai câștigat la loterie? am întrebat-o.

— Ai grijă cum vorbești, băiete! m-a admonestat ea, râzând. Și cred că ai putea spune și așa.

— Mamă, ce se întâmplă?

Mi-am reluat mersul și mi-am atârnat geanta pe umăr.

— E vorba despre Cory.

M-am încruntat. Deși nu aveam motive de neliniște, îmi dădea târcoale o presimțire urâtă.

— Cory? Tatăl lui Maliyah?

— Chiar el. Nu știu cum s-a întâmplat. Maliyah m-a sunat aseară ca să vadă ce mai fac — foarte *drăguț* din partea ei, apropo. Nu mai vorbisem cu ea de când v-ați despărțit. M-am bucurat să stau de vorbă cu ea.

Am strâns din buze și am îngânat aprobator.

— În fine, știi cât de apropiate suntem noi două. Mereu mi-a dat sfaturi bune în legătură cu bărbații, a continuat maică-mea, apoi a făcut o pauză. Cred că ar trebui să fie invers, având în vedere diferența de vârstă dintre noi.

— Mamă! am dojenit-o eu, ca să treacă direct la subiect.

— Ei bine, îi povesteam despre restaurant și despre... Brandon, a zis ea, iar vocea i s-a frânt când i-a rostit numele. Maliyah a fost extrem de amabilă să-mi asculte oful. Și presupun că i-a povestit tatălui ei despre problemele mele, pentru că el m-a sunat azi.

Inima mea și-a întețit bătăile, ca și cum intuia deja, înaintea mea, că ceva nu era în regulă.

— Cory o să ne ajute, scumpule! a zis maică-mea, cu lacrimi de fericire. A trecut în după-amiaza asta pe la mine, cu un cec de zece mii de dolari.

— Ce-a *făcut*?

— Știu! Știu! a exclamat maică-mea, crezând că sunt încântat, deși în realitate eram al dracului de consternat. A vrut să avem suficienți bani ca să trecem peste sărbători, pentru ca eu să mă concentrez să mă fac bine, nu să-mi caut acum de lucru, a continuat ea. Vai, nu pot să-ți spun cât de ușurată mă simt! Mă simt... mă simt... *iubită*.

Aproape că s-a înecat rostind ultimul cuvânt, în timp ce eu încercam să mă calmez.

— E un om bun. Un tată minunat, a adăugat ea. Mult mai bun ca al tău. Dacă aș fi fost o femeie mai deșteaptă, aș fi ieșit cu *el* în oraș, când au venit amândoi la restaurant în seara aia.

— Mamă...

— Ei, hai, doar spun și eu așa...

Mi-am imaginat-o cum dădea din mână a lehamite. Știam amândoi că nu glumea, nici măcar un pic.

— Nu înțeleg nimic, am răspuns. Ce... de ce a făcut asta?

— Fiindcă e un creștin bun la suflet, de-aia! mi-a răspuns ea, sărindu-i în apărare. Și pentru că a văzut că cineva are nevoie de ajutor, iar el e în situația în care poate ajuta.

Am înghițit cu greu.

Cory *era* un om bun. Nu asta-i spusesem eu lui taică-miu? Nu-mi dorisem și eu același lucru ca mama, să fie Cory în viața noastră, în locul tatei?

Și atunci de ce mi se strângea stomacul, de parcă aș fi băut lapte stricat?

— Este un ajutor binevenit, dragul mamei! Și pot să-ți dau înapoi ce mi-ai trimis, ca să-ți plătești împrumutul, înainte să acumuleze dobândă prea mare. Toate se rezolvă, vezi?

Dar nu vedeam decât roșu în fața ochilor.

Știam că, deși avea mijloacele materiale să ajute multă lume, tatăl lui Maliyah rareori făcea asta fără să pretindă ceva la schimb.

— Mamă, trebuie să închid.

— Bine, scumpule! Te iubesc! Totul e bine acum. O să-ți trimit un cec, da?

Nici măcar nu mai eram în stare să fiu atent la ea. Am închis cu mâini tremurânde și imediat am căutat în agenda telefonului numărul lui Maliyah. I-am scris:

Trebuie să vorbim. Acum.

Pe ecran au apărut punctele care arătau că ea scria, după care au dispărut.

Scrâșnind din dinți, am mers cu pași apăsați tot restul drumului. Abia intrasem în cameră, când mi-a bâzâit telefonul.

Am cursuri până la șase. Ne vedem după?

I-am trimis un emoticon de aprobare drept răspuns și numărul camerei mele, deși eram aproape convins că îl știa. Am azvârlit imediat telefonul și mi-am trecut mâinile prin păr, încercând să-mi dau seama ce naiba se petrecea. Nu era decât patru după-amiaza. Aveam să mă urc pe pereți de nervi în timp ce mă chinuiam să înțeleg totul, până mă întâlneam cu Maliyah, la șase.

Tocmai aveam de gând să intru la duș, unul rece, când mi-a sunat telefonul.

Pe ecran era numele lui Cory Vail.

Mi s-a uscat gâtul și m-am forțat să inspir adânc, apoi i-am răspuns:

— Alo?

— Salutare, fiule! mi-a răspuns el, pe un ton jos și puternic. Ce mai faci?

Emoțiile pe care le aveam în clipa aceea se băteau cap în cap și aproape mă copleșeau. Simțeam atât mândria unui fiu, cât și neliniștea unui animal încolțit.

— Am o după-amiază foarte interesantă, i-am răspuns, ridicându-i mingea la fileu.

Cory a chicotit.

— Mă gândeam eu. Maică-ta mi-a spus că te-a sunat și ți-a povestit.

— Da.

S-a făcut liniște. Mi-am dres vocea și i-am zis:

— Vă mulțumesc, domnule, pentru... pentru că ați ajutat-o!

— Nu pari foarte fericit că am făcut asta.

Am oftat și m-am cufundat în canapeaua veche, un model din 1972, care se găsea în camera fiecărui sportiv din campus.

— Ba sunt! Chiar sunt, doar că...

— Te întrebi de ce am făcut-o.

— Sincer? Da.

— Ești un băiat isteț, a continuat el. În curând, un bărbat isteț. Știi foarte bine că nimic nu e gratis pe lumea asta.

Mi s-a ridicat părul de pe ceafă.

— Uite cum stă treaba, fiule! Maliyah e abătută de vreo lună. Știu că-ți dai seama. Și știi la fel de bine ca mine că e din cauză că-i e dor de tine.

— Ea a fost cea care s-a despărțit de mine, i-am întors-o.

— Știu, a răspuns Cory, imperturbabil. Dar fetele fac o mulțime de greșeli, pe care apoi le regretă. Și pentru că ea e fata mea, este datoria mea de tată s-o ajut să-și repare greșelile, pe cât pot.

Am scuturat din cap.

— Nu înțeleg.

— E simplu. Eu am grijă de maică-ta. Și tu ai grijă de fata mea. Nimic mai simplu.

— Nu.

— Nu? m-a întrebat el neîncrezător.

— Nu-i deloc simplu, dintr-o mulțime de motive. Nu mai vreau să am grijă de Maliyah, i-am răspuns sincer. Și ea mi-a spus în față că nu mă mai vrea.

— Și-n mod clar, te-a mințit.

— Păi, asta e treaba ei. Eu am trecut deja mai departe. Acum sunt cu altcineva.

— Cred că, indiferent cu cine ești, nu are cum să fie o relație mai bună decât relația ta cu Li, a spus el și a râs, de parcă aș fi fost un copil care nu știe despre ce vorbește. Voi doi ați crescut împreună. Ați fost ani întregi într-o relație. Cu fata asta nu ești de mai mult de... cât să fie... câteva luni?

— Cu tot respectul, relația dintre mine și Giana nu vă privește absolut deloc.

Îmi ardea ceafa de furie, dar m-am străduit să-mi păstrez tonul ferm și calm.

— Așa este, a spus el, după o clipă. Bine, atunci, fiule! Alegerea îți aparține. Dacă aș fi în locul tău, aș ști ce să aleg.

S-a auzit un foșnet de hârtii, apoi a continuat:

— Poți să-mi accepți oferta, sau poți continua să te îndatorezi cu credite, străduindu-te să peticești barca, în loc să rezolvi problema.

M-am încruntat.

— Clay, are nevoie de dezintoxicare, a zis el, pe un ton jos, serios.

Am închis ochii, străduindu-mă să-mi rețin lacrimile în fața adevărului, unul pe care speram să-l pot nega toată viața. Apoi am răsuflat anevoie, înfuriat.

— Nu mă aștept să știi tu lucruri din astea la vârsta ta. La naiba, nici măcar nu-mi *doresc* să le știi. Nu vreau să fii nevoit să te gândești la ele — de asta și încerc să...

S-a oprit când și-a dat seama că începuse să bată câmpii.

— Fiule, mama ta e dependentă de droguri și are nevoie de ajutor profesionist. Eu pot să i-l ofer. *Noi* doi putem să i-l oferim, împreună.

Am clătinat din cap că nu, deși el nu mă vedea, *nimeni* nu mă vedea. Dar, fir-ar să fie, trebuia să-i comunic universului, fără vorbe, că nu eram în stare de așa ceva.

— Știu că nu-i corect. Știu că e greu. Ești prea tânăr ca să fii nevoit să iei astfel de decizii. Dar crede-mă când îți spun că asta e începutul deciziilor grele din viața ta. Și ce hotărăști acum te va defini ca bărbat, mai departe în viață.

M-am înecat într-un râs cu plâns.

— Nu-i întoarce spatele mamei tale, Clay! a continuat Cory.

Vorbele lui au mers direct la țintă și mi-au rupt inima în două.

— L-am văzut pe taică-tu făcând același lucru, nu pot să te văd și pe tine făcând asta. Mama ta are nevoie de tine. E la fel de ușor să-i asiguri ajutorul, pe cât de ușor este să continui să faci ce-ți place cel mai mult pe lume. Să joci fotbal.

Am înghițit în sec, cu ochii plini de lacrimi și cu privirea fixată în podea.

— Încă n-a încasat cecul, a spus el încet. Vreau doar să-ți reamintesc.

Am simțit că mă trec fiori reci.

— Deci mă șantajezi.

— Îți fac o ofertă cinstită. Una pe care ar trebui s-o accepți.

Am fremătat din nări de furie.

După o lungă pauză, Cory a continuat:

— Mai gândește-te peste noapte la ce am vorbit. Ah, da! Haide să nu-i pomenim lui Maliyah nimic despre toate astea, da? Nu-i cazul să le implicăm pe femeile pe care le iubim în culisele înțelegerii noastre. Ne descurcăm noi între noi, ca bărbații. Bine?

Nu i-am răspuns, dar mi-a luat tăcerea drept încuviințare.

— Așa te vreau, băiete! Bine, atunci, trebuie să plec. Vorbim mâine-dimineață!

Și cu asta s-a încheiat convorbirea. M-am prăbușit. Gândurile despre dezvăluirile lui Cory din ultima oră mi se învârtejeau în minte.

Sentimentul de responsabilitate față de maică-mea mă strivea ca un bolovan.

Tatăl lui Maliyah avea dreptate.

În multe privințe, avea dreptate.

Nu aveam cum să-i întorc spatele maică-mii, dar știam că nu-i puteam oferi cine știe ce ajutor. Nu mai eram lângă ea, ca în liceu, când o ajutasem să stea departe de droguri de atâtea ori. Avusesem grijă de ea în timp ce trecuse prin toate etapele de vindecare, prin toate simptomele de sevraj, până când își revenise și semănase din nou cu mama mea.

Și nu aveam nici posibilitățile financiare s-o pot ajuta.

Nu jucam încă în liga profesionistă. Nu aveam o slujbă, nu aveam timp să-mi iau una. Și, fără ajutorul oferit de tata, singura soluție era să iau din ce în ce mai multe împrumuturi — presupunând că mi-ar fi fost acceptate cererile de credit.

Un sentiment de panică mi s-a revărsat în piept, pe nesimțite, ca și cum deja muream și cineva doar îmi scotea asta în evidență. Însă eram și suspect de calm, în ciuda tuturor emoțiilor copleșitoare, de parcă meritam acea pedeapsă, de parcă eu eram vinovat că maică-mea era dependentă de droguri și că avea atâtea probleme.

Chiar dacă m-aș fi convins pe mine însumi că nimic din toate astea nu erau din vina mea, știam că nu o să mi-o iert vreodată dacă dădeam cu piciorul singurei ei șanse de a-și salva viața.

Am închis ochii. Inima mi s-a strâns dureros și m-am chircit, cu gândul la ce avea să mă coste alegerea.

Giana.

Ea avea să fie acum a cincea roată la căruță, din cauza unei relații false. De data asta, o relație despre care nu puteam să-i spun vreodată adevărul Gianei. Nici Maliyah nu trebuia să știe că relația dintre mine și ea nu era adevărată.

Pentru ea, pentru Giana, pentru *toată lumea*, trebuia să pară real — urma să mă împac cu fosta mea iubită, așa cum crezuseră cu toții de la bun început că o să se întâmple.

Cum crezusem și *eu*.

Acum, mi se făcea rău numai când mă gândeam la asta.

Mi-aș fi dorit ca taică-miu să fie lângă mine, să-mi spună ce să fac și să am încredere în el. Numai că nu el era bărbatul pe care îl admiram și cu care voiam să semăn.

Cory era acel bărbat.

Mi se învârtea capul și inima mi se rupea în bucățele, cu fiecare revelație dureroasă.

Nu aveam de ales.

Era vorba de maică-mea, nu de altcineva. De *mama mea*. De femeia care stătuse cu mine, care mă păstrase în ciuda tuturor greutăților, care se străduise să aibă grijă de mine, care crezuse în mine și care *mă iubea*.

Nu puteam s-o las să-și poarte singură de grijă, când nu era în stare s-o facă.

Nu conta că Giana nu avea să înțeleagă niciodată, că *nimeni* nu avea cum să înțeleagă. Asta era decizia pe care trebuia s-o iau, nu doar ca bărbat, ci ca fiul ei.

Mama depindea de mine.

Și, spre deosebire de taică-miu, eu nu aveam de gând s-o dezamăgesc.

Indiferent prin ce durere și iad aveam să trec.

Capitolul douăzeci și șase

Giana

Aveam un păr mult prea *bogat* ca să mi-l flutur în halul ăsta, în timp ce dădeam din cap ca o nebună, dar nu-mi păsa.

Vineri noaptea, înainte de jocul de acasă împotriva echipei Hawks, m-a prins cântând și dansând din tot sufletul, pe muzica lui Lizzo. Nu conta că-mi zburau buclele în toate părțile și nici că-mi alunecau ochelarii de pe nas, la fiecare zbânțuială din șolduri. Țineam paleta în mână pe post de microfon, iar șosetele flaușate din picioare îmi permiteau să mă învârt și să alunec de la plită la chiuvetă, ca să scurg pastele.

Mi-a bâzâit telefonul, anunțându-mă că tocmai fusese accesat numărul de interfon de afară. Clay ajunsese. Am introdus codul să-l las înăuntru și, fără să vreau, am zâmbit și mai larg. I-am scris imediat:

Ușa e descuiată.

Sosul cu vodcă pe care-l pregătisem fierbea pe plită, așa că am dat focul mai mic și pe urmă m-am aplecat să verific feliile de pâine cu usturoi și cașcaval din cuptor. Cârnații erau deja gata și îi pusesem la microunde, acoperiți cu folie, pentru a rămâne calzi. Tot apartamentul mirosea dumnezeiește, a mâncare italienească. Stomacul mi-a chiorăit exact când ușa de la intrare s-a deschis încet.

Clay nici n-a apucat să mă salute, ca un om normal. M-am repezit la el, l-am apucat de încheieturi și l-am tras în casă, apoi am închis ușa cu piciorul, în urma lui.

Murmuram versurile melodiei, pentru că tocmai începea partea mea preferată. I-am făcut un semn cu degetul mare și cel mic ridicat, prefăcându-mă că dau pe gât o dușcă, în acord cu versurile. Ritmul era contagios, așa că l-am tras pe Clay în mijlocul sufrageriei și am făcut o piruetă sub mâna lui. I-am dat drumul și m-am întors cu spatele, apoi m-am lăsat în jos, în timp ce bâțâiam din fund.

Ar fi trebuit să râdă. Să danseze cu mine, să se maimuțărească așa cum făceam mereu când eram împreună. Ar fi trebuit să-și pună mâinile pe mine după ce îmi scuturasem șoldurile. Eram sigură că fundul meu arăta demențial în pantalonii ăia de trening.

În schimb, se uita la mine cu o față lungă și lipsită de orice expresie. Ochii lui erau reci. Privea în gol.

Am simțit o împunsătură în inimă când l-am observat.

— Fir-ar! am exclmat și am alergat la telefon ca să opresc melodia și să dau de pe plită sosul cu vodcă.

Am scos pâinea cu usturoi și cașcaval din cuptor și m-am întors iute la el.

— Ce este? S-a întâmplat ceva la antrenament? l-am întrebat.

Odată ce am realizat câte ar fi putut să pățească, am făcut ochii cât roata carului.

— Ah, Doamne, ești rănit? Te-ai accidentat?

L-am prins de brațe și l-am examinat din cap până în picioare, încercând să găsesc un bandaj, o urmă de sânge, ceva. N-am remarcat nimic, așa că l-am privit iar direct în ochi.

Nefericirea din privirea lui mi-a tăiat respirația.

— Clay! l-am avertizat. Ce este? Mă sperii, să știi!

Am observat cât de mult se străduia să-și mențină chipul lipsit de orice expresie. Dar, treptat, s-a dat de gol. S-a încruntat, nările i s-au umflat și buza de jos i-a tremurat ușor, după care a dat drumul unui oftat și s-a eliberat din strânsoarea mea.

Rămasă pe loc, am simțit un curent de aer rece când a trecut pe lângă mine. M-am răsucit spre el, dar era întors cu fața la bucătărie și cu spatele la mine. Și-a încleștat mâinile pe creștetul capului. Mușchii spatelui i se încordau în timp ce respira sacadat.

— Clay? am încercat să-i atrag atenția, simțind cum îmi dădea târcoale frica.

A rămas nemișcat și cufundat în tăcere multă vreme. Îmi venea să-l strig încă o dată. Într-un târziu, i-au căzut mâinile de o parte și de a alta a corpului, și-a îndreptat umerii și s-a întors spre mine, cu bărbia ridicată.

— S-a terminat, G!

M-am încruntat. Confuzia și teama mi se înnodau în stomac.

— Ce s-a terminat?

— Relația noastră, a spus el, gâtuit.

M-a pufnit râsul. Fusese o reacție automată, chiar dacă eram încruntată și am scuturat din cap. Simțeam cum lacrimile îmi înțepau pleoapele.

— Poftim? Nu fi ridicol! Despre ce vorbești?

Când am văzut că nu-mi răspunde, m-am oprit din râs.

— Clay, ce îmi spui tu, mai exact? Ce vrei să...? Ce?

Indiferent ce aș fi încercat să-l întreb, nu reușeam, căci refuzam să accept ce îmi spunea. Scuturam încontinuu din cap.

M-am înconjurat cu brațele și l-am privit cu atenție. Atunci am văzut toată durerea pe care o simțea.

— Pentru mine n-a fost nimic altceva decât un joc, a continuat Clay, pe un ton hotărât și neînduplecat, dar cu o privire tulbure. Îmi pare rău că m-am folosit de tine, că m-am prefăcut că vreau să fiu cu tine. Am făcut tot ce a fost nevoie ca s-o recuceresc pe Maliyah.

Pe obraz mi s-a prelins iute o lacrimă. N-am mai apucat să mi-o șterg.

— S-o recucerești pe Maliyah? am repetat eu.

— A trecut pe la mine azi-noapte, a spus el, iar răceala din glasul lui m-a făcut să mă cutremur ca un copac în furtună. Am stat de vorbă și vrea să fim din nou împreună. Și eu vreau. Îmi pare rău că te-am târât în situația asta.

Chipul mi s-a schimonosit la auzul trădării lui. Stomacul mi s-a răscolit atât de violent, că m-am chircit puțin de durere. Dar m-am îndreptat de spate și l-am privit printre lacrimi.

Și atunci, din nou, i s-a schimbat expresia, pentru o clipă. Buza de jos îi tremura necontrolat. Și-a dus mâna la gură, apoi și-a pus mâinile în șolduri și s-a întors cu spatele la mine, ca să-și ascundă reacțiile.

Am mijit ochii, suspicioasă.

Apoi l-am atacat.

— Ce porcării spui! am spus eu, fumegând de furie.

L-am împins din spate. S-a împiedicat și s-a întors cu fața la mine, exact când mă pregăteam să-l mai îmbrâncesc o dată.

— Spui numai tâmpenii! De ce faci asta? Ce mama naibii se petrece aici, Clay?

— Tocmai ți-am zis ce se petrece. Ăsta mi-a fost planul, de la bun început, a răspuns el, pe un ton mai ridicat.

L-am observat cum se căznea să fie furios pe mine, să mă privească disprețuitor, dar eșua lamentabil. Ochii i s-au umplut de lacrimi, iar acestea i-au alunecat pe obraji. Mi s-a rupt inima.

M-am întins spre el și i le-am șters de pe chip, apoi i-am cuprins obrajii cu palmele.

— Nu face asta! l-am implorat. Nu știu ce se petrece, dar te rog să *nu* faci asta!

Chipul i s-a schimonosit de durere. Și-a întors fața într-o parte, dar a rămas o clipă cu obrazul în palma mea, dând frâu liber unui alt șuvoi de lacrimi. Apoi mi-a îndepărtat mâinile.

— Trebuie să plec, a murmurat el și a trecut pe lângă mine.

L-am apucat de haine, înainte să ajungă la ușă.

— Oprește-te! am strigat. Oprește-te în clipa asta! Uită-te la mine! l-am rugat și i-am apucat bărbia, ca să-l oblig să se uite la mine. Uită-te la *tine*! Nu vrei asta. Nu vrei nimic din toate astea, am spus, clătinând din cap. Nu vrei.

— Te rog! a insistat Clay.

Ochii i s-au înlăcrimat și mai mult. Încerca să se elibereze din strânsoarea mea. Nu-mi dădeam seama dacă îi era rușine pentru că plângea, pentru ce-mi făcea, sau ambele.

— Nu pot, a spus.

— Ce nu poți? l-am întrebat încrâncenată, într-o încercare de a citi printre rânduri.

A scuturat din cap, trist, apoi mi-a coborât mâinile, mi-a sărutat fiecare deget în parte și le-a dat drumul.

— Meriți să fii fericită, Giana. Vreau să fii fericită. Nu trebuie decât... să mergi mai departe. Poți să fii cu Shawn și...

— NU VREAU SĂ FIU CU SHAWN! am urlat și m-am apropiat iar de el.

M-am ridicat pe vârfuri și mi-am petrecut brațele în jurul gâtului său. Mă încăpățânam să nu las nicio distanță între noi. I-am șoptit la ureche:

— Vreau să fiu cu *tine*.

A suspinat, dându-și la iveală sentimentele. Mi-am lipit gura de a lui și i-am gustat lacrimile proaspăt căzute. Și-a încolăcit brațele în jurul meu și m-a sărutat ca și cum m-ar fi *urât*, ca și cum aș fi fost crucea pe care era nevoit s-o poarte în viață.

Apoi m-a împins laoparte.

— Trebuie să plec, a spus, cu glasul frânt și s-a îndreptat spre ușă.

— Indiferent despre ce e vorba, pe *cine* crezi tu că ajuți, să știi că îți încalci promisiunea pe care mi-ai făcut-o, i-am spus când era cu spatele la mine.

Am știut că aveam dreptate, că am atins un punct nevralgic, căci s-a oprit brusc. Respira greoi.

L-am ocolit încet și m-am aplecat să-i surprind privirea.

— Promisiunea pe care ți-ai făcut-o ție *însuți*, i-am reamintit.

A închis ochii și a oftat adânc, prelung.

— Trebuie să fac asta, a zis el.

— *Ce* trebuie să faci? Ce faci, de fapt?

A refuzat să-mi răspundă și doar a scuturat din cap. Se forța să-și țină în frâu toate sentimentele care amenințau să iasă la iveală.

Într-o singură fracțiune de secundă, ca și cum ajunsesem la limita răbdării, am trecut de la tristețe și durere la furie absolută.

— Știi ce, Clay Johnson? Ești un laș! am șoptit.

M-a săgetat imediat cu privirea, în care se citea numai durere. Dar nu mi-a păsat. Și el mă rănea pe mine.

— Ești un laș și un fraier și nu vrei să te desparți de mine, iar eu o *știu*, am spus. Fă-mă să înțeleg! Spune-mi ce s-a întâmplat! Spune-mi și o să găsim *împreună* o soluție.

Clay m-a privit îndelung, fremătând din nări. Îmi sorbea din ochi fiecare trăsătură a chipului, ca și cum se delecta cu imaginea, pentru a o păstra în memorie.

Ca și cum nu avea să mă mai vadă niciodată.

Atitudinea lui hotărâtă m-a distrus.

— Bine atunci! am țipat și, cu o mișcare care ne-a luat pe amândoi prin surprindere, l-am lovit cu pumnii în piept. Du-te! Pleacă!

Clay a primit fiecare din loviturile mele, cu ochii închiși. Nici măcar nu s-a clintit sub asaltul mâinilor mele micuțe.

— N-ai decât să fii cu Maliyah! Să te prefaci că nimic nu contează, că *eu* nu contez.

A încercat să mă prindă de mână, dar l-am plesnit, ca să mă lase-n pace.

— Nu, nu încerca să-ți retragi vorbele acum!

— Kitten! a murmurat, îndurerat.

— IEȘI! am urlat, continuând să-l lovesc și să-l împing spre ușă. Te urăsc! Nu vreau să te mai văd niciodată! Te urăsc din tot sufletul!

Vorbele mele deveneau din ce în ce mai pline de deznădejde și mai nedeslușite. Din piept îmi porneau suspine care răsunau în întreg apartamentul.

— Îmi pare rău, a murmurat Clay, cu ochii înlăcrimați.

Încerca să se agațe de mine în timp ce îl împingeam.

—Tu..., am spus și m-am oprit, apoi m-am topit în brațele lui.

Tremuram și plângeam în hohote. Clay la fel.

— Mi-ai frânt inima! i-am zis.

S-a așternut tăcerea, pentru o bună bucată de vreme.

— Și eu mi-am frânt-o pe a mea, mi-a șoptit el.

Apoi mi-a dat drumul.

Am tresărit. N-am apucat decât să întind o mână spre el, fiindcă a deschis ușa grăbit și s-a făcut nevăzut, fără să mai privească în urmă.

Un țipăt greu de recunoscut mi-a ieșit pe gură. M-am prăbușit pe podea, devastată. Apoi mi-am strâns genunchii la piept, ca și cum doar așa aș fi putut să rămân întreagă.

Brusc, momentul meu de nor din vată de zahăr a luat sfârșit.

Indiferent cât m-aș fi pregătit, știam că nu o să supraviețuiesc căderii pe pământ.

Capitolul douăzeci și șapte

Clay

În ziua următoare, abia mai eram în stare să-mi mișc fundul spre vestiar, după înfrângerea suferită cu Hawks. Mă întrebam de ce nu eram la fel de dezamăgit precum coechipierii mei.

Zeke și-a trântit casca în vestiar cu mai multă forță decât ar fi fost normal, iar ecoul a răsunat puternic în încăpere. Riley a încercat să-l aline, dar după cum clătina din cap dezamăgită, se vedea că și ea era la fel de amărâtă. Kyle a rămas mut pe banca din fața dulapului lui, fără telefon în mână, fără să se mai laude pe rețelele de socializare sau să sărbătorească dansând. Până și Holden, în mijlocul vestiarului, își ținea fălcile încleștate, pe când încerca să-și dea seama ce să spună ca să ne scoată din starea aia.

Mâncaserăm rău de tău bătaie. Jucaserăm un meci slab contra unei echipe pe care ar fi trebuit s-o învingem cu ușurință.

Coechipierii mei erau furioși. Dezamăgiți.

Eu, pe de altă parte, eram amorțit ca naiba.

Ar fi trebuit să fiu obișnuit cu senzația de pustiu din piept. După despărțirea de Maliyah, am crezut că simțisem cea mai adâncă durere din viața mea și că supraviețuisem celei mai urâte despărțiri.

Acum, îmi venea să râd când mă gândeam la asta, doar că nu izbuteam să găsesc niciun pic de amuzament — măcar sarcastic.

Nu era vorba doar de durere. De o inimă frântă. Nu era vorba de faptul că îmi era dor de cineva și, oriunde mă uitam, mă asaltau amintiri nemiloase, care aveau să mă bântuie veșnic — deși treceam clar prin toate astea.

Nu, acesta era un tip de tortură pe care l-ar fi înțeles numai cei care le făceau viața amară oamenilor pe care îi iubeau.

Era un amestec de vinovăție, de înfrângere și recunoaștere a faptului că eu eram personajul negativ din poveste. Aveam mâinile pătate de sângele cuiva. Am plâns, știind că trebuia s-o fac, că nu era nicio altă cale, indiferent cât de poticnite îmi ieșeau cuvintele pe gură.

Între timp, maică-mea era mai fericită ca niciodată. N-o văzusem așa de când se despărțise tata de ea. Cory urma să o cazeze într-un centru de reabilitare de cinci stele din nordul Californiei, unde se internau deseori vedete. Era super încântată nu doar pentru că ar fi putut da oricând nas în nas cu vreo celebritate, dar și pentru că asta era șansa ei adevărată să se schimbe.

— O să fiu o femeie mai bună, îmi promisese la telefon, cu o noapte înainte, deși eram mult prea abătut ca s-o pot asculta. O mamă mai bună pentru tine.

Își făcea bagajele, pleca a doua zi. Îmi trimisese deja prin poștă un cec cu banii pentru returnarea împrumutului pe care-l făcusem și mai adăugase niște bani în plus.

Deși erau banii mei, deși eu fusesem cel care se împrumutase la bancă pentru ea și, prin urmare, era dreptul meu să-i primesc înapoi, aveam senzația că erau bani murdari, pătați, de asemenea, de sânge.

Faci ce trebuie, fiule!

Asta îmi spusese Cory la telefon ieri-dimineață când îi acceptasem propunerea. Nu fusesem în stare de nimic, nici să dorm, nici să mănânc. Mă holbasem la pereți. Aproape că mi-l închipuiam pe Cory bătându-mă pe spate, plin de mândrie.

Speram să aibă dreptate. Speram să fie cea mai bună alegere pentru maică-mea, să-i ofer înapoi măcar puțin din tot ce îmi oferise ea toată viața. Sacrificase atâtea pentru mine: tinerețea, corpul, timpul, toată energia. N-o văzusem niciodată cumpărându-și ceva pentru ea, în toți anii în care avusese grijă de mine, căci toți banii îi cheltuia pe facturi sau pentru îngrijirea mea, în principal, ca să pot juca fotbal.

Așa că aveam de gând să fac și eu sacrificii pentru ea. De oricâte ori ar fi fost nevoie, indiferent ce era în joc.

Ceea ce nu însemna că era mai puțin dureros.

Maliyah s-a aprins ca un foc de artificii din Ziua Independenței când i-am spus că voiam să ne mai dăm o șansă. Mi-a mărturisit că fusese chinuitor pentru ea să mă vadă împreună cu Giana. I-am spus că nu fusese decât o manevră ca s-o fac să mă vrea înapoi, iar ea a zâmbit, satisfăcută să știe că învinsese.

Fusese o minciună urâtă, complet dezgustătoare, pe care n-o putusem întări decât cu o îmbrățișare. Spre surprinderea mea, Maliyah nu devenise suspicioasă. I-am spus că mi-ar plăcea să o luăm mai ușor.

Adevărul era că nu-mi imaginam că aș mai fi putut săruta pe altcineva în afară de Giana.

Așadar, mama era fericită, Maliyah și Cory, la fel.

Eu mă simțeam groaznic.

La fel și Giana.

Era suficient ca să mă întreb dacă luasem sau nu decizia corectă.

Cu o noapte în urmă, când încercasem să adorm, un coșmar în care Giana mă lovea cu pumnii în piept m-a ținut treaz. Îi auzeam plânsul și îi vedeam lacrimile șiroindu-i pe obraji, în timp ce mă implora să nu-i frâng inima.

Își dăduse seama, fără ca eu să pomenesc ceva, că în clipa aceea mă prefăceam.

Habar nu aveam cum de înțelesese. Chiar și atunci când o fixasem cu privirea și îi spusesem că s-a terminat totul între noi, ea reușise să-și ignore propria durere, pentru a mă face să cobor cu picioarele pe pământ și să mă pun pe mine pe primul loc.

Asta mă tulburase cel mai mult, faptul că și atunci când îi arătam cea mai rea latură a mea, ea tot reușea să vadă până-n adâncul sufletului meu.

Ce nu înțelegea ea, însă, era că acum nu era vorba nici despre Maliyah, nici despre taică-miu. De data asta, trebuia să am grijă de cineva care avusese grijă de mine în trecut.

Nu era momentul să mă pun pe mine pe primul loc.

Speram ca, într-o bună zi, să-i pot mărturisi totul, s-o fac să înțeleagă.

Până atunci, eram condamnat la suferință.

— ...următorul meci, asupra căruia trebuie să ne concentrăm. N-am ieșit din cursă, nici pe departe. Mai mult ca sigur că o să jucăm un *bowl game*, a spus Holden când mi-am venit în fire și mi-am dat seama că ratasem prima parte a discursului. Vedeți ce și unde ați greșit, corectați-vă și reveniți dornici de victorie. Cu toții trebuie să ne facem treaba. Câștigăm ca o echipă, pierdem ca o echipă, a continuat el și a făcut o pauză. Și ne *luptăm* ca o echipă.

Antrenorul Sanders urmărea discursul dintr-un colț al vestiarului, cu brațele încrucișate la piept. Se vedea clar că nu era mulțumit de cum jucaserăm, dar l-a lăsat pe căpitan să preia controlul deplin.

Toți jucătorii încuviințau din cap, cu o expresie hotărâtă întipărită pe chip. S-au apropiat de Holden, care întinsese mâna, și au format un cerc. I-au acoperit mâna cu ale lor, apoi Holden s-a uitat fix la mine. Era semnalul să preiau controlul și să strig una din scandările de încurajare ale echipei.

Dar nu mă simțeam în stare.

Mi-am tras nasul și mi-am privit mâna așezată deasupra celorlalte.

— „Luptăm" la trei, a zis Holden. Unu, doi...

— *Luptăm*!

Răspunsul echipei a răsunat de jur împrejur, apoi s-a așternut un murmur de voci. Ne pregăteam de plecare. Unii se duceau la sala de forță sau la dușuri, alții plecau, pur și simplu, acasă.

Nici n-am apucat să-mi desfac șireturile, că Holden a și venit lângă mine.

— Hai să facem o plimbare împreună! m-a invitat el.

N-a așteptat să-i răspund, a ieșit imediat din vestiar.

L-am urmat fără chef. Terenul încă era plin de suporteri, de jucătorii celeilalte echipe și de jurnaliști, așa că m-a împins spre sala de forță.

— Stai jos! mi-a zis, indicându-mi o bancă.

După ce m-am așezat, și-a pus mâinile în șolduri, s-a uitat o clipă în pământ, apoi la mine.

— Ce s-a întâmplat? m-a întrebat el.

— Nu vreau...

— Nu-mi pasă că nu vrei să vorbești despre asta. Faci parte din echipă și ești unul din principalele motive pentru care am pierdut azi. Ai fost praf la acoperirea jucătorilor și ne-ai dat cel mult douăzeci la sută din cât poți de obicei.

Mi-a fost jenă de cât de corect îmi evaluase jocul.

— Pentru că sunt căpitanul echipei, este de datoria mea să-mi dau seama ce se petrece, indiferent dacă vrei sau nu. Poți să-mi spui acum, sau pot să-ți fac viața un calvar până îmi povestești.

Am strâns din buze.

— Ce vrei să zici, c-o să mă pui să dau ture de stadion?

— Dacă de asta e nevoie, da.

Am clătinat din cap, nemulțumit și mi-am sprijinit coatele de genunchi, cu umerii lăsați.

— Am niște probleme în familie. N-aș vrea să-ți povestesc despre ele, fără supărare.

— A murit cineva?

M-am încruntat.

— Poftim? Nu. Și a fost cam dură întrebarea, Căpitane!

— Trebuie să știu cât de serioasă e treaba.

— De ce, ca să mă înlocuiești?

M-a privit cu aceeași expresie cu care îmi vorbise mai devreme. *Dacă de asta e nevoie, da.*

Mi-am trecut mâna prin păr și m-am îndreptat de spate.

— M-am despărțit de Giana. Sunt din nou cu Maliyah. Mama merge la dezintoxicare. Tata e o scârnăvie căruia nu-i pasă de nimic și, dacă n-o să mă lași să joc, Holden, îți jur că o să te omor, fiindcă ar însemna să-mi iei singura sursă de bucurie care mi-a rămas. Fotbalul mă ține în viață, i-am spus, surprins de propria voce sugrumată. Este... e tot ce mi-a mai rămas pe lume.

I-am întâlnit privirea, în timp ce pieptul îmi urca și îmi cobora cu greutate. O expresie mai blândă i-a străbătut chipul.

— Te-ai împăcat cu Maliyah, a zis, ignorând restul dezvăluirilor mele.

Mi-am înfipt din nou privirea în podea.

— Mda.

— Și asta vrei?

— Mda, am mințit. Pot să plec acum, domnule sergent, sau încerci să mă arunci în pușcărie?

Holden mi-a aruncat o căutătură care îmi spunea că nu a gustat gluma. A părut totuși satisfăcut de răspunsurile mele, cât să nu mă mai chinuie, cel puțin pe ziua asta.

— Du-te! mi-a spus și mi-a făcut semn să plec. Limpezește-ți mintea până luni.

L-am aprobat, dar înainte să ajung la ușă, m-a strigat din nou:

— Și nu uita că nu suntem doar echipa ta!

Am așteptat, dar nu m-am întors cu fața la el.

— Suntem prietenii tăi. Suntem o familie. Clay, știu că tu ești mereu cel care întinde o mână de ajutor, dar și noi te putem ajuta pe tine.

A făcut o pauză, apoi a continuat:

— Nu trebuie decât să ne lași.

Am avut senzația că m-a străpuns un tăiș fierbinte între coaste, așa că am încuviințat, ca să-i dau de știre că l-am auzit, pe urmă m-am făcut nevăzut pe ușă. Am luat-o spre vestiar.

Îndată ce am cotit, m-am trezit față în față cu ea.

Capătul coridorului unde era biroul Gianei era cufundat în semiîntuneric, așa că abia îi zăream părul zburlit, prins într-un coc în creștetul capului. Își căuta cheile, cu un iPad vârât sub braț. Chiar și de la distanță, am observat că avea aceleași cearcăne adânci ca și mine și umerii lăsați în jos, ceea ce-mi amintea de durerea pe care i-o provocasem.

După ce a deschis ușa, a oftat și a aruncat o privire pe hol.

A încremenit când m-a zărit.

Durerea din piept mă ardea ca și cum aș fi simțit brusc toate faulturile primite vreodată. Era o durere care îmi zdrobea oasele și îmi răvășea sufletul, dar m-am bucurat de fiecare secundă, pentru a putea să mă mai uit puțin la ea.

A deschis gura și a făcut un pas minuscul spre mine, apoi s-a oprit și a strâns din buze.

După care s-a făcut nevăzută în birou, trântind ușa în urma ei.

***

Giana

— Știi că nu suport să te văd așa, mi-a spus tata, sorbind din whisky, în timp ce eu mutam de colo-colo salata, în farfuria din fața mea.

Credeam că dacă o mișc un pic, o să arate ca și cum aș fi mâncat ceva, dar mormanul de rucola cu sos era de altă părere.

Am dat drumul furculiței și m-am lăsat învinsă pe spate.

— Știu, tată. Îmi pare rău.

— Nu vreau să-ți ceri scuze pentru ceea ce simți. Vreau să vorbești cu mine despre ce se petrece și să găsim împreună o cale de a rezolva ce te supără.

— Nu există nicio rezolvare, i-am mărturisit.

Deși s-a încruntat, iar ochelarii cu rame negre i-au alunecat ușor pe nas, tata a zâmbit din colțul gurii. Și-a rotit paharul și a mai sorbit o gură, apoi l-a lăsat pe masă și s-a aplecat către mine.

Ochii lui erau albaștri, ca ai mei, doar că mai închiși. Părul și pielea erau de asemenea mai închise la culoare. Era însă clar pentru oricine ar fi trecut pe lângă noi că eram rude și că eram mai apropiată de el decât de mama.

— Nu poți controla problema, hm?

Am încuviințat și am luat din nou furculița, doar ca să fac ceva cu mâinile.

Tata a început să bată darabana cu degetele în masă.

— Păi, ești deja la vârsta la care viața o să se repeadă la tine. Ăsta este probabil primul lucru din multe altele pe care n-o să le poți controla.

— Mă scoate din minți, am recunoscut. Și... mă doare.

Ultimele cuvinte le-am rostit mai încet și am scâncit. În inimă aveam aceeași durere sfâșietoare ca în ziua în care Clay se despărțise de mine.

Se despărțise de mine.

Tot nu-mi venea să cred.

Crezusem dintotdeauna că etapele jelirii se desfășoară într-o ordine bine stabilită, doar că eu săream de la una la alta ca la un joc mecanic: ba eram cufundată în negare, ba eram furioasă. Apoi cădeam în depresie. Nu ajunsesem încă la etapa acceptării.

O parte din mine spera să n-o fac niciodată, fiindcă abia atunci avea să fie totul real.

Încă mi se părea că trăiesc un coșmar, ca și cum lucrurile astea se întâmplaseră altcuiva, nu mie. Sfredeleam mobilul cu privirea, dorindu-mi ca el să mă sune, sau ca *eu* să fiu în stare să-i scriu. Și atunci când nu mai visam să mă întâlnesc întâmplător cu el, pe stadion, mă gândeam dacă să-mi dau sau nu demisia, să plec de acolo și să nu-l mai văd *niciodată*.

În ziua meciului, îmi fusese relativ ușor să rămân ocupată. Deși echipa noastră pierduse, tot trebuise să mă ocup de o mulțime de reporteri. După ce terminasem cu toată harababura, mă retrăsesem în birou, convinsă că el deja plecase, sau că, în cel mai rău caz, era în vestiar.

Firește că era chiar acolo și se holba la mine, din celălalt capăt al coridorului, ca și cum *eu* aș fi fost aia care se despărțise de *el*.

Am vrut să alerg în brațele lui, la fel de mult pe cât am vrut să-l înjur și să-l scuip în ochi.

Eram terminată.

Dar ceea ce mă durea cel mai tare nu era că mă părăsise, ci că îmi ascundea ceva. Mă simțeam ca și cum aș fi citit primele trei sute de pagini dintr-un roman de suspans, numai ca să găsesc paginile de la sfârșit rupte și să nu aflu niciodată ce secret ascundea personajul principal.

Cu toate că și el suferea la fel de mult, Clay nu-și deschidea sufletul față de mine.

Ce puteam eu să fac?

— N-are legătură cu tânărul pe care abia așteptai să mi-l prezinți azi, nu? Cel care s-a îmbolnăvit brusc de gripă?

Nu i-am răspuns.

Tata s-a aplecat peste masă, mi-a luat mâna, a așteptat să las furculița jos și mi-a luat mâinile în ale lui.

— N-am cum să te ajut, dacă nu-mi vorbești, șoricel!

Am clătinat din cap, confuză.

— Doar că... nu știu de unde să încep.

— De la început e cel mai bine, de cele mai multe ori.

Am încercat să-i răspund la zâmbet, dar nu am izbutit.

— Trebuie să uiți că sunt fata ta, în următoarele zece minute.

Tata și-a încrețit fruntea.

— Bine, acum nu te mai las să pleci până nu-mi povestești totul.

Ceea ce am și făcut.

Nu mi-am dat seama cât de multă *nevoie* avusesem să-i povestesc cuiva despre mine și Clay, până când nu am început să mă destăinui, într-o avalanșă de cuvinte. La un moment dat, am rămas fără suflu. I-am spus despre Shawn, despre înțelegerea făcută cu Clay, despre dorința lui Clay de a o recâștiga pe Maliyah. Am lăsat deoparte detaliile despre ce presupusese mai exact jocul meu cu Clay, dar nu i-am ascuns cât de apropiați eram și nici cât de mult ținea el la mine.

Cât de mult țineam eu la *el*.

După ce am terminat, tata a lăsat să-i scape un fluierat și m-a bătut ușor pe mână.

— Ei bine, nu pot să pretind că nu vreau să-l omor pe puștiul ăsta, după ce mi-a rănit fetița.

— Tată!

— Și nu înțeleg de ce ai fi vreodată de acord să te prefaci că ești iubita cuiva. Deși acum îmi dau seama că titlurile cărților tale au de fapt sens. *Bodyguardul meu cel fals.*

Am surâs.

— Dar sunt de acord cu tine, a continuat el. Ceva nu se leagă în povestea asta.

— Nu-i așa? am spus și m-am aplecat spre tata, pe deasupra mesei, ca și cum am fi dezbătut un mister împreună. Adică, aș fi recunoscut dacă l-aș fi judecat greșit, dacă n-aș fi băgat de seamă semnalele de alarmă și i-aș fi permis unui jucător de fotbal nesimțit să-și bată joc de mine.

Tata și-a arcuit o sprânceană. M-am făcut stacojie la față și mi-am ferit privirea, hotărâtă să nu-i dau mai multe detalii.

— Dar îl cunosc. Îl cunosc mai bine decât pe oricare alt jucător din echipă. Și... pur și simplu nu pot să cred că, din senin, s-a decis că vrea să fie din nou cu Maliyah. Tată, înțelegi ce-ți spun, Clay a *plâns* când s-a despărțit de mine.

— Și băieții mai plâng uneori, să știi, a răspuns tata, zâmbind.

— Da, dar e nevoie de multă suferință. Nu?

Tata a schițat un gest aprobator și mi-a răspuns:

— De obicei, da. Dar poate că plângea fiindcă știa că-ți face rău. E posibil ca el să fi vrut să pună punct relației voastre, însă fără să-și dorească să te rănească.

Mi-am încrețit fruntea și m-am dezumflat.

— Cred că nu m-am gândit la asta până acum.

Tata m-a mângâiat pe mână.

— Știu că ți-e greu, șoricelul meu! Îți vine să crezi sau nu, și eu am cunoscut câteva fete înainte de a avea o relație cu mama ta. Știu ce înseamnă să ai inima frântă.

Ca la un semn, m-am îndoit de durere și inima mi s-a strâns în piept, plină de amărăciune.

— Dar dacă Bonnie Raitt m-a învățat un lucru, acela e că nu poți face pe cineva să te iubească, dacă nu te iubește.[1]

— Stai puțin, l-am întrerupt. Ăsta-i un vers dintr-o melodie de-a lui Adele.

— Adele cântă o reinterpretare a melodiei originale.

— E a lui Bonnie Raitt?

Tata a clipit de câteva ori, fără să spună nimic.

— O să trec cu vederea faptul că fiică-mea nu știe cine este Bonnie Raitt și o să reiau subiectul nostru de discuție, a continuat el, înclinându-se spre mine.

Ochii lui albaștri erau plini de căldură. Un zâmbet compătimitor se întindea pe buzele care semănau cu ale mele.

— Acum nu mai contează ce *crezi* tu că se petrece de fapt cu băiatul ăsta. Nu poți decât să accepți ceea ce s-a petrecut cu *adevărat*, ce ți-a spus și ce știi sigur.

A făcut o pauză, apoi a continuat:

— Te-a privit direct în ochi și ți-a spus că s-a terminat.

---

[1] Bonnie Lynn Raitt este o cântăreață, chitaristă și compozitoare americană de blues.

Mi-a tremurat buza de jos. Tata mi-a strâns mâna.

— La un moment dat, va trebui să accepți asta și să mergi mai departe. Nu spun că trebuie să-l dai cât mai repede uitării sau că n-o să te doară. Dar câteodată, așa e viața. Uneori, nu trebuie decât să te ridici de jos, să te îmbraci, să pui un picior în fața celuilalt până când, într-o zi, durerea o să dispară. Și mai știi ceva?

— Ce? l-am întrebat șoptit.

— Viața are un mod ciudat de a ne surprinde și de a ne oferi mai târziu ceva și mai *bun*.

Am înghițit în sec și am încuviințat. Încercam să găsesc alinare în vorbele lui.

— Tată, cred că... cred că-l iubesc.

Am bălmăjit ultimele cuvinte, cu ochii înlăcrimați. Tata mă privea ca și cum tocmai m-aș fi prăbușit de pe o stâncă, la picioarele lui.

— Ah, draga mea! a exclamat el, apoi s-a ridicat și s-a așezat lângă mine.

M-a strâns cu putere în brațe și i-am simțit îmbrățișarea până în măduvă. M-am agățat de el, dându-mi voie să plâng.

— E în regulă să-l iubești.

— Chiar dacă el nu mă iubește pe mine?

— Așa stă treaba cu iubirea, mi-a spus tata și m-a sărutat pe păr. Nu are nevoie să fie reciprocă, pentru a fi adevărată.

Nu știu cât timp am stat așa, în brațele tatei, plângând în hohote într-un restaurant minuscul plin de studenți gălăgioși, dar un lucru era cert: m-am bucurat de fiecare clipă de consolare.

În dimineața următoare, m-am trezit cu aceeași suferință groaznică în suflet, pe care o aveam de când Clay îmi rupsese inima în două. Numai că, de data asta, nu m-am lăsat pradă durerii. N-am mai întors pe toate părțile vorbele pe care mi le spusese Clay, nici n-am mai derulat în minte momentele petrecute cu el în patul meu. Nu m-am mai agățat de amintirea râsului său, a palmelor sale pe fața mea și a săruturilor sale, atunci când închideam ochii.

De data asta, m-am îmbrăcat.

Mi-am pus pantofii.

Și am pornit înainte, pas cu pas.

Capitolul douăzeci și opt

Giana

O săptămână mai târziu, așteptam pe o bancă din fața localului *Rum & Roasters* și îmi strângeam haina pe lângă mine, din cauza vântului rece. Făcusem o alegere proastă când mă îmbrăcasem cu fustă și colanți, dar îmi era dor de anotimpul fustelor. Mă săturasem să mă îmbrac în pulovere largi și pantaloni, voiam să-mi scot în lume fusta cu mustăți.

Din motive pe care nu le-aș fi recunoscut în fața nimănui. Nici măcar în sinea mea.

Așa că mi-am frecat picioarele unul de altul, încercând să mă încălzesc, în timp ce mă uitam la fiecare student care trecea pe lângă mine, în căutarea lui Shawn. Imediat ce ajungea el, aveam să intrăm în cafenea, să ne dezghețăm.

Nu știam exact de ce simțisem nevoia să-l sun, să-l rog să ne întâlnim, dar credeam că, odată scos adevărul la lumină, puteam să am și eu parte de puțină liniște. Normal că nu aveam să scap de zbucium dacă așteptam o explicație din partea lui Clay.

Probabil că era vorba despre o încercare disperată a inimii mele de a prelua o parte din controlul care îi fusese furat.

Mi-a bâzâit telefonul în buzunar și am oftat când am citit mesajul:

Îmi cer scuze, întârzii puțin. Ajung în curând.

Am dat să-i răspund, dar înainte să-l trimit, am văzut umbra cuiva în fața mea.

— Simpatică fustă! Nu știu cum naiba nu-ți îngheață țâțele, la cum ești îmbrăcată.

M-am încruntat și mi-am ridicat capul, mijind ochii din cauza soarelui. Riley mă privea cu ditamai rânjetul pe față.

I-am întors zâmbetul și mi-am privit mustățile din poală.

— Poate pentru că n-am țâțe care să-mi înghețe?

Riley a pufnit în râs.

— Fă-mi loc și mie!

După ce s-a așezat lângă mine, Riley m-a luat de braț. Am simțit căldura corpului ei prin pantalonii de trening cu care era îmbrăcată, mult mai confortabili și mai călduroși decât hainele mele. Am dat drumul unui oftat mulțumit. Mă încălzeam și îmi făcea bine să stau cu ea.

— Ce cauți afară pe frigul ăsta, ciudato?

Am chicotit și i-am răspuns:

— Aștept pe cineva.

— Pe Clay?

La auzul numelui, zâmbetul mi-a dispărut instantaneu.

— Nu, am zis, înghițind cu greu. Doar un prieten.

Riley a încuviințat din cap și a tăcut o clipă, apoi m-a întrebat:

— O să-mi spui vreodată ce s-a întâmplat cu voi doi?

— Ți-aș spune, dacă aș ști.

S-a încruntat.

— Cum adică?

— Înseamnă că s-a întors la Maliyah, dar... Sunt sigură că nu asta își dorește.

— De unde știi?

Am respirat adânc și am privit-o cu coada ochiului, după care m-am întors să mă uit în ochii ei. Știam cât de important era Clay pentru ea, așa că mi-am ridicat degetul mic.

— Juri că n-o să spui nimănui ce o să-ți povestesc acum?

I s-au luminat ochii și, cu un aer plin de seriozitate, și-a prins degetul mic de al meu.

— Buzele îmi sunt pecetluite, a zis ea.

Odată făcută această promisiune, am început să-i povestesc.

Nu doar versiunea pe care i-o spusesem tatei, cea îndulcită, din care omisesem o mulțime de amănunte, ci toată povestea. I-am zis lui Riley despre înțelegerea pe care o făcusem cu Clay, că relația noastră fusese la început falsă — la care ea și-a ridicat fruntea și a strigat:

— Știam eu!

I-am spus că, pe parcurs, relația se schimbase. Roșeața mi-a colorat obrajii când am recunoscut că, din cauza melodiei sexy a lui Shawn, mă panicasem că eram virgină și îl implorasem pe Clay să mă ajute să *nu* mai fiu.

I-am povestit tot lui Riley.

Despre Observator, despre seara licitației, despre toate zilele și nopțile petrecute îmbrățișați.

Despre despărțire.

Nu mi-am putut stăpâni lacrimile când i-am povestit partea aia. Riley mi-a strâns mâna într-a ei, aprobând din cap, ca și cum ar fi știut exact cum mă simțeam. După tot ce se întâmplase între ea și Zeke cu un semestru în urmă, nu aveam niciun dubiu că mă înțelegea.

— Așa că, după cum ți-am zis, ți-aș spune ce se petrece, dacă aș ști eu însumi, dar habar n-am. Pur și simplu, Clay a pus punct relației. Și nu-mi pasă cum explică el împăcarea cu Maliyah, știu că nu asta își dorește. Doar că nu știu *de ce* s-a împăcat cu ea.

— Crezi că s-a simțit prost fiindcă a rănit-o? Sau poate că ea îl are cu ceva la mână! a zis Riley, cu o țopăială. Doamne sfinte! Poate că Maliyah este, de fapt, un traficant de droguri deghizat în majoretă, iar Clay a căzut în plasa ei, ea îl manipulează cum vrea și el nu are de ales decât să se supună!

Am clipit des, uluită.

— Hm, bine. Eu sunt aia care citește romane de dragoste cu mafioți, dar nici măcar *pe mine* nu m-a dus mintea până acolo.

Riley a ridicat din umeri.

— E posibil. Zic și eu.

Am schițat un zâmbet, dar acesta mi-a dispărut iute. Am clătinat din cap, încurcată, încercând în continuare să deslușesc senzația sâcâitoare pe care o aveam de când Clay plecase din apartamentul meu, în noaptea aia.

— Nu știu ce să-ți zic. Dar tata mi-a dat câteva sfaturi înțelepte săptămâna trecută. Mi-a spus că e posibil să nu primesc niciodată răspunsurile de care am nevoie. Și că e cazul să merg mai departe.

Riley s-a încruntat.

— Și de ce-mi vine să plâng când aud asta?

— Pentru că e oribil și nu e corect, i-am răspuns. Dar... are dreptate. Nu știu ce îmi ascunde Clay, de ce a făcut asta, dar nu contează decât că a făcut-o. S-a despărțit de mine, am spus, ridicând din umeri. Oricât de tare mă omoară s-o spun, trebuie să accept situația și să găsesc o cale să merg mai departe.

— Ești mai puternică decât mine.

— Spune asta pijamalelor pătate de înghețată și muntelui de șervețele din camera mea.

Riley și-a lăsat capul pe umărul meu și m-a luat din nou de braț.

— Îl iubești, a șoptit ea.

Am simțit că mi se pune un nod în gât.

— Da.

— Nu-i așa că nu-i nimic mai rău?

M-am înecat cu un hohot de râs.

— Ba da. Așa este, chiar că așa este.

Ne-am cufundat în tăcere, apoi Riley mi-a strâns brațul.

— Îmi pare foarte rău. Și sunt *foarte* supărată pe tine că nu mi-ai spus nimic din toate astea. Suntem prietene, G.

— Nu sunt obișnuită să am prieteni, am recunoscut.

— Ei bine, obișnuiește-te! Mai ales pentru momentele în care o să iei parte la un festival al plăcerilor secrete și un bărbat o să pună în aplicare cele mai murdare fantezii din cărți. Atunci o să vreau să știu fiecare detaliu picant.

M-a pufnit râsul, dar imediat m-a străfulgerat o durere acută:

— Doamne, chiar a fost cel mai romantic lucru pe care l-a făcut cineva vreodată pentru mine.

— E unic băiatul ăsta, a zis Riley încet și am rămas amândouă tăcute.

Pe urmă s-a îndreptat de spate și m-a înghiontit.

— Dar la fel ești și tu. Și o să fii bine, indiferent ce o să se întâmple mai departe.

— Mulțumesc, Riley!

A surâs, apoi a ridicat privirea și a văzut pe cineva în spatele meu.

— Ți-a sosit oaspetele, m-a anunțat ea.

S-a ridicat de pe bancă, iar eu m-am întors și am dat cu ochii de Shawn. Venea spre noi, cu chitara petrecută peste umărul drept. Mi-a făcut un semn timid din mână când m-a văzut și abia atunci m-am ridicat și eu.

— Îți mulțumesc că mi-ai spus, a zis Riley, apoi a încuviințat din cap spre Shawn. Baftă!

M-a strâns tare în brațe și a dispărut exact când el a ajuns în dreptul băncii.

I-am zâmbit, indicând în direcția cafenelei.

— Intrăm?

A urmat un moment de tăcere destul de penibil, cât am stat la coadă să ne cumpărăm cafea, dar Shawn a găsit o masă liberă chiar în mijlocul cafenelei, imediat ce ne-am luat băuturile. S-a așezat el primul și și-a proptit chitara de masă, după care am luat loc și eu, vizavi de el.

— Îți mulțumesc că ai fost de acord să ne vedem.

A aprobat din cap.

— Ce mai faci?

— Eu... Sincer, îngrozitor, am recunoscut, reușind totuși să zâmbesc. Dar o să fiu bine. În cele din urmă.

— De-asta m-ai sunat? Ca să vorbim?

— Da, dar nu neapărat despre mine. Sau, mă rog, și despre mine, am continuat, clătinând din cap. Doar că... aș vrea să știi ceva. Ceva ce meriți să știi.

Shawn a ridicat o sprânceană a interes. După ce am luat o gură de cafea și am tras cu nesaț aer în piept, i-am povestit despre înțelegerea făcută cu Clay chiar în locul unde eram acum și despre rolul pe care l-a avut el în relația mea cu Clay. Am lăsat deoparte detaliile pe care i le menționasem lui Riley, chiar și unele amănunte pe care i le spusesem tatei. Am avut grijă să-mi cer scuze că mă jucasem cu sentimentele lui, fără ca el să știe lucrul ăsta.

Dintre toți, cel mai crunt a fost să-i mărturisesc lui adevărul. Am văzut cum pe chip i se așternea o expresie rece, când și-a dat seama că tot ce se petrecuse între noi doi fusese planificat cu atenție. După ce am terminat, mi-am ridicat cafeaua la buze și l-am așteptat să proceseze dezvăluirile.

A oftat și și-a trecut o mână prin păr.

— Păi, a zis Shawn într-un final, nu vreau să te mint și să-ți spun că nu-mi doresc să te fi remarcat *înainte* de întâlnirile tale false cu Clay și să te fi cucerit primul.

I-am zâmbit.

— Dar, a continuat el, mă bucur că te cunosc oricum.

Ochii i-au sclipit în penumbra cafenelei și am simțit brusc un val de ușurare.

— Pe bune?

— Pe bune, mi-a răspuns el. Am putea s-o luăm de la capăt.

M-a cuprins panica și am simțit că mă înroșeam la față. Nu luasem în calcul posibilitatea ca el să vrea în continuare să iasă cu mine. Sinceră să fiu, mă așteptasem să se enerveze. Să mă înjure, să mă facă nebună și să iasă valvârtej din cafenea.

— Hmmm...

— Ca prieteni, a clarificat el și s-a aplecat spre mine, cu un rânjet.

Am oftat ușurată, la care el a zâmbit și mai larg, apoi s-a ridicat și și-a deschis brațele, pentru a mă strânge la piept.

M-am ridicat și eu și i-am răspuns la îmbrățișare cu o strânsoare la fel de puternică.

— Ca prieteni, am căzut eu de acord.

M-am uitat la el îndată ce ne-am depărtat unul de altul. A scuturat din cap, mirat.

— Nu-mi vine să cred cum m-ai jucat pe degete.

— Mie nu-mi vine să cred că ai încercat să te dai la o fată care avea deja un iubit.

— În apărarea mea, țin să menționez că mi l-ai prezentat drept un tip oribil.

— Așa e.

Shawn s-a desprins încet din îmbrățișare, apoi ne-am așezat la locurile noastre.

— Că tot a venit vorba... Îmi pare rău. Că v-ați despărțit.

Am încuviințat. Simțeam că rămân fără aer.

— Mulțumesc! Și mie.

Odată scos adevărul la iveală, o senzație de liniște mi-a învăluit inima sângerândă. Tata avea dreptate. Nu aveam cum să-l dau uitării peste noapte. Nu aveam cum să-mi curm brusc suferința sau să nu-mi fie dor de Clay, nu pentru o lungă perioadă.

Dar eram vie. Respiram, trăiam.

Nu aveam de gând să mă mai feresc de durere, ci doar să merg mai departe.

Îmi aminteam de toate emoțiile puternice simțite alături de Clay, cât timp avuseserăm același drum. Nu voiam să pierd străfulgerările de durere, nu voiam să uit niciodată îmbrățișările, atingerile și săruturile lui.

Iubirea lui.

Poate că nu avea să fie al meu.

Dar aveam de gând să mă agăț de fiecare părticică pe care mi-o oferise, pentru tot restul vieții.

Și după aceea.

***

Clay

Mă săturasem până peste cap de iernile din Boston.

Tehnic vorbind, nici măcar nu venise iarna. Eram fix în mijlocul toamnei, doar că amestecul ăsta de ploaie și zăpadă care mă străpungea ca niște ace de fier nu mă ducea deloc cu gândul la toamnă.

În California, toamna însemna seri mai răcoroase și zile calde. Cu soare și cer albastru, senin. Temperaturile coborau rareori sub 10 grade noaptea și ziua oscilau undeva în jur de 20.

Pentru mine, *asta* era vremea ideală de jucat fotbal.

Dar masochiștilor care crescuseră pe coasta de nord-est le plăcea *la nebunie* să joace pe porcăria asta de vreme. Se vedea pe fețele lor, la antrenament: Zeke a scos limba fericit, după o returnare victorioasă a mingii, iar Riley a țopăit veselă, după ce a dat un *field goal*, de la linia de 33 de yarzi[1]. În schimb, eu am bombănit tot timpul, până am ajuns în vestiar, la duș. Cu gândul la apa fierbinte care mă aștepta înăuntru.

Am încetinit când am văzut-o pe Giana.

Era atentă să adune câțiva jucători pentru transmisiunea live programată pe Instagram. Am profitat de moment și i-am urmărit buclele, care parcă îi săltau cu încetinitorul, în timp ce ea direcționa și așeza fiecare sportiv la locul lui. Avea pielea mai strălucitoare și ochii la fel de obosiți, dar nu la fel de roșii ca înainte. Își ținea capul sus, concentrată, ca și cum nu ar fi avut nicio grijă.

Arăta mai bine decât în ultimele săptămâni.

Și știam că era din cauza lui Shawn.

O flacără mi-a izbucnit în piept când mi-am amintit ce văzusem, o imagine care avea să-mi rămână în minte pentru totdeauna. Duminica trecută, încercam să învăț pentru un test la anatomie, după ce abia reușisem să închid ochii peste noapte — mă tot foisem și mă zvârcolisem, așa cum ajunsesem s-o fac în

[1] Aproximativ 30 de metri.

ultima vreme. Așa că, disperat să îmi găsesc cumva concentrarea, dădusem o fugă până la *Rum & Roasters*.

Dar nu mai intrasem în cafenea.

Prin geamurile cafenelei, aburite de căldura dinăuntru, care se lupta cu frigul tăios de afară, o zărisem pe Giana.

În brațele lui Shawn.

Îmi stătuse inima când văzusem cât de tare îl strângea în brațe și cum îl privea cu un zâmbet care, pe vremuri, îmi fusese numai mie adresat. El îi spusese ceva care o făcuse să râdă. Nu suportasem să-i urmăresc mai mult. Îmi dezlipisem privirea de ea și o luasem la fugă.

Giana trecuse mai departe.

Doamne, cât de mult mi-aș fi dorit să mă bucur că făcuse asta. Voiam să mă simt ușurat că nu o distrusesem de tot, că Shawn fusese acolo să adune bucățele sufletului ei, distrus de mine. Voiam să găsesc alinare la gândul că ea era bine, că Shawn avea să aibă grijă de ea.

Numai că, în schimb, eram bolnav de gelozie și năucit de furie.

Simțeam doar trădare, ca tăișul unui pumnal în stomac — stomac pe care îl golisem imediat ce plecasem de lângă cafenea, cu pași împleticiți și dădusem de un coș de gunoi pe marginea aleii ce duce spre campus.

Meritam înfrângerea asta și nu ar fi trebuit nici să mă supere, nici să mă surprindă.

Însă mă omora.

— Bună! m-a salutat Maliyah, trezindu-mă din amintiri și forțându-mă să mă concentrez asupra ei, și nu asupra Gianei.

Și-a petrecut brațele pe după mijlocul meu și s-a ridicat pe vârfuri pentru a mă săruta pe buze, înainte să apuc să mă trag deoparte.

— Super antrenament! Hai să mergem înăuntru, îngheț!

Am aprobat-o din cap și mi-am petrecut un braț pe după umerii ei, cu aceeași senzație de greață.

I-am surprins privirea Gianei și i-am susținut-o. S-a uitat la Maliyah și apoi iar la mine. Ochii ei albaștri ca marea au reușit să mă străpungă de la distanță. Nu voiam decât să mă uit la ei îndeajuns pentru a le ține minte forma și culoarea, pentru tot restul vieții.

Dar Giana s-a întors brusc, atentă la ce avea de făcut, fără să dea impresia că i-ar fi păsat vreun pic de mine.

Poate că uram vremea asta pentru că se potrivea de minune cu starea mea de spirit. Poate că îmi doream soare și cer senin, în speranța că acestea puteau să acționeze ca un medicament miraculos, capabil să mă scoată din starea mea jalnică.

— Hai să mergem să luăm sushi! a sugerat Maliyah când am ajuns în dreptul vestiarelor.

Mi-a dat drumul, pentru a se îndrepta spre vestiarul majoretelor și mi-a propus din mers:

— Facem un duș, ne schimbăm și după ne vedem aici?

— Sigur.

Mi-a adresat un zâmbet, dar ochii ei erau triști. Oarbă să fi fost să nu-și dea seama cât de nefericit eram, indiferent cât mă străduiam să mă prefac în fața ei, a maică-mii și a lui Cory, că totul era în regulă.

— Ești bine?

Am izbutit să încuviințez din cap.

— Mi-e frig, atâta tot. Și sunt obosit.

A strâmbat din buze.

— Dacă vrei, poți să vorbești cu mine despre orice. Știu... știu că mai avem mult de lucru. Știu că te-am rănit, că ți-am distrus încrederea în mine. Dar... te cunosc, Clay. Probabil că te cunosc mai bine decât oricine altcineva.

Mi-a venit să-mi dau ochii peste cap. Habar nu avea cât se înșela.

— Îmi dau seama când e ceva în neregulă cu tine.

— Am o mulțime de lucruri pe cap, atâta tot.

— Putem să vorbim despre ce te apasă. La masă.

Și de data asta i-am răspuns tot cu un gest de aprobare din cap.

A deschis gura, de parcă ar mai fi vrut să adauge ceva, dar s-a răzgândit. Pe urmă, s-a întors cu spatele la mine și a luat-o înainte pe coridor, iar eu am intrat în vestiarul echipei.

Echipa se obișnuise deja cu atitudinea mea acră. Coechipierii mei nu se mai luau de mine, nici măcar nu mai încercau să afle mai multe detalii. Acum doar mă evitau, ca pe o gripă de care nu voiau să se molipsească.

M-am dezbrăcat în liniște și mi-am lăsat pe mine doar șortul, până la duș, de dragul lui Riley. Când am rămas doar între noi, băieții, m-am dezbrăcat complet și am oftat puternic sub apa fierbinte.

Pielea m-a usturat până m-am obișnuit cu temperatura ridicată, apoi mușchii mi s-au relaxat instantaneu. Stăteam mulțumit sub duș și aș fi fost în stare s-o fac ore în șir. Mi-am băgat fața sub apă și am închis ochii, simțind cum mă învăluie căldura.

Dar, brusc, apa s-a făcut rece ca gheața.

— Ce mama naibii?

Am orbecăit după robinet, dar n-am dat decât de un tricou ud. Complet dezorientat, am simțit cum apa s-a oprit de tot. Cineva mi-a aruncat un prosop și m-a împins jos la podea, până când am ajuns cu spatele rezemat de peretele rece din faianță.

— Acoperă-ți chestia! mi-a spus cineva.

I-am recunoscut imediat vocea lui Zeke. Am folosit prosopul ca să mă șterg la ochi, apoi mi l-am pus în poală. Când am ridicat privirea, am dat de Zeke și de Holden, care stăteau în fața mea.

— Afară! s-a răstit Holden și a pocnit din degete spre alți doi colegi care mai erau la duș cu mine.

Băieții mi-au aruncat priviri compătimitoare, după care s-au supus ordinelor căpitanului.

— Ce naiba se petrece aici? i-am întrebat.

— Riley! a strigat-o Zeke, ignorându-mă.

Fata a apărut exact pe unde se făcuseră nevăzuți ceilalți doi un pic mai devreme. S-a asigurat mai întâi că sunt acoperit și abia pe urmă a intrat la dușuri.

— Îmi cer scuze pentru modul barbar în care te-am acostat, a recunoscut Riley, cu brațele încrucișate, în timp ce prietenii mei continuau să mă privească de sus. Dar n-am știut cum altfel să te facem să vorbești cu noi.

— Să vorbesc?

— Vrem să știm ce se întâmplă cu tine, a zis Holden. Și nu ne interesează nici minciunile sfruntate, nici jumătățile de adevăr pe care le spui când are cineva curaj să te bată la cap. Nu ești bine deloc. Și dacă ai fi vrut într-adevăr să fii cu Maliyah, acum ai fi fost în al nouălea cer, nu ca Aiurel din Winnie de Pluș.

Am lăsat să-mi scape un oftat.

— Dar chiar vreau să fiu cu Maliyah.

De cum mi-au ieșit vorbele pe gură, Riley a schimbat o privire cu ceilalți doi. După ce ei s-au tras deoparte, ea a dat drumul la robinetul cu apă rece.

— Riley! Ce mama naibii?

Mi-am ridicat brațele, ca să mă protejez — nu că aș fi avut cum —, apoi Riley a oprit robinetul. Prosopul din poală era deja ud și rece.

— O să ai parte de o baie rece ca gheața ori de câte ori o să mai spui tâmpenii din astea, m-a avertizat ea. Așa că, în locul tău, aș mai încerca o dată.

Am mormăit:

— Ce tâmpenie, nu am de...

Am încercat să mă ridic, dar Zeke mi-a pus o mână fermă pe piept și m-a împins iar în perete.

— Încetează să te mai ocupi singur de toate astea! a strigat el, pe un ton ferm. Ce naiba, Clay? Nu-ți dai seama că prietenii tăi își fac griji pentru tine? La un moment dat în viețile noastre, ai fost alături de fiecare dintre noi, a continuat el și m-am uitat în spatele lui, la Holden și Riley, care îl aprobau cu un gest din cap. Lasă-ne să te ajutăm noi acum pe tine, a continuat Zeke, când mi-am întors privirea spre el.

Am simțit cum mi se pune un nod groaznic în gât, așa că mi-am ferit privirea. M-am holbat la încăperea golită a dușurilor și am înghițit în sec, încercând să-mi revin. N-am scos nicio vorbă, o bună bucată de vreme. Eram hotărât să le aduc un argument.

Nu aveam niciunul.

În loc de asta, m-am dat bătut, am oftat și mi-am lăsat capul pe spate, rezemat de faianță.

— E o poveste lungă, am rostit sugrumat.

Cu grijă, Riley s-a așezat pe faianța udă, lângă mine, fără nici cea mai mică grijă că o să-și ude șortul. S-a aplecat și m-a apucat de braț.

— Avem tot timpul din lume.

Zeke și Holden s-au așezat și ei.

— Am putea să mergem într-un loc unde nu e duș, am sugerat.

— Nicio șansă, mi-a răspuns Riley. Trebuie să te ameninț cu apa rece.

Am zâmbit, apoi am tras adânc aer în piept și le-am spus totul.

Spre surprinderea mea, am vorbit cu ușurință. Am început povestea cu înțelegerea făcută cu Giana și am încheiat-o cu scena de coșmar din apartamentul ei — când vorbisem ultima oară cu ea.

Toți trei m-au ascultat cu atenție și la final au schimbat priviri. Holden a clătinat din cap, uimit, și m-a întrebat:

— Și toate astea le-ai făcut pentru mama ta?

— Știu că n-aveți cum să înțelegeți, dar ea... a făcut atât de multe pentru mine, a *renunțat* la atâtea...

— Înțeleg mai mult decât ai crede, m-a întrerupt Holden, cu un aer sever.

Nu a dat mai multe detalii, dar a adăugat:

— Înțeleg. E mama ta. Te-a crescut. Dar, frate, ea e părintele în toată povestea asta. E datoria ei.

M-am încruntat.

— Așa, și? am zis.

— Și tu ești copilul. Tu ești băiatul ei. Și indiferent cât de mult o iubești și vrei s-o ajuți, ea este adultul și trebuie să se ajute singură.

— Dar nu e în stare. Nu fără mine.

— Ba da, e în stare, m-a contrazis Riley. Mama ta a luat o mulțime de decizii care te-au adus aici. Și știu că ai senzația că trebuie să-i rezolvi problemele, dar dacă ea nu e nevoită să și le rezolve singură, la ce se ajunge? a întrebat Riley, ridicând din umeri. Cum o să-și învețe lecția și o să evolueze?

— Asta nu e lupta ta, a adăugat Zeke. Suntem toți de acord cu tine. Vrem să îți ajuți mama să meargă la dezintoxicare, dacă de asta are nevoie și o să găsim împreună o modalitate s-o ducem acolo. Dar să accepți bani de la Cory și să renunți în schimb la fata care te-a făcut cel mai fericit om din lume?

A clătinat din cap, surprins și a adăugat:

— Nu ăsta e răspunsul, Clay.

— Dar ce altceva aş putea să fac? l-am întrebat şi mi-am aruncat mâinile în aer, a neputinţă. Am făcut deja un împrumut la bancă. Nu pot să cer credite la nesfârşit. Taică-miu nu vrea să mă ajute. Şi nu vreau să intru în liga profesionistă înainte de termen.

— Asta n-o să se întâmple, a intervenit Holden, ca şi cum opţiunea nici nu intra în calcul.

Mina severă a lui Zeke mi-a spus că şi el era de aceeaşi părere.

— O să vedem ce o să facem. Lasă-ne puţin timp să ne gândim, a propus Riley. Şi, până atunci, aminteşte-ţi că mama ta e adult. Poate să aibă singură grijă de ea, trebuie s-o *laşi* să facă asta. Trebuie să-ţi retragi sprijinul şi să-i dovedeşti că n-are nevoie de tine. Că poate să meargă înainte de una singură.

— Şi dacă nu poate? Dacă se prăbuşeşte?

Zeke s-a uitat mai întâi la Riley, apoi la mine.

— O să se ridice la loc. Asta facem cu toţii, ne ridicăm şi o luăm de la capăt, a zis el.

Am scuturat din cap, deşi vorbele lor începeau să aducă oarece lumină în mintea mea.

— Am acceptat deja cecul de la Cory. Mama l-a încasat. E la dezintoxicare pe banii lui. Iar lui... lui chiar îi pasă de noi, am spus, dându-mi seama cât de mult mă durea să aud asta. Ţine la noi, în felul lui ciudat. Aşa ştie el să-şi arate afecţiunea.

— Ba nu, ăsta e modul în care obţine ce-şi doreşte, m-a contrazis Riley.

Zeke i-a aruncat o privire care a făcut-o să-şi ţină gura închisă. Mi-am dat seama că se abţinea cu greu, căci era roşie în obraji.

— Spune-i lui Cory că îi apreciezi ajutorul şi oferta, dar că te-ai răzgândit, a continuat Holden calm. Iar dacă o să-şi ia banii înapoi şi mama ta o să fie nevoită să meargă înapoi acasă, o să vedem atunci ce facem.

— Apropo, știu că te-a rănit în trecut, dar *nimic* din tot ce se petrece acum nu e cinstit față de Maliyah, a adăugat Riley, incapabilă să mai tacă. Îmi dau seama din ce ne-ai povestit că semeni foarte mult cu Cory. Amândoi vreți să-i ajutați pe oamenii din jurul vostru. Dar nu așa se face. Mama ta suferă. Și Maliyah. Probabil că amândouă regretă deciziile pe care le-au luat și care le-au adus în situația de față. Dar asta nu înseamnă că trebuie să iei totul asupra *ta*, că tu trebuie să repari lucrurile. Ele se vor simți din ce în ce mai inutile.

— Și atunci, ce ar trebui să fac? am provocat-o.

— Doar să-i fii alături mamei tale, a răspuns Riley, arcuindu-și buzele într-un surâs. Spune-i mamei tale că o iubești și că o înțelegi. Ascult-o atunci când are nevoie să vorbească. Sprijin-o, când îți cere sfatul. Și, atunci când o să se decidă ce vrea să facă mai departe, oferă-i tot ajutorul de care ești tu capabil — fizic, emoțional, mental și financiar.

— Iubește-o atunci când trece prin momente grele și reamintește-i că nu vor dura veșnic, a adăugat Holden, cu același aer solemn.

M-am întrebat iar dacă nu cumva vorbea din experiență, în urma unei lecții învățate pe propria piele.

— Clay, ai tot dreptul să fii fericit, a conchis Riley, cu blândețe. Și nu e nevoie să duci pe umeri poverile altora. Ai făcut-o destul.

Am înghițit în sec și am privit capul de duș din tavan.

— Nu vreau să-i fac rău, le-am spus.

— E mama ta, a intervenit Zeke. La drept vorbind, sunt convins că o să fie mândră de tine că ai impus niște limite. Și ea vrea ce-i mai bun pentru *tine*. Și sunt sigur că o să fie bine, frate! Îți promit.

Am închis ochii și am clătinat din cap, exasperat, nu fiindcă n-aş fi vrut să-i ascult, ci tocmai fiindcă uram să văd câtă dreptate aveau cu toții. Poate că știusem toate lucrurile astea, în ciuda nevoii mele de a repara totul în viața mea, problemele mamei, problemele cu Maliyah, problemele oricui avea greutăți.

— Unde au fost sfaturile astea înțelepte acum două săptămâni? am șoptit, râzând amar.

— Exact aici. Doar că ai fost mult prea mândru ca să le ceri ajutor prietenilor tăi, a zis Riley.

— Așa e, am recunoscut, oftând, apoi i-am privit pe rând. Am auzit tot ce mi-ați spus. Și... știu că aveți dreptate.

— Cât de tare a durut să spui asta? m-a luat Zeke peste picior, cu un rânjet.

Am încercat și eu să zâmbesc, dar n-am reușit.

— O să vorbesc cu Cory. Și o s-o sun pe mama, să-i explic ce se întâmplă. Maliyah vrea să mergem să mâncăm sushi, așa că bănuiesc că ea o să fie prima pe care o s-o înfrunt. Merită să știe tot adevărul.

Stomacul mi s-a strâns ghem. Fiecare persoană avea să fie dezamăgită, dar știam că nu aveam de ales și că eram nevoit să dau piept cu nebunia pe care o creasem.

— Și Giana? a zis Riley.

M-a durut sufletul când i-am auzit întrebarea.

— Ea și-a văzut de viață.

Riley s-a încruntat.

— Bine, Clay, țin la tine, dar trebuie să te întreb ceva: cât de *tont* ești? Fata asta nu și-a văzut nicicum de viață. E...

Riley a tras aer în piept și a făcut o pauză, apoi a adăugat:

— Trebuie neapărat să vorbești cu ea.

— E cu Shawn acum, am zis și am simțit că muream în timp ce îngăimam cuvintele alea. Am ajuns prea târziu.

— Despre ce vorbești? m-a întrebat Riley.

— I-am văzut duminică împreună. La cafenea, am continuat și am înghițit anevoie. A luat-o în brațe, iar ea s-a uitat la el, zâmbind cu gura până la urechi.

Am făcut o pauză, apoi am continuat:

— Așa cum și trebuia. Vreau să fie fericită.

— Hai, lasă-mă cu prostiile astea! mi-a tăiat-o Riley și s-a ridicat. Nu-i deloc cu Shawn, blegule! S-a întâlnit cu el doar ca să-i povestească tot ce s-a întâmplat. Avea nevoie să se împace cu trecutul și știa că tu nu ai cum să-i oferi asta, așa că s-a ocupat singură de problemă.

Zeke și Holden s-au ridicat și ei.

— De unde știi ? am întrebat-o, confuz.

Riley și-a plecat capul și m-a privit cu atenție.

— Nu-ți face tu griji de unde știu. Gândește-te, mai bine, cum să îndrepți situația.

Simțeam că mi se învârtea capul. M-am ridicat și eu, având grijă să mă acopăr cu prosopul, pe urmă l-am înfășurat în jurul mijlocului.

— Nu... nu știu cum, am spus. Am dat-o rău în bară, nu cred că mai pot să îndrept ceva.

— Ah, ești complet enervant, a decis Riley, cu mâinile înfipte în șolduri și s-a uitat pe urmă la Zeke. Și tu ai fost la fel de nătărău când eram despărțiți?

— Mai rău, a recunoscut el.

Riley și-a dat ochii peste cap, apoi și-a întors atenția asupra mea.

— I-ai citit cărțile, nu?

Am mijit ochii.

— De unde știi?

— Răspunde-mi la întrebare!

— Da, i-am citit cărțile.

— Bun, păi, ai fost atent doar la scenele de sex, sau ai citit și sfârșitul? a continuat și a fluturat o mână spre mine, ca și cum răspunsul plutea între noi. Giana te așteaptă. Te așteaptă să-i spui adevărul, să-i spui că ai dat-o în bară, că o iubești, că ești un prost, dar că-ți pare rău și că nu poți trăi fără ea.

Riley a zâmbit și a adăugat:

— Așa cucerești fata, tontule!

— Cu un gest grandios, a adăugat Zeke.

Am ridicat din sprâncene, uluit, dar el nu m-a luat în seamă.

— Ce te miră? Știu cum să fiu romantic, a continuat el, apărându-se.

Mi-am trecut o mână prin păr. Simțeam o brumă de speranță în piept. Mi-ar fi plăcut s-o păstrez doar pentru mine, ca pe o flacără ce trebuia protejată, dar simțeam cum creștea din ce în ce mai mult și se transforma într-un foc aprig.

— Gata, ți s-au pus rotițele în mișcare? m-a întrebat Holden, cu un rânjet întipărit pe față.

I-am privit pe toți trei, pe prietenii mei, care intraseră după mine într-o clădire în flăcări, pentru a mă salva. Simțeam o recunoștință atât de imensă, că îmi era imposibil s-o pun în cuvinte, dar speram să-și dea singuri seama. Speram s-o știe.

— La ce te gândești? m-a întrebat Zeke.

— Și, mai ales, a adăugat Riley, cum putem să te ajutăm?

Capitolul douăzeci și nouă

Giana

— Leo, vino acum în sala de conferințe! am spus și l-am tras de tricoul pătat de iarbă.

A făcut o glumă pe care nu am auzit-o prea bine, fiindcă stagiara urla în cască despre Holden, care era împresurat de reporteri pe teren și nu putea să scape de ei.

— Mă ocup eu imediat, i-am transmis la microfon și i-am dat drumul lui Leo, sperând să meargă singur până la capătul coridorului, unde pregătiserăm locul de întâlnire cu reporterii.

Pe urmă, am luat-o la fugă, spre teren.

Era o nebunie totală, cum numai un meci de Ziua Recunoștinței ar fi putut fi.

Un *bowl game* decisiv.

Atmosfera era incendiară, ca și cum am fi câștigat deja campionatul, la cât de mult confetti auriu și cărămiziu împânzea terenul. Mi-am croit drum prin mulțimea care trepida de bucurie, spre linia de 50 de yarzi[1], unde se strânsese deja în jurul lui Holden un grup numeros de reporteri, cu camere de filmat.

[1] Aproximativ 45 de metri.

— Da, ne vom păstra toată atenția asupra următorului meci pe care-l avem de jucat, l-am auzit răspunzând, în timp ce îmi făceam loc în față.

— Nu vă gândiți la meciul din playoff împotriva echipei Huskies? l-a întrebat un reporter, care i-a vârât din nou microfonul sub nas.

— O să ne facem griji pentru acel meci atunci când o să-l jucăm. Deocamdată, ne concentrăm asupra celor din Carolina de Nord.

M-am băgat între el și camere și am zis:

— Vă invităm pe toți în sala de conferință. O să obțineți interviuri exclusive cu jucătorii, inclusiv cu Leo Hernandez, care tocmai se pregătește pentru declarații. Holden o să vină și el, mai târziu. Vă mulțumesc!

Nu i-am așteptat să mai strige alte întrebări, deși le spusesem că tocmai încheiasem interviurile de pe teren. L-am gonit pe Holden, lucru destul de comic, căci era mult mai înalt decât mine și de două ori mai mare.

— Mulțumesc! mi-a murmurat, în timp ce înaintam în mulțime.

— Știi, ești mai mare decât mine. Ai fi putut opri toate astea înaintea mea.

— N-am vrut să fiu nepoliticos. Sunt căpitanul echipei. Dacă e nevoie să dea cineva piept cu reporteri înnebuniți, atunci eu sunt ăla.

— Ești prea bun pentru lumea asta, Holden Moore! i-am răspuns, cu un zâmbet.

Îndată ce am ajuns la tunelul care ducea spre vestiare, paza i-a îndepărtat imediat pe toți cei care nu erau din echipă sau din stafful însoțitor. Holden a luat-o spre vestiar, iar eu, spre sala de conferință.

Nu cred că aveam mai mult de șaizeci de secunde de mers în liniște, dar era destul cât să-mi zboare din nou mintea la Clay.

O lună.

Trecuse aproape *o lună* de când ne despărțiserăm și tot nu reușeam să mă gândesc la el fără să-mi vină să mă chircesc. Nu zăceam într-o stare jalnică, plângându-mi de milă, dar mai aveam mult până să îl pot lăsa în trecut, până să-l uit sau să mă pot gândi să ies cu altcineva.

Ori de câte ori îl zăream pe teren mi se umplea sufletul de bucurie și îmi doream să-l pot încuraja, să fiu eu cea la care aleargă după meci și pe care o ia în brațe. Apoi mă uram pentru acele gânduri și făceam tot ce-mi stătea în putință ca să-l evit, după care mă enervam că nu-l vedeam pe cât de des mi-aș fi dorit, și tot așa.

Mă prefăceam că nu-l văd, chiar și atunci când îl simțeam cu toată ființa mea. O puzderie de întrebări nu-mi dădeau pace. Una din cele mai insistente era de ce nu-l mai văzusem cu Maliyah de peste o săptămână. Nu îl mai aștepta la finalul antrenamentelor și nici nu mai încerca să-i sărute toata fața, după meciuri.

Păreau să fie în continuare prieteni, dar se purtau cordial, nu romantic.

Habar nu aveam de ce mă preocupau toate detaliile astea. Bănuiam că deveneam din ce în ce mai masochistă.

Dar azi îmi fusese în mod special imposibil să-l ignor.

Pentru că făcuse cel mai bun meci din toată cariera lui. Avusese nu una, nu două, ci *trei* interceptări, iar una din ele fusese finalizată cu un *touchdown*. Era în formă maximă și știam că reporterii aveau să-l ia cu asalt după un astfel de meci.

Singura mea reținere era că nu știam cum să fiu profesionistă și să vorbesc cu el fără să pufnesc în plâns.

Am decis să mă gândesc la asta mai târziu. Acum trebuia să mă ocup de Leo, apoi de interviul exclusiv cu Riley și Zeke, pe care mi-l promiseseră în cazul în care câștigau meciul de azi.

— Ah! Perfect, mi-am zis, după ce am intrat în sala de conferință și am dat de Zeke și de Riley, care stăteau deja în spatele zidului pe care afișasem logoul echipei.

Îl auzeam pe Leo răspunzând și făcându-i pe toți să râdă, ca de obicei.

— Ce bine că v-am găsit! Sunteți pregătiți să intrați voi, după Leo?

— Ne-am născut pregătiți, mi-a răspuns Riley, apoi a schimbat o privire cu Zeke.

Mi-a dispărut zâmbetul.

— Ce-a fost asta?

— Ce anume? a întrebat Zeke.

Am arătat cu degetul spre ei doi și am zis:

— Privirea aia pe care tocmai ați schimbat-o. Doamne sfinte! N-aveți de gând să faceți vreo declarație incendiară în direct la televiziuni, nu? V-ați logodit sau ce?

Am simțit cum îmi fuge pământul de sub picioare.

— La naiba, ești însărcinată? am întrebat-o pe Riley.

Deși am vorbit în șoaptă, ea a făcut ochii cât cepele și m-a lovit peste braț.

— Au! m-am văitat eu, frecând locul unde mă lovise.

— Nu fi ridicolă! a zis ea. Doar ție îți oferim informații exclusive despre relația noastră, așa cum ți-am promis. N-am vrut decât să ne asigurăm că suntem pe aceeași lungime de undă și că o să vorbim mai întâi despre meci. Nici să nu-ți mai treacă prin cap să șoptești lucruri din astea, a continuat ea, fără să îndrăznească să rostească „însărcinată". O să dai naștere unui lanț nesfârșit de bârfe.

M-am încruntat și mi-am frecat brațul mai departe, fără să-i pierd din ochi. Nu am avut timp să intru în alte detalii, fiindcă Charlotte i-a făcut semn lui Leo că mai trebuia să răspundă doar la o întrebare.

— Bine, haideți! E rândul vostru, i-am zorit.

Imediat ce Leo a coborât de pe podium, i-au luat locul Zeke și Riley.

Blițurile s-au pornit din toate părțile.

Fiecare jurnalist vorbea peste celălalt, încercând să atragă atenția cuplului, ca să li se răspundă înaintea celorlalți la întrebări. Zeke a tras politicos scaunul pentru Riley, ca ea să ia loc, apoi s-a așezat și el. S-au privit cu drag, după care Zeke i-a luat mâna lui Riley în a sa și le-a pus pe masa joasă. Au fost asaltați de o mulțime de blițuri.

— Joe! a strigat Zeke și a arătat spre unul din jurnaliștii cunoscuți, de la postul local de sport.

Ne plăcea să-l alegem primul pe Joe, ori de câte ori era posibil, mai ales pentru că postul local se ocupa de transmiterea tuturor sporturilor practicate în universitate și pentru că Joe era genul de reporter care se concentra asupra fotbalului, nu asupra bârfelor.

— Riley, ai ratat primul gol din a doua repriză, dar până la final ai reușit să-l dai pe cel de la cea mai mare distanță, în a treia repriză. Cum ai reușit să te redresezi de la primul șut și să îți recapeți concentrarea?

— Am învățat de-a lungul anilor să nu las un șut ratat să mă afecteze, ci să mă concentrez să joc bine. Cu toții avem momente în care ceva nu merge cum trebuie, nu ne iese o pasă, ratăm o preluare, dar asta nu trebuie să ne afecteze jocul din ziua aia, a continuat ea și i-a aruncat lui Zeke o privire cu subînțeles. Și-n afară de asta, după ce Zeke a recuperat mingea de la 62 de yarzi[1], la începutul celei de-a doua reprize, am știut că trebuie să mă ridic la înălțime, altfel el mi-ar fi făcut capul calendar.

Toată lumea a pufnit în râs și Riley a strigat numele următorului reporter.

I-am urmărit uimită, de pe margine, cum răspundeau la fiecare întrebare. Firește, treptat discuția s-a îndreptat spre relația lor. S-au descurcat ca niște profesioniști adevărați. Au povestit puțin despre ce însemna să fie și iubiți, și coechipieri, fără să intre prea mult în detalii. Au făcut glume, și-au exprimat respectul unul față de altul și față de ceilalți membri ai echipei, iar la momentul oportun, au dat fiecare câte o replică atât de dulce, că toți cei din sală au zâmbit, impresionați de iubirea lor.

Chiar și eu.

Chiar dacă aveam un gol în stomac, iar durerea din piept nu era decât o dovadă că avusesem și eu cândva o iubire ca a lor, dar o pierdusem cu repeziciune.

Până și Charlotte savura fiecare minut din interviul celor doi. S-a aplecat spre mine și mi s-a adresat în șoaptă, în așa fel încât vocea ei să nu se audă în microfoane:

— Nu știu cum ai reușit să aranjezi interviul ăsta, Jones, dar ai făcut o treabă a naibii de bună!

Radiam de mândrie, iar Charlotte i-a făcut semn lui Zeke că mai avea de răspuns la o singură întrebare.

Zeke s-a uitat la mâinile ridicate în aer, la oamenii care-l strigau pe nume și a indicat pe cineva din spate.

— Clay Johnson! a spus el.

Și mi s-a oprit inima în piept.

[1] Aproximativ 57 de metri.

Mulțimea a început să șușotească și toate privirile s-au întors spre fundul sălii, unde stătea Clay. Am tras cu ochiul spre el, din spatele scenei, deși nu aveam un unghi foarte bun. I-am observat silueta impunătoare și mina solemnă, când a luat un scaun din apropiere și s-a urcat pe el.

Nu se schimbase de echipament, purta același tricou alb pătat de pământ, iarbă și sudoare. Avea părul lipit de creștet din cauza transpirației și dungile negre trasate sub ochi cu dermatograful i se întinseseră pe chip.

Însă tot arăta superb, puternic și năucitor, fără să depună cel mai mic efort.

— Hm, mda, mă gândeam așa, a început el după ce s-a urcat pe scaun, acoperind murmurul reporterilor. Ați făcut vreunul dintre voi vreodată ceva atât de prostesc, încât să puneți capăt relației voastre?

Am simțit cum mi se pune ditamai nodul în gât. Inima a început să-mi bată nebunește.

Zeke și Riley și-au zâmbit unul altuia.

— Amândoi am făcut greșeli, a răspuns Riley. Dar acum recunoaștem când greșim. Și, de fiecare dată, discutăm unul cu altul.

Atenția a revenit asupra celor doi. Li s-au mai făcut câteva poze, iar câțiva reporteri au ridicat mâna, neștiind dacă asta fusese ultima întrebare.

— Vă mulțumesc că ați fost dispuși să împărtășiți cu noi acest răspuns, a continuat Clay.

Toate capetele s-au întors din nou spre partea opusă a sălii. Cu toții păreau zăpăciți și încercau să-și dea seama despre ce naiba era vorba.

Inclusiv eu.

— Mai ales că voi doi aveți o poveste extraordinară.

— Mulțumesc, Clay! a zis Riley, care i-a aruncat o privire drăgăstoasă lui Zeke și s-a aplecat spre el.

— Dar a noastră e și mai bună.

Mi-a stat inima. Clay m-a săgetat cu privirea.

— Stai puțin... a *noastră*? a întrebat cineva din public și a urmat o scurtă pauză, înainte să se dezlănțuie nebunia.

Toate camerele s-au întors spre Clay. Reporterii încercau să-și găsească microfoane pe care să le îndrepte spre el, fiindcă pe cele pentru interviuri le lăsaseră deja pe podium, în fața lui Zeke și Riley.

— Da, a noastră, a confirmat Clay. Povestea mea și a Gianei Jones.

— Doamne! am murmurat, acoperindu-mi gura cu mâini tremurătoare.

— Doamne! a repetat Charlotte, dar pe un ton mai ferm și cu disprețul tipic al unui profesionist de relații publice în fața unui client care o lua razna.

— Probabil că n-o cunoașteți pe Giana Jones, sau cel puțin, nu după nume. Este fata aceea superbă care îi adună pe jucători în fața voastră, care vă face rost de interviuri, de podcasturi în exclusivitate și de anunțurile publicitare.

Colțurile gurii i s-au arcuit într-un surâs. S-a întors cu fața spre toate camerele de filmat.

— Și este iubita mea. Sau, cel puțin, a fost, înainte să stric eu totul, a adăugat.

Charlotte a pocnit din degete și m-a smuls din visare.

— *Du-te să rezolvi chestia asta imediat!* a ordonat ea furioasă.

Am aprobat-o din cap și am plecat de lângă scenă, încercând să-mi croiesc drum prin mulțimea care se strângea în jurul lui Clay.

Clay ținea acum în mâini o cărticică, pe care o arăta tuturor.

— *Blind Side*[1], a continuat el, în timp ce le arăta coperta simplă, neagră. O poveste despre cum m-am prefăcut iubitul unei fete, care s-a dovedit a fi femeia visurilor mele, dar pe care apoi am pierdut-o, ca un idiot.

Au urmat hohote de râs și un murmur din ce în ce mai crescut de întrebări din partea reporterilor. Aceștia strângeau rândurile în jurul lui Clay și îmi era tot mai greu să ajung la el.

— Îmi cer scuze, îmi cer scuze! Vă rog! am mormăit eu, împingându-i cât mai politicos cu putință.

Clay a deschis cartea și a ținut-o deasupra capului. Apoi a arătat niște personaje schițate cu creionul și un text scris sub ele, ca într-o carte pentru copii.

— A fost o dată ca niciodată o prințesă frumoasă, specialistă în relațiile cu publicul. Numele ei era Giana, a zis el și a indicat silueta cu ochelari și păr creț, cu cască la ureche.

Și-a lins degetul mare și a dat pagina.

— Și un jucător tembel din apărare, pe nume Clay.

Mulțimea a izbucnit în hohote de râs la următorul desen, care ilustra un tip cu brațe musculoase, într-un tricou mult prea strâmt.

— Dați-mi voie, vă rog! am spus și am izbutit să-mi fac loc printre ultimii reporteri.

S-au dat deoparte, iar unul din ei a murmurat:

— Cred că ea e.

Până să-i pot opri, toate camerele de filmat s-au răsucit spre mine.

M-am panicat pe loc, dar am ajuns la Clay exact când dădea următoarea pagină.

[1] Expresie uzuală în fotbalul american, care denumește o zonă vulnerabilă din spatele coordonatorului de joc. În *blind side* stau cei mai buni jucători din ofensivă.

— Clay și Giana au făcut o înțelegere: el o s-o ajute să-i atragă atenția Prințului de la *Rum & Roasters*, iar ea o s-o facă geloasă pe fosta lui prietenă. Cum? Prefăcându-se, de ochii lumii, că sunt iubiți.

A întors cartea și a arătat două siluete prinse într-o îmbrățișare. Reporterii îl urmăreau cu atenție.

— Numai că nu era nimic prefăcut la mijloc. Sentimentele lor au fost cât se poate de adevărate, a continuat el.

Am avut o strângere de inimă când l-am auzit. Oricât de mult aș fi vrut să ascult și restul poveștii lui aberante, l-am prins de tricou și l-am tras ușor.

— Clay, oprește-te!

— Nu!

— Clay! l-am amenințat pe un ton jos, printre dinții încleștați, în timp ce mă străduiam să-mi păstrez aerul profesionist.

M-am întors către mulțime și am spus:

— Dacă vreți să luați o pauză scurtă, o să-l avem alături de noi pe Holden în zece minute. O să vă răspundă la mai multe întrebări.

Nimeni nu s-a clintit.

În primul rând, Clay.

— Nu! a repetat el, apoi a sărit de pe scaun și a aterizat în fața mea.

Respirația mi s-a poticnit atunci când i-am simțit brusc mirosul. S-a apropiat de mine, până când am ajuns piept în piept.

Sau, mai exact, piept în abdomen.

— N-o să mă opresc. *Nu pot* să mă opresc, Giana. Nu mai pot să mă ascund sau să mă prefac. Nu pot să las propria mândrie să-mi stea în cale și să nu recunosc că am dat-o-n...

S-a oprit cu un zâmbet stângaci și s-a corectat:

— Că am greșit. Rău de tot.

Am înghițit, făcând cu greu loc aerului în plămâni.

— Ți-am făcut rău. Știu. Și mai știu că nu merit nicio șansă să-ți explic ceva din toate astea. Să recunosc că am greșit, să te rog să mă ierți.

Mă privea cu sprâncenele împreunate.

— Cu toate astea, o să încerc. Pentru că te iubesc, Giana Jones!

Încăperea a prins brusc viață. Aparatele foto s-au pus pe treabă și microfoanele s-au înfipt cât mai aproape de noi. Clay s-a apropiat de mine și mi-a dat laoparte părul din ochi.

— Te iubesc! mi-a repetat el, mai încet de data asta, ca și cum ar fi vrut să-l aud numai eu. Îmi plac la nebunie cărțile alea erotice pe care le citești, documentarele ciudate la care te uiți și obsesia ta pentru snackurile de culoare portocalie.

Am avut senzația că mă sufoc de râs și de plâns, deopotrivă.

— Îmi place la nebunie felul în care te îmbraci și cum te luminezi la față când vorbești despre univers. Că ai văzut dincolo de zidurile pe care am încercat să le ridic între mine și restul lumii și că ai știut cine sunt cu adevărat, chiar înaintea mea.

Și-a umezit buzele, apoi a continuat:

— Îmi place la nebunie că ai încredere în mine și cum arzi de dorința de a le dovedi tuturor de ce ești în stare atunci când se grăbesc să te judece. Îmi place la nebunie că te provoci de una singură să mergi mai departe.

A făcut o pauză, pe urmă a adăugat:

— Te iubesc fiindcă mă provoci și pe mine să fac asta.

M-am aplecat cu obrazul în palma lui. Mi-am mușcat buza de jos, ca să nu-mi mai tremure.

— Iubesc fiecare lucru la tine, indiferent cât de mic, mare, serios sau neserios ar fi. Și îmi pare rău că am fost un imbecil și că am încercat să pun punct poveștii noastre înainte să-i dau șansa să înceapă.

Am închis ochii, deja înlăcrimați. Două lacrimi mi s-au prelins pe obraji.

Clay mi le-a șters cu un deget.

— Știu că am multe de explicat și promit să îți povestesc totul. Dar în clipa asta, vreau doar să știi că, deși m-am priceput să mă prefac la multe lucruri cât timp am fost împreună, sentimentele mele față de tine n-au fost niciodată o minciună.

Și-a trecut degetul mare de-a lungul bărbiei mele și a adăugat:

— M-ai cucerit de la primul sărut, Kitten!

Când am deschis ochii, mi-a scăpat un râset slab. Clay a așteptat să mă uit la el, după care a ridicat cartea.

— Cărticica asta are nevoie să fie rescrisă, a spus, încercând să zâmbească.

Tristețea din ochii lui o reflecta pe a mea.

— Ce zici? N-ai vrea s-o rescriem împreună?

Mai multe lacrimi mi-au alunecat în tăcere pe obraz, dar Clay mi le-a șters. Am clătinat din cap, uluită, fără să-l slăbesc din ochi. Simțeam că pot să respir din nou, după ce speranța îmi înflorise iar în inimă.

Mi-am tras ușor nasul când am luat cartea în mână. Eram oripilată de copertă și de scris.

— Numai dacă o luăm de la început, am șoptit și i-am adresat un zâmbet. Cartea asta e cel mai urât lucru pe care l-am văzut în viața mea.

Toată lumea a izbucnit în râs și atunci mi-am amintit de jurnaliști. Însă n-am apucat să mă înroșesc la față. Clay mi-a luat cartea din mână și a azvârlit-o pe jos.

— Așa rămâne, a șoptit el.

Apoi m-a sărutat.

Și-a înfășurat strâns brațele în jurul meu și m-a ridicat de la pământ. Mi-am încolăcit mâinile pe după gâtul lui și i-am răspuns cu aceeași strânsoare pronunțată. M-a sărutat până m-a lăsat fără suflare, în fața tuturor camerelor de filmat.

— Bravo! Așa te vreau, băiete! a urlat Zeke, iar toată sala a erupt în aplauze.

Reacțiile din jur m-au readus în prezent. M-am îmbujorat, apoi m-am dezlipit de buzele lui Clay și mi-am îngropat fața în pieptul său. El a rânjit și m-a strâns lângă el.

— Bine, bine, gata! a spus, ridicând o mână deasupra capului. Fără alte întrebări. O să puteți citi despre subiectul ăsta în cartea noastră.

M-a privit și a continuat:

— Dacă o să ne oprim din sărutat pentru a ne apuca s-o scriem.

Riley a fluierat ascuțit, iar Clay m-a ridicat în brațe și m-a sărutat în aplauzele publicului. Apoi m-a purtat în brațe, prin mulțime, spre ieșire. Toți reporterii au încercat să se ia după noi, cu tot cu camere, numai că i-au oprit Riley și Zeke. Charlotte s-a întors spre noi, cu brațele încrucișate la piept, imediat ce am închis ușa în urma noastră.

— Ah, Doamne! am exclamat și m-am desprins din brațele lui Clay. Charlotte, îmi cer scuze, eu...

— Scuze? m-a întrebat ea cu un aer sever, dar apoi un zâmbet i s-a întins pe chip. Pentru ce? Pentru că am ajuns pe prima pagină a ziarelor?

Am clipit nedumerită.

— Eu, hm...

— E-n regulă, a spus ea, ezitând, după care s-a întors și a arătat cu degetul spre Clay. Să nu te mai prind că mai faci *vreodată* așa ceva! Și îmi sunteți amândoi datori cu un interviu. O să aleg eu reporterul. Un interviu lung.

— Da, doamnă! a răspuns.

Charlotte a zâmbit triumfătoare, mi-a făcut semn cu mâna și s-a depărtat de noi, pășind zgomotos pe tocuri.

— Hai, plecați de aici! Găsiți-vă o cameră, până nu ne dezgustați pe toți.

Mi-am ascuns din nou fața la pieptul lui Clay. El mi-a ridicat chipul cu dosul palmei și m-a îmbrățișat, după care s-a întors spre Riley și Zeke.

— Vă mulțumesc că m-ați ajutat să-mi scot capul din nisip, le-a spus.

Zeke a cuprins-o pe Riley pe după umeri și i-a spus:

— Oricând, frate! Oricând.

— Voi doi ați știut de treaba asta? i-am întrebat, arătând cu degetul de la unul la altul.

— Normal, mi-a răspuns Riley. Dar să nu dai vina pe mine pentru desenele alea. Să știi că m-am oferit să-l ajut, dar m-a refuzat.

— Personajele mele sunt o capodoperă, a declarat Clay, cu capul drept.

Am făcut un schimb de priviri cu Riley și am pufnit toți patru în hohote de râs.

— Nu-mi vine să cred că ai făcut asta, am recunoscut.

Inima mea și-a întețit bătăile când m-am uitat la el și am realizat că mă strângea în brațe, că eram împreună.

Împreună.

— Nu-mi vine să cred că-mi dai șansa să-ți explic, mi-a răspuns Clay.

— Și, fiindcă a venit vorba, o să vă lăsăm cu ale voastre, a decis Zeke.

Ne-au făcut semn cu mâna și s-au îndepărtat pe coridor, lăsându-mă singură cu Clay.

M-am întors și l-am mângâiat pe piept, apoi mi-am împreunat degetele pe după gâtul lui.

— E de-adevăratelea? l-am întrebat, cu o strângere de inimă la gândul că ar putea fi totul doar un vis.

Clay a înghițit cu greu, a aprobat din cap și m-a tras spre el.

— Îmi pare rău că te-am făcut să te îndoiești de sentimentele mele pentru tine. Îmi pare rău că te-am rănit atât de tare.

— Am știut că nu vrei s-o faci.

— Știu, mi s-a destăinuit. Ceea ce o nebunie totală, de fapt. Cum de ai știut?

— Am știut, pentru că te știu pe tine, i-am răspuns simplu și i-am căutat privirea. Pentru că și eu te iubesc pe tine.

Clay a dat drumul unui oftat prelung și și-a rezemat fruntea de a mea.

— La naiba! Ce bine e să te aud spunând asta!

I-am zâmbit, m-am ridicat pe vârfuri și l-am sărutat. Am tras amândoi cu nesaț aer în piept și am savurat gustul lui Clay când și-a împletit limba cu a mea.

— Vreau să știu totul, am murmurat. Dar, mai întâi, vreau să mă duci acasă.

Capitolul treizeci

Giana

— E destul de mult de digerat, am recunoscut după ce Clay mi-a povestit tot ce se petrecuse.

Stăteam rezemată cu capul de pieptul lui, iar el îmi trasa alene cercuri cu vârfurile degetelor, pe spatele gol. Fiecare atingere îmi stârnea fiori. M-am arcuit spre el ca o pisică ghiftuită, dar cu oarece dureri între coapse, după cât de pasional fusese Clay, îndată ce ajunseserăm în apartamentul meu.

Îl atingeam încontinuu, nu mă puteam opri. Nu mă puteam abține să-l țin în brațe și să-i presar sărutări pe tot corpul, să-i absorb mirosul, pentru a mă convinge că era adevărat, că el era lângă mine, că eram împreună.

— Știu, mi-a spus el și și-a trecut ușor degetele peste umerii mei. Îmi pare rău că nu ți-am spus despre ce era vorba. Probabil că ai fi reacționat la fel ca Riley, Zeke și Holden și mi-ai fi băgat mințile în cap.

M-am încruntat.

— Nu știu. Dar sincer, probabil că aș fi plâns și mai tare și m-aș fi agățat tine, înainte să-ți dau drumul să pleci.

— Să-mi dai drumul?

M-am sprijinit într-un cot și m-am uitat la el.

— Te înțeleg, Clay! Ce a făcut mama ta pentru tine este un lucru extrem de prețios și nu te învinuiesc că vrei s-o răsplătești pentru asta, că vrei să-i oferi totul, indiferent de demonii cu care se luptă. O iubești, i-am spus, ridicând din umeri. Mamele vin înaintea iubitelor.

Avea un zâmbet trist pe chip și mă privea încruntat.

— Nu vreau să intervină nimeni și nimic între noi doi, a zis el. Și cred că exact asta am uitat. Pot să-i ajut pe cei dragi fără să fiu nevoit să sacrific ceea ce-mi aduce mie bucurie.

S-a strâmbat, dar a continuat:

— Deși habar n-am ce o să fac pentru ea de-acum înainte.

— A ajuns acasă?

El a încuviințat din cap.

— A fost mai mult decât înțelegătoare când i-am povestit ce s-a întâmplat. De fapt, a ieșit la iveală ursoaica din ea, a adăugat el, cu un zâmbet atotcunoscător. A vrut să-l omoare pe Cory. Dar i-am spus că m-am ocupat eu de toate și m-a crezut pe cuvânt.

Clay a făcut o scurtă pauză, apoi a adăugat:

— Sau poate Cory e deja mort și noi încă n-am aflat.

Am chicotit.

— În orice caz, mama e acasă și își caută de lucru. E mândră de mine și mă iubește. Înțelege situația. Doar că... Giana, știu că nu se simte bine, de fapt. Știu că are nevoie de ajutor. Poate că o să-i fie bine un timp, o să-și găsească de lucru, o să-și găsească un tip. Numai că e prinsă într-un cerc vicios.

— Și dacă ar exista o cale? am murmurat, holbându-mă la mâna pe care o țineam pe pieptul său.

— O cale să ce?

— S-o ajutăm pe mama ta așa cum are, de fapt, nevoie?

Clay m-a privit mirat.

— Cum ar fi dacă ai putea să-i acoperi cheltuielile o perioadă și s-o trimiți la dezintoxicare, poate că nu la un centru la fel de pretențios, dar la unul bun?

— Cred că ar fi nemaipomenit, a spus Clay, mângâindu-mi obrazul. Dar cred că este imposibil, doar dacă nu fac un împrumut mare.

— Nu neapărat.

Clay m-a privit curios în timp ce m-am ridicat și mi-am încrucișat picioarele sub mine. S-a rezemat de tăblia patului, apoi m-a așteptat să continui.

— Ne-a contactat un sponsor de curând. Ar vrea să deruleze o campanie serioasă, care să acopere campionatul de fotbal.

Curiozitatea de pe chipul lui a dispărut imediat și a fost înlocuită de o expresie rece, ca de piatră.

— Nu.

— Ascultă mai întâi ce vreau să spun, i-am zis, ridicându-mi mâinile. Nu o să fie o campanie precum cele făcute de Kyle Robbins.

— De ce?

— Pentru că tu nu cauți publicitate din aceleași motive ca el, i-am explicat fără ezitare. Și n-ar fi vorba despre un angajament permanent.

— Acum trebuie să mă concentrez la ce am de făcut pe teren. Suntem la o lună distanță de *bowl games*.

— Și o să te concentrezi. Uite, am spus eu și i-am tras mâinile în ale mele. O reclamă. Un eveniment la care o să mergi să semnezi niște perechi de adidași. Probabil că o să fie nevoie să-i porți o perioadă, dar n-o să dureze veșnic. Pot să stabilesc în contract termeni care să te avantajeze.

Clay s-a încruntat. Părea să ia în considerare propunerea mea.

— Chiar se poate?

— Când ești cel mai bun apărător din țară? l-am întrebat, cu sprânceana ridicată a neîncredere. Contractul poate fi oricum îți dorești tu să fie.

A zâmbit și și-a rezemat capul de tăblie, studiindu-mă atent.

— Kitten, parcă ai fi agentul meu în clipa asta.

— Poate o să fiu, într-o bună zi.

— Ți-ai dori să lucrezi în PR?

Am ridicat din umeri.

— Nu știu. Poate. Charlotte mi-a spus ceva când mi-a oferit prelungirea de contract. Mi-a spus că am reușit deja să dovedesc întregii lumi că știu să mă descurc singură. Și că vrea să-mi pun o întrebare: ce anume vreau, de fapt, să obțin. Și pe urmă chiar să obțin ceea ce-mi doresc.

Clay s-a ridicat în șezut.

— Nu glumesc, dacă vrei să-mi fii agent, te-aș lua într-o secundă. Fac pariu că și Zeke, Riley și Holden te-ar accepta. Poate chiar și Leo, dacă lăudărosul ăla nu vrea să se reprezinte singur.

Mi s-a întețit pulsul numai gândindu-mă la asta, dar am fluturat din mână.

— Putem să vorbim mai târziu despre asta. Acum, haide să ne concentrăm să-i găsim mamei tale ajutorul de care are nevoie.

A oftat și m-a tras de mâini până m-am prăbușit deasupra lui. S-a sprijinit din nou de tăblia patului.

— Ești prea bună pentru mine, a zis el.

— Nu, pur și simplu nu ești obișnuit să fii într-o relație în care dragostea și grija să fie reciproce.

— O să-mi ia ceva timp să mă obișnuiesc.

— Bine că avem tot timpul din lume.

A surâs și mi-a sărutat părul.

— Ce face Maliyah? Este... e bine?

Clay a clătinat din cap, surprins.

— Numai tu ai fi în stare să mă întrebi dacă fosta mea iubită se simte bine.

— Adică, i-ai spus toată povestea, nu? l-am întrebat, încruntată. Nu i-ar fi nimănui ușor să audă așa ceva.

— Nu i-a fost, a confirmat el, cu privirea pierdută. A plâns mult, am ținut-o în brațe și am încercat s-o alin cât de bine am putut. În final, mi-a spus că mă înțelege. Mi-a spus că și ea m-a rănit la fel de rău pe mine, ceea ce nu e departe de adevăr. Cred că cel mai tare a supărat-o tatăl ei. Și știu sigur că el nu e deloc fericit că i-am dezvăluit lui Maliyah ce s-a petrecut.

— Mă bucur că ai făcut-o. Merita să știe adevărul.

— Așa este. Știi, e ciudat, dar acum chiar mi se pare că am putea fi prieteni. Nu foarte apropiați, s-a corectat Clay imediat. Dar oricum, prieteni. Să avem o relație normală, amicală. Nu știu însă dacă aș putea spune același lucru și despre Cory. Cred că zilele în care juca rolul de tată s-au încheiat pentru mine.

L-am mângâiat pe braț.

— Și cu tatăl tău adevărat cum rămâne?

Clay a răsuflat adânc.

— Încă n-am făcut nimic în legătură cu el. Dar... îi datorez niște scuze. Acum văd lucrurile mai clar. Atunci când i-am adus reproșuri, el nu încerca decât să mă ajute.

— Sinceră să fiu, ar putea fi mai prezent în viața ta.

— Așa e, ar putea, a consimțit Clay. Poate că, de acum încolo, o să fie.

Am zâmbit și am încuviințat din cap în timp ce îmi urmăream degetele cu care îi trasam linii pe piele.

— Sunt totuși un pic supărată pe tine, am adăugat după o vreme.

— Așa și trebuie.

— Nu pentru nebunia asta, am zis eu, fluturând din mână. Dar știai de aproape două săptămâni că ai dat-o în bară, că mă vrei înapoi și totuși ai așteptat să-mi vorbești?

— Ascultă-mă, mi-a răspuns el și s-a ridicat ca să ajungă la cartea lui, de pe noptieră. Durează să scrii și să tipărești o carte, bine? Chiar și una așa de proastă ca a mea.

I-am smuls-o din mână și m-a pufnit râsul, răsfoind-o.

— Chiar este îngrozitoare.

— Știu.

— Dar nu aveai nevoie de o carte ca să-mi spui ce simți, de fapt, am continuat, privindu-l îndeaproape.

— Am avut nevoie de un gest măreț. Nu puteam să vin la tine cu coada între picioare.

— Ai fi putut.

— N-ar fi fost nici pe departe la fel de romantic.

— Sau în ochii tuturor, am continuat, cu un râset.

— Acum știe toată lumea că ești a mea.

Clay a apucat cartea și a azvârlit-o, apoi m-a pironit în saltea. Buzele lui îmi cutreierau gâtul. Am pufnit în râs și am început să mă zvârcolesc sub atingerile lui, care mă gâdilau.

După o vreme, s-a sprijinit în coate deasupra mea. M-a fixat cu ochii ca de jad și a înghițit în sec.

— Ce e? l-am întrebat.

— Nimic, doar că... Am crezut că te-am pierdut. De tot. Nu credeam că o să mai fiu vreodată aici, că o să te mai țin în brațe așa, să te ating, să te sărut, a spus și s-a oprit cu o expresie îndurerată pe chip. Am fost complet distrus fără tine.

— Nu-ți zic câte pungi de pufuleți am mâncat eu!

A rânjit și mi-a îndepărtat părul din ochi, apoi mi-a scos cu grijă ochelarii și i-a pus deoparte. M-a tras spre el și și-a lipit buzele de ale mele, cu blândețe.

Sărutul mi-a trezit la viață tot corpul. Mâinile lui mari îmi țintuiau șoldurile sub el. I-am simțit erecția în timp ce se împingea în mine. Am scâncit și mi-am înfipt degetele în spatele lui.

Niciunul dintre noi n-a mai scos nicio vorbă pe măsură ce săruturile au devenit mai pasionale. Am început să gem și să simt că nu mai am aer. Ne-am dezbrăcat de puținele haine pe care le puseserăm pe noi. Apoi, Clay s-a așezat pe spate și m-a ajutat să mă urc deasupra lui.

Doar că, după aceea, m-a tras mai sus, peste pieptul lui.

— Ce faci? l-am întrebat cu răsuflarea întretăiată.

— Vreau să te simt și așa.

M-am oprit o secundă, însă nu mi-a dat ocazia să mă retrag sau să-l contrazic. M-a apucat imediat de picioare și mi-a așezat coapsele de o parte și de alta a umerilor săi. Stăteam fix deasupra feței lui. Și-a coborât mâinile peste abdomenul meu și mi-a cuprins fesele, apoi m-a tras spre el.

Nu aveam de ales, trebuia să-mi păstrez poziția.

Mi-am întins iute brațele în față, spre tăblia patului și m-am ținut strâns de ea. Clay a început să-și plimbe limba pe mine, cu degetele înfipte în fesele mele, pentru a mă mișca deasupra lui, înainte și înapoi. M-am lipit de gura lui, care sugea, lingea și se rotea ușor.

Era o senzație amețitoare, incredibil de plăcută. Aproape că mi-a fost rușine la cât de repede am avut orgasm. Clay a stat nemișcat și m-a gustat până la final. Mi-a dat drumul doar atunci când m-a simțit pe deplin satisfăcută și tremuram din fiecare încheietură. Pe urmă, m-a răsucit pe burtă și mi-a presărat sărutări pe șira spinării. S-a îndepărtat doar cât să ia un prezervativ.

Am văzut stele verzi când m-a pătruns pe la spate. Mi-a ridicat șoldurile și m-a forțat să mă arcuiesc, pentru a se retrage și a intra cu și mai mare avânt. Aveam nevoie să fiu aproape de el, așa că m-am ridicat în genunchi și mi-am petrecut o mână pe după gâtul lui, iar cu cealaltă i-am căutat fundul.

A gemut când a simțit că îl strâng și că mă împing și mai mult în el. Mi-a depus săruturi pe ceafă și mi-a supt lobul urechii, iar eu am gemut și m-am lipit de el.

— Ești a mea, Giana Jones! mi-a șoptit el la ureche.

Și-a răsfirat o mână pe pieptul meu, apoi și-a strâns-o pe gâtul meu.

M-am arcuit spre el, oftând în extaz.

— N-o să-ți mai dau niciodată drumul, a adăugat el.

Când făcuserăm dragoste prima oară, la întoarcerea în apartamentul meu, eram flămânzi unul după altul și nu apucaserăm să ne tragem sufletul. De data asta, Clay era încet în mișcări. În clipa în care credeam că mai avea puțin până să termine, se retrăgea, mă săruta îndelung și schimba poziția.

Eram pe punctul de a avea un nou orgasm, cu gleznele agățate de umerii lui, când a terminat și el cu mine, tremurând cu fiecare mișcare de final. Apoi m-a purtat în brațe la duș, fiindcă nu mă mai țineau picioarele, s-a așezat sub jetul fierbinte și m-a cuibărit la pieptul său.

— Te iubesc! mi-a șoptit, ridicându-mi bărbia.

— Te iubesc! i-am răspuns și l-am mângâiat pe ceafă.

Clay m-a sărutat și, pentru prima oară în viața mea, am simțit că eram personajul principal din poveste.

Iar el era cel cu care aveam să trăiesc fericită până la adânci bătrâneți.

Capitolul treizeci și unu

O lună mai târziu

Clay

Ne-am holbat cu toții la antrenorul Sanders vreo douăzeci de secunde bune, fără să scoatem nicio vorbă.

După care s-a dezlănțuit haosul.

— Cum?!

— Nu se poate să *plecați*!

— Am pierdut un *bowl game*. Și acum prostia asta?

— Doar ce am luat bătaie!

— Dar suntem în formă maximă. De ce să plecați tocmai acum?

— Nu putem să facem asta fără dumneavoastră!

Am privit nebunia care se derula dinaintea mea, cu un nod imens în gât, de care nu reușeam să scap. I-am aruncat o privire lui Holden. Stătea într-un colț, calm și tăcut, și mi-am dat seama că și el procesa vestea primită. Probabil că se gândea cum anume ar trebui să reacționeze un lider la o asemenea veste.

Antrenorul nostru principal ne părăsea.

Mai aveam puțin și atingeam *succesul*, iar el acceptase un post în Liga Națională de Fotbal.

Nu puteam să-l învinuiesc. Fir-ar, la o adică, *nimeni* nu-l putea învinui. Aproape toți jucătorii visau să joace în Liga Națională de Fotbal și aproape toți antrenorii din universități visau să fie invitați să antreneze o echipă din liga profesionistă.

Numai că tocmai pierduserăm unul din jocurile importante, contra unei echipe de top din țară. Fuseserăm învinși, dar nu scoși din joc. Și pierderea nu ne făcuse decât să fim și mai ambițioși. Acum urma ca un antrenor nou să îndrume haita asta de lupi înfometați.

Când zgomotul a devenit insuportabil, antrenorul Sanders a ridicat mâinile și a înghițit în sec, așteptând să ne potolim.

— Știu că nu-i ușor să primiți o asemenea veste, ne-a spus. Și credeți-mă, nici pentru mine n-a fost o decizie ușoară. Am fost alături de voi, la fiecare pas. Sunt mândru de ce am reușit să construiesc aici, de ce am construit împreună. Și n-am nicio îndoială că voi veți câștiga campionatul anul viitor. Sunt incredibil de trist că nu o să fiu alături de voi, să ținem trofeul împreună.

Mi s-au umezit ochii și mi-am tras nasul, încercând să-mi ascund fața de colegi în timp ce înjuram în sinea mea.

— Nu mai aveți nevoie de mine.

S-au făcut auzite câteva strigăte de dezacord, dar antrenorul și-a mai ridicat o dată mâinile.

— Nu mai aveți nevoie. Puteți să reușiți, indiferent că o să fiți cu mine, cu alt antrenor, sau de unii singuri. Sunteți puternici. Sunteți bine pregătiți. Vă dedicați cu totul. Și aveți talent.

A încuviințat din cap și ne-a privit pe fiecare în parte, în ochi:

— Să nu uitați asta niciodată! Nu încetați niciodată să luptați. Nu uitați niciodată că, și din cealaltă parte a țării, tot țin cu voi și cred în voi.

Tristețea din vestiar era atât de adâncă, că putea fi palpabilă. Cu greu reușiserăm să ne târâm la vestiar după bătaia luată, iar acum ne lovisera alte vești, și mai rele.

Arătam toți groaznic.

După un lung moment de liniște, Holden s-a ridicat și s-a dus tăcut lângă antrenor. L-a bătut pe umăr, s-au salutat din cap, plini de respect, după care Holden s-a întors cu fața la echipă.

— Antrenorul are dreptate, a zis el, scrutând hotărât încăperea.

Jur că l-am văzut cum intră și mai *mult* în pielea unui lider. Era ca și cum vaporul se scufunda și căpitanul lua cu el singura barcă de salvare, dar primul matelot prelua cârma, pentru a încerca să ne scoată din furtună.

— Ăsta nu e sfârșitul pentru noi. Sezonul acesta, am arătat întregii națiuni că suntem echipa de care trebuie să se teamă toți. Am arătat hotărâre și, în seara asta, ne-am dat sufletul contra uneia din cele mai bune echipe din țară, a adăugat Holden și a făcut semn în spatele lui, ca și cum încă am fi fost pe teren.

Era adevărat. Nu mâncaserăm bătaie cu multe puncte. Doar cu trei — un gol care fusese înscris în ultima repriză, mult prea târziu ca să mai putem face ceva, deși ne străduiserăm din răsputeri.

— Poate că n-am învins în seara asta, a continuat Holden, încuviințând din cap și privind de jur împrejur. Dar victoria încă e la îndemână. Ne așteaptă campionatul. Ce vreți să facem acum? Să-i întoarcem spatele numai fiindcă ne mai pleacă unii din membrii familiei? Frații? a întrebat și a arătat spre o parte din colegii noștri aflați în ultimul an.

A zâmbit și l-a privit pe antrenor cu sprânceana ridicată.

— Sau tații?

Ne-a stârnit râsul, chiar și în clipa cea mai sumbră. Antrenorul l-a pocnit peste braț, dar zâmbea și el.

— Credeți că și-ar dori vreunii din ei să renunțăm?

Unul din seniori s-a ridicat și a arătat spre toți cu un deget gargantuesc.

— Dacă nu câștigați la anul, o să zbor de pe unde naiba o să fiu prin țară și o să vă bat pe fiecare în parte! ne-a amenințat el.

I s-a mai alăturat un senior.

— Te ajut și eu.

— Îi vedeți? a continuat Holden, arătând spre ei. Pierderea de azi? Doare. Doare ca naiba. Ni se pare nedreaptă, ca și cum ne-a luat cineva singura șansă pe care o aveam. Dar tocmai despre asta e vorba, nu e ultimul nostru glonț. Mai avem unul în încărcător, a spus el și a făcut o pauză. Deci o să renunțăm? Sau o să ne luptăm până la capăt?

— Ne luptăm! a țipat Leo, sărind din dreptul unui dulap.

— Ne luptăm! s-a auzit și Zeke imediat.

Unul câte unul, fiecare membru al echipei s-a ridicat în picioare, cu pumnii în aer, mânat de un foc nou în piept.

Eu m-am ridicat ultimul, cocoșat. Am trecut prin mulțimea de jucători ca o creatură a nopții. Dădeam din cap, pe ritmul unui cântec pe care nu-l cântam, dar pe care Kyle l-a prins din zbor. A început să bată pe ritm în cel mai apropiat dulap.

— Cine suntem noi?

— *NBU!*

Răspunsul a fost puternic, mai să mă dea pe spate.

— Și ce vrem?

— *Ce vor toți campionii!*

Dacă ar fi trecut cineva pe lângă vestiarul nostru, ar fi zis că o luaserăm razna. Tocmai *pierduserăm* un meci decisiv și noi cântam de parcă am fi câștigat.

— Cum câștigăm?

— *Cu clasă luptăm!*

— Și dacă nu reușim?

— *ÎI FACEM PRAF!*

Ultimele cuvinte au fost înăbușite în chemări la război și urlete venite din partea tuturor. Căștile au lovit dulapurile, crampoanele au tropăit pe podea, în timp ce toți colegii mei se băteau în piept ca luptătorii de sumo.

Prin toată hărmălaia, m-am uitat la Holden. Cu o urmă de zâmbet pe chip, a schițat un gest de aprobare spre mine. El era căpitanul meu, iar eu, primul lui matelot.

Nu conta că ne pleca antrenorul.

Sezonul următor avea să fie al *nostru*.

Nu avea cum să ne ia nimeni asta.

***

Giana

Atmosfera din Ajunul Anului Nou a fost un amestec de tristețe, pierdere, sărbătoare și reînnoire. Cu cât mă străduiam mai mult să o înțeleg, cu atât mai tare mă zăpăcea.

Stăteam afară, pe terasa de pe acoperiș. Mi-am lipit spatele de pieptul lui Clay. M-a înconjurat cu brațele și m-a încălzit mai bine decât haina mea lălâie. Fusese tăcut după înfrângere și după vestea că antrenorul Sanders o să plece în liga profesionistă.

— Ești necăjit? l-am întrebat și i-am mângâiat brațele.

Priveam împreună luminile artificiilor aprinse deja deasupra Dallasului, deși mai erau câteva minute până la miezul nopții.

Clay a oftat îndelung și m-a strâns și mai tare.

— Toate se schimbă, a spus liniștit.

— Nu-i neapărat un lucru rău.

— Nu, a fost el de acord. Dar mă face să mă simt nesigur.

M-am răsucit cu fața spre el, apoi mi-am încolăcit mâinile în jurul gâtului său și l-am obligat să se uite la mine.

— Ești cel mai statornic om pe care-l știu, i-am spus sinceră. Cu Holden alături de tine, știu că o să fiți amândoi în stare să țineți echipa laolaltă, să faceți față la orice o să urmeze. Zeke și Riley o să vă urmeze și ei. Și Leo, am spus și am făcut o pauză. La naiba, până și Kyle a părut entuziasmat în seara asta.

Clay a pufnit neîncrezător.

— Speră doar că o să-l manipuleze pe noul antrenor, ca să intre pe teren cu telefonul. Antrenorul Sanders nu i-a permis niciodată asta.

— Sunt sigură că nici noul antrenor n-o să-i permită.

— Sunt neliniștit, a recunoscut el, cu un oftat. Dar ai dreptate. O să ne descurcăm noi.

L-am aprobat cu un gest din cap și am început să mă joc cu părul lui de pe ceafă. Apoi m-am ridicat pe vârfuri, pentru că aveam nevoie să-l simt mai aproape de mine.

— Știi... M-am tot gândit la ce mi-ai spus. Că ai vrea să te reprezint.

M-a privit cu o sprânceană ridicată a mirare.

— Da?

— Da, ei bine, cred că mi-ar plăcea să încerc.

Clay a zâmbit și, pentru prima oară după vestea proastă dată de antrenor, s-a luminat la față.

— Stai așa, pe bune? La naiba, Kitten! E fenomenal!

— Nu te ambala deocamdată, l-am sfătuit eu, mai ales pentru că era mult prea riscant să fac eu însămi asta. Am vorbit cu Charlotte. Mi-a spus că o să mă ajute, că o să mă prezinte unor persoane și că o să mă lase pe mine să mă ocup de jucătorii noștri care au în prezent contracte în liga profesionistă.

— Asta e nemaipomenit! a remarcat Clay, ignorându-mi rugămintea de a nu se agita prea mult.

M-a luat în brațe și m-a învârtit, iar coechipierii lui s-au ferit de tocurile mele. Când m-a lăsat jos, Clay mi-a luat fața în palme și mi-a spus:

— Sunt al naibii de mândru de tine!

M-am îmbujorat și mi-am lăsat obrazul în palma lui.

— O să vedem ce o să se întâmple.

— Ei bine, eu știu deja ce o să se întâmple.

— Ce anume?

— La anul o să câștigăm campionatul. Și peste doi ani, o să fiu recrutat din prima rundă de selecție în Liga Națională de Fotbal, iar tu o să-mi fii agent și o să-mi negociezi cea mai tare primă de joc de care-a auzit cineva pe lumea asta.

Am pufnit în râs.

— Și acum? l-am întrebat.

S-a încruntat, luat prin surprindere.

— Ce se întâmplă acum, înainte de toate astea?

Clay a inspirat profund, iar ochii lui verzi i-au căutat pe ai mei. Mi-a petrecut o șuviță rebelă pe după ureche, mi-a mângâiat linia maxilarului, apoi mi-a luat fața în palme și m-a tras spre el.

— Acum o să-mi petrec toată perioada de pauză răsfățându-mi iubita, mi-a răspuns el cu ușurință.

Lumea din jur începuse deja să numere descrescător, așa că s-a aplecat și mai mult spre mine.

— Și o să încep prin a-i da primul sărut de Anul Nou.

Trei, doi, unu!

Mi-am ridicat bărbia și Clay și-a lipit gura de a mea. Un roi de fluturi a explodat în pieptul meu, odată cu artificiile de deasupra capetelor noastre, care răsunau la fel de puternic precum bătăile inimii mele.

Epilog

Holden

Era liniște totală în vestiar în prima zi de antrenament din primăvară.

Toți colegii mei stăteau în fața dulapurilor sau rezemați de echipament, cu ochii în podea, așteptând.

Aș fi vrut să-i pot trezi la viață, să țin un discurs măreț, prin care să le spulber grijile.

Adevărul era că și eu eram la fel de îngrijorat.

În ciuda faptului că reușisem cumva să le ridic moralul după înfrângerea din iarnă, știam la fel de bine ca oricine din încăpere că un antrenor nou o să schimbe situația. Un antrenor nou venea cu alte tipuri de antrenament, cu metode, scheme și tactici noi de joc și noi începuturi.

De asta ne temeam cel mai mult în camera asta, acum.

Toate privirile s-au ațintit spre ușă, când a dat buzna antrenorul Dawson, coordonatorul jocului de apărare. În urma lui au intrat, pe rând, antrenorul echipelor speciale, coordonatorul ofensiv și echipa de traineri.

Și ultimul, antrenorul Carson Lee.

Antrenorul Lee avea câteva lucruri în comun cu ultimul nostru antrenor. Avea aceeași atitudine dură în cantonamente, zero toleranță atunci când jucătorii ieșeau în evidență în mod negativ și aștepta de la noi performanță.

Dar era diferit de Sanders în multe privințe.

Pentru început, era cu douăzeci de ani mai bătrân, ceea ce mă făcea să-l respect și mai mult, fiindcă antrena de dinainte să mă nasc eu. Avea și o abordare mai radicală, care îl adusese în atenția presei. De exemplu, obligase o echipă să alerge vreo o sută cincizeci de kilometri, în weekendul după ce pierduseră în fața unei echipe pe care ar fi trebuit s-o învingă.

Ne-am ridicat cu toții când a intrat, ca soldații la raport în fața sergentului.

A intrat hotărât în vestiar, adresându-se noului asistent secund, cu care venise. I-am urmărit cum discutau în timp ce se îndreptau spre mijlocul încăperii.

Asta până când și-a făcut ea apariția.

La început am crezut că era Riley, fiindcă ea și Giana erau singurele fete care intrau în vestiar. Dar n-o mai văzusem niciodată până atunci pe fata care a pășit în spatele antrenorului.

Avea un păr lung și castaniu, care i se revărsa peste umeri precum ciocolata lichidă — și aceasta era singura ei însușire delicată. Fiecare trăsătură a chipului ei era sculptată cu precizie. Își ținea falca încleștată și buzele ei frumos arcuite erau strânse într-o linie subțire. Purta un maiou roșu, scurt și niște pantaloni negri de trening. Mi-am dat seama că era într-o formă fizică excelentă, când i-am văzut mușchii abdomenului, bronzați și bine definiți. Era zveltă, cu șolduri înguste și brațe lungi, ceea ce-i scotea și mai mult în evidență pieptul bogat.

Era frumoasă foc.

Dar nu corpul ei m-a subjugat.

Nici măcar părul, sau gâtul grațios, nici indiferența cu care a pășit în vestiar.

Ci ochii ei.

Calzi, de un căprui profund, cu gene dese care-i umbreau obrajii, ori de câte ori clipea.

— Pe loc repaus, domnilor! ni s-a adresat antrenorul Lee, zâmbind arogant și ne-a făcut semn să ne așezăm. Și doamnă, a continuat și s-a uitat la Riley.

Restul antrenorilor s-au aliniat la peretele din spatele lui și au ciulit urechile.

— Știu că am făcut cunoștință cu unii dintre voi când am avut turnee aici, dar sunt încântat că am în sfârșit ocazia să petrec timp cu fiecare dintre voi. N-o să mă prefac că nu văd cât de neconfortabilă și incertă vi se pare situația din prezent. Nu sunt un jucător nou, sunt noul antrenor și știu cât de mult poate să tulbure asta lucrurile.

Am înghițit în sec.

— Dar vreau să știți că n-am venit aici ca să schimb totul din temelii. Este absolut evident că dă roade ceea ce faceți voi aici. Este o onoare să mă alătur vouă.

A făcut o pauză și și-a pus mâinile în șolduri.

— O să fie o onoare și mai mare să vă dau imboldul final să treceți de linia de sosire, pentru ca la finalul sezonului să fim încoronați campioni.

Remarca i-a făcut pe unii jucători să schimbe priviri hotărâte și încântate. Nu mai aveau mult până să-și recapete înflăcărarea de la finalul sezonului trecut.

— Este prima zi a antrenamentului de primăvară și nu vreau să pierdem timpul vorbind despre mine. O să ajungem să ne cunoaștem mai bine pe parcursul sezonului. Deocamdată, aș vrea să vi-l prezint pe antrenorul Hoover, a continuat el și a arătat spre bărbatul cu care intrase în cameră. Hoover este mâna mea dreaptă și probabil că va deveni persoana voastră preferată din toată lumea, fiindcă dacă e cineva în stare să mă facă să nu mai fiu dur cu echipa, el e ăla.

Antrenorul Hoover a zâmbit, iar Lee l-a bătut pe spate.

— Iar aceasta este fiica mea, Julep, a continuat el și a fluturat din mână în spatele lui.

Fata a pășit șovăitoare lângă el, apoi, fără ne zâmbească sau să arate vreo urmă de emoție, și-a desprins mâna din strânsoarea de la piept și a ridicat două degete.

— Julep este în anul doi de facultate și, dintr-un motiv necunoscut, mă iubește îndeajuns de mult încât să se transfere la această universitate, pentru a-și termine studiile aici. Studiază medicina sportivă și va fi stagiară în echipa de traineri.

Am simțit cum inima mea o ia la galop, la gândul că o s-o am mereu în preajmă, la gândul că ea ar putea să mă ajute cu strechingul sau să-mi facă un masaj înainte de meci.

Antrenorul s-a oprit și o expresie severă i s-a întipărit pe chip, după care a continuat, cu fălcile încleștate:

— Vreau să fiu cât se poate de clar, a zis el, scrutând încăperea. Dacă vreunuia dintre voi îi trece prin minte să flirteze cu Julep, sau are tupeul să-i ceară o întâlnire, o să răspundă în fața mea. Nu se află aici ca să vă holbați la ea. A venit aici ca să muncească, la fel ca voi toți. Îmi imaginez că, din moment ce o aveți pe Riley Novo coechipieră, nu trebuie să vă mai țin predica despre respectul pe care-l acordăm femeilor din branșa noastră.

Riley a surâs, evident impresionată, iar Julep și-a dat ochii peste cap, ca și cum i-ar fi displăcut că trebuia să se menționeze așa ceva.

În tot acest timp, eu fierbeam pe dinăuntru.

Toată viața mea, fotbalul fusese singurul lucru asupra căruia mă concentrasem. Îmi păsa numai de fotbal. Era motivul pentru care mă trezeam dimineața și unicul gând care mă măcina seara, când puneam capul pe pernă, la culcare. Mă ținea pe linia de plutire, era muza mea și centrul universului meu.

Dar, într-un moment absolut fatal, toată atenția mea s-a îndreptat în altă direcție.

Julep Lee era fiica antrenorului. Era fructul interzis.

Și totuși, am știut atunci și acolo că trebuia să fie a mea.

Mulțumiri

Viitorului meu soț, Jack — îți mulțumesc că mi-ai răspuns la toate întrebările în timp ce am scris această carte. Eu urmăresc meciurile din Liga Națională de Fotbal, așa că regulile fotbalului jucat în universități mă derutează. Îți mulțumesc că m-ai lămurit și pentru că mi-ai fost alături la finalul fiecărei zile, cu un sărut. Te iubesc!

Mamei mele, Von — îți mulțumesc că ai fost o fanatică înfocată a fotbalului american atunci când eram mică și că m-ai molipsit și pe mine. Și pentru că mi-ai sprijinit întotdeauna visurile.

Celor care au citit prima variantă a manuscrisului: Lily Turner, Frances O'Brien, Kellee Fabre, Trish QUEEN Mintness și Monique Boone — vă mulțumesc pentru că ați acceptat să-mi fiți alături și pentru că ați fost înțelegători atunci când povestea a devenit mai lungă. Nu mă mai săturam de Giana și de Clay! Feedbackul vostru a fost absolut crucial și nu vă pot mulțumi îndeajuns.

Celor care au citit manuscrisul aproape de încheierea sa — sunteți o echipă esențială, dar de data asta, chiar mi-ați oferit sugestii de redactare care au îmbunătățit semnificativ cartea! Carly Wilson, Sarah Green și Janett Corona, vă mulțumesc pentru timpul și atenția acordată.

Elaine York de la Allusion Graphics — nu-mi găsesc cuvintele să exprim cât de mult te iubesc și te apreciez. Îți mulțumesc că ții pasul cu programul meu de lucru haotic și că nu te-ai săturat să mă corectezi în legătură cu folosirea lui „further" și „farther". S-o recunoaștem, nu o să nimeresc niciodată sensul lor corect.

Lui Ren Saliba, îți mulțumesc pentru poza de copertă uluitoare, care l-a adus la viață pe Clay. N-o să mă satur niciodată de privirea lui pătrunzătoare.

Bunei mele prietene Tina Stokes — îți mulțumesc că mă iubești și că nu refuzi niciodată să pornim într-o nouă aventură. Și îți mulțumesc că m-ai lăsat să devin obsedată de Clay și de Giana în călătoria noastră în Virginia. Te iubesc!

Le mulțumesc din suflet prietenilor mei de la Valentine PR pentru că au promovat această carte și pentru că i-au făcut și pe alții să fie înnebuniți după ea. Comunității noastre din blogosferă (inclusiv Bookstagram și Booktok) — fără voi, n-ar ști nimeni că SCRIU. Voi sunteți temelia activității de scriitor. Vă mulțumesc!

În sfârșit, îți mulțumesc ție, cititorule! Tu ești motivul pentru care pot să scriu! Îți mulțumesc pentru că citești cărți publicate pe cont propriu de autori și pentru că strigi în gura mare despre cărțile pe care le iubești. Mulțumiri speciale celor din Kandiland, care interacționează cu mine în social media. Îmi faceți zilele mai frumoase. Abia aștept să ne bucurăm de mai multe aventuri literare împreună.